Dangereuses Amitiés

Xavier Seignot

Loi n°49-956 du 16 juillet 1949 sur les publications destinées à la jeunesse.

Édition : BoD · Books on Demand, 31 avenue Saint-Rémy, 57600 Forbach, bod@bod.fr
Impression : Libri Plureos GmbH, Friedensallee 273, 22763 Hamburg (Allemagne)
Dépôt légal : Mars 2025
Droits d'auteur © 2025 Auteur Xavier Seignot
Tous droits réservés.
ISBN-13 : 978-2-3224-9717-1

Mille remerciements à toutes celles et ceux qui, par leur talent ou leur regard attentif, ont contribué à enrichir la création, la révision et l'amélioration de Dangereuses Amitiés, ancienne comme nouvelle version.

Huguette Dubout, Jean-François Seignot, Anne Desfossez et David Benhaïem, votre aide précieuse a été inestimable.

Les gens se posent toujours des questions : pourquoi suis-je devenu ce que je suis ? Pour comprendre quelqu'un, il faut retracer toute sa vie, remonter à sa naissance. Notre personnalité résulte de la somme de nos expériences.

Malcolm X

Chère Lisa, 2 septembre 2001

Je t'écris après tout ce temps pour te dire merci. Merci d'avoir été là pour moi quand j'en avais besoin. Je sais qu'on a eu beaucoup de différends ensemble, que je n'ai pas toujours été correct avec toi ; j'en suis conscient et désolé. Mais je sais aussi que je n'aurais jamais pu m'en sortir sans toi, sans ton aide.

J'espère que tout va bien à Méthée et que tes projets là-bas se concrétisent. Je vois que tu n'as pas quitté cette ville, étrangement, on y est tous attachés.

Ne m'en veux pas pour mon si long silence, mais je devais me remettre en question et prendre du recul face à tout ce qui s'est passé. Seul le temps efface la souffrance.

Ici, j'ai eu beaucoup de temps pour réfléchir. Certains pensent que j'ai gâché ma vie ou que je suis devenu fou, d'autres disent que j'ai perdu des années, mais que savent-ils de ce qu'on a vécu ? Que savent les médisants de chacun de nous ?

Repense à ce qu'on a traversé, à ce qu'on a fait. Repense à l'époque où, toi, moi, Eddy, Child, et même Sara ou Mike, on était au centre de toutes les conversations. Nous nous sommes tous égarés de notre chemin, mais ce détour n'a pas été vain.

Je ne veux pas imposer de morale sur ce qu'on a fait, je ne suis personne, chacun a droit à la sienne. Je t'ai demandé la dernière fois qu'on s'est vu, il y a dix ans, à qui était-ce la faute, tout ça ? À vrai dire, je l'ignore encore, on a tous été emportés par ce jeu, moi en premier. Ça doit être cette ville, il y a quelque chose qui cloche ici. Tout se joue aux ambitions, à la réputation, à celui qui sera le plus populaire, à qui va imposer son influence par la violence et le tape-à-l'œil. Et les autres, ils se font écraser, complètement écraser.

Je vais bientôt sortir d'ici et revenir, avec l'espoir de te revoir un jour et de recevoir ton pardon.

Nous ne sommes pas déterminés à être ce que nous sommes ! Je ne sais pas ce que la vie me réserve d'autre, mais je tâcherai de la prendre du bon côté et de faire le moins d'erreurs possible.

Stéphan

Partie 1 : 1990

Vivre libre, c'est souvent vivre seul

Renaud

1

Stéphan

3 septembre 1990

Un cri strident déchira l'air. Puis un bruit sourd, implacable. Le garçon se retourna d'un bond ; l'horreur venait de surgir.

Stéphan secoua la tête pour chasser l'image. C'était ici, précisément ici, que tout avait basculé sept ans plus tôt. Près du vieux puits abandonné, à quelques pas du lycée, l'innocence s'était fracassée contre la réalité.

Chaque fois qu'il repassait par ici, les souvenirs ressurgissaient malgré lui, envahissant son esprit de réminiscences douloureuses.

« Bah alors, qu'est-ce que tu fous ? lui lança Eddy, trois pas devant lui.

– Hein ? fit-il alors, comme tiré de ses pensées. Nan, rien, laisse tomber…

– C'est la rentrée qui te stresse ? plaisanta son ami.

– Pff, qu'est-ce que ça peut m'foutre ? »

Ce dernier avait toujours eu un certain détachement par rapport à ses études, aux profs, à la vie lycéenne. Non pas qu'il était un cancre, ses notes étaient même plutôt honorables, mais le monde des adultes, leurs morales et leurs principes, ça ne l'avait jamais fait rêver. Le pas silencieux, il rejoignit Eddy.

Leur lycée, Jean Moulin, se trouvait en plein centre-ville, non loin du quartier des affaires. Il jouissait d'une certaine réputation ; tous les parents ambitionnaient d'y inscrire leurs enfants par peur qu'il finisse dans *on ne sait quel lycée de la banlieue de Méthée.*

Ici, les façades des maisons affichaient un charme accueillant le jour, les lampadaires fleuris ajoutaient une touche de gaieté, et la nuit, les sirènes de police restaient curieusement absentes. Mais Stéphan savait que tout cela n'était qu'une jolie vitrine offerte aux touristes afin de dissimuler dans le décor les quartiers défavorisés repoussés à la périphérie nord de la ville. On y mettait deux ou trois coups de peinture ici et là de temps en temps pour cacher la misère, mais en grattant un peu, on tombait rapidement sur la couche en toc.

Pressant le pas pour ne pas être trop en retard, ils croisèrent le chemin d'un groupe de jeunes assis sur les marches d'un petit immeuble. Leurs éclats de rire résonnèrent dans toute la rue. Dans un soupir presque imperceptible, Stéphan les dévisagea longuement du coin de l'œil.

Quelle bande de nazes…

Bien que les bandes de zonards pullulaient ici et là, ça ne l'avait jamais branché d'en fréquenter. C'était pas son truc, se disait-il. Sans se l'expliquer, le jeune homme avait toujours eu du mal à s'intégrer, à se sentir à l'aise en groupe ou à se conformer aux attentes sociales. Il ne savait pas vraiment ce qui le poussait à être comme ça, ce qui lui provoquait cette aversion des autres.

La vie lui avait enseigné la rigueur du travail et des entraînements physiques afin de se surpasser. Il s'était toujours dit que le rire et l'insouciance n'avaient pas embarqué dans le même bateau que lui.

« Dernière année ! reprit son ami avec entrain. Le bac, le permis, et on s'fait un été de ouf entre potes !

– Mouais… J'ai autre chose à penser d'ici là… »

Il connaissait trop bien Eddy pour savoir que leurs points de vue divergeaient ; ce n'était pas la peine de repartir dans une énième discussion maintenant. Cette rentrée, ça allait être une autre journée interminable de rires creux, de bavardages futiles ainsi que de cris exagérés au moment des retrouvailles. *Ils chuteraient de cinq étages qu'ils pousseraient le même cri…*

De son côté, Eddy sentit bien que son ami était quelque peu nerveux et stressé. Il n'avait jamais su dire si le comportement de Stéphan était dû à une extrême timidité ou à une forme d'introversion. Un peu des deux, sans doute. Quoi qu'il en soit, le jeune garçon préféra ne pas lui faire part de ses réflexions et poursuivit son chemin.

Arrivés au lycée, Stéphan avait vu juste : les groupes, les bavardages, les éclats de rire, tout semblait inchangé. Des filles s'agglutinaient autour des *beaux gosses* qui se prenaient pour des stars. L'un d'entre eux, un certain Guillaume, avait une réputation telle que même les professeurs semblaient fascinés par lui.

Une expiration bruyante et agacée lui échappa. Il resta silencieux, il en avait l'habitude. Sans attirer l'attention, Eddy lui indiqua qu'il voulait saluer quelques connaissances avant de le rejoindre aux panneaux d'affichage des listes de classe. Stéphan approuva d'un simple hochement de tête.

Puis, à peine eut-il franchi la porte de l'établissement que le garçon tomba nez à nez avec Arnold Hérauld, un tocard avec qui il avait déjà eu des embrouilles. Toutefois, ils n'en étaient encore jamais venus aux mains. Arnold n'avait peut-être pas l'électricité à tous les étages, mais il n'était pas assez fou pour défier Stéphan ; les rumeurs autour de sa pratique acharnée des arts martiaux étaient parvenues jusqu'à ses oreilles. Et de son côté, Stéphan s'était toujours abstenu de frapper le premier.

Ces derniers se jetaient des regards de défiance chaque fois qu'ils se croisaient dans les couloirs du lycée. C'était une véritable guerre d'égo à qui va céder le premier. La cour était une arène sociale où les plus faibles devaient baisser la tête à défaut d'imposer le respect.

Stéphan se souvint alors de leur première confrontation qui remontait à de nombreuses années en arrière. Tout avait commencé sur un terrain de football. Arnold et lui portaient chacun le brassard de capitaine. Comme si leur vie en dépendait, ils avaient redoublé d'agressivité afin d'arracher la victoire à l'autre. La tension était palpable et les coups bas multipliés. Les joueurs, âgés de huit ans à peine, avaient complètement perdu leur sang-froid. La rencontre avait dégénéré en une bagarre générale plus spectaculaire que le match ; les deux capitaines avaient été très sévèrement punis. Ce jour-là, une animosité futile avait pris racine, et n'avait cessé de croître.

Arnold dégageait une impression étrange : un gaillard dégingandé incapable d'impressionner par sa maigreur. Sa chevelure brunâtre et huileuse trahissait un certain côté négligé. Avec son teint blafard et ses pommettes creuses, chacun aimait croire qu'il voulait se donner des allures de gangsters. On racontait qu'il traînait souvent dans les quartiers craints de Méthée, là où on n'osait plus s'y rendre à vélo de peur de repartir en chaussettes.

Au lycée, nombreux étaient les garçons qui évitaient de croiser le regard d'Arnold. Ce n'était pas le genre de personne à tolérer qu'on lui tienne tête, et chacun en était conscient.

Depuis que Stéphan était au lycée, les choses avaient quelque peu changé pour lui. Il y avait trois fois plus d'élèves, et l'adolescent était une ombre perdue dans la masse ; après tout, c'était peut-être mieux ainsi.

Des bandes fleurissaient de toutes parts afin de marquer leur identité et se protéger les unes les autres. La cour du lycée n'était plus qu'un terrain de jeu pour les jeunes en quête d'identité à exhiber. On coupait les cigarettes, on faisait tourner les joints, on se chambrait pour garder la face. Les gens se regroupaient comme s'ils redoutaient la solitude. Stéphan observa la scène avec un cynisme désabusé. Pour lui, ces attroupements n'étaient que des parades absurdes, une comédie humaine, où chacun avait son rôle à jouer.

Pourtant, une fille à l'écart retint son attention ; son allure tranchait nettement avec le reste. Une impression fugace le traversa : il l'avait déjà vue, errant seule en ville. Le visage inexpressif, les cheveux rouges, les vêtements sombres. Malgré cela, une aura indéfinissable émanait d'elle. Elle semblait être une étrangère dans un monde superficiel et faux.

Autour de lui, ça riait de tous les côtés, ça s'agitait dans tous les sens. Parfois, des provocations éclataient et les lycéens se frayaient un chemin pour ne pas rater une miette du spectacle. Les raisons étaient toujours les mêmes : un regard de travers, une remarque cinglante, des avances malvenues, une dette oubliée. Stéphan savait qu'on retrouvait souvent les mêmes personnes dans ce genre d'histoires : des délinquants en herbe, des pseudo-caïds convaincus d'être les rois de leur petit monde. Un certain Mike était à la tête de son gang et n'hésitait pas à dicter son propre règlement. Néanmoins, Stéphan était bien loin de tout ça, et si ce Mike venait à sa rencontre, il lui montrerait comment il traitait les crapules de seconde zone.

Les élèves se pressèrent autour des panneaux d'affichage, chacun scrutant frénétiquement les listes pour trouver son nom, *comme des moutons cherchant leur place dans un troupeau.*

« Alors, tu vois ton nom ? lança Eddy derrière lui, tout en saluant d'un geste rapide un ami qui passait.

– Non… Ah, attends, si ! Terminale S3. Mais toi, j'te trouve pas. »

Son camarade indiqua du doigt la liste d'une autre classe.

« Tiens, je suis là, en S2. Avec l'option informatique, ils m'ont changé de classe.

– Merde... On est séparés...

– Ah, c'est pas comme si on n'habitait pas à trois maisons l'un de l'autre, et qu'on ne s'entraînait pas tous les jours aux arts martiaux ensemble ! » plaisanta Eddy.

Stéphan fit un sourire contraint. Autour de lui, les adolescents braillaient et s'enthousiasmaient en découvrant leur classe.

« Bon, allez, moi, j'dois filer en salle 103 » conclut-il avec un signe de la main.

Arpentant les couloirs, Stéphan n'avait pas vraiment la tête à aller saluer les quelques connaissances qu'il croisait.

Pour fuir toute cette agitation et trouver le calme, le jeune homme monta aussitôt à l'étage et rejoignit la salle de rendez-vous. Il s'empara de la première chaise qui lui tomba sous la main et s'y installa sans réfléchir. Dans le couloir, le bruit des pas sourds résonnait comme un rappel lancinant que les vacances étaient terminées et que c'était reparti pour une année de galère scolaire.

Après quelques minutes d'attente, le reste de la classe arriva par petits groupes. On discutait, on paradait avec ses vêtements fraîchement achetés pour la photo de classe. Un garçon, les cheveux en bataille et l'air décontracté, prit place à côté de l'adolescent.

« Salut ! » lâcha-t-il.

Déconcerté, Stéphan se contenta de répondre par un bref mouvement de tête. Dans la foulée, le professeur principal fit son entrée pendant que les discussions sur les vacances allaient bon train. Il invita les élèves à s'asseoir, imposa le silence, puis annonça sans plus attendre :

« Bonjour à tous, je suis M. Paco, je serai votre professeur principal pour cette dernière ligne droite avant le bac ! »

Le nom de celui-ci provoqua des rires étouffés dans la classe, arrachant même à Stéphan un sourire discret. Le professeur portait un long parka verdâtre et une sacoche usée qu'il posa sur son bureau. Sa présentation se prolongea dans une litanie soporifique sur les attentes et responsabilités de la terminale. Peu intéressé, l'adolescent jeta un œil autour de lui, curieux de connaître les tronches de ses camarades. Les premiers ne lui évoquaient rien de particulier ; il ne les avait jamais vus. Puis, il remarqua ensuite deux anciens élèves de son collège, qu'il n'avait cependant jamais fréquentés. Son regard continua à balayer la salle quand, soudain, il tomba sur une personne qu'il pensait avoir oubliée depuis une éternité. Il sentit son cœur s'agiter, comme un frisson intérieur.

Si, c'est bien elle ! se confirma-t-il.

Lisa Mineau, la fille qu'il avait tant convoitée à l'école primaire, et qu'il avait par la suite délaissée dans un coin de sa mémoire au fil des années, ressurgissait subitement dans sa vie. Elle se tenait juste là, à quelques pas de lui. Ses cheveux tombaient en dégradé sur ses épaules ; elle les dégagea d'un mouvement souple de la main. Ses grands yeux bleus irradiaient toujours cette même énergie et cette joie contagieuse. Malgré lui, le jeune homme lui jeta des regards discrets, submergé par un flot de souvenirs.

Est-ce qu'elle se souvient ?

« Tu la connais ? » lui murmura son voisin, intrigué par son regard insistant.

Pris de court, Stéphan décrocha les yeux de la jeune fille et recentra son attention sur le professeur.

« Occupe-toi d'ta vie… »

Le garçon fronça légèrement les sourcils, visiblement interloqué par la froideur de la réaction. Il haussa nonchalamment les épaules avant de tourner les talons pour aller discuter avec quelqu'un d'autre.

« Alors, c'était comment ? » lui lança Eddy quand ils se rejoignirent sur le parvis du lycée en fin de journée.

– Chiant… »

Le cynisme dont jouait parfois Stéphan leur décrocha un sourire. Il n'était vraisemblablement pas le plus loquace, toutefois, son expression de visage en disait long. Un groupe d'élèves passa alors devant eux, le sac sur l'épaule, prenant la direction de l'arrêt de bus. Quelques-uns saluèrent Eddy, lui demandèrent comment s'étaient passées ses vacances. Ce dernier répondit d'un ton amusé qu'elles avaient été trop courtes.

« T'as qu'à proposer de les rallonger ! » balança ironiquement un garçon en s'éloignant.

Bien qu'étonné par la remarque, Stéphan décida de ne pas s'y attarder. Il amorça alors le chemin vers leur quartier, mais se rendit compte qu'Eddy ne semblait pas le suivre.

« Bah, tu viens pas ?

– Je t'ai dit ce matin que j'avais la réunion administrative en tant que Président des élèves…

– Ah ouais, j'avais zappé… »

L'année précédente, l'adolescent avait été élu Président des élèves pour un mandat de deux ans. Son élection avait fait l'unanimité. Eddy était l'ami de tout le monde, c'était l'image qu'il donnait. Il n'avait jamais fait de vague, restait neutre, même envers ceux qui menaient des activités douteuses en cachette. De plus, il avait eu le soutien de Guillaume, l'une des figures les plus en vue du lycée.

« J'ai jamais compris pourquoi tu t'étais embarqué dans ce truc-là…

– Tu réalises pas, mais c'est une réunion avec la principale et toute l'administration, c'est le moment de faire passer des idées !

– Genre quoi ? Un babyfoot dans la cafèt ? » plaisanta son ami.

Toutefois, Eddy ne lui répondit que par un sourire poli, sans ajouter un mot. Il était convaincu que l'école pouvait changer, et qu'il pouvait être un acteur majeur de ce changement. À ses yeux, Stéphan était déconnecté du monde des ados ; un jour, il comprendrait…

« Allez, je dois y aller ! fit-il en s'éloignant.

– OK, on s'voit tout à l'heure ! Passe à la maison… »

Son regard suivit son ami jusqu'à ce qu'il disparaisse, le cœur serré d'émotions contradictoires. Là, seul sur le parvis du lycée qui se vidait, il ne comprenait pas ce que tous ces jeunes cherchaient à atteindre dans la vie. Au fond, il se demandait souvent ce qui le poussait à être comme ça. Stéphan n'avait aucune réponse à donner ; c'était plus fort que lui. Il ne se reconnaissait pas chez les autres, et il avait l'intime conviction que personne ne pouvait comprendre ce qui bouillonnait en lui.

I

Clan

Début septembre 1990

« Tu veux que j'te dise ? lança l'adolescent à Mike, ils se sont foutus de notre gueule !
– Qui t'a dit ça ?
– T'as bien vu comment il te regardait quand tu lui as demandé qui nous avait balancés ? Il a menti ! »

Le hall du lycée était bondé de monde, une cacophonie de voix et de rires résonnait dans l'air. Les élèves se bousculaient pour atteindre la sortie, impatients de retrouver la liberté de la rue.

Un peu à l'écart, Mike et sa bande avaient pour habitude de s'installer dans un coin de la cour. Personne n'était assez fou pour venir s'asseoir ici, chacun savait ce qui lui en coûterait.

L'année avait repris depuis quelques jours que déjà les embrouilles pointaient le bout de leur nez. Ce matin-là, la proviseure, madame Adrianne, l'avait contacté dans son bureau une heure plus tôt pour *lui poser quelques questions.* Elle lui avait demandé s'il savait quelque chose à propos de trafics de drogues au sein de l'établissement. Mike avait fait mine de ne rien savoir. C'était alors que la proviseure avait joué son second atout : « *On* m'a dit que tu étais impliqué dedans ! »

Bien qu'il ne s'était pas attendu à une telle révélation, Mike savait que, sans preuve, elle ne pourrait rien contre lui. Il avait alors continué à nier, jouant presque le naïf qui ne voyait pas du tout à quoi elle faisait allusion.

« Tu crois que cet enfoiré m'a menti ? reprit-il.
– J'te dis, je l'ai vu sortir du bureau de la proviseure hier. Et comme par hasard, ce matin, elle te convoque !
– Je vais lui parler plus sérieusement ! Le premier qui

le chope, il m'le ramène tout de suite ! »

S'il y avait bien quelque chose que Mike détestait plus que tout, c'était qu'on se joue de lui. Les mots de son acolyte semblaient résonner dans sa tête, chaque syllabe amplifiant la colère qui bouillonnait en lui. Il ne pouvait pas croire que quelqu'un avait osé le trahir de la sorte.

L'année précédente, il avait mis quelques mois à réunir une bande assez importante pour contrôler tout le lycée. Des élèves jusqu'aux profs, en passant par les surveillants, personne ne se dressait contre lui. C'était pas un petit merdeux de seconde qui viendrait lui causer des ennuis !

« Child, écoute-moi bien, chuchota Mike en se rapprochant, tu devrais te faire discret quelque temps, elle m'a parlé de toi, la proviseure. Elle sait tout pour les histoires de vols dans les vestiaires.

– Quoi ? Elle est pas jouasse ?

– J't'avais dit que tu t'ferais prendre si tu rappliquais le lendemain au lycée avec la montre volée » plaisanta Benjamin, un autre membre de la bande.

La dizaine d'adolescents se mit à rire, ce n'était pas la première fois que Child, un garçon qui avait hérité ce surnom de son faciès juvénile, affichait sans crainte le butin de ses vols.

« Elle va pas m'virer pour ça, quand même⋯

– Tu parles, elle attend que ça ! » répliqua l'un.

Le chef du gang sortit un paquet de cigarettes et en proposa une à ses amis. L'administration fermait les yeux sur le comportement des élèves au sein de l'établissement. Il y avait tant de problèmes à régler qu'elle se retrouvait impuissante à changer quoi que ce soit. De plus, certains adultes profitaient de cette situation pour se fournir du hasch auprès des jeunes. L'omerta qui régnait était très favorable à toute forme de business.

« Eh Mike, fit Child, y'a des secondes qui sont venus m'voir, ils veulent faire partie de la bande.

– Mais qu'est-ce que tu veux qu'on fasse de ces

petits ?

— On s'en fout de leur âge, plus on est nombreux, plus on peut faire c'qu'on veut ! »

Certes, plus de membres signifiait plus de pouvoir, mais trop de recrues pouvaient aussi signifier plus de risques et de problèmes, et ça, Mike le savait. Il se demanda si c'était vraiment une bonne idée d'ajouter des membres à leur gang, et s'il n'était pas temps de ralentir un peu le rythme avant que tout ne parte en vrille.

« Ça fait longtemps qu'on a pas bizuté des petits nouveaux ! » renchérit Benjamin.

L'attention de Mike fut d'un coup captée par autre chose. Une jeune fille seule, assise sur un muret, lui adressa un sourire discret. Aussitôt après, elle retourna à sa lecture. Il y avait quelque chose chez elle qui plaisait à l'adolescent, quelque chose qui l'intriguait. Ses cheveux teintés en rouge, son look assez original, ne le laissèrent pas indifférent.

« Vous vous souvenez quand on a foutu la gueule d'un seconde dans les chiottes ? Comment il chialait ! lança Cassandra, une des filles de la bande.

— Mais ça, c'est rien comme bizutage, rétorqua Benjamin. Moi, vous m'avez obligé à draguer la prof de français !

— Mais t'es ouf, toi ! Tu la kiffais la prof, on t'a rien demandé ! Tu t'es autobizuté, mon gars ! »

À l'évocation de cette anecdote, le gang éclata de rire.

« Eh, les gars, lança Mike en coupant la conversation de ses compagnons, c'est qui la meuf là-bas ?

— Qui ? répondit Child. Celle qui est habillée en noir ?

— Ouais, elle.

— J'sais pas, elle doit pas être là depuis longtemps.

— Attendez-moi ici, les mecs··· »

Mike se dirigea vers la jeune fille. Depuis que tout le monde parlait de lui, il n'avait plus vraiment de gêne à aborder des inconnus. Pourtant, il avait l'impression que celle-ci était différente ; quelque chose chez elle attirait son attention. Quand l'adolescente l'aperçut du coin de l'œil, elle redressa le visage dans sa direction, sans un mot. Mike s'avança un peu plus, laissant son regard parcourir le visage de la jeune fille. Il cherchait quelque chose, mais quoi ? Il ne le savait pas lui-même. Il avait l'impression que tout son corps était tendu, comme s'il était sur le point de se jeter dans un combat. Pourtant, il n'était qu'en train de parler à une nouvelle élève.

« Salut, lâcha-t-il enfin.

– Heu… Salut, répondit-elle, étonnée qu'on vienne lui parler. Qu'est-ce qu'il y a ?

– T'es toute seule ? T'as pas d'potes ?

– Bah si… Enfin… Y'a ma classe… Pourquoi tu me demandes ça ?

– Je t'avais jamais vue, je voulais savoir qui t'étais.

– Je suis nouvelle, j'ai emménagé ici pendant les vacances. »

Mike fut étrangement embarrassé, il voulait impressionner la fille par sa présence, pourtant, cela ne fonctionnait pas aussi bien qu'à son habitude.

« Ça te dirait pas de traîner avec nous ? Ce serait plus sympa… » proposa-t-il.

La jeune fille fut prise au dépourvu, elle n'avait pas imaginé une seconde que ce genre de garçon pourrait lui faire une telle proposition.

« Mais je vous connais même pas ? rétorqua-t-elle.

– Tout le monde nous connaît ! Me dis pas que tu sais pas qui je suis ?

– Si… T'es Mike… Tu fous ta merde un peu partout… » répondit-elle, sans se laisser impressionner.

Le jeune homme ne s'attendait pas à une telle réponse. Il sentit une vague de colère monter en lui, pourtant, il ne l'admira que d'autant plus. Mike recherchait ce genre de profil, quelqu'un qui n'avait pas froid aux yeux.

« Tu fais quelque chose samedi soir ? demanda-t-il.

– Bah⋯ Je taffe mes cours.
– Ça te dirait qu'on aille boire un verre ? »

L'adolescente écarquilla les yeux, la rencontre tournait à de la drague. Elle referma son livre, se leva et fixa longuement le garçon dans les yeux. Elle fit un sourire presque imperceptible.

« Une autre fois, peut-être⋯ » finit-elle par dire avant de se retirer.

Mike resta un instant sur place alors que la sonnerie retentissait. Il la regarda s'éloigner.

2

Dilemme

15 septembre 1990

« Vas-y, viens, ça va être sympa ! lança Eddy à Stéphan alors qu'ils venaient tout juste d'entamer le week-end.
– Nan, mais j't'assure que je vais pas être à l'aise… Tu me connais… »

La nuit tombait doucement sur la ville bercée par les premières lumières au néon. Juste avant de quitter les cours, une amie d'Eddy lui avait proposé de venir passer la soirée chez elle pour se joindre à son groupe. Cette dernière avait ajouté qu'il pouvait inviter des amis et qu'elle avait l'habitude de recevoir du monde sachant que ses parents partaient régulièrement en week-end.

« Allez, Stéphan ! C'est pas une fête, juste une soirée en petit comité, on va rire !
– Ouais… Mais j'sais pas… On a notre entraînement du vendredi soir, et la compétition arrive bientôt…
– C'est pas grave si on loupe une fois ! J'suis sûr que c'est qu'une excuse pour pas venir… »

Stéphan était nerveux, il n'aimait pas beaucoup les soirées et les évènements où grouillait du monde. Depuis peu, il avait remarqué qu'Eddy était beaucoup moins rigoureux dans ses entraînements. En réalité, cela coïncidait avec l'entrée en terminale et sa popularité grandissante. On l'invitait aux fêtes, aux rencontres sportives et à diverses sorties.

Mais voilà, Stéphan n'y voyait aucun intérêt dans tout cela et, pour lui, seule la compétition à venir avait du sens.

Il se souvint douloureusement de sa précédente défaite en demi-finale de la compétition de Paris alors qu'il avait dû abandonner tant chacune des parcelles de son corps était en souffrance. Le sentiment honteux de n'être qu'un lâche s'était immédiatement emparé de lui. C'était il y avait maintenant près de deux ans, lors de l'édition 1988. Ce jour-là, il avait reçu des coups si terribles qu'il s'était demandé s'il était vraiment fait pour les arts martiaux. De son côté, Eddy avait remporté dans la souffrance la compétition face à un certain Jason Wuang. Après cette victoire, il avait eu la chance de paraître dans un grand magazine concernant les arts martiaux ainsi que dans le journal régional. Sa popularité avait parcouru toute la métropole de Méthée et le jeune homme s'était fait régulièrement interpeler dans la rue pour être félicité.

Stéphan s'était alors promis de redoubler d'efforts afin de se montrer la prochaine fois à la hauteur et affronter en finale son meilleur ami.

Il secoua la tête, l'air sombre. *Comment pouvait-il oublier la douleur de sa défaite, les coups qui l'avaient presque brisé ? Comment Eddy pouvait se montrer aussi insouciant ?*

« Si tu ne vas pas vers eux, tu ne les connaîtras jamais ! rétorqua ce dernier. La compétition est dans quatre mois ! On peut quand même profiter un peu de notre week-end !

– Bon… Si on s'ennuie, tu me promets qu'on s'casse ? abdiqua-t-il après un long silence.

– Oui ! J'te l'promets ! »

Il était très rare qu'Eddy parvienne à faire céder son ami, lui qui était d'une obstination sans faille, et il sauta alors sur l'occasion.

La soirée se déroulait plus à l'ouest du centre-ville, à une quinzaine de minutes. À cette heure-ci, de nombreux bus circulaient dans cette partie plutôt calme de Méthée. La ville était divisée en trois grandes zones : d'une part la côte est qui bordait l'océan, puis, plus au nord, les quartiers particulièrement difficiles, et enfin à l'ouest, le centre-ville où habitait Stéphan, constitué essentiellement de résidences pavillonnaires et de gratte-ciel imposants qui abritaient les quartiers d'affaires les plus prestigieux de la ville.

« Tu la connais comment ? demanda le jeune homme, une fois installé dans le véhicule.

– Qui ?

– La fille chez qui on va…

– Émilie ? Elle est dans ma classe, répondit Eddy, qui préféra rester debout.

– Tu m'en as jamais parlé… »

L'adolescent se contenta de hausser les épaules :

« Nan, bah tu sais, les gens viennent, te parlent, et puis voilà… »

Eddy, qui avait débuté le Jeet Kune Do, l'art martial créé par Bruce Lee, un an et demi avant son compagnon, commençait déjà à se faire un nom dans le domaine. Il y avait quelque chose d'extraordinaire, d'inné dans sa manière de combattre. C'était un colosse à la stature athlétique, dont les muscles sculptés semblaient vouloir percer le tissu de ses vêtements. Son regard, d'une intensité saisissante, brouillait presque la frontière entre l'iris et la pupille, illuminant son visage d'une étrange clarté. Ses cheveux taillés courts sur les côtés, tandis qu'ils étaient plus longs sur le sommet du crâne, ajoutaient une touche de caractère à sa stature. Né en Côte d'Ivoire, il avait posé les pieds sur le sol français à l'âge de cinq ans, et s'était adapté avec une aisance remarquable à cette nouvelle vie, comme si la France l'avait toujours attendu.

Eddy était une force de la nature, une bête de combat qui laissait ses adversaires sidérés. Son entraînement quotidien, son régime strict et son mode de vie discipliné faisaient de lui un combattant de premier ordre. Et pourtant, malgré sa force physique évidente, il y avait une grâce et une fluidité dans ses mouvements qui semblaient défier les lois de la physique.

« Elle te plait ? » lâcha Stéphan comme s'il avait la question sur le bout de la langue depuis un certain temps.

Eddy, surpris par la question, répondit aussitôt :

« Quoi ? *Émilie ?* Nan ! Tu sais, on peut être ami avec une fille sans arrière-pensées... »

À peine eut-il achevé sa réponse que le jeune homme remarqua un groupe d'individus posé au fond du bus. La quinzaine, pas plus. L'un d'eux ne détourna pas le regard d'Eddy. Les traits tirés, les yeux fixes, c'était comme si le monde s'était évanoui entre eux.

De son côté, Eddy préféra faire mine de ne pas avoir remarqué le regard insistant et poursuivit la discussion :

« Et puis, j'suis pas sûr, mais je crois qu'elle a un mec...

— Raison de plus pour aller s'entraîner !

— Rha, Stéphan, tu veux pas parfois lâcher l'aff...

— Eh ! Vous auriez pas une clope ? » lança une voix depuis le fond du véhicule, interrompant la conversation des deux garçons.

Eddy tourna la tête dans cette direction et reconnut immédiatement l'adolescent qui le dévisageait depuis leur entrée dans le bus.

« Nan, désolé les gars, on fume pas, répondit-il d'un ton amical avant de se tourner vers son ami : Bref, fais-moi confiance, ça va être cool la soirée...

— Et sinon, vous avez pas une pièce ? Cinq balles, un truc comme ça... » insista l'individu.

L'un de ses acolytes enchérit en lançant qu'ils avaient des têtes à avoir du fric sur eux.

« Nan, vraiment, on a rien » affirma Eddy avec le même ton diplomatique.

Cette fois-ci, le garçon du fond se leva brusquement pour se diriger dans leur direction. La tête penchée sur le côté, il prit un accent plus menaçant.

« Tu vas m'dire que si je fouille dans vos poches, je vais rien trouver ?

— Tu vas pas fouiller dans mes poches puisque j'te dis que je n'ai rien...

— Et pour monter dans le bus, t'as bien payé un ticket, hein ? »

Excédé, Stéphan se leva d'un bond pour se tenir droit face à lui.

« Bon, t'as pas entendu c'qu'il t'a dit ? On a rien !

— Pourquoi tu t'lèves toi ? Tu m'veux quoi ?

— J'sais pas, j'ai l'impression que tu comprends pas... »

Les trois complices du jeune homme venaient de se joindre au groupe, chacun tentant d'intimider par le regard.

« J'suis sûr que ton pote a du fric quelque part » poursuivit le garçon en glissant sa main dans la poche du pantalon d'Eddy.

Immédiatement, un étau lui comprima le poignet. La pression fut si lourde qu'il dut serrer les dents afin de retenir le gémissement de douleur qui montait en lui. Quand il baissa les yeux en direction de sa main, il comprit que l'adolescent, à qui il tentait de faire les poches, lui bloquait le bras à la force de sa main.

« Je n'ai rien à te donner » répéta une dernière fois Eddy, le ton ferme.

En face, le garçon ne sut que répondre, il garda un silence humilié.

« Tu viens Stéphan, on doit descendre, c'est là… »

Dans les yeux déconcertés des trois autres complices, Eddy comprit qu'ils ne chercheraient pas plus longtemps les embrouilles ; pour eux, leur acolyte avait cédé de manière inexpliquée à l'intimidation d'Eddy.

Une fois dehors, Stéphan avait du mal à comprendre pourquoi son ami n'avait pas réagi plus violemment aux provocations des jeunes voyous.

« On aurait pu tous les éclater, ces tocards… ajouta-t-il.

— Et après ? On aurait été content de perdre notre temps au poste de police ? J'fais pas des arts martiaux pour ça, moi…

— Moi non plus ! Mais parfois, ça sert !

— Tu ne cherches qu'à venger l'agression que tu as subie…

— Mais qu'est-ce que tu racontes ? J'te parle pas du passé, mais d'aujourd'hui ! »

Eddy évita le sujet avec Stéphan en annonçant qu'ils étaient arrivés. Ils ne partageaient pas le même avis sur la question, alors autant ne pas s'attarder dessus.

Ils frappèrent à la porte d'une grande maison du quartier huppé de Méthée où croiser une voiture de luxe était moins rare que de voir un jeune faire son jogging. Stéphan ne mettait que rarement les pieds ici tant il était mal à l'aise avec cet étalage de richesse.

Une jeune femme ouvrit d'emblée ; joliment brune, le visage ouvert et accueillant.

« Salut, les gars, allez-y, entrez ! »

Elle fit la bise aux deux adolescents au moment où ils franchissaient le pas de la porte.

« C'est… Stéphan, c'est ça ?

– Ouais…

– T'es dans notre lycée, à Jean Moulin ? enchaîna la jeune femme.

– C'est ça…

– J't'ai jamais vu ! Tu traînes avec qui ? »

Le garçon ne se contenta que d'un sourire aimable, il n'avait jamais vraiment apprécié qu'on l'assomme subitement de questions.

Qu'est-ce qu'elle lui voulait ? se demanda-t-il. *Connaître sa vie pour ensuite tout balancer et se moquer ?*

« J'traîne pas… répliqua-t-il, un peu évasif. Eddy a ses potes au lycée, mais sinon, on est voisin, c'est mon meilleur pote… »

L'adolescente ne sut que dire, elle comprit bien d'après l'intonation que la réponse n'invitait pas à la discussion.

« Eh, salut Eddy ! lança un garçon quand ils arrivèrent dans le salon. T'as pu venir, ça fait plaisir !

– Ouais, j'ai négocié avec Stéphan, on avait un truc à faire… »

Il y avait trois garçons et deux filles posés sur les banquettes et chaises de la pièce. Eddy semblait tous les connaître ; on prit de ses nouvelles concernant son entraînement et les décisions à prendre en tant que Président des élèves.

De son côté, Stéphan s'étonna de voir son ami si bien acclimaté avec ces gens. Sachant qu'ils passaient une grande partie de leur temps en dehors du lycée ensemble, il ne voyait pas bien à quel moment Eddy avait pu sympathiser avec eux. Après réflexion, l'adolescent se dit que, parfois, il se voilait la face ; les moments de solitudes s'invitaient chaque jour un peu plus dans son quotidien.

« J'ai bien réfléchi, annonça Eddy à l'ensemble des convives, et ouais, j'pense que j'vais essayer de négocier avec la direction pour proposer un voyage à tous les terminales, genre, pour la fin de l'année !

– Nan, c'est pas vrai ?

– Trop bien, on a bien fait de voter pour toi ! » s'enthousiasma

Émilie, tout sourire.

Eddy remercia ses amis pour leur soutien et ajouta :

« Merci, c'est sympa… Surtout que j'pense qu'il y a encore pas mal de choses à faire dans ce bahut, il est vieux et tout… »

Sans un mot, Stéphan écarquilla les yeux à cette annonce. Qu'est-ce qu'il était allé foutre à se présenter en tant que Président des élèves ? Le lycée n'avait jamais été leur terrain de prédilection et l'intégration s'était faite de manière expéditive, alors pourquoi s'intéresser à son fonctionnement ?

Merde, alors… se dit-il. Ils avaient quand même mieux à faire…

L'adolescent pensa alors qu'à cette heure-ci, on les attendait sans doute sur le parking souterrain de la galerie marchande des Ulysses, situé dans les bas-fonds de Méthée : là où s'organisaient clandestinement des combats de boxe les vendredis et samedis soirs. Stéphan aimait sentir le tumulte des rues, entendre l'impact des coups, il y avait quelque chose de vivant dans ces zones nocturnes. De plus, même si cela n'enchantait pas Eddy, Stéphan profitait de ces soirées pour se faire de l'argent sur les paris des combats. *D'une pierre deux coups,* se disait-il : cela était un vrai atout dans ses entraînements et, en plus, il se faisait un peu de fric, *alors pourquoi se gêner ?*

Parfois, quand les deux adolescents souhaitaient s'entraîner seuls, ils n'hésitaient pas à pénétrer dans la grande salle du gymnase de la ville quand une porte avait été laissée ouverte. Généralement, il devait se passer bien deux à trois heures avant que le gardien ne remarque leur présence et ne s'engage dans une course-poursuite perdue d'avance avec eux.

Ça, c'était excitant ! pensa Stéphan. *Là, il se passait quelque chose, il se sentait vivre !*

Il jeta alors un coup d'œil autour de lui : des jeunes, une clope à la bouche, une bière dans la main, discutant du lycée et du Président des élèves ; joli titre pour une fonction fantôme. Nan, décidément, tout ça, ce n'était pas sa tasse de thé.

« Et tu vas proposer quoi d'autre pour le lycée ? demanda un jeune homme.

– Eh bien, ce serait bien d'avoir des installations plus modernes, nan ? répondit l'intéressé. Des ordinateurs récents, des imprimantes, des trucs comme ça…

– Un babyfoot ?
– Ouais, et même une table de ping-pong ! Là, c'est un peu la dèche… »

On demanda l'avis à Stéphan, celui-là ne se contenta que d'une brève réponse évasive. Pour conclure, il sous-entendit que les élections n'étaient qu'un prétexte pour faire croire aux élèves qu'ils avaient la possibilité de participer à la gestion de leur établissement. Néanmoins, personne ne prêta vraiment attention à cette dernière réplique.

« Et pour ceux qui foutent la merde, tu vas faire quelque chose ? demanda Émilie, afin de relancer le sujet.
– Ah, tu sais, fit Eddy, en levant les yeux au ciel, ça c'est pas vraiment à nous de nous en occuper… C'est aux adultes…
– Ouais, c'est vrai…
– C'est vrai, sauf que les *adultes* font rien pour arranger les choses…
– T'abuses, reprit Eddy. Et puis, honnêtement, c'est si la merde que ça ? Les p'tites bandes, tu vas pas les chercher, et elles te laissent tranquille… »

Il y eut un bref silence, puis l'un reprit la parole en affirmant qu'on avait volé son vélo la semaine précédente dans l'enceinte de l'établissement et que, malgré la plainte déposée, il n'y avait eu aucune suite.

« T'es sûr que c'est quelqu'un du lycée ?
– Mais oui ! J'suis sûr que c'est l'autre, là, Mike…
– T'as une preuve ? rétorqua Eddy.
– Nan, mais… »

Là-dessus, Stéphan interrompit soudainement la discussion pour annoncer qu'il devait y aller. Il ne pouvait vraiment patienter plus longtemps dans cette pièce où le temps semblait s'être éternisé. On le regarda avec de grands yeux écarquillés et il ajouta ensuite qu'on l'attendait au parking de la galerie marchande.

« Mais, tu vas pas y aller seul à cette heure-ci ? répliqua Eddy.
– Mais si, t'inquiète, j'vais courir, j'ai l'habitude… »

Il salua son ami et quitta aussitôt la soirée. L'adolescent ne savait pas trop comment expliquer l'état d'esprit dans lequel il était plongé. Il y avait dans sa tête comme un vaste nuage noir l'empêchant d'y voir clair à la fois sur son présent, mais également sur son passé. Toutes ces soirées, toutes ces relations, pour lui, ça n'avait aucun sens. Pourtant, au fond de lui, il enviait cette facilité, cette aisance qu'avait Eddy à aller vers les autres. Mais il n'avait jamais su comment faire, alors il préféra s'envoler. L'adolescent serra son sac à dos, puis se mit à courir. Alors, une goutte tomba sur sa main, une deuxième, une troisième, puis une infinité.

II

Rencard

Fin septembre

Pendant les heures de cours, peu d'élèves fréquentaient les couloirs du lycée. Mike, qui avait pour habitude de sécher les maths, en profita pour taguer les murs des toilettes. Il écrivit toutes sortes d'inscriptions : les noms des rappeurs qu'il écoutait, le numéro de son département, des insultes envers la police, mais aussi les mots « Guerriers Fous. » C'était le nom qu'il avait donné à sa bande pour la rendre populaire. Mike trouvait qu'il y avait quelque chose d'agressif qui ressortait de ce nom, et cela était à l'image de son gang qui ne reculait devant rien pour obtenir ce qu'il voulait.

Son bras droit, Child, ne pouvait l'accompagner aujourd'hui. Il avait été exclu toute la journée pour un vol dans les vestiaires qu'il avait commis. En réalité, les exclusions étaient pour eux bien moins une punition qu'un cadeau. Mike enviait son acolyte qui était sûrement en train de se prélasser devant la télé.

La veille, Child avait été dénoncé par un garçon qui avait cru pouvoir éviter les représailles grâce à la protection de la proviseure. Il avait vite déchanté quand, en voulant se rendre aux toilettes, une *ombre* avait surgi dans son dos pour lui écraser le visage dans le miroir. Les choses étaient allées tellement vite que le garçon n'avait pu identifier son agresseur. C'était comme ça que Mike réglait ses comptes : vite et bien. Il savait que s'il laissait passer le moindre manque de respect, ce serait une brèche vers le gouffre de la rébellion. Et ici, le chef des Guerriers Fous ne voulait laisser personne se réunir et se dresser contre lui.

Cela faisait maintenant deux ans qu'il avait été viré de son lycée des quartiers Nord de Méthée, avant d'être transféré ici. Rapidement, l'idée de créer une bande s'était imposée à lui : rassembler tous les laissés-pour-compte, ceux qui refusaient de plier sous les règles scolaires et juridiques. Conscient qu'il ne pourrait rien accomplir seul, il avait recruté les voyous du coin, ceux qui rêvaient de se faire un nom. Parmi eux, Child, qui s'était rapidement lié à lui, devint l'une des premières recrues. Le groupe, assez puissant pour régner par la peur sur les lycéens et les jeunes du centre-ville, dut se choisir un chef. Mike, à l'origine du projet, avait décrété que seule la force déciderait. Un tournoi de combats avait été organisé dans une cour du quartier. Il l'avait remporté sans difficulté et avait ainsi gagné sa place de leader incontesté.

Le nom de la bande n'avait pas tardé à s'imposer de lui-même. « Guerriers » pour affirmer qu'ils étaient prêts à se battre pour obtenir ce qu'ils voulaient, et « Fous » pour signaler qu'ils n'avaient ni limites, ni crainte des conséquences.

Après l'unification de toutes les bandes de crapules du secteur, il avait eu la mainmise sur une large partie du centre-ville ainsi que sur les quartiers du nord de Méthée. *On* lui avait donné carte blanche pour faire ce qu'il voulait dans cette zone tant qu'il n'approchait ni le port, ni la côte dans son ensemble ; là-bas avaient lieu des trafics d'un tout autre niveau.

L'heure avança et Mike se décida à quitter l'établissement sans se soucier des cours de l'après-midi.

En descendant les escaliers, il aperçut sur sa droite l'entrée de la cafétéria du lycée. Elle était remplie d'adolescents qui attendaient l'ouverture de la cantine. Pourtant, entre mille visages, il discerna une silhouette qui lui était familière. Il s'agissait de la jeune fille qu'il avait rencontrée un mois plus tôt. Plongée dans sa lecture, elle était assise seule à une table. Mike se fit la remarque qu'il ne connaissait même pas son nom et qu'elle n'avait donné aucune suite à sa proposition.

L'adolescent changea alors de trajectoire pour se diriger droit vers elle. Quand il ouvrit la porte de la cafétéria, le brouhaha des discussions s'affaiblit. Des regards interrogateurs s'échangèrent, les élèves n'avaient pas l'habitude de voir le chef des Guerriers Fous débarquer ici. Mais le jeune homme n'y prêta pas attention, il y avait quelque chose chez cette femme qui l'obnubilait. Son regard parcourut les longues jambes fines de l'adolescente et remonta jusqu'à son visage. Il admira ses yeux sombres, sa bouche très bien dessinée par un rouge à lèvres brillant et ses cheveux rouges qui tombaient en dégradé.

Mike s'empara d'une chaise et s'assit devant elle. Étonnée, la fille leva le regard en arquant un sourcil. Quand elle le découvrit, l'adolescente garda volontairement le silence ; son air arrogant et dominateur la mettait mal à l'aise.

« Salut ! dit-il, d'un ton entre celui qu'il employait pour les garçons de sa bande et celui qu'il adoptait pour ses conquêtes.

– Heu… Salut…

– Tu fais quoi ?

– Bah… Là, je lis… » répondit la jeune fille d'une manière évidente.

Ils se toisèrent du regard. Mike n'arrivait pas à comprendre pourquoi, avec cette fille, c'était différent. D'habitude, il les abordait avec une grande facilité et se montrait très à l'aise. Après une touche d'humour et de séduction, il obtenait un rendez-vous avec n'importe quelle fille accompagné d'un numéro de téléphone. Mais là, rien à y faire, c'était différent. Il n'arrivait pas à être naturel, à sortir son baratin habituel et avait l'impression de devoir se battre pour chaque mot qu'il prononçait.

L'envie de partir lui traversa même l'esprit, pourtant, il resta, il se sentait incontestablement attiré par cette fille.

« C'est l'histoire d'un mec qui croit qu'il a un double, poursuivit l'adolescente en faisant référence à son roman.

– Ouais, OK, coupa Mike. T'as réfléchi à ma proposition ? Aller se boire un verre un d'ces quatre ?

– Heu… On ne se connaît même pas…

– Justement, ce sera l'occasion de faire connaissance ! »

L'attitude de la jeune fille trahissait sa pensée : elle ne voyait pas où il voulait en venir. Elle était invisible dans ce bahut et n'avait jamais suscité l'intérêt de personne. Son regard plongea alors dans celui du garçon :

« Mais pourquoi moi ? demanda-t-elle en calant son marque-page dans son roman. Tu peux avoir toutes les gonzesses que tu veux…

– C'est pas une demande en mariage, j'te propose juste d'aller boire un verre, rétorqua Mike, de plus en plus impatient.

– OK, pourquoi pas… Mais tu sais, je ne suis pas comme vous…

– Comme nous ? Tu veux dire quoi ? »

La jeune fille le fixa droit dans les yeux et dit, d'une voix ferme :

« Tu sais très bien de quoi je parle… Les rackets, le shit, et vos bizutages que vous faites aux secondes…

– Pourquoi tu m'parles de ça, j'te parle de toi et de moi ! répliqua Mike, sentant une bouffée de colère l'envahir.

– J'ai quand même le droit de savoir avec qui je vais passer une soirée… »

Excédé, il se redressa et fit un pas en direction de la sortie, prêt à partir. Mais il se ravisa et se retourna vers elle :

« Bon ! fit-il sèchement. On se voit samedi soir, rendez-vous à la place du centre-ville··· »

L'adolescente acquiesça lentement. Mike lui tourna le dos et s'éloigna d'un pas avant de se rendre compte qu'il avait oublié un détail :

« Au fait, dit-il, tu t'appelles comment ? »

Elle hésita, prit un temps, puis répondit d'un ton posé :
« Sara···
– OK, moi c'est Mike··· »

3

Souvenirs

6 octobre 1990

La nuit était tombée depuis déjà quelques heures, le vent glacial soufflait sans relâche à l'extérieur. Stéphan était confortablement installé dans sa chambre, les coudes appuyés sur son bureau, la lumière tamisée d'une lampe éclairait la biographie d'Albert Einstein qu'il avait reçue pour son anniversaire. Le jeune homme regarda longuement par la fenêtre, mais la pluie qui frappait contre les vitres l'empêchait de voir quoi que ce soit.

Malgré son désir de se plonger dans la lecture de son roman, Stéphan était hanté par des pensées envahissantes. Il avait fixé le livre pendant une bonne vingtaine de minutes sans en tourner la moindre page. Son regard parcourait lentement la pièce, mais ce qu'il contemplait était en réalité un enchevêtrement de souvenirs enfouis, des moments précieux de sa jeunesse.

Dans son enfance, il passait le plus clair de ses journées avec son inséparable ami d'alors, Jack Johnson. Leur complicité était telle qu'elle avait fini par rapprocher leurs familles, qui se retrouvaient régulièrement autour de dîners. L'année suivante, en

1978, un nouvel habitant avait rejoint leur quartier : Eddy Jammy. Mais Stéphan, sans mesurer la portée de ses paroles, s'était moqué de son fort accent, provoquant un repli douloureux chez le jeune garçon. Eddy, timide à l'extrême, n'osait alors plus sortir de chez lui. C'est Jack, fidèle à son rôle de médiateur, qui avait convaincu Stéphan de présenter ses excuses et d'inviter Eddy à jouer avec eux. La réponse de ce dernier avait été un sourire radieux et, dès ce jour, les trois garçons étaient devenus inséparables.

Jack, bien que vivant dans la même rue, ne fréquentait pas la même école primaire que ses deux compagnons. Ses parents, fervents chrétiens, l'avaient inscrit dans une école privée où l'enseignement religieux occupait une place importante.

À cette époque, Stéphan n'avait pas seulement deux amis, mais une véritable bande. Il se souvenait de Paul, le petit garçon rondouillard ; de Mathieu, fou de football ; de Thomas, un jeune Asiatique toujours prêt à se lancer dans mille aventures ; et de Jérôme, qui jouait les adultes dans une quête un peu maladroite d'attention. Ces noms, et bien d'autres encore, lui revinrent en mémoire : des ombres figées dans un royaume à jamais disparu. En y repensant, un sourire imperceptible effleura ses lèvres, teinté de nostalgie.

En dehors de la vie scolaire, dans ses moments de loisir, Stéphan ne se séparait jamais de ses deux fidèles compagnons, Eddy et Jack. Ils formaient un trio assez atypique, chacun ayant une personnalité bien affirmée. Leurs différences leur avaient même valu un surnom : le petit intello, le sportif et la tête brûlée. Qu'il s'agisse de matchs improvisés sur le terrain ou de soirées festives, ils ne se quittaient jamais. Personne n'était laissé sur la touche. Cette philosophie s'était imposée d'elle-même au sein du groupe.

Sur un coup de tête, ils s'étaient lancés dans la construction d'une cabane, nichée au cœur de la forêt voisine. Ce projet improvisé, mené avec l'enthousiasme de leur âge, avait pris forme grâce à l'aide ponctuelle des adultes, qui leur avaient permis de le mener à bien. Les finitions avaient été pensées avec un souci presque méthodique : une échelle solide pour y grimper et un ingénieux système de poulie pour hisser les charges les plus lourdes jusqu'à leur refuge suspendu. Cependant, leur élan avait brutalement été freiné lorsqu'ils avaient découvert leur cabane réduite en un amas de planches disloquées. Le coupable était évident : le vent, impitoyable, avait balayé leur œuvre sans le moindre scrupule. Mais loin de les décourager, cette mésaventure avait semé en eux une idée tenace : un jour, ils bâtiraient une structure si solide qu'aucune tempête, aussi furieuse soit-elle, ne pourrait en venir à bout.

C'était la manière dont Stéphan se remémorait cette époque, et cela lui provoqua chaque fois un pincement au cœur. En ce temps-là, tout était plus simple, se dit-il.

Il se souvint alors avec une lueur dans les yeux l'épisode où il s'était fait pourchasser par un commerçant pour avoir caché une canette dans sa poche. Face aux parents, Eddy et Jack l'avaient couvert en témoignant avec force qu'il était innocent, qu'il était avec eux au moment du fait.

Les fous rires étaient le quotidien, les confidences étaient le ciment.

Durant toute son école primaire, le cœur de Stéphan n'avait battu que pour une seule personne : Lisa Mineaut. Jamais dans la même classe, il avait eu peu d'occasions de lui parler, mais cela n'avait en rien atténué son admiration pour elle. Sur les conseils d'Eddy, il avait tenté une approche prudente, espérant gagner son affection en tissant une amitié. Ses efforts, cependant, n'avaient rencontré qu'un mur d'indifférence. En fin d'année, animé par un mélange d'espoir et de nervosité, Stéphan avait organisé une fête dont le seul but, à ses yeux, était d'y voir Lisa. Mais, à la dernière minute, elle avait décliné l'invitation, prétextant une panne de voiture. Pour Stéphan, ce refus avait résonné comme un coup de massue. Lui, qui s'était déjà imaginé passer la journée à ses côtés, se retrouvait seul avec ses illusions brisées.

Par la suite, au collège, il avait relégué Lisa dans un coin de sa mémoire, comme toutes les autres connaissances qui avaient peuplé son univers à l'école primaire, hormis ses deux fidèles compagnons.

Jack Johnson était d'origine américaine. Durant la fin des années soixante, ses parents avaient beaucoup voyagé avant de se poser définitivement en France, à Méthée ; ville certes sulfureuse, mais dont la réputation de cosmopolite attirait particulièrement les gens de tout horizon. Soucieux de la stabilité de leur enfant à venir, ils avaient mis un terme à leurs pérégrinations incessantes. Élevé dans la foi chrétienne, Jack était profondément attaché à ses croyances et à leurs pratiques. Autour de son cou pendait un crucifix, précieux témoignage de la fierté de ses parents pour leur fils, qu'ils considéraient comme un modèle de dévotion et de droiture. Né deux ans avant Stéphan et Eddy, Jack s'était naturellement imposé comme le chef de leur petit groupe. Son charisme faisait de lui un meneur instinctif, capable de prendre les rênes dans les moments de doute et de tempérer les esprits lorsque la situation menaçait de déraper. Travailleur acharné et lecteur insatiable, il dominait sa classe par son savoir, qu'il partageait généreusement avec ses deux compagnons. Ils se retrouvaient souvent sur un petit mur séparant deux maisons abandonnées, Stéphan et Eddy assis d'un côté, Jack face à eux, transformant ce décor de ruine en une salle de classe improvisée. Il parlait des heures durant, ses mains accompagnant ses propos de grands gestes éloquents. Une passion vibrante animait chacune de ses explications, captivant son auditoire.

Des années plus tard, Stéphan se souvenait encore avec une précision troublante de ces instants. Les leçons, les manières de Jack, l'enthousiasme presque théâtral avec lequel il éclairait leurs esprits. Tout cela lui revenait en mémoire comme si ces journées d'apprentissage improvisé ne dataient que d'hier.

De petite taille, Jack parvenait à estomper aisément les deux années qui le séparaient de Stéphan et Eddy. Avec ses cheveux blonds, ses yeux bleus et ses lunettes, il affichait un style soigné, marqué par son goût affirmé pour les chemises, les jeans bien ajustés et les mocassins, qui ajoutaient à son allure une touche de maturité. Sa vue, mise à rude épreuve par ses lectures nocturnes sous une lumière tamisée, avait commencé à décliner, mais cela ne l'avait jamais détourné de son amour des livres. Les vêtements de sport, qu'il ne portait que pour les activités en plein air, restaient une rareté dans sa garde-robe. Ces sorties, souvent imposées par ses amis, n'étaient guère sa tasse de thé.

Stéphan fixait toujours son lit sans même y prêter attention. Les souvenirs de son enfance défilaient dans sa tête comme un film. Soudain, une voix brisa le silence :

« Stéphan, la fenêtre de ta chambre est bien fermée ? »

Le garçon mit quelques secondes pour revenir sur Terre et réaliser ce qui se passait. C'était la voix de sa mère. Par réflexe, l'adolescent jeta un coup d'œil sur sa fenêtre :

« Oui, c'est bon maman, elle est bien fermée ! »

Il glissa un marque-page dans son livre, le ferma et le reposa sur son bureau. Puis, Stéphan se leva pour fermer la porte. La poussant, elle émit un léger grincement. Alors, il se dirigea vers la fenêtre et regarda à travers.

La rue était totalement déserte, pas un chat. C'est normal avec le temps qu'il fait, se dit-il. Il aperçut, juste au bout de la rue, une voiture roulant au pas pour ne pas déraper sous les trombes d'eau. Les maisons qui faisaient face à la sienne étaient décorées des premières citrouilles. Dans l'une d'elles, il arriva à distinguer la silhouette d'un homme en train de gronder son fils. Face à ce spectacle monotone, Stéphan se laissa emporter de nouveau par un souvenir.

Lorsque Eddy avait emménagé dans le quartier, ses parents se montraient stricts, lui interdisant fréquemment de rejoindre ses amis. Et même lorsqu'il obtenait le précieux sésame pour sortir, il ne s'attardait jamais longtemps, préférant rentrer rapidement chez lui. Les moments où Jack et Stéphan pouvaient réellement profiter de sa compagnie se résumaient souvent aux mercredis après-midi.

À cette époque, Eddy apparaissait parfois avec des bleus sur le corps. Lorsqu'ils lui en demandaient la cause, il se contentait de prétexter une chute dans les escaliers ou un choc maladroit. Ses explications, bien que peu convaincantes, n'avaient jamais suscité de réelles interrogations chez ses deux camarades. Mais un jour, les trois garçons croisèrent la mère d'Eddy, le bras en écharpe et le visage marqué d'une plaie. Une image troublante qui, pourtant, ne fit pas basculer leur insouciance. Avec l'ironie innocente de son âge, Stéphan lui lança, un sourire en coin :

« 'Va falloir arrêter de cirer vos escaliers… »

Mais Eddy n'avait pas réagi comme ils l'auraient pensé. Ses yeux s'étaient embués de larmes, et il s'était mis à pleurer, incapable de contenir son émotion. Pris de court par cette réaction, Stéphan avait aussitôt regretté sa remarque. Gêné et mal à l'aise, il s'était confondu en excuses maladroites, comprenant soudain qu'une plaisanterie qui lui semblait innocente avait touché une corde bien plus sensible qu'il ne l'avait imaginé.

Un mercredi après-midi, lors d'un beau mois de printemps, Stéphan, Eddy et Jack avaient passé une excellente journée à s'amuser dans une aire de jeux. Puis, ce fut l'heure de rentrer. Sur le chemin du retour, ils riaient encore des aventures qu'ils avaient faites. Il était environ dix-huit heures. L'air était encore tiède grâce au Soleil couchant lorsqu'ils se quittèrent devant la maison d'Eddy. Quand ce dernier ouvrit la porte, son père se tenait droit derrière, l'air furieux. Instantanément, le visage joyeux du garçon s'était transformé en inquiétude. Ils se fixèrent silencieusement pendant une bonne poignée de secondes. L'adulte avait toujours ce regard fermé. Devant ce spectacle, Jack se trouva un peu gêné. Ne sachant que faire, il lança un *au revoir* à son ami avant de s'éclipser. Celui-ci rentra tête basse sans répondre et la porte se referma brusquement sur son passage. Les deux autres reprirent leur marche pour rejoindre leur maison. Quand Jack mit les mains dans ses poches, il remarqua qu'il avait toujours la montre qu'Eddy lui avait confiée afin de ne pas la casser pendant leurs amusements. Ils décidèrent alors de faire marche arrière. Jack appuya énergiquement sur la sonnette ; personne ne répondit.

Il sonna une seconde fois ; toujours rien.

Et, d'un coup, un cri retentit.

C'est la voix d'Eddy ! pensa immédiatement Stéphan, pétrifié.

Jack ouvrit la porte précipitamment. Les deux enfants firent irruption dans le salon et virent leur ami allongé à terre. Son père était dessus en train de lui infliger une correction. Sa main montait et redescendait à plusieurs reprises accompagnée d'un cri de douleur. Jack courut et sauta sur l'homme pour les séparer, mais il reçut un violent coup qui le propulsa contre le mur du salon avant de s'échouer au sol.

Stéphan, horrifié, ne pouvait plus bouger et assista à la scène bouche bée. Il entendit Eddy supplier son père d'arrêter. Sa vision parut ralentir, il avait l'impression que tout devenait petit, loin de lui.

Jack, adossé contre le mur, voulut à tout prix arrêter cela. Il regarda autour de lui si quelque chose pouvait faire office d'arme : rien ! Il ne voyait rien qui pouvait l'aider. Il s'appuya sur un petit meuble pour se relever où il découvrit un téléphone. La prise était aux pieds de Stéphan.

« Débranche le câble ! » hurla-t-il.

Stéphan, pétrifié, était incapable de bouger. Dans la précipitation, Jack se répéta plusieurs fois. Alors, Stéphan tourna lentement la tête vers lui et balbutia :

« Dé… Désolé… »

Il va mourir… Cette idée lui traversa l'esprit.

Les cris d'Eddy envahissaient la pièce. Stéphan, ne pouvant plus les supporter, prit son courage à deux mains et plongea à terre pour arracher le câble. Jack eut un léger sourire de réconfort. Il s'empara du téléphone et le balança de toutes ses forces vers le bourreau.

Le téléphone percuta sa cible de plein fouet et l'homme s'effondra aussitôt comme une masse. Dans la foulée, Jack plongea au sol pour s'assurer que son ami était toujours conscient.

« Ed' ça va ? Ne t'inquiète pas, il ne te fera plus jamais de mal ! »

Puis, il ordonna à Stéphan de trouver un autre téléphone pour appeler la police et les pompiers. Le jeune garçon ne sut comment s'y prendre, il était encore sous le choc de ce qu'il venait de vivre. Par chance, un voisin, alerté par les hurlements, arriva à ce moment-là et appela les secours. En moins de dix minutes, les ambulanciers étaient sur place pour prendre en charge Eddy qui fut immédiatement emmené à l'hôpital pour subir des examens. Sa vie n'était certes pas en danger, mais les pompiers avaient insisté pour qu'il passe un scanner. Encore étourdi, le père fut emmené par la police.

C'était un alcoolique invétéré qui trouvait du réconfort en frappant sa femme et son fils quand ses démons le guettaient. Il refusait qu'Eddy ait des amis et l'interdisait de sortir comme pour avoir encore un semblant d'autorité afin d'exister dans ce monde. Son addiction à l'alcool, qui l'envahissait depuis de nombreuses années, avait fini par ravager sa vie et sa famille. Malgré cela, Eddy avait profité des moments où son père était au bar pour rejoindre ses amis.

Après cet incident, Eddy et sa mère avaient eu une vie plus paisible. Le père avait été envoyé derrière les barreaux pour quelques mois et avait été privé de tout contact avec sa famille. Par la suite, la mère avait demandé le divorce.

Soudain, quelque chose sortit Stéphan de torpeur. Il regarda autour de lui avant de comprendre qu'on venait de frapper à sa porte.

« Oui ? » dit-il, d'une voix forte.

La porte s'ouvrit et Stéphan fut surpris de voir Eddy faire irruption dans sa chambre.

« Bah, qu'est-ce que tu fais là ? lui demanda-t-il, perplexe.
– On s'était dit qu'on s'voyait, t'as oublié ? »

D'un coup, tout devint clair dans sa tête. Il était tellement préoccupé par tous ses souvenirs qu'il en avait oublié leur rendez-vous.

« J'suis désolé, c'est ma mère qui t'a ouvert ?
– Ouais, mais y'a pas de problèmes.
– Vas-y, installe-toi, reste pas devant la porte. »

Eddy prit place dans le petit canapé du fond de la chambre. Une petite télévision lui faisait face. Stéphan ne s'en servait que rarement, mais de temps en temps, il n'était pas contre un moment cinéma.

« Tiens, je t'ai ramené le jeu dont je t'avais parlé, fit Eddy qui lui tendait un boîtier de jeu vidéo. Tu verras, y'a pas mal d'action et de bastons.
– Ah cool ! On se fait une partie ? »

Stéphan prit le jeu et alluma la console. Une fois les manettes en main, ces deux-là, très en compétition, avaient pour habitude de se provoquer amicalement pour alimenter leur rivalité.

« Bon, cette fois-ci, j'espère que je vais pas t'éliminer en cinq minutes, j'ai toute ma soirée, moi.
– Tu feras moins ton malin dans cinq minutes, tu vas passer la soirée à pleurer dans les jupons de ta mère ! »

L'ambiance qui s'installait dans ces moments-là les amusait particulièrement. Les moqueries volaient bas, comme des attaques subtiles destinées à tester les failles de l'autre. C'était une sorte de duel psychologique, un entraînement tacite aux arts martiaux : la pression mentale pour déstabiliser l'adversaire.

Pourtant, après quelques minutes, Eddy n'eut aucune peine à vaincre son ami. Ils firent deux ou trois autres parties qui se terminaient inlassablement par sa victoire.

« Bah alors, qu'est-ce que tu fais ce soir ? T'es pas en forme ? » lança-t-il.

Bien qu'il n'était qu'à une dizaine de centimètres de lui, Stéphan ne répondit pas. Il semblait ne même pas l'avoir entendu.

« Eh ! Stéph' » reprit Eddy en lui adressant une main sur l'épaule.

Son ami parut revenir d'un coup à lui. Il réalisa ce qu'il venait de se passer et, embêté, il s'excusa.

« J'suis désolé, je t'avais pas entendu…
– Tu m'avais pas entendu ? T'es sûr que ça va ?
– Heu… Ouais… Ça va, t'inquiète… »

Eddy le connaissait mieux que personne et n'avait aucun doute sur la signification de ce regard fuyant.

« Vas-y, tu sais que tu peux tout me dire, poursuivit-il.
– Mais nan, je vais pas t'embêter avec ça…
– Qu'est-ce que tu me racontes ? On est potes, nan ? »

Eddy le regarda droit dans les yeux pour le mettre en confiance. D'un tempérament réservé, Stéphan n'avait pas toujours les mots pour se livrer.

« Je repensais à certaines choses… avoua-t-il.
– À quoi ? »

Stéphan baissa la tête. Puis, il lui répondit :
« À Jack… »

Au début des grandes vacances de 1983, Stéphan n'avait alors que dix ans. Ce jour-là, la chaleur était suffocante, alourdissant chaque geste comme une invisible couverture de plomb. Chaque respiration semblait difficile, comme si l'air lui-même résistait à entrer dans les poumons des enfants qui cherchaient désespérément à se rafraîchir. Lui et ses amis avaient décidé de se réfugier au parc, près du vieux saule dont les branches souples frôlaient presque le sol, formant un abri naturel. C'était leur sanctuaire habituel, une forteresse secrète où la fraîcheur survivait encore, protégée par la dense canopée.

« On joue à cache-cache ? » lança Paul, toujours plein d'entrain malgré l'air lourd, ses yeux pétillant d'excitation.

Aussitôt, l'énergie revint aux garçons comme une brise légère. Les enfants s'égayèrent dans toutes les directions, riant et criant de joie, cherchant frénétiquement les meilleures cachettes. Stéphan grimpa rapidement sur l'une des grosses branches du saule, dominant la scène tout en se cachant dans l'épais feuillage. Depuis son mirador, il pouvait observer discrètement ses camarades, savourant l'excitation du jeu. Jack, un sourire malicieux sur le visage, trouva refuge derrière un massif de buissons, près du muret qui bordait le parc, se tapissant dans l'ombre, invisible. Eddy avait choisi de se cacher derrière un banc, et Thomas s'était glissé derrière un toboggan rouillé.

La partie démarra sous les rires étouffés et les murmures excités. Paul cherchait, avançant prudemment en inspectant chaque cachette potentielle, son regard scrutant chaque recoin avec une concentration extrême. Peu à peu, les enfants furent découverts, poussant des cris de dépit. Ils coururent se regrouper autour du saule, où chacun attendait impatiemment la fin du jeu, échangeant des commentaires et des sourires complices.

Jack restait le dernier à trouver, et Paul semblait prêt à abandonner, une moue de frustration se dessinant sur son visage. Alors, pour l'aider et ajouter un peu de piquant au jeu, Eddy s'écria brusquement :

« Jack est derrière les buissons ! Attrape-le ! »

La proie jaillit aussitôt de sa cachette, éclatant d'un cri excité, déclenchant alors une course-poursuite improvisée. Riant aux éclats, il traversa la pelouse à pleine vitesse, Paul sur ses talons. Dans leur élan enthousiaste, aucun des deux garçons ne remarqua le danger imminent : au milieu du parc, une grille métallique couvrait l'accès à un vieux puits abandonné depuis des années ; un puits entouré d'histoires et de légendes sinistres que les adultes murmuraient parfois aux enfants pour les effrayer. Habituellement fermé et interdit d'accès, il était devenu ce jour-là le théâtre d'une terrible négligence. La grille métallique, rouillée par les années, avait été retirée pour une réparation oubliée, révélant un trou brut creusé à même la terre, dont les parois irrégulières semblaient s'effriter sous l'humidité et la mousse.

Stéphan, depuis son perchoir, aperçut soudain l'ouverture béante avec une terreur glaciale. Ses mots furent trop tardifs, trop faibles pour atteindre Jack qui courait sans méfiance :

« Jack, stop ! Le puits ! »

Ce dernier, absorbé par la poursuite, tourna la tête trop tard. Le temps sembla se figer tandis que son pied glissait sur le rebord humide et mousseux. Un cri strident, déchirant la joie enfantine, résonna dans l'air lourd alors que Jack disparaissait soudainement dans l'obscurité du puits.

Les garçons se figèrent instantanément, pétrifiés par l'horreur, les visages blêmes, les yeux écarquillés. La scène devint irréelle, suspendue dans une stupeur effrayante. Paul arriva le premier près du puits, regardant dans le vide avec un visage pâle, les yeux remplis d'effroi, la respiration courte et rapide. Stéphan descendit lentement de son arbre, ses membres tremblants, son corps comme vidé de toute force, le cœur déjà brisé par une évidence atroce qui semblait se graver dans son âme.

Les cris paniqués des garçons attirèrent instamment l'attention des passants. Un homme, alerté par la détresse des enfants, se précipita vers le puits, tentant en vain de discerner quelque chose dans la noirceur opaque. Les secours furent appelés aussitôt, arrivant rapidement sur place. Malgré l'efficacité et le dévouement des pompiers, le temps sembla s'étirer à l'infini. Jack avait chuté d'une dizaine de mètres. Ils descendirent dans le puits, équipés de cordes et de lampes puissantes, mais aucun miracle ne vint.

La mère de Stéphan arriva précipitamment, l'enlaçant instinctivement dans ses bras protecteurs, pour lui assurer que tout se passerait bien. Pourtant, derrière lui, le garçon perçut la voix d'un pompier murmurant avec gravité à son collègue :

« C'est fini… »

Stéphan eut l'impression de recevoir un énorme coup de poignard dans la poitrine. Sa respiration se bloqua. Cette fois-ci, le vide envahit son esprit. Il resta cloué sur place, figé dans un silence glacé, incapable de bouger pendant de longues minutes. Son regard était rivé sur le trou noir, cet abîme insondable qui venait d'engloutir une part de lui-même. Tout se figea soudain autour de lui, suspendant le monde dans un silence assourdissant.

Son cœur battait avec lenteur, froideur, comme s'il cherchait à ralentir le temps, à repousser l'inéluctable vérité.

Non, ça ne pouvait pas être vrai, ça ne devait pas l'être ! Pas Jack !

Tout en lui se révoltait contre cette réalité intolérable. *Un mauvais rêve*, pensa-t-il désespérément. Juste un cauchemar duquel il allait se réveiller bientôt.

Des souvenirs affluèrent doucement, presque timidement, remplis de rires, de jeux, d'instants si simples, si précieux, qu'ils en devenaient douloureux à contempler. Ils étaient comme des lumières fragiles tentant vainement d'éclairer les ténèbres qui s'étaient installées brutalement en lui. Pourtant, en arrière-plan, une voix lancinante, cruelle, répétait sans répit : *Si seulement je lui avais crié plus tôt, Jack serait encore là…* Ces mots résonnaient dans son esprit comme un écho infini, le déchirant un peu plus à chaque répétition.

Soudain, un faible éclat sur le sol attira son regard, brillant discrètement dans l'herbe foulée par la course. Avec une lenteur mécanique, il avança vers cet objet, chaque pas pesant comme un aveu imminent. Ses doigts tremblants se refermèrent sur un crucifix argenté, celui que Jack ne quittait jamais, dont la chaîne était désormais brisée. Stéphan sentit une brûlure humide lui monter aux yeux, mais il refoula fermement ses larmes, sa gorge nouée par un chagrin immense. Doucement, presque avec respect, il passa la chaîne autour de son propre cou, serrant fermement le pendentif contre son cœur. C'était une promesse silencieuse, une façon de ne jamais oublier.

Dans les jours qui suivirent, le vide immense laissa progressivement place à une douleur sourde, persistante, lancinante. Le parc, autrefois lieu de joie et d'insouciance, devint un lieu maudit qu'ils évitaient désormais.

À l'enterrement, la petite silhouette blanche du cercueil de Jack fut déposée délicatement, entourée de fleurs blanches et colorées, symbole d'une vie écourtée prématurément dans l'innocence d'un jeu d'enfants.

Lorsque les parents de Jack repartirent définitivement aux États-Unis, incapables de rester dans un lieu où chaque détail leur rappelait leur fils disparu, ils laissèrent derrière eux un vide silencieux qui expédia directement Stéphan vers l'âpreté de la vie.

Un repère venait brutalement de disparaître, une présence essentielle, précipitant brutalement son enfance vers un déchirement muet et irrévocable.

Dehors, la pluie ne tombait plus. Les yeux de Stéphan brillaient, puis une larme coula le long de sa joue. Il l'essuya du revers de la main, se leva, et regarda une nouvelle fois par la fenêtre. Sa vision était devenue trouble par les pleurs. Eddy était embarrassé. Il connaissait son ami, il connaissait ses peines, ses souffrances, pourtant, il n'avait jamais réussi à trouver les mots qui pourraient le faire avancer. Les images du passé coulaient dans sa mémoire. Bien qu'il s'efforçât de les chasser, elles revenaient le hanter par millier.

Après le décès de Jack, Stéphan avait passé le reste des grandes vacances cloîtré dans sa chambre. Ses parents lui avaient proposé d'aller parler à un psychologue, mais il savait qu'aucun mot ne pourrait décrire sa souffrance. De son côté, Eddy, qui était très affecté également, s'efforçait de se changer les idées. Il avait rendu plusieurs visites à son ami en espérant qu'il ne sombre pas davantage dans le chagrin. D'autres camarades avaient voulu lui rendre visite, mais Stéphan avait systématiquement refusé de les voir.

Cet épisode avait fait naître de nouveaux sentiments chez lui. Il avait perdu le goût de la simplicité et ne voulait plus voir personne. Sans se l'expliquer, il éprouvait même de l'antipathie envers eux. La seule personne dont il appréciait toujours la présence était Eddy. Lui avait réellement traversé ce que lui-même avait enduré. Stéphan avait l'intime conviction que seul son ami pouvait comprendre la noirceur qui envahissait son esprit à cette époque-là.

Jack avait laissé une empreinte profonde, même après sa mort. Stéphan, marqué par la soif de savoir de son défunt ami, s'était plongé dans la lecture avec une détermination nouvelle. Il ne voulait plus gaspiller son temps à rire, plaisanter ou jouer. *Jack était mort alors qu'il s'amusait !*

Désormais, sa seule obsession était d'enrichir ses connaissances et de se plonger dans les arts martiaux, déterminé à exceller tant mentalement que physiquement.

Depuis, Eddy avait pris le rôle de meneur que Jack avait jusqu'à présent. Pendant les entraînements d'arts martiaux, il dirigeait et donnait les consignes avec une extrême rigueur. Bien qu'il avait été énormément bouleversé par ce drame soudain, il s'était dit, avec le recul, qu'il fallait tourner la page et se faire une raison. Il ne pourrait jamais oublier son ami décédé, mais la philosophie d'Eddy était qu'il fallait vivre *au jour le jour* et prendre la vie comme elle venait.

Voyant que rien ne s'arrangeait pour Stéphan, il décida d'user de toutes ses forces pour lui montrer une autre voie. Il savait que cette responsabilité était la sienne et, ainsi, il l'orienta vers les arts martiaux.

La rentrée des classes qui suivit ces vacances tragiques fut extrêmement compliquée. Stéphan ne parlait plus. Comme un fantôme, il errait dans les couloirs du collège sans âme. Il n'était plus que l'ombre de lui-même.

Quelques semaines s'étaient écoulées, l'histoire du décès de Jack s'était vite répandue parmi ceux à l'affut de la moindre histoire croustillante. Rares étaient les personnes n'ayant pas été mises au courant. L'une d'elles, qui n'avait pas vu Jack depuis le début de l'année scolaire, sortit une mauvaise blague sur son absence.

« Bon, il a pas encore fini de lire l'encyclopédie, l'autre intello ? »

Malheureusement, Stéphan, qui passait à ce même moment, l'entendit. Il ne put alors se contrôler et bondit rageusement sur le mauvais blagueur. Le garçon, hors de lui, se déchaîna de toutes ses forces. Au milieu de la cour, tous les collégiens s'étaient attroupés autour d'eux pour assister à la raclée. Stéphan le frappa sans répit et lui lança les pires injures. L'autre garçon ne pouvait rien faire à part se recroqueviller sur lui-même pour se protéger de la pluie de coups. Au bout de quelques minutes, des surveillants et des professeurs arrivèrent en trombe pour les séparer. Mais Stéphan ne voulait pas arrêter son massacre. Les grandes personnes l'attrapèrent et le tirèrent. Stéphan s'accrocha au T-shirt de sa victime qui ne résista pas longtemps avant de se déchirer. Une bonne heure avait été nécessaire avant qu'il ne puisse retrouver ses esprits. Normalement, il aurait dû passer devant le conseil de discipline pour une telle agression, mais au vu de la situation, il n'écopa que de quatre heures de colle. Stéphan savait que ces adultes lâches ne comprendraient jamais rien. Alors, il se terra dans le silence.

Il était plus de vingt-trois heures, Stéphan préféra ne plus se torturer l'esprit avec tous ces souvenirs. Mais chaque fois qu'il clignait des yeux, chaque fois qu'il regardait par la fenêtre de sa chambre, des images de son passé lui revinrent en tête.

Eddy le regarda silencieusement. Il ne sut trouver les mots qu'il fallait.

« Eh mec, 'faut plus penser à tout ça maintenant. C'est du passé ! dit-il, impuissamment.

– Ouais, je sais… Je sais que t'as raison, mais c'est plus fort que moi… »

Il essuya les quelques larmes qu'il avait sur la joue. Eddy se sentit profondément mal face à la détresse de son ami contre laquelle il était impuissant. Il y avait entre eux cette ambiguïté dans leur amitié. Eddy savait que Stéphan était comme un frère avec qui il partageait tout. Pourtant, il n'avait jamais réussi à décrire cet étrange sentiment qu'une barrière impénétrable les séparait. Le décès de Jack remontait à plus de sept ans maintenant, et Eddy regrettait ne pas avoir eu la force nécessaire pour guider Stéphan sur sa propre route.

Il tenta de le réconforter une dernière fois avec des mots. Stéphan l'écouta, puis il lui répondit que c'était juste un moment de faiblesse, que demain tout irait mieux.

Quelqu'un frappa à la porte. C'était la mère de Stéphan qui leur signala qu'il commençait à se faire tard. Dans la foulée, Eddy précisa qu'ils n'avaient pas vu le temps passer, salua son ami et s'éclipsa.

Stéphan, incapable de trouver le sommeil, se leva et se dirigea vers son bureau. Il tenta de reprendre sa lecture, mais à peine avait-il posé la main sur le livre qu'il le reposa aussitôt. Il savait pertinemment que les mots ne feraient que danser devant ses yeux sans jamais s'ancrer dans son esprit. Enfin lui vint une idée : peut-être qu'une bonne douche lui extirperait tous ses démons et l'aiderait à trouver le sommeil.

III

Une Page qui se tourne

Début octobre

Elle ne fut pas étonnée du retard de Mike ; c'était sa manière de montrer qui avait le contrôle.

Sara était posée à la terrasse d'un café près de la galerie marchande des Ulysses. Elle avait imposé le lieu : C'était ici ou nulle part ! À vrai dire, c'était un endroit qu'elle affectionnait particulièrement pour le monde qu'il brassait. Bien qu'elle était elle-même de nature très solitaire, étrangement, être immergée dans la masse lui procurait une certaine satisfaction. L'adolescente aimait observer la nature humaine, comprendre le mécanisme des relations.

Les jambes croisées, son livre ouvert entre ses mains, elle resta l'esprit dans ses pensées. *Comment se faisait-il que Mike vienne à elle ? Qu'avait-il à s'intéresser à une fille sans intérêt comme elle ?* La jeune femme se fit même la réflexion que tout ça n'était peut-être qu'un pari qu'il avait fait avec ses amis : séduire la première paumée qui passait devant eux !

Pourtant, l'insistance du garçon avait quelque chose d'authentique. Face à ses différents refus, Mike aurait dû se lasser et passer à autre chose depuis bien longtemps. Mais voilà, Sara avait fini par accepter de boire un verre avec lui. Au fond, cela l'amusa.

Elle sourit, seule, en sirotant son cocktail. Bien qu'elle fût loin du profil habituel des acolytes de Mike, avec le recul, elle trouva qu'il y avait quelque chose d'intrigant dans tout ça. Elle n'était personne, et d'un coup, le destin lui proposait de mettre un peu de piment dans son quotidien. Alors pourquoi pas ?

Au loin, elle aperçut le jeune homme, l'air dégagé, sûr de lui, grand par sa prestance, imposant par son regard. Elle lui trouva quelque chose de séduisant dans sa démarche, dans sa manière d'entreprendre. Sara referma le livre qu'elle avait entre les mains, impatiente de goûter aux délices sucrés du tumulte de la rue.

Quand il l'aperçut, l'adolescent lui fit un sourire charmeur. *Et si tout ça n'était qu'un jeu ?* se demanda-t-elle, enjouée.

Partie 2 : 1990

*L'Efficacité réelle passe par l'abandon
de la résistance interne
et du conflit inutile*

Bruce Lee

4

Rupture

15 octobre 1990

« Chambre 202 » déclara la réceptionniste à Stéphan, le nez plongé dans les formulaires d'admission. Il se hâta de se diriger vers l'ascenseur et appuya sur le bouton avec une main tremblante. Dans l'autre main, il tenait un sac en plastique rempli de livres. Alors qu'il attendait l'arrivée de l'ascenseur, l'attente lui parut interminable. Finalement, les portes s'ouvrirent, et il s'engouffra à l'intérieur.

Une fois arrivé à l'étage, il fut accueilli par une infirmière qui l'arrêta lorsqu'il se dirigea vers un accès restreint. Elle lui demanda poliment s'il cherchait quelque chose.

« Oui, je cherche la chambre 202, je viens rendre visite à un ami. »

Sa voix était fébrile. L'infirmière lui demanda de la suivre. Quelques mètres plus loin, elle lui indiqua une porte avant de s'éclipser. Il ouvrit doucement et entra.

Eddy était allongé dans un lit, il avait la jambe et le bras gauches dans un plâtre. De nombreux bandages et pansements recouvraient son corps. La vue de son ami blessé lui rappela des souvenirs et lui comprima le cœur. Toutefois, il se ressaisit rapidement en voyant le léger sourire qui se dessinait sur son visage.

« Comment tu savais qu'j'étais ici ? lança le garçon alité.

– L'hôpital a appelé ta mère qui m'a aussitôt prévenu, répondit Stéphan. Elle m'a raconté c'qui s'est passé. T'étais à vélo et un chauffard a grillé un feu rouge et t'a renversé, c'est bien ça ? »

Le garçon confirma d'un signe de la tête. Dans une tentative de soulager l'atmosphère, Stéphan ajouta avec une pointe d'ironie que s'il avait été aussi doué en cyclisme qu'en arts martiaux, il aurait pu éviter la voiture. Dans la foulée, celui-ci se dirigea vers la fenêtre et l'ouvrit pour rafraîchir légèrement la pièce.

« C'est pas si grave que ça, le médecin m'a dit que je devais rester quelques semaines au lit. J'vais devoir garder les plâtres que deux mois. Par contre, la vraie galère, c'est qu'après, il va falloir que j'parte dans un centre spécialisé en rééducation.

– Ah bon ! Pourquoi ? s'étonna Stéphan, les sourcils froncés.

– J'ai été touché à la rotule et ils m'ont opéré pour remettre tout en place. Si j'vais pas en rééducation, je risque d'avoir des difficultés à remarcher correctement. L'ennui, c'est qu'il n'y a pas ce genre de centre dans le coin, j'vais devoir partir pour quelques mois… »

Un court silence s'imposa, puis Eddy reprit la parole :

« Y'a quoi dans le sac ?

– Ah ouais, c'est vrai ! J'avais oublié de t'le donner. Je t'ai ramené plein de bonbons et quelques bouquins, répondit Stéphan. 'Faut bien que tu t'occupes dans cette petite chambre.

– Sérieux ? Trop cool, merci ! J'avais que dalle pour m'occuper. Pose le sac sur cette table, s'il te plaît, demanda-t-il en la désignant du menton.

– Franchement, sans toi, les entraînements d'arts martiaux vont être nazes…

– T'en fais pas pour ça, fit Eddy. Même si j'suis blessé, j'passerai te voir, et j'pourrai toujours te filer des conseils. Et à côté de ça, il te reste le club de Jeet Kune Do.

– Ouais, mais ce sera pas pareil. Moi, ce que je kiffais, c'était te coller des raclées !

– Ah ah, ça reste à voir, ça… »

Les deux garçons se lancèrent un regard complice avant de s'esclaffer de rire. Stéphan ne pouvait s'empêcher d'ironiser l'écart qu'il existait en leurs deux niveaux.

« Par contre, pour moi, ça risque d'être bien relou, reprit Eddy dans un soupir. J'ai besoin de repos et j'suis obligé de rester inactif pendant quelques mois. Et après, pour revenir à un bon niveau, va falloir tout reprendre à zéro, comme si j'étais un débutant…

– T'auras mon soutien, j't'aiderai du mieux que j'pourrai. T'inquiète pas, pour l'instant, pense à guérir pour repartir sur de bonnes bases, OK ? » répliqua Stéphan.

Les deux adolescents se regardèrent, une pointe d'amertume dans les yeux : Eddy allait devoir traverser de nombreuses étapes avant de récupérer toutes ses aptitudes.

« En plus de tout ça, tu vas pas pouvoir participer aux

compétitions, ajouta Stéphan en tirant une chaise près du lit pour s'asseoir. Celle de Méthée dans un mois, c'est mort... Mais pour le grand tournoi de Paris en janvier, t'as intérêt à être sur pied. N'oublie pas que t'as un titre à défendre là-bas !

– Ah ! J'y avais même pas pensé ! C'est pas grave, j'ai plus urgent à penser. Et pour les cours, ça va être chaud aussi ! Tant que j'peux pas marcher, j'vais devoir les suivre par correspondance, annonça Eddy.

– Ah ouais, enfermé chez toi pour faire tes cours, j'te plains ! soupira le garçon. Et pour ton boulot en tant que Président des élèves, ça va se passer comment ? Tu vas gérer à distance ?

– J'ai un peu réfléchi... et je pense que je vais démissionner. Un président absent, presque six mois, ça n'a pas de sens...

– C'est clair... C'est dommage, mais t'as raison...

– J'appelle le lycée demain pour leur dire et... »

L'adolescent s'arrêta net, une grimace de douleur se lit alors sur son visage.

« Tu vas bien ? lui demanda son ami, un peu soucieux.

– Pour te dire la vérité, j'ai mal dans tout le corps, bordel... avoua-t-il. Mon bras me fait atrocement souffrir, j'me suis cassé le coude et les médecins ont dû me mettre des broches. Ma jambe aussi me fait mal. Et c'est pas tout, j'ai quelques côtes fracturées et plein de petites plaies sur tout l'corps. T'as vu le nombre de pansements que j'ai ? Je ressemble à une vraie momie... »

Stéphan esquissa un sourire à la blague de son ami, avant de poursuivre :

« J'te plains, mais ça devrait aller mieux avec le temps. Le chauffard devait vraiment rouler comme un dingue pour que tu sois dans cet état.

– Ouais... J'étais à vélo au carrefour, tu sais, celui à côté du Casino ? J'ai entendu un moteur arriver en trombe et, avant que je capte, il m'a percuté. J'ai volé, et en essayant de me relever, la douleur m'a cloué au sol.

– Qui a appelé une ambulance ? C'est le chauffard ? demanda Stéphan.

– Nan, cet enfoiré s'est enfui sans même se soucier de mon état. Mais des témoins ont relevé la plaque d'immatriculation, c'qui a permis à ma mère de porter plainte contre lui. C'est d'autres passants qui ont appelé une ambulance. Arrivé à l'hôpital, ça a été un défilé de médecins, de radios, de scanners avant de m'anesthésier. À mon réveil, j'étais dans cet état, c'est bien ma veine ! »

Comme si une pensée lui revenait soudainement en tête, Stéphan répliqua :

« Au fait, ta mère m'a dit de te dire qu'elle passera te rendre visite en fin d'aprèm. Elle devrait pas tarder… »

Les deux adolescents discutèrent encore pendant quelques dizaines de minutes de l'accident jusqu'à l'arrivée de la mère d'Eddy. Stéphan, de son côté, préféra les laisser seuls. Il adressa un dernier mot à son ami :

« J'passerai te rendre visite le plus souvent possible. Bonne soirée et surtout, bon courage ! »

Il se dirigea vers la sortie et fit un discret signe de tête à l'infirmière pour la remercier de l'avoir aidé.

Merde, on a vraiment pas de chance, Eddy risque de louper le tournoi de Paris… soupira Stéphan.

5

Nouvelle Aube

16 octobre 1990

Une sonnerie brutale le tira sans ménagement de son rêve. S'il cédait à ses pulsions, Stéphan aurait déjà balancé son réveil par la fenêtre depuis des années. Ce jour-là, c'était son premier jour de classe sans Eddy. À vrai dire, cela lui importait peu, il avait l'habitude de traîner seul au bahut. Là où son compagnon allait réellement laisser un vide, ce serait pour les entraînements du soir.

Encore à moitié engourdi par le sommeil, il se leva avec un effort considérable. L'année avait repris depuis à peine plus d'un mois que déjà tout lui sortait par les yeux : les réunions stupides à répétition pour présenter les ateliers culturels, les discours moralisateurs des enseignants à chaque incident survenu dans l'enceinte de l'établissement, l'effervescence des couloirs bondés. Malgré tout, il hâta le pas ; la dernière fois qu'il était arrivé en retard, sa mère l'avait menacé de ne plus lui accorder l'autorisation parentale pour participer au tournoi de Paris.

Pendant la récréation, Stéphan se tenait à l'écart de ses camarades de classe, préférant jouer les solitaires plutôt que de paraître maladroit en tentant de se fondre dans la masse. C'était la seule chose qu'il savait faire, se disait-il. Malgré tous ses efforts, il ne comprenait pas pourquoi il n'arrivait pas à s'intégrer, à être comme les autres.

Assis sur un banc du fond de la cour, il fit du rangement dans son sac d'école. Les professeurs donnaient toujours un tas de paperasse inutile qui encombrait les classeurs. Un bruit attira d'un coup son attention ; quelqu'un se dirigeait vers lui. Stéphan le reconnut de suite, c'était son camarade de classe qui lui avait adressé la parole le jour de la rentrée.

Cela lui rappela la fois où un élève de troisième, Benjamin, était venu à sa rencontre quelques années en arrière. Il était accompagné de deux potes de sa bande. Stéphan, qui devait avoir un an de moins qu'eux, lisait tranquillement sur un banc de la cour. Le chef s'était arrêté devant lui, il ricanait d'un ton grave.

« Eh pauv'con, t'as pas d'amis ou quoi ? »

Stéphan, sans dire le moindre mot, l'avait fixé droit dans les yeux. Cette attitude n'était pas celle attendue par Benjamin ; ça ne correspondait pas à ce qu'il provoquait habituellement chez ses victimes. Il s'était retrouvé comme un prédateur interloqué face à une proie qui ne fuyait pas. Déstabilisé, il lui avait alors arraché son livre des mains. Stéphan, toujours très calme, lui avait demandé de le lui rendre. Le groupe de Benjamin s'était mis à rire en se jetant des regards. C'était alors que le jeune adolescent s'était levé brusquement :

« Rends-moi mon livre et arrête de rire bêtement, connard ! Tu crois faire peur parce que tu débarques avec tes deux fiottes ? »

– Tu veux jouer les malins ? » avait répliqué Benjamin en balançant le livre à ses pieds.

Il s'était soudainement rué sur Stéphan et, en l'espace d'une poignée de secondes, avait chuté au sol. Ses mains cachèrent son visage couvert de sang. Les deux autres, terrifiés par la tournure des évènements, avaient pris la fuite en abandonnant leur acolyte.

Ce n'était pas la première fois que ce genre d'incident lui arrivait. Après plusieurs avertissements du principal, Stéphan était passé devant le conseil de discipline et plusieurs sanctions lui avaient été infligées. Il tentait vainement de plaider sa cause, assurant qu'il n'avait fait que se défendre, mais ses protestations étaient ignorées. Le principal n'avait rien voulu savoir : on ne faisait pas justice soi-même dans son établissement ! De son côté, il était hors de question pour Stéphan de se laisser tabasser en attendant que justice soit faite. Il fut alors sanctionné d'un renvoi d'une semaine.

Au fil du temps, il avait acquis une certaine renommée. Il était certes ce garçon étrange et solitaire, mais il ne fallait pas lui chercher les emmerdes. Malgré tout, on s'interrogeait sur lui, on voulait lui demander quel genre d'entraînement il avait suivi, pourquoi il semblait si introverti.

Une jeune fille, croisant son regard au fond de la cour, lui offrit un sourire, mais il n'y prêta guère attention ; ce n'était pas ça qu'il recherchait. Et si certains étaient dérangés par son comportement, *ils pouvaient aller se plaindre chez leur mère autant qu'ils le souhaitaient.*

Son camarade de classe s'approcha de lui. Son expression de visage semblait plus ouverte que celle de Benjamin quelques années plus tôt.

« Pourquoi tu restes seul ? » lui demanda-t-il sans préambule.

L'interrogé ne répondit pas et détourna le visage. Pourtant, cela n'avait pas l'air de décourager le garçon qui vint s'asseoir à côté de lui.

« Ça doit être ennuyant de rester seul, nan ? Pourquoi tu viens pas avec nous ? insista-t-il.

– Ça te regarde pas ! répondit brièvement Stéphan.

– T'énerve pas mec, j'veux juste être sympa avec toi, répliqua calmement le garçon pour détendre l'atmosphère.

– J'ai pas besoin d'ta sympathie ! » s'exclama Stéphan, toujours avec le même ton.

Il sentait doucement la colère monter en lui. Habituellement, il lui suffisait de se montrer désagréable pour faire fuir ceux qui s'accrochaient. Le garçon sortit un paquet de cigarettes de sa poche et en proposa une à Stéphan qui ne se donna même pas la peine de répondre. Il trouvait déjà stupide de se détruire la santé en fumant, mais le faire dans l'établissement était pour lui une bêtise sans nom.

« T'es bizarre quand même ! T'as l'air de m'détester alors que tu m'connais même pas ! » lança le garçon.

Ça y est, c'est parti pour l'instant morale… soupira Stéphan.

« Moi, j'préfère discuter avec quelqu'un avant d'le juger…
– Qui te dit que moi, j'veux te parler ?
– Juste le temps de la récréation, ça va tuer personne, nan ? »

Bon, ce relou va pas m'lâcher tant que j'lui laisserai pas une chance de m'parler…

Le garçon remarqua dans le regard de Stéphan un imperceptible changement de comportement.

« J'm'appelle Antoine, dit-il, et toi, de c'que j'ai compris, c'est Stéphan, c'est ça ? »

Le garçon se contenta de répondre d'un acquiescement de la tête.

« Tu connais des gens dans notre classe ? interrogea Antoine.
– Ouais, y'a juste deux gars que je connais de vue. Ils étaient dans le même collège que moi.
– Ah ouais ? Et dans le bahut ? » poursuivit l'intéressé.

Stéphan prit un léger instant avant de répondre.

« J'ai pas beaucoup d'amis ici… Mon seul vrai pote s'appelle Eddy, mais il va être absent quelque temps.
– Eddy, le Président des élèves ? »

Stéphan hocha la tête sans pour autant croiser son regard.

« Il a démissionné…
« Ouais, ouais… J'en ai entendu parler, c'est fou cette histoire ! Du coup, il va y avoir de nouvelles élections. »

La vitesse à laquelle l'information avait circulé sembla interpeler Stéphan.

« Il avait pas gagné un tournoi d'arts martiaux aussi, y'a deux ans, environ ? poursuivit Antoine.
– Ouais, c'est lui. Et toi, alors ? Tu vas de groupe en groupe pour sympathiser avec tout le monde ?
– Bien sûr ! J'ai pas honte de l'avouer ! J'aime bien discuter avec les gens, chacun a ses histoires, répondit Antoine avant de demander avec hésitation : Et… tu la connais, Lisa ?
– Pourquoi tu demandes ça ? Elle t'intéresse ? répliqua

Stéphan sur la défensive.

— Moi non, elle est trop inaccessible cette fille. Mais à la manière dont tu la regardes parfois, j'me suis dit qu'elle te plaisait. Peut-être que j'me trompe ?

— C'est vrai qu'elle me plaisait beaucoup avant, mais tout ça, c'est de l'histoire ancienne… »

Antoine adressa un sourire amical à Stéphan. Ce dernier, encore sur la réserve, fit mine de ne pas l'avoir remarqué.

« Pourquoi tu dis qu'elle est inaccessible ? poursuivit-il.

— Bah tout le monde veut sortir avec elle, elle peut se taper qui elle veut ! Et on m'a dit qu'elle avait sauté sur l'occasion pour se présenter aux élections de Président des élèves : tous les garçons vont voter pour elle, même les filles l'adorent !

— J'savais pas… J'suis pas trop au courant de c'qui s'passe au lycée… Quand Eddy me parlait de son truc de président, j'lui faisais vite comprendre que ça m'gonflait…

— Ouais, j'vois ça. Et Lisa, tu l'as connue comment ? demanda Antoine.

— Y'a pas plus de détails que ça, elle m'intéressait mais c'était y'a plus de sept longues années, puis du jour au lendemain, j'l'ai plus jamais revue. Enfin… jusqu'à cette année…

— Elle est au courant de toute cette histoire ?

— Nan, j'ai jamais eu l'occasion de lui dire, admit Stéphan. Toute façon, j'sais même pas si j'aurais eu le courage de lui annoncer. J'suis plutôt… enfin… pas très à l'aise avec les filles, quoi… »

Le garçon s'arrêta, fixa Antoine, puis se dit qu'il en avait déjà trop dit.

« C'est dommage, t'aurais dû la tenir au courant, elle aurait peut-être craqué pour toi ! Et aujourd'hui, elle te plait toujours autant ?

— J'sais pas… J'la connais pas…

— Bon, j'vais pas t'embêter plus longtemps avec ça, on va parler d'autre chose. Tu fais quoi dans la vie ? T'as un loisir particulier ?

— Heu… Ouais, je heu… »

L'adolescent ne savait pas s'il pouvait aborder le sujet. Puis, il se lança finalement :

« J'aime beaucoup les arts martiaux. »

Antoine le fixa, stupéfait. Il comprit alors entre les lignes qu'il était le compagnon d'entraînement d'Eddy. Avec un enthousiasme soudain, il demanda quel art martial ils pratiquaient.

« Disons qu'on n'pratique pas qu'un seul art martial.

– Alors, ça doit être vraiment sérieux ?

– Pour moi ouais, c'est très sérieux ! s'exclama le jeune homme. J'm'entraîne plusieurs heures par jour. J'ai même une compétition le mois prochain.

– Tu dois avoir un niveau de ouf ! J'ai trop de respect pour les personnes comme toi qui vont au bout des choses ! »

Stéphan voulut répondre mais fut interrompu par la sonnerie. Les deux garçons ramassèrent alors leur sac et prirent le chemin de leur classe, leurs pas calés l'un sur l'autre, comme si leur échange restait suspendu dans l'air.

Le soir, avant de rentrer chez lui, Stéphan décida de faire une escale par l'hôpital pour rendre visite à Eddy.

« Alors, c'était comment le lycée sans ton pote le plus drôle ? lui demanda le blessé, un sourire en coin de lèvres.

– Ça s'est très bien passé ! J'avais pas besoin de faire semblant de rire à ses blagues pourries ! » répliqua-t-il, sur le même ton.

La répartie déclencha le rire d'Eddy qui s'acheva sur un rictus de douleur.

« Arrête, je t'ai dit de pas me faire rire…

– Mais en vrai, c'était une journée assez bizarre, y'a un gars de ma classe qui est venu taper la discute. C'est pas le genre de personnes que je fréquente, mais il avait l'air sympa.

– Ah ouais !? coupa son ami, surpris par ce qu'il venait d'entendre. Et quel est le nom du miraculé qui a réussi à t'approcher ?

– Arrête de t'foutre de moi ! J'suis pas si horrible. Il s'appelle Antoine, il est venu me voir et on a discuté de tout et de n'importe quoi, répondit Stéphan, feignant l'indifférence.

– J'suis content pour toi, vraiment ! Ça fait plaisir de t'voir de bonne humeur !

– Ah, ça va, c'est pas l'annonce du siècle, non plus… Et toi alors, t'as des nouvelles pour ton rétablissement ? Et les cours par correspondance, ça s'annonce comment ?

— Ah oui ! Moi, ça va mieux ! Bientôt, j'vais pouvoir me déplacer en fauteuil roulant ! Et psychologiquement, ça fait un bien fou ! Et à part ça, les cours par correspondance, j'trouve ça pas mal, finalement. Au moins, y'aura pas un prof tout le temps sur mon dos, ça me va ! »

La discussion se poursuivit d'elle-même sur une vingtaine de minutes. Stéphan raconta sa journée dans les moindres détails, pourtant, il omit de lui parler de Lisa : l'idée de repartir dans une discussion sur ses amourettes de jeunesse ne l'enchantait guère. Il se fit la remarque qu'il lui en parlerait à la prochaine opportunité.

« À part ça, j'voulais te demander si t'avais changé d'avis concernant la compétition qui se passera ici à Méthée ? demanda Eddy.

— Bah nan, bien sûr que nan !

— Y'aura les autres clubs aussi ?

— Ouais, mais tu sais, ça va être plus une démonstration qu'autre chose. Le tournoi, c'est juste à la fin, et en plus, ça concernera que les mecs du Jeet Kune Do.

— Ça vaudra quand même le coup d'y aller !

— Tu pourras venir comme spectateur ? suggéra Stéphan.

— J'pense que oui. D'ici là, j'pourrai me déplacer en fauteuil roulant. Tu verras, tout va vite s'arranger… »

6

Élection

29 octobre 1990

« T'es allé voter ? demanda Antoine.

— Nan, pas encore, répondit Stéphan en haussant les épaules. J'attends que Lisa fasse son discours avant.

— Mais allez, arrête ! Tu sais qu'tu vas voter pour elle ! »

Les deux lycéens se dirigèrent vers la salle de conférence où les différents candidats au poste de Président des élèves allaient faire leur dernier discours. Les votes étaient ouverts depuis les premières heures de la matinée, toutefois, Stéphan préférait savoir ce que Lisa avait à dire avant de se décider. Lors des élections précédentes, celui-ci ne s'était même pas donné la peine de se déplacer dans les isoloirs, pourtant, cette fois-ci, Antoine avait trouvé les mots pour le convaincre.

Les deux dernières semaines de cours avaient filé à toute allure depuis l'accident d'Eddy, et Stéphan réalisa qu'il n'avait pas trouvé un seul moment pour lui consacrer du temps. Hormis un coup de téléphone rapide la veille pour s'assurer que tout allait bien, le jeune homme n'avait toujours pas pu lui faire part de son enthousiasme face à la candidature de Lisa au poste nouvellement vacant.

Les deux élèves de terminale cherchèrent des places libres dans la salle de conférence, et, sur les conseils insistants d'Antoine, Stéphan intercepta Lisa à l'entrée pour lui souhaiter bonne chance. Il fut vite rattrapé par sa timidité quand il se hasarda à lui faire un compliment. Les mots se perdirent dans sa bouche et sa phrase n'avait d'autre sens qu'un bref bafouillage. Lisa, amusée par la situation, lui fit le sourire de celle qui était candidate, puis lui adressa un merci avant de s'éclipser avec son groupe d'amies.

« Bah allez, c'est déjà ça ! fit Antoine en lui adressant une tape dans le dos.

– Tu parles, j'ai été ridicule, elle doit me prendre pour un looser…

– Un looser qui va voter pour elle ! »

Stéphan préféra ironiser la situation plutôt que de remuer le couteau dans la plaie. Ses chances avec elle étaient très minces, il le savait, et c'est pourquoi il ne cherchait pas vraiment à lui plaire. Le fait d'exister à ses yeux était déjà une forme de victoire.

La salle de conférence commençait à se remplir et les deux garçons n'attendirent pas une minute de plus pour s'installer. Ces élections anticipées attiraient l'ensemble de l'établissement. Entre ceux prenant ça pour un concours de popularité, ceux voulant soudoyer l'élu pour qu'il ferme les yeux sur leurs activités, et le personnel administratif essayant d'influencer les élèves dans leur vote, chacun y trouvait son compte.

La salle de quatre cents places était trop petite pour contenir l'ensemble de l'établissement, les discours étaient donc retransmis en direct dans l'enceinte du lycée ; rares étaient ceux qui se désintéressaient de l'évènement.

Stéphan jeta un œil autour de lui et découvrit la bande de Mike et de ses acolytes au fond de la salle. Ils riaient fort pour se faire remarquer, tel un acte pour marquer leur territoire. Le garçon reconnut l'un d'eux : Benjamin, avec qui il avait eu une altercation au collège avant d'obtenir une exclusion temporaire. En observant plus attentivement, il crut reconnaître une fille qu'il avait déjà remarquée : les cheveux rouges, le manteau en cuir noir. D'un coup, son regard croisa celui de Mike, le chef de la bande. Intimidé par sa prestance, Stéphan détourna le visage. Bien qu'il sût se défendre, il était préférable pour lui de ne pas avoir de problèmes dans le lycée.

« Qu'est-ce qu'y a ? » lui demanda discrètement Antoine.

L'adolescent n'avait pas remarqué qu'il s'était à moitié retourné sur sa chaise pour regarder derrière lui.

« Le gars, là, Mike, qu'est-ce qu'il vient foutre ici ? demanda-t-il.

– J'sais pas trop… J'crois qu'il vient s'assurer que le nouveau Président des élèves ne soit pas trop regardant sur ses trafics… Eddy a fait de bonnes choses en tant que président, mais il osait pas se mêler de ce genre d'histoire. »

Stéphan arqua un sourcil, perplexe :

« Ah ouais ?

– C'est ton pote, tu devrais l'savoir…

– J't'avoue que j'me suis jamais vraiment intéressé à la vie du lycée. Tu sais quoi, j'étais même pas venu le jour des discours et des votes l'an dernier… »

La proviseure, madame Adrianne, interrompit les conversations des spectateurs pour annoncer l'ouverture des discours. La première candidate n'était pas spécialement populaire, mais son dynamisme et son envie de bien faire lui valurent de nombreux compliments. Le fait qu'elle soit en seconde était un avantage certain. Le vainqueur était élu pour une période qui pouvait s'étendre jusqu'à deux ans s'il ne quittait pas le lycée pour une réorientation ou une admission aux études supérieures. La jeune fille termina son discours sous des applaudissements chaleureux et rejoignit son groupe de supporteurs après de nombreux remerciements. Puis, vint le candidat qui avait perdu l'année précédente face à Eddy. Il arriva du fond de la salle de conférence et, quand Stéphan l'aperçut, il ouvrit grand les yeux de stupéfaction. Il le reconnut immédiatement et ne put s'empêcher de glisser une insulte entre ses lèvres.

« Tu l'connais ? fit Antoine en voyant sa réaction.
– Ouais, c'est Arnold Hérauld. On peut pas dire qu'on soit vraiment ami…
– J'vois qui c'est, il fait partie de la bande de Mike depuis peu. Méfie-toi d'eux, même si tu sais t'battre, ils rigolent pas.
– T'inquiète, c'est pas lui qui m'fera peur… »

Arnold monta sur les estrades, salua nonchalamment la proviseure et le personnel administratif avant de s'arrêter devant le pupitre où était posé un micro.

« Salut tout le monde ! s'exclama-t-il d'une voix très assurée. Bon, pour moi, ça va être rapide. Les choses marchaient très bien jusque-là, j'vois pas pourquoi on changerait ! Eddy a mis en place plein de clubs et de projets, c'est ça qu'les lycéens veulent… Si vous votez pour moi, j'vous promets que rien n'changera par rapport à l'an dernier. Allez, à tout à l'heure aux urnes ! Ah oui… Et votez pour moi ! »

Il y eut un bref silence à la fin du discours tant les spectateurs ne s'attendaient pas à ce qu'il soit si court. Puis, quelques applaudissements ponctuèrent son intervention : un mélange entre l'enthousiasme des acolytes de Mike et la formalité du personnel administratif. Arnold regagna sa place en adoptant une attitude victorieuse.

Dans la foulée, la proviseure appela Lisa Mineaut pour entendre le dernier discours. Celle-ci se leva de sa chaise, respira profondément avant de se diriger d'un pas décidé vers le pupitre. Le numéro de celui qui l'avait précédée l'avait mise hors d'elle : tout n'était que mensonge.

« Non ! fit-elle sans préambule. Beaucoup de choses sont à changer dans cet établissement ! Eddy était, certes, un très bon Président des élèves en ce qui concerne la vie lycéenne et l'aide aux affectations et je continuerai dans cette voie ! Mais il ignorait totalement les problèmes liés à la sécurité, aux trafics, aux rackets, aux agressions, aux menaces, aux vols, à la dégradation des infrastructures, aux représailles et la liste est encore longue ! Car bien sûr, les auteurs de ces délits sont assez malins pour ne jamais se faire attraper et rester bien planqués dans l'ombre ! »

Lisa n'hésita pas à fixer Mike droit dans les yeux, chacun savait parfaitement qui était visé. Celui-ci affichait un petit sourire en coin face à la pugnacité de son adversaire. Il éprouvait même de l'admiration pour son courage.

« Cette situation de peur nous empêche d'étudier dans de bonnes conditions ! poursuivit-elle, toujours avec le même ton engagé. Il est hors de question de fermer les yeux plus longtemps. Je propose de mettre en place un système de messages anonymes qui permette à chacun de dénoncer ce qu'il sait, ce qu'il a vu ! Nous pourrons ainsi être plus vigilants. De plus, je ferai en sorte qu'un agent de sécurité soit en permanence devant le lycée ! Et enfin, il devient impératif d'installer des caméras de surveillance à l'intérieur même de l'établissement ! D'après une première estimation, leur financement pourrait être assuré en six mois grâce à la vente de gâteaux à la pause de dix heures. »

Tout en affirmant cela, elle brandit une feuille où figuraient tous les calculs soutenant sa démonstration.

« Si vous faites de moi la prochaine Présidente des élèves, je vous promets de pouvoir étudier et vivre dans de bien meilleures conditions ! »

Le discours fut suivi d'une vive clameur de la part des spectateurs. Certains se levèrent de leur chaise pour manifester leur soutien à la jeune femme. Cela faisait tellement longtemps qu'ils attendaient que quelqu'un se dresse face à la bande de Mike. Lisa remercia maintes fois ces supporters, toutefois, elle savait que rien n'était joué d'avance. Après tout, Mike avait prouvé à maintes reprises sa capacité à corrompre quiconque se mettait en travers de son chemin.

« Whoua ! C'qui est sûr, c'est qu'elle a pas froid aux yeux ! lança Antoine en applaudissant avec enthousiasme.

– J'veux bien te croire, elle a un sacré tempérament... »

Les deux lycéens suivirent le mouvement de la foule pour aller rejoindre les urnes. Les cours de l'après-midi avaient été supprimés au profit des élections.

« Bon, cette fois-ci, tu vas pas me dire qu'tu sais pas pour qui voter ?

– Ah, j'hésite... Le pote de Mike avait de bons arguments, quand même ! »

Antoine arqua un sourcil avant d'éclater de rire.

« Ah ah, J'plaisante ! s'empressa de rectifier Stéphan. J'le sais depuis l'début pour qui j'allais voter ! J'savais qu'elle avait quelque chose en plus, cette fille. T'as vu comment elle les a fixés sans relâche ?

– Qui ça ? Tu parles des Guerriers Fous ?

– *Des Guerriers* quoi ? répondit le garçon en s'esclaffant.

– Ouais, j'sais pas pourquoi ils s'donnent ce nom chelou... Mais j'peux te dire que les gens en ont bien peur... »

Stéphan le fixa avec de grands yeux d'étonnement, il était dans ce lycée depuis deux ans et jamais rien de toutes ces histoires n'était venu jusqu'à lui. Il savait que Mike et sa bande faisaient la loi dans le lycée, mais à vrai dire, il ne s'y était pas intéressé plus que ça.

« Lisa a encore plus de mérites à faire c'qu'elle fait ! poursuivit-il. Elle est la seule à dresser une barrière face aux... *Guerriers Fous*...

– Si j'te connaissais pas, j'serais tenté de croire qu'elle te plait... répliqua son ami qui ne cacha pas le sous-entendu.

– Oh arrête, j't'ai déjà tout raconté... se défendit Stéphan.

– Justement ! »

Antoine lui adressa un sourire complice, il savait que c'était un sujet sur lequel il pouvait taquiner son ami. Dans la file d'attente pour voter, des groupes de lycéens scandaient le nom de Lisa tandis que les supporteurs d'Arnold n'hésitaient pas à entonner des hymnes victorieux plus forts que ceux de leurs adversaires.

L'après-midi s'écoula lentement et Stéphan n'en pouvait plus d'attendre les résultats. Malgré une pause déjeunée copieuse, il avait la sensation qu'une boule lui martelait le ventre. De son côté, Antoine était allé rejoindre un groupe d'amis avec qui Stéphan préférait garder ses distances. Ce dernier avait expliqué à Antoine qu'il n'avait rien contre son entourage mais qu'il aimait aussi la solitude et qu'avoir trop de monde autour de lui l'étouffait. Le jeune garçon se tint légèrement à l'écart de la foule qui envahissait le hall du lycée. D'où il se situait, il pouvait parfaitement voir la scène où seraient délibérés les résultats. Chaque fois qu'il assistait à un évènement de la sorte, il ne comprenait pas pourquoi les gens avaient besoin de s'agglutiner les uns sur les autres, de s'écraser contre le devant de la scène. D'un coup, Mike et sa bande passèrent devant lui avec leur cortège de railleries. Stéphan put distinguer parmi leurs paroles le nom de Lisa. Sans la moindre ambiguïté, le groupe n'hésitait pas à montrer du mépris pour la candidate adverse. Pour Stéphan, il était évident que ce manque manifeste de respect visait à intimider les élèves afin d'influencer leur vote. Il les regarda fixement sans une once de peur dans les yeux. Pour la première fois, il éprouva de la colère envers eux. Jusque-là, il s'était contenté de trouver leur comportement puéril et stupide. Toutefois, l'insolence et la lâcheté étaient deux notions qui le mettaient hors de lui. Son regard croisa celui de la jeune fille qui était en permanence accrochée au bras de Mike. Elle était toute vêtue de noir et de rouge. La jeune femme dégageait une froideur qui allait de pair avec ses yeux perçants. Quand elle aperçut Stéphan, étrangement, elle lui adressa un sourire. Un sourire qui était entre l'intimidation et la sensualité. L'adolescent, qui ne s'attendait pas à cette réaction de la part de cette jeune fille, ne sut que répondre. Il fut coupé dans sa réflexion par une annonce au micro :

« Voici le moment que vous attendez tous depuis des heures ! annonça madame Adrianne qui se prit au jeu de l'animation. Nous avons dû recompter plusieurs fois car nous avons rencontré quelques problèmes au moment de récupérer les bulletins de vote. »

Les lycéens étaient si excités que la proviseure dut leur demander plusieurs fois de garder le calme. Après un instant, elle reprit la parole :

« Je dois vous annoncer que nous avons rarement eu autant de mobilisations pour un candidat et j'en suis très satisfaite. Avant de vous dévoiler le grand vainqueur, je voulais adresser un petit mot à Eddy Jammy qui n'a pas pu être présent parmi nous aujourd'hui, pour les raisons que nous connaissons tous. Il a admirablement rempli son rôle en tant que Président des élèves… »

À ces mots, Stéphan crut percevoir quelques protestations de la foule, mais la proviseure poursuivit avec le même entrain :

« Il a su redynamiser la vie lycéenne en proposant de nombreuses activités et partenariats avec diverses associations. Et je dois ajouter que c'est tout à son honneur de se retirer, sachant qu'il ne pourrait plus assumer pleinement sa fonction. Je suis sincèrement très fière et très heureuse de vous annoncer que sa succession sera faite par… »

Elle marqua un temps de suspense.

« Lisa Mineaut ! » déclara-t-elle.

L'annonce fut suivie d'une immense clameur de la part des lycéens. Ils tapèrent dans leurs mains, frappèrent du pied, crièrent le nom de la gagnante. Lisa, submergée par l'émotion, sauta dans les bras de ses amies en hurlant de joie. Les choses allaient changer ! À peine eut-elle le temps d'embrasser sa meilleure amie que la foule se rua vers elle pour la féliciter, l'enlacer, lui serrer la main. Elle avait l'habitude qu'on vienne facilement vers elle tant sa beauté fascinait les hommes, pourtant, l'amour qu'on lui offrait ce jour-là était tout autre. Sa popularité était un subtil mariage entre l'espoir que les choses aillent mieux et le respect de sa persévérance. Des têtes défilaient devant elle, des mots, des encouragements. Puis, d'un coup, elle tomba face à quelqu'un qu'elle reconnut : il était dans sa classe et l'avait encouragée avant son discours. Et si sa mémoire ne lui faisait pas faux-bond, il lui semblait qu'ils s'étaient déjà côtoyés en primaire. Il s'appelait Stéphan Sentana. Le jeune homme se dressa devant elle, l'air embarrassé, comme s'il ne savait comment réagir en sa présence. Le mouvement de foule rapprocha les deux adolescents l'un vers l'autre. Lisa, sans se l'expliquer, embrassa sur la joue le jeune homme, aussi éphémère que tendre, avant que la masse de lycéens ne l'emporte vers d'autres félicitations.

Le jeune homme, quant à lui, resta là, interdit. Avait-elle fait ça pour le remercier ? Il n'en savait rien. Sa pensée partit immédiatement sur autre chose. Une étrange chaleur au fond de lui, insaisissable et inexplicable, s'exprima par un sourire discret.

IV

Bizutage

Début novembre 1990

« Bon, les gars, c'que j'vais vous demander d'faire pour intégrer la bande est très simple, lança Mike à une dizaine de garçons de seconde. Vous avez dix minutes pour rentrer dans c'magasin et piquer tout c'que vous pourrez, 'foutez le bordel si vous en avez envie… Si vous vous faites choper, j'vous déconseille de balancer mon nom. Toi, qu'est-c'que tu dis si les flics te demandent ? »

Il s'arrêta devant une jeune recrue, le fixant intensément. Sa présence en imposait par sa voix implacable, son autorité naturelle et sa détermination. Le garçon de seconde en face de lui répondit intimidé qu'il ne dirait jamais rien aux flics sur sa relation avec les Guerriers Fous.

« Une dernière indication, poursuivit le chef, celui qui sortira en dernier sera pas accepté dans le groupe. Il aura même intérêt à partir vite… »

Les jeunes nouveaux acquiescèrent de la tête, un certain silence pesant avait envahi la bande. Parmi eux, un garçon d'une carrure démesurée s'était fait remarquer. C'était parfaitement le genre de membre que souhaitait Mike ; quelqu'un qu'il pourrait envoyer régler les affaires quand ça chauffait.

« Allez-y les gars, et m'décevez pas ! » lança le chef.

Les candidats aux bizutages se ruèrent vers le magasin d'agroalimentaire. Sa surface était suffisamment importante pour se disperser et s'occuper individuellement d'un rayon. Mike et ses acolytes ricanaient déjà à l'idée que certains se fassent attraper. Tous avaient connu des épreuves similaires avant d'intégrer le gang. Child avait dû grimper au sommet d'une grue en entrant par effraction la nuit, Benjamin, lui, avait déclenché les alarmes du lycée trois fois au cours de la même journée et, enfin, Arnold avait été contraint de lancer des pierres sur les fenêtres de la résidence de la proviseure.

Sara, après avoir finalement rejoint la bande, avait été soumise à un traitement différent. Mike n'avait pas su comment aborder cette fille tout aussi attirante que mystérieuse. Il avait alors décidé de tester ce qu'elle valait vraiment en lui imposant un test particulièrement risqué. À la sortie du lycée, à la faveur de la nuit, Sara avait dû voler un scooter dans le parking de l'établissement. Après plusieurs semaines d'hésitation, elle s'était jetée dans l'aventure curieuse de voir ce que cela lui réserverait.

Mike ne lui avait fourni aucune aide et s'était contenté d'un :

« Prouve-moi que tu mérites ta place… »

Alors, lors d'un cours de sport où elle avait feint d'aller aux toilettes, Sara s'était discrètement glissée dans les vestiaires. Chacun de ses gestes avait été répété en mémoire : elle avait déjà repéré sa victime, le sac à dos, la poche où celle-ci rangeait les clés de son scooter.

Une fois les clés dans sa propre poche, elle n'avait plus eu la possibilité de faire marche arrière. Sa camarade allait vite se rendre compte de la perte de ses clés et, là, il était fort probable qu'elle en fasse refaire un double ou déplace le véhicule.

Sara n'avait pas flanché : le soir même, une douleur glaciale lui nouant les entrailles, elle s'était envolée sans demander son reste au volant de son larcin.

Au cours des semaines qui suivirent, elle avait préféré se montrer discrète pour ne pas attirer l'attention des professeurs, ni susciter la jalousie des autres filles au sein du gang.

« Qu'est-ce qui t'prend d'un coup d'vouloir recruter

des secondes ? demanda Child à son chef, perplexe. T'as toujours été contre…

– Lisa va bien nous emmerder maintenant qu'elle est présidente. Elle veut s'la jouer à pas avoir peur de nous, elle va vite comprendre qu'on veut pas d'elle quand tous les lycéens se rangeront derrière moi !

– Tu vas recruter tout le monde ?

– Plus on est de fous, plus on rit, nan ? » répliqua Mike avec un sourire narquois.

La bande éclata de rire. L'élection de Lisa avait provoqué une certaine tension au sein du groupe en divisant ceux qui étaient décidés à la chasser de son poste et ceux voyant là la fin de leurs activités.

« Elle a l'soutien de la direction, et même d'la mairie, j'ai vu ça dans le journal régional. Qu'est-ce qu'on va faire quand y'aura des flics à la sortie ? Hein ?

– *La direction du lycée ? La mairie ?* Pff… Tous ces lâches qui veulent pas faire de vague par peur de salir la réputation de la ville… On n'a rien à craindre d'eux ! J'te le dis, y'aura pas de flics, rétorqua Mike. On va dégager Lisa avant qu'elle fasse quoi qu'ce soit !

– Pas étonnant que ce soit toi qui prennes les rênes… » lança Sara qui ne prenait que rarement la parole.

Le groupe s'arrêta, les yeux rivés vers elle. De par sa nature réservée, elle n'avait jamais vraiment su quelle était sa place ici. Cependant, l'insistance de Mike avait fini par la convaincre qu'elle avait quelque chose à y gagner. Et au fond, peut-être était-ce précisément ce qu'elle recherchait : l'excitation du moment où on ignore comment la situation va tourner.

« Pour qui tu nous prends ? répliqua Cassandra, l'une des filles de la bande depuis le premier jour. T'as cru que pour tout ça, Mike a eu de la chance, peut-être ? T'as cru qu'on était du genre à s'laisser traiter comme d'la merde ?

– J'ai jamais dit ça, pourquoi tu…

– Nan, mais t'as l'air d'nous prendre pour des

bouffons ! Tu sais, normalement quand on fait partie d'la bande, on peut plus partir ! Mais pour toi, on peut faire une exception, si tu flippes déjà !

– Hey ! À quoi vous jouez là ? Vous croyez qu'c'est le moment d's'embrouiller ? Y'a pas plus important ? »

Les deux adolescentes restèrent silencieuses. Sara jeta un regard noir à sa rivale qui lui répondit par un sourire victorieux. Cette dernière venait d'atteindre un point sensible : sa légitimité au sein du gang. Cassandra était, jusqu'à peu, la seule fille à être acceptée parmi les proches de Mike, et elle vivait très mal l'arrivée d'une seconde. Pourtant, il lui était très difficile de s'élever contre la volonté du chef, envers qui elle avait un profond respect. Elle avait en mémoire l'époque où un certain Guillaume était le plus populaire du lycée, c'était il n'y a pas plus de deux ans. Toutes les filles étaient folles de lui, les garçons le prenaient pour modèle et les professeurs l'admiraient tant il excellait dans toutes les matières : le sportif beau gosse qui séduit par l'humour. Il était alors l'élève providentiel qui avait permis d'installer une certaine harmonie au sein de l'établissement.

Mais pour Cassandra, cette période était l'horreur. Tout était calme, sans aventure, sans saveur. Elle fut sauvée par l'arrivée, en cours de seconde, de Mike, un garçon qui venait des quartiers nord de Méthée. Très vite, il avait bouleversé les règles du jeu, comprenant parfaitement le fonctionnement des adolescents. En quelques semaines, sa réputation lui apporta ses premiers acolytes. Mike était ensuite passé à la phase deux de son plan. À la sortie du lycée, alors que tous les lycéens avaient été prévenus qu'il se passerait quelque chose sur le parvis, Mike avait fait en sorte que Guillaume se retrouve au milieu de la foule. Ses complices avaient pris soin de bloquer les portes de l'établissement pour empêcher les surveillants de sortir. Et d'un coup, Mike avait bondi sur Guillaume avec une violence froide pour marquer les esprits. En l'espace d'une vingtaine de secondes, la victime gisait à terre, brisée. Le sang avait maculé les dalles du parvis du lycée. Il pleuvait des cris couverts par le grondement de tonnerre des Guerriers Fous qui s'extasiaient. La bagarre avait provoqué un véritable traumatisme chez les jeunes, tandis que d'autres en avaient profité pour vandaliser tout ce qui leur tombait sous la main ; Cassandra aux premières loges. Mike avait disparu aussitôt après avoir glissé une dernière phrase :

« Celui qui balance subira bien pire… »

L'omerta s'était alors mise en place à ce moment précis. Quand les surveillants parvinrent à débloquer les portes pour se ruer sur les lieux, pas un témoignage, pas un indice. Le vent avait tout balayé. Par la suite, Mike avait absorbé toutes les petites bandes qui sévissaient ici et là pour n'en former qu'une seule dont il serait à la tête.

« Bon, qu'est-ce qu'ils foutent ? fit Arnold. Ça fait une plombe qu'ils sont partis !

– T'excite pas, tu crois qu'les vigiles les ont laissé faire quand ils ont débarqué à dix ?

– C'était ça ton plan ? Les jeter dans la gueule du loup ?

– J'voulais surtout voir ceux qui en ont assez dans l'froc pour envoyer chier les vigiles » répondit Mike, fixant l'entrée du magasin.

Ses amis laissèrent échapper un rire grave. Ils admiraient tout particulièrement cette capacité de leur chef à anticiper les évènements, tel un stratège qui semblait toujours avoir plusieurs coups d'avance.

« Tiens, y'en a un qui sort du magasin, annonça Child. Il a des trucs dans les mains. »

Le groupe reconnut immédiatement le premier vainqueur du test, il s'agissait du garçon dont la corpulence était nettement supérieure à la moyenne de son âge. Il arriva d'un pas fier vers eux, mastiquant quelque chose avec assurance.

« Quelqu'un en veut ? » lança-t-il à leur approche.

L'adolescent leur tendit un sachet de pains au chocolat. Dans son autre bras, il tenait des paquets de gâteaux et de bonbons.

« Ils sont où les autres ? J'suis le premier ?

– Ça m'en a tout l'air ! répondit Mike, satisfait. Félicitations ! Tu fais partie de la bande !

– Les vigiles ont rien dit ? demanda Child.

– Quels vigiles ? Les gars osaient même pas m'regarder ! »

L'attitude flegmatique du garçon plut à Mike, c'était parfaitement le membre qu'il attendait : un bon soldat robuste prêt à tout pour obéir au chef. Les paquets de gâteaux s'échangèrent de mains en mains, les rires éclataient tandis que les autres candidats au test arrivaient par vagues successives. Comme convenu, le dernier se fit jeter au sol et insulter. Aucune place n'était accordée aux perdants, à ceux qui n'avaient rien dans le ventre. Le vainqueur, désireux de prouver sa fidélité envers son chef, asséna un violent coup au perdant. Mike l'observa, il sentit la montée en puissance de son gang et la confirmation de son autorité face à ce garçon qui affichait un respect aussi manifeste.

Soudain, un bruit strident fendit l'air, suivi de reflets colorés qui jaillirent sur les façades des immeubles. Sans attendre, la bande de Mike s'éparpilla dans tous les coins pour échapper à la garde à vue. Des insultes fusèrent, des bras d'honneur se tendirent bien haut. Chacun connaissait tant les recoins de la ville qu'il devenait impossible de leur mettre la main dessus.

Mike, athlète né, n'eut aucun mal à distancer la bande. Jetant alors un œil aux alentours pour s'assurer que personne ne se fît prendre, il aperçut Sara à une dizaine de mètres derrière. Elle donnait tout ce qu'elle avait afin d'échapper à la police. Sans réfléchir aux conséquences, il s'arrêta brusquement, fit volte-face et fonça aussitôt vers elle. Le garçon lui agrippa la main avant de repartir dans l'autre sens. Son aller-retour lui avait valu la poursuite d'un agent de police. Mike accéléra le pas et pénétra dans un petit chemin pour disparaître dans la nuit. Il en connaissait tous les embranchements et savait quel parcours suivre pour semer n'importe qui.

Après quelques minutes, ils s'arrêtèrent, essoufflés. Sara le remercia à maintes reprises, confrontée pour la première fois à ce genre de situation : un mélange de terreur et de plaisir procuré par l'adrénaline.

Des pas se firent entendre derrière eux. Se retournant vivement, Mike fut soulagé en apercevant le garçon vainqueur du test.

« Tu nous as suivis ? fit-il.

– Je··· J'voulais pas que vous vous fassiez choper » répondit l'adolescent, haletant entre deux inspirations saccadées.

C'était exactement le genre de réponse qu'attendait Mike de l'un de ses sbires. Il sentait que non seulement l'élection de Lisa n'allait rien changer pour eux, mais qu'en plus, ils venaient de franchir une nouvelle étape. Le gang avait désormais suffisamment de notoriété pour déclencher la peur jusqu'au poste de police.

« Tu sais, reprit Mike, je t'ai trouvé un surnom dans la bande : Le Colosse ! »

7

Ascension

4 novembre 1990

Eddy était allongé sur la banquette arrière de la voiture, le regard fixé sur le plafond, tandis que les rues défilaient doucement à travers les vitres. Une semaine s'était écoulée depuis sa sortie de l'hôpital, où il n'aurait pas pu passer un jour de plus sans perdre la tête. Dans l'attente d'une place en centre de rééducation, il devait se contenter de la routine monotone de son salon, où un lit médicalisé avait remplacé son canapé habituel. Incapable de monter les escaliers pour regagner sa chambre, il vivait désormais au rythme des émissions de télévision, se sentant exclu d'un monde qui semblait avancer sans lui.

Ce jour-là, enfin, marquait sa première sortie depuis sa blessure. Sa mère, compatissante, avait décidé de braver les recommandations des médecins pour lui permettre de sortir. Elle savait à quel point Eddy tenait à encourager Stéphan lors de la compétition de Jeet Kune Do. C'était sa première escapade depuis son accident, et l'excitation qui flottait dans l'air semblait atténuer, l'espace d'un instant, ses douleurs et ses frustrations.

Au volant, sa mère lança d'un ton léger :

« Vous n'êtes pas trop nerveux pour aujourd'hui ? »

Eddy répondit rapidement, affichant un sourire qu'il voulait rassurant :

« Pas du tout, j'ai hâte de voir ça. »

Il jeta un coup d'œil à Stéphan, assis à l'avant. Ce dernier, comme toujours avant un combat, semblait enfermé dans sa bulle, la mâchoire crispée.

Une fois arrivés, Eddy, avec l'aide de sa mère, s'installa difficilement dans son fauteuil roulant. Chaque mouvement lui arrachait une grimace ; ses bras et sa jambe fracturés rendant le moindre effort pénible. Il serra les dents, tentant de cacher sa douleur.

« Tu veux que j'te pousse ? » demanda Stéphan, observant son ami avec une pointe d'inquiétude.

Eddy hésita. L'idée de dépendre des autres le dérangeait profondément ; il détestait se sentir comme un poids. Pourtant, il ne pouvait nier l'évidence : dans son état, il avait besoin d'aide. Après une brève réflexion, il acquiesça d'un signe de tête.

« Merci » murmura-t-il, la voix presque étouffée.

Sa mère, ajustant le fauteuil, adressa un sourire confiant à Stéphan.

« Je compte sur toi pour t'occuper de lui. Je viendrai vous chercher à dix-huit heures. »

Les deux garçons la remercièrent, puis pénétrèrent dans le

gymnase. Stéphan poussait doucement le fauteuil d'Eddy, attentif à chaque mouvement pour ne pas heurter les bordures trop serrées.

Après quelques détours par les rampes d'accès, ils débouchèrent dans la salle principale. Contrairement à l'imposant gymnase Coubertin de Paris, cette salle modeste n'avait rien d'impressionnant, mais Stéphan lui portait une affection particulière. C'était ici qu'il avait forgé sa discipline, passant des heures à perfectionner ses techniques. Chaque goutte de sueur, chaque coup porté sur le sac de frappe lui avait permis d'éloigner les fantômes de Jack.

« Regarde, y'a déjà les autres participants en tenue » fit remarquer Eddy en pointant un groupe de jeunes rassemblés non loin.

Stéphan hocha la tête, ajusta le fauteuil de son ami dans un coin qui lui semblait pratique, puis se dépêcha de filer aux vestiaires, craignant d'arriver en retard.

Lorsqu'il revint, la salle était méconnaissable. Elle était beaucoup plus animée que les années précédentes. Les gradins étaient remplis, et, en scrutant la foule, Stéphan reconnut plusieurs visages familiers. Des élèves de son lycée étaient présents, dispersés çà et là, les yeux braqués sur les préparatifs. Une vague de nervosité monta en lui, et son cœur se mit à battre plus vite. *Mais qu'est-ce qu'ils font là ?*

Parmi les spectateurs, un garçon l'aperçut et s'approcha immédiatement. C'était Antoine, son camarade de classe avec qui il avait sympathisé récemment.

« Salut, tu vas bien ? lança-t-il avec enthousiasme.

– Ça va… Enfin, j'commence à avoir un peu le trac avec l'arrivée des gens du lycée. Comment ils ont été au courant ? demanda nerveusement le compétiteur.

– C'est moi, pourquoi ? J'aurais pas dû ? » répondit Antoine, un brin inquiet.

Stéphan soupira, haussant légèrement les épaules.

« J'préfère qu'ça reste un peu… secret… Tu vois ?

– Ah, désolé, vraiment ! s'excusa Antoine, sincèrement navré. Mais tu m'avais dit que t'y participais, et j'voulais voir comment tu te débrouillais. Puis j'me suis dit que ça serait sympa d'ramener du monde pour t'encourager, tu comprends ? Si tu veux, je peux leur dire de…

– Nan, nan, c'est bon, t'inquiète. Ça partait d'une bonne intention, j'comprends. Et puis, franchement, j'les connais même pas, ces gens-là ! Allez, viens, j'vais t'présenter mon meilleur ami.

– J'te suis ! » lança Antoine, le sourire retrouvé, en emboîtant le pas de Stéphan.

Stéphan jeta un œil vers les gradins et aperçut Eddy en pleine conversation avec d'autres jeunes de la ville ; le contraire l'aurait étonné.

« Ed', lança Stéphan en s'approchant, regarde qui j'ai croisé ! Antoine, un pote du lycée. »

Il fit les présentations, et les deux garçons échangèrent une poignée de main brève, presque formelle.

« Comment vous avez fini dans un fauteuil roulant ? demanda Antoine avec curiosité, sans détour.

– J'me suis fait renverser par une voiture, mais t'inquiète, ça va mieux. Et sérieux, on a le même âge, alors tu peux me tutoyer. Appelle-moi Ed', ça ira plus vite !

« Ah ouais, OK… Mais 'faut dire que j'suis grave impressionné ! Stéphan m'a tellement parlé de vous, heu… j'voulais dire *de toi*. »

Stéphan et Eddy échangèrent un regard complice, amusés par la maladresse du garçon. Antoine poursuivit, les yeux brillants :

« Il m'a dit que c'est toi qui l'as entraîné aux arts martiaux, et que t'as même gagné le grand tournoi de Paris. Sérieux, c'est dingue ! »

Eddy haussa légèrement les épaules, visiblement gêné par tant d'admiration.

« Beaucoup de mérite revient à Stéphan, répondit-il en désignant son ami. C'est lui mon meilleur partenaire d'entraînement. »

La discussion se poursuivit encore un moment, légère et animée, jusqu'à ce que les premières annonces marquent le début de la compétition. Antoine retourna retrouver son groupe, tandis que Stéphan, le cœur battant, se dirigea vers les tatamis.

Les démonstrations commencèrent, mettant en scène des

mouvements de self-défense. Un participant simulait une agression, tandis qu'un autre lui opposait des techniques de défense rapides et efficaces. La foule applaudissait à chaque mouvement bien exécuté. Stéphan, quant à lui, se préparait pour son propre passage. Il ne participait pas à cette partie de la démonstration, mais devait représenter les différentes attaques spécifiques à son sport. Lorsque plusieurs personnes accrochèrent un sac de frappe au centre de la salle, il comprit que c'était son tour. D'un pas lent, presque calculé, Stéphan s'approcha du sac suspendu au centre de la salle. Autour de lui, les murmures s'éteignirent. Le silence, lourd et chargé d'attente, pesait comme une chape. *C'est maintenant ou jamais*, songea-t-il, tentant de dompter la tension qui crispait ses épaules. *Ils sont tous là… Toute ma classe. Bordel, je peux pas me louper.* Cette pensée résonnait dans sa tête. Il inspira profondément, levant les poings avec une précision mécanique. Il démarra doucement, comme pour apprivoiser le sac, ses poings frappant la surface avec des mouvements secs et réguliers. Peu à peu, son rythme s'accéléra. Chaque impact résonnait dans l'air comme un coup de tonnerre. Le sac, d'abord immobile, commença à osciller, prenant de l'amplitude à chaque frappe. Puis vint l'explosion. Stéphan enchaîna les coups avec une fluidité presque hypnotique : directs, crochets, uppercuts. Son corps entier semblait animé par une force implacable. Il s'arrêta un instant, juste assez pour relâcher la tension dans ses muscles. Le silence se fit de nouveau, comme si le public retenait son souffle. Mais il n'avait pas fini. Il recula légèrement, se repositionna et, cette fois, ce furent ses jambes qui prirent le relais. Ses coups de pied, précis et puissants, fendirent l'air, propulsant le sac dans des arcs vertigineux. Chaque impact faisait vibrer la chaîne qui le retenait. Le sac, soumis à une telle force, paraissait presque prêt à se décrocher. Quand il s'arrêta enfin, un court instant s'écoula avant que la salle ne réagisse. Puis ce fut la cacophonie : des applaudissements frénétiques, des cris, des acclamations. « Stéphan ! » « T'es incroyable ! » Les élèves de sa classe hurlaient, rivalisant d'enthousiasme.

Un sourire, fugace, étira ses lèvres. Ce moment, il l'avait imaginé des centaines de fois, mais il n'aurait jamais pensé qu'il le vivrait ainsi. Pourtant, alors que les cris d'admiration continuaient de fuser, une pensée l'envahit, comme une ombre traversant un ciel clair.

Qu'est-ce qu'ils m'veulent, ceux-là ? Je les connais à peine. J'leur ai jamais rien demandé !

Son sourire s'effaça. Sans un regard pour le public, il tourna les talons et rejoignit les autres combattants. Sa détermination revenait, froide et méthodique. Ce n'était qu'un échauffement. La vraie compétition l'attendait.

Lorsque les démonstrations prirent fin, Stéphan attrapa sa veste et se dirigea vers Eddy. Mais son chemin fut rapidement barré par une poignée d'élèves de sa classe, débordants d'enthousiasme.

« Comment t'as fait pour devenir aussi fort ? » lança l'un d'eux, les yeux écarquillés.

« Tu pourrais m'apprendre ? » ajouta un autre, presque suppliant.

Stéphan tenta de couper court à leurs questions, répondant à peine, mais leurs voix fusaient de toutes parts, le maintenant sur place. Alors qu'il s'apprêtait à se dégager, Antoine surgit devant lui.

« Tu vas participer au tournoi, hein ? » demanda-t-il, les sourcils légèrement froncés d'espoir.

Stéphan marqua une pause, balayant du regard les visages impatients autour de lui. Puis il hocha lentement la tête.

« Ouais… J'vais y participer.
– On est tous avec toi ! T'es le plus fort, on sait qu'tu vas gagner ! » s'écria quelqu'un dans la foule, provoquant une vague d'approbation générale.

À ces mots, malgré lui, un sourire discret se dessina sur ses lèvres. L'attention le dérangeait toujours, mais cette fois, il fit un effort.

« Merci » lâcha-t-il simplement, la voix posée mais sincère.

Profitant de cette courte trêve, il se faufila hors du groupe pour rejoindre Eddy, laissant derrière lui les cris d'encouragements qui résonnaient encore dans ses oreilles.

« Les gens d'ta classe ont l'air de te kiffer ! lança Eddy avec un sourire en coin en voyant Stéphan arriver.

– J'sais, mais moi, ça me gêne, répondit Stéphan, visiblement mal à l'aise.

– Franchement, tu devrais être content, reprit Eddy en haussant les épaules. Ils ont l'air super sympas. À ta place, j'serais un peu plus cool avec eux. »

Stéphan soupira, évitant le regard de son ami.

« Ouais, mais pourquoi d'un coup ils s'intéressent à moi, hein ?

– Bah, c'est normal, non ? Les gens sont attirés par ceux qui sortent du lot. Et puis, c'est pas c'que tu voulais ? Être reconnu pour c'que tu fais ? »

Stéphan baissa la tête, le regard fixé sur le sol.

« Si, mais… J'sais pas…

– Allez, t'prends pas la tête. Prends les choses comme elles viennent » encouragea Eddy avec douceur.

Stéphan releva les yeux, hésitant.

« T'as raison… On verra bien. Ils sont venus m'encourager et moi, j'les ai envoyés balader. C'est pas cool d'ma part…

– Dis pas ça. C'est normal d'se sentir un peu dépassé quand t'es au centre de l'attention » lui fit remarquer Eddy, tentant de minimiser sa culpabilité.

Stéphan hocha lentement la tête avant de lâcher :

« Ouais, mais par contre, j'veux pas que certains prennent la confiance ! Tu me connais, j'supporte pas les faux-culs qui débarquent juste quand ça les arrange… »

Eddy laissa échapper un soupir mêlé d'amusement et d'excitation. *Un bon début*, pensa-t-il. Après un court silence, il changea de sujet :

« Le tournoi commence dans combien de temps ?

– Ça devrait plus tarder… » répondit le compétiteur, retrouvant un semblant de concentration.

Stéphan avait vu juste. Quelques minutes à peine s'étaient écoulées lorsque l'annonce retentit : le tournoi allait commencer. Il enfila méthodiquement son équipement : coquille, gants, protège-tibias et casque de protection. Chaque geste était précis, presque ritualisé. Ce matériel, imposé par le règlement, n'était qu'un détail dans son esprit, déjà focalisé sur le ring. Bien que la compétition soit modeste, rassemblant seulement huit participants, l'enjeu était de taille : le vainqueur obtiendrait une qualification directe pour le prestigieux tournoi de Paris dans deux mois.

La présence inattendue d'un journaliste du *Méthéen*, un mensuel local, ajoutait une certaine pression. Ce détail n'échappa pas à Stéphan, qui sentit l'excitation redoubler autour de lui.

Son tirage au sort l'avait désigné pour le dernier combat du premier tour. Cette attente, bien que frustrante, lui laissait le temps d'observer. Les mains croisées sur ses genoux, il analysait chacun des affrontements précédents, scrutant les mouvements de ses futurs adversaires. Son cœur battait de plus en plus fort, non pas de peur, mais d'une impatience fébrile.

Soudain, son nom résonna dans la salle, amplifié par le micro. La tension monta d'un cran.

C'est à moi. C'est mon moment !

Alors qu'il avançait vers le ring, un tonnerre d'applaudissements éclata. Ses camarades de classe, regroupés dans les gradins, criaient son nom à pleins poumons, tentant de couvrir les autres encouragements. Stéphan les ignora. Ce n'était pas par mépris, mais par pure concentration. Rien ne devait détourner son esprit du combat à venir. Il connaissait bien son adversaire. C'était un camarade de son club qu'il avait déjà observé à l'entraînement. Il avait passé des heures à déchiffrer ses techniques, à noter ses failles.

Je sais exactement comment l'avoir.

Le signal du début résonna. Tout alla très vite. Stéphan, vif comme l'éclair, lança un coup de pied parfaitement exécuté. Son adversaire n'eut pas le temps de réagir. L'impact fut si net que le jeune homme vacilla avant de s'écrouler lourdement. Un silence saisissant envahit la salle, comme si la foule peinait à comprendre ce qui venait de se passer. Puis, d'un coup, des cris éclatèrent. La vitesse et la précision de Stéphan avaient impressionné tout le monde, même les plus habitués. Il tourna brièvement les yeux vers les gradins, mais son esprit restait ailleurs. Ce n'était qu'un début.

Le deuxième tour se déroula sur un tempo similaire au

premier, bien que l'affrontement s'étirât légèrement. Cette fois-ci, Stéphan porta deux coups de poing d'une précision chirurgicale, fendant la garde de son adversaire avant qu'il n'ait le temps de réagir. Le combat fut vite expédié, et une nouvelle victoire vint s'ajouter à son palmarès. La salle, désormais acquise à sa cause, résonnait de plus en plus fort à chaque triomphe. Les acclamations se transformaient en une clameur exaltée, où son nom était scandé avec ferveur. Porté par cet élan, Stéphan avançait avec l'assurance d'un guerrier invaincu. Lorsqu'il se retrouva en finale, une tension électrique enveloppait l'atmosphère. Face à lui, Nathan se tenait déjà sur le ring. Il n'était pas n'importe quel adversaire : fils du professeur de Jeet Kune Do, il jouissait d'une réputation flatteuse, entretenue par son statut et sa proximité avec les maîtres du club. Pourtant, pour Stéphan, cette aura d'excellence n'était qu'une façade. Il avait longuement observé Nathan s'entraîner et, derrière sa technique apparente, il avait discerné des faiblesses criantes.

J'vais enfin pouvoir prouver qu'je suis bien supérieur à lui, pensa-t-il, le regard fixé sur son adversaire.

Un sourire, empreint de confiance, effleura ses lèvres. Le signal retentit. Stéphan, fidèle à son habitude, entra dans l'affrontement avec une agressivité calculée. Les premiers échanges furent sans appel : il toucha Nathan trois fois au visage en quelques secondes, laissant le jeune homme désorienté. Les attaques s'enchaînaient, implacables, et Nathan, incapable de reprendre le contrôle, vacillait sous chaque coup. Bientôt, le sang coula, maculant le visage de celui que l'on désignait comme le « prodige du club ». Stéphan, impitoyable, s'acharna sur les zones déjà meurtries, cherchant à prouver par la force ce qu'il pensait depuis longtemps : *Nathan n'était qu'un mythe*. Le silence s'épaissit dans la salle, rompu uniquement par le bruit sourd des impacts et les respirations haletantes. L'arbitre, étrangement passif, semblait hésiter à intervenir, comme s'il prenait un plaisir morbide à voir s'effondrer l'image du fils du professeur. Finalement, ce fut Nathan lui-même qui, pliant sous la douleur et l'humiliation, déclara forfait. Stéphan recula, les poings levés au ciel, le souffle court.

J'ai enfin remporté un tournoi ! pensa-t-il, une vague d'euphorie l'envahissant.

Le vainqueur posa un regard glacial sur son adversaire terrassé. Pas une once de compassion ne traversait ses yeux, seulement la satisfaction brute d'avoir affirmé sa supériorité. Il inspira profondément, laissant l'excitation de la victoire déferler en lui. Lentement, il pivota vers les gradins, où ses camarades de classe semblaient littéralement transportés par son triomphe. Stéphan esquissa un sourire bref, presque mécanique, en guise de remerciement à leurs acclamations.

Sans perdre de temps, il descendit du ring et se dirigea d'un pas ferme vers Eddy. À peine arrivé, ce dernier tendit les bras pour l'enlacer chaleureusement, son visage rayonnant d'enthousiasme.

« Mais t'as fait des progrès de malade ! lança Eddy, les yeux brillants. C'est hallucinant ! Et là, c'est officiel : t'es qualifié pour le tournoi de Paris ! »

La compétition s'était achevée avec une avance notable sur l'horaire prévu. Les combats, expéditifs, avaient surpris même les organisateurs, qui n'avaient pas anticipé une domination aussi rapide d'un seul participant. Peu à peu, la foule se dispersa, laissant le gymnase retrouver son calme. Eddy, assis seul dans son fauteuil roulant sur les gradins, observait les derniers spectateurs quitter la salle. Le silence s'installait doucement lorsque Stéphan réapparut, une serviette autour du cou et les cheveux encore humides.

« J'ai pas été trop long ? Le temps d'me doucher et d'me changer, j'ai fait au plus vite, dit-il en s'excusant, un brin essoufflé.

– Mais nan, arrête ! répliqua Eddy en haussant les épaules. J'sais c'que c'est, moi aussi j'ai eu un emploi du temps de star à une époque ! »

Stéphan esquissa un sourire, amusé par la répartie de son ami. Ensemble, ils quittèrent le gymnase pour se retrouver sur le parvis. Autour d'eux, quelques spectateurs, les derniers irréductibles, s'étaient regroupés. Rapidement, des questions fusèrent, dirigées vers le grand vainqueur.

« T'as commencé quand les arts martiaux ? » demanda un garçon, les yeux pleins d'admiration.

– Y'a huit ans, répondit Stéphan simplement, sans se départir

de son calme.
— Et t'avais déjà gagné avant ? lança un autre.
— Ouais, des petites compét'. Mais celle-là… celle-là comptait vraiment pour moi » admit-il avec sincérité, laissant transparaître une pointe de fierté.

Les curieux continuaient de l'assaillir, mais pour la première fois, Stéphan s'y prêtait avec bonne humeur, répondant patiemment à chaque question, tandis qu'Eddy, à ses côtés, observait la scène avec un sourire discret.

Le vainqueur s'était toujours imaginé mal à l'aise dans ce genre de situation, esquivant les regards et fuyant les questions. Pourtant, contre toute attente, Stéphan se laissa volontiers prendre au jeu. Il sourit, répondit avec patience et partagea même quelques éclats de rire avec ses interlocuteurs. Une chaleur inattendue semblait l'envelopper, adoucissant sa réserve habituelle.

Ça fait plaisir de le voir comme ça… Ça faisait longtemps, pensa Eddy en silence, une lueur de satisfaction traversant son regard.

De son côté, Stéphan balayait distraitement la foule du regard, appréciant l'effervescence autour de lui. Mais une pensée fugace assombrit brièvement son visage : *C'est dommage… Y'a presque toute ma classe, sauf Lisa.*

Au loin, des phares scintillèrent dans la pénombre. Une voiture approchait lentement : c'était la mère d'Eddy, fidèle à sa ponctualité. À son arrivée, Eddy se hissa avec difficulté sur le siège arrière, tandis que Stéphan s'empressait de replier le fauteuil pour le glisser dans le coffre. La femme, intriguée par le groupe encore présent autour des deux garçons, ouvrit la fenêtre.

« Alors, qu'est-ce qui se passe ici ? » demanda-t-elle, amusée.

Eddy, l'air malicieux, annonça fièrement la victoire de Stéphan ainsi que sa qualification pour le tournoi de Paris. Un sourire rayonnant illumina le visage de la mère. Elle s'avança pour féliciter Stéphan d'une bise et ajouta avec enthousiasme :

« Bravo ! On va fêter ça comme il se doit avec tes parents, c'est bien mérité ! »

La voiture démarra, roulant doucement sous le regard des derniers adolescents présents. Certains firent des signes de la main, criant encore des félicitations au champion. Stéphan répondit avec entrain, levant la main pour saluer les spectateurs une dernière fois avant de disparaître dans la nuit.

8

Popularité

5 novembre 1990

Le lundi qui suivit la compétition, Stéphan se réveilla avec les images de la veille encore fraîches dans son esprit. Il pouvait presque ressentir à nouveau l'impact de ses coups, entendre l'écho des applaudissements et la voix de l'annonceur proclamant sa victoire. Ces souvenirs tournaient en boucle dans sa tête, laissant un mélange étrange de fierté et de nervosité.

Un peu moins d'une heure plus tard, dans le bus scolaire, il remarqua les regards furtifs de quelques camarades, accompagnés de sourires complices. Leur attitude l'intrigua. Après un bref moment d'hésitation, il leur fit un signe discret de la main avant d'aller s'asseoir, laissant délibérément une place libre à côté de lui. Au prochain arrêt, un petit groupe d'élèves monta dans le bus. Tandis qu'ils s'installaient, Stéphan capta des bribes de leur conversation. Il n'en croyait pas ses oreilles : ils parlaient de lui. Le ton des échanges, à mi-chemin entre l'admiration et l'étonnement, lui donnait une impression étrange. Par réflexe, il tendit légèrement l'oreille, essayant de saisir davantage de mots, quand soudain une fille s'avança et s'installa à ses côtés.

« Salut, Stéphan, ça va ? » lança-t-elle avec un sourire franc.

Pris de court, il balbutia, presque timidement :

« Heu… Ouais, ça va… »

D'ordinaire, on ne s'installait près de lui qu'en dernier recours, lorsque toutes les autres places avaient déjà trouvé preneur. Les adolescents ne le traitaient pas comme un paria, mais il n'inspirait pas vraiment l'envie de sympathiser. Ce jour-là, pourtant, un changement imperceptible flottait dans l'air. Les regards posés sur lui n'étaient plus aussi fuyants, et il percevait une nouvelle dynamique, presque une invitation à l'approche.

Avant ma victoire, personne ne me parlait ! Ils savaient à peine que j'existais… Et maintenant, ils accourent tous comme si on était proches ? C'est quoi c'bordel ? pensa-t-il, un mélange d'agacement et de méfiance traversant son esprit.

Alors que ses pensées tournaient en boucle, la fille assise à côté de lui, visiblement enjouée, continuait de l'observer. Mais cette attention, qu'il aurait autrefois pu trouver flatteuse, ne faisait qu'alourdir son humeur. Une certaine aversion monta en lui.

Qu'est-ce que j'ai besoin de leur amitié maintenant ? Si c'est juste pour ça, ils peuvent bien passer leur chemin, conclut-il, son regard glissant brièvement vers la fenêtre pour fuir toute interaction supplémentaire.

Arrivant au lycée et se dirigeant vers les portes d'entrée, plusieurs personnes de sa classe se bousculèrent pour le saluer. Mais Stéphan, bien décidé à ne pas changer ses habitudes, leur adressa un léger signe de tête et s'en alla se poser sur un banc, cherchant un moment de calme avant le début des cours. Son regard se perdit dans l'horizon, tandis que ses pensées s'envolaient vers le passé. Il se rappela les heures d'entraînement acharné, les sacrifices consentis et la persévérance dont il avait fait preuve pour atteindre son niveau actuel.

Pendant la pause de la matinée, le même phénomène se reproduisit. Des gens inconnus à ses yeux vinrent à sa rencontre :
« Il paraît qu't'as gagné le championnat hier ? lui demandèrent certains.

– On m'a dit que t'étais l'un des meilleurs, tu t'battais comme un ouf ! » lancèrent d'autres.

Stéphan ne sut pas comment réagir face à leur insistance. Avoir autant de monde autour de lui n'avait jamais été ce qu'il recherchait et l'envie de les envoyer balader le traversa. Pourtant, quelque chose le retint. Il se souvint des paroles d'Eddy qui lui demandait de se montrer plus conciliant. Il chercha alors une façon de répondre sans se laisser submerger par cette foule qui grandissait.

« Alors, c'est vrai ? reprit l'un du groupe.

– Quoi ? Vous avez jamais vu quelqu'un gagner un tournoi ?

rétorqua le champion.

– Bah si, mais là, c'est un tournoi d'arts martiaux ! Tu dois être trop balèze !

– C'était un tournoi entre les membres du club, c'est pas super important ! »

Plus il répondait, plus les élèves s'agglutinaient autour de lui, assoiffés d'action et de démonstration.

« Arrête de jouer les modestes, mec ! Vas-y, montre-nous quelques coups !

– Que j'vous montre quelques coups ? reprit Stéphan, ayant l'impression d'être pris pour une bête de foire. J'vais pas me montrer en spectacle quand même !

– Mais si ! On veut voir des choses nous ! répondit une jeune fille, pleine d'attentes. J'sais pas, moi, casse des planches !

– Bon ! C'est bien gentil de s'intéresser à moi, mais vous voulez pas me lâcher un peu là ! » répliqua Stéphan dont le ton était devenu plus rude tant l'agacement montait en lui.

Là-dessus, une voix qui lui était familière lui répondit :

« Pas la peine de t'énerver ! On t'a pas vu à l'œuvre, on est curieux, c'est tout… »

Il se retourna avant d'être frappé d'étonnement : c'était Lisa Mineaut ! Son regard se figea, perturbé par les souvenirs du baiser sur la joue qu'elle lui avait offert le jour de son élection. Ces images ne faisaient qu'alimenter le tumulte qui agitait déjà son esprit.

« Nan, mais… c'est pas ça… J'ai pas la tenue pour, et j'suis pas échauffé… se justifia-t-il en cherchant ses mots.

– Bon bah, une autre fois peut-être… lança la Présidente des élèves, qui, dans un mouvement naturel, sembla prendre congé.

– Nan, attends ! s'exclama-t-il. Y'a d'autres choses que j'peux vous montrer, genre de la self-défense ! »

Sur ses mots, un garçon l'agrippa au col pour le provoquer en lui demandant comment il se débrouillerait pour se défendre. Ce n'était pas la provocation la plus intelligente qu'il aurait pu choisir face à Stéphan. D'un geste vif, il saisit fermement le poignet de son adversaire, le fit pivoter d'un mouvement sec et maîtrisé, bloquant son bras dans une prise imparable. Dans le même élan, son talon s'abattit sur l'arrière du genou du garçon, qui s'effondra lourdement vers l'avant. Une clameur de surprise retentit parmi les élèves-spectateurs. Ce qu'ils venaient de voir était à la fois gracieux, précis et efficace.

Lisa s'approcha de lui et planta son regard dans le sien, ses grands yeux bleu turquoise brillant d'intensité. C'était comme si elle le rencontrait pour la première fois, comme si elle le redécouvrait. Elle connaissait le Stéphan timide de sa classe, réservé et parfois même désagréable. Pourtant, depuis le jour de son élection, elle ne savait comment expliquer une certaine curiosité vis-à-vis de lui.

« Je comprends mieux comment tu as pu gagner le tournoi ! déclara-t-elle, sa voix délaissant son ton habituel de candidate ou de présidente pour une intonation plus naturelle. On m'a dit qu'ils ne pouvaient rien faire face à toi ?

– Ouais, c'est vrai, j'avais un niveau bien supérieur à tout le monde, dit-il, cherchant à impressionner celle qu'il convoitait.

– Mais qu'est-ce que t'as fait pour avoir c'niveau ? demanda un autre.

– C'est l'entraînement ! répondit Stéphan avec assurance. Plus tu t'entraînes, plus tu t'améliores. Moi, j'me suis énormément entraîné ! À vrai dire, j'fais que ça ; le soir après les devoirs, le week-end, les vacances. J'fais même quelques exercices le matin avant d'partir en cours... »

D'autres curieux voulurent l'interroger davantage au moment où Antoine intervint pour mettre fin à l'interrogatoire :

« Arrêtez de le harceler, vous vous prenez pour la police ? Allez, partez d'ici ! Vous allez alerter les surveillants ! »

L'attroupement d'élèves se dispersa aussi rapidement qu'il s'était formé. Seuls Lisa et Antoine restèrent.

« J'suis désolé, c'est à cause de moi si tout le monde est au courant. Si j'leur avais pas demandé de venir à la compétition, ils t'harcèleraient pas aujourd'hui, s'excusa Antoine.

– Dans deux ou trois jours, ils passeront à autre chose, et puis, ça me gêne pas tant que ça, modéra Stéphan tout en admirant du coin de l'œil les longs cheveux bruns et légèrement bouclés de Lisa.

– C'est d'ta faute aussi ! 'Faut pas avoir autant de talent ! plaisanta le garçon. Mais tu sais, y'en a qui t'envient pas mal...

– Ah bon ! Mais pourquoi ?

– Depuis c'matin, tout le monde parle que de toi ! Sérieux, ils disent que t'as un niveau de ouf. Y'en a même qui veulent se mettre aux arts martiaux juste à cause de toi. Mais bon, avec toute cette popularité, forcément, ça commence à en rendre certains jaloux...

– Ah ouais ? J'savais pas que ça parlait autant... T'as des noms, pour les jaloux ? »

Antoine scruta les alentours, puis montra discrètement quelqu'un du doigt.

« Tu vois le gars là-bas, sur le banc ? Lui, c'est le pire. Tout à l'heure, il te dézinguait comme pas possible. Mais regarde bien... tu l'connais, non ? »

Stéphan tenta d'apercevoir la personne à travers le mouvement agité des élèves dans la cour. Et d'un coup, il ouvrit grand les yeux de stupéfaction.

« C'est...

– Ouais, c'est bien lui : Arnold Hérauld ! Le gars qui était candidat face à toi Lisa, annonça Antoine en regardant la fille. Puis, s'adressant à Stéphan, il poursuivit : Et toi, tu l'détestes c'est ça ? Mais t'inquiète, c'est réciproque...

– Qu'est-ce qu'il t'a fait ? demanda Lisa.

– J'sais pas vraiment... On a jamais pu s'encadrer lui et moi. Déjà en primaire, on passait notre temps à se battre. J'me souviens d'une fois où pendant un match de foot, il avait triché, et ça avait fini en baston générale. Il s'la pète, il est arrogant... En plus de ça, il fait partie d'la bande de l'autre con de Mike, et vient s'présenter aux élections de Président des élèves avec un discours bidon... »

L'adolescente haussa les épaules, un sourire moqueur sur les lèvres.

« Je l'ai trouvé tellement ridicule ce jour-là, lança-t-elle avec dédain

– Un vrai tocard...

– Du coup, fit Antoine, ça devrait t'plaire qu'il soit si jaloux de toi !

– Ouais, j'avoue que ça m'fait bien marrer. J'peux pas blairer ce gars-là, alors si ça l'agace, tant mieux pour moi. »

Pendant un court instant, le champion se demanda s'il ne vivait pas un rêve éveillé : vainqueur d'un tournoi, la reconnaissance des autres élèves, et surtout, Lisa à ses côtés !

« Au fait, tu fais quel art martial ? demanda cette dernière.

– Du Jeet Kune Do. »

D'un coup, la jeune fille fit un pas en avant, emportée par un élan d'enthousiasme :

« Tu voudrais bien m'enseigner les arts martiaux ? »

Stéphan, pris de court par cette demande inattendue, resta un moment silencieux avant de balbutier :

« Heu… J'sais pas… C'est pas si simple, tu sais. Ça demande beaucoup de boulot. Et puis, tu pourrais te blesser ou…

– Oh, ça va, les blessures, c'est rien ! l'interrompit Lisa avec un sourire déterminé. J'veux vraiment apprendre à me défendre comme toi ! »

Stéphan abdiqua tout en pensant que ce projet ne se réaliserait jamais. De son côté, la situation amusait Antoine qui lâcha un rire.

La sonnerie retentit, ramenant Stéphan à la réalité. Entre toute cette effervescence et l'intérêt de Lisa, il avait encore du mal à tout saisir.

À la pause de midi, Stéphan jeta un œil dubitatif sur la couleur ocre de la sauce de ses spaghettis bolognaise. Il se demanda même si les cantines ne participaient pas en cachette à des concours visant à dénaturer les aliments. Pour contrer ça, certains élèves apportaient parfois des sandwiches faits maison les jours où le menu proposé était favori pour la victoire.

D'ordinaire, Stéphan mangeait toujours seul dans son coin. Mais ce jour-là, beaucoup de gens souhaitèrent se mettre à sa table. L'adolescent se demanda bien pourquoi il avait subitement tant de camarades, tant de personnes qui l'appréciaient sans même le connaître. Il ne pouvait nier que cette reconnaissance en tant que champion lui faisait plaisir, néanmoins, il venait d'apprendre ce que signifiait *le revers de la médaille*. Antoine lui était venu en aide pour tenter d'écarter les élèves trop curieux. En s'asseyant à ses côtés, il lui glissa qu'il avait l'impression d'être un agent de star, ce qui fit sourire Stéphan. Entre deux bouchées, il scruta la salle à la recherche de Lisa. Introuvable ! *Et si elle s'était déjà désintéressée de lui ?*

Comme aux premières heures de la matinée, tout le monde le questionna à propos des arts martiaux. Celui-ci n'avait plus une seconde à lui pour manger. Il eut une pensée de compassion pour Lisa qui, au vu de sa popularité écrasante, devait subir un calvaire d'une autre ampleur. Un groupe de garçons assis à la table d'à côté le dévisagea en s'échangeant discrètement quelques mots. Méfiant, cela n'échappa pas à Stéphan.

Qu'est-ce qu'ils ont ceux-là ? se demanda-t-il. *Ils ont rien d'autre à foutre que s'occuper d'ma vie ?*

Au même moment, l'un d'eux se leva brusquement, repoussant sa chaise avec un bruit sec. D'un pas déterminé, il traversa la salle et s'arrêta derrière Stéphan, les épaules tendues et le regard chargé.

« Alors, comme ça, t'es un pro des arts martiaux ? Fais pas genre, tout le monde parle de toi ! » lança-t-il d'un ton provocateur.

Stéphan se retourna calmement, le détaillant des pieds à la tête avant de répondre d'une voix posée :

« C'est vrai que je pratique les arts martiaux. Mais j'ai jamais dit que j'étais un pro…

– Arrête ton baratin ! répliqua le garçon en haussant le ton. Tu crois que t'es balèze juste parce que t'as gagné une compétition ? »

Stéphan haussa un sourcil, imperturbable.

« J'ai jamais dit qu'j'étais fort. C'est les autres qui le disent. »

L'autre, piqué au vif, plissa les yeux.

« Si tout le monde le dit, alors prouve-le ! On va voir si t'es aussi bon qu'ça. J'vais t'apprendre comment ça marche ici. Moi et ma bande, on fait la loi dans ce bahut. Si t'as vraiment envie de montrer c'que tu vaux, on règle ça maintenant. »

Stéphan soupira et se retourna vers son plateau, l'air de rien.

« Écoute, lâche-moi… Ton petit numéro, c'était marrant deux secondes, mais là, toi et ta bande, vous commencez sérieusement à m'gonfler. »

Sans lever les yeux, il piqua une bouchée dans son assiette et poursuivit son repas comme si de rien n'était. Le garçon de la bande n'avait pas l'habitude qu'on le nargue quand il jouait les durs. Lorsque son chef était là, tout était plus simple, mais à cet instant, il dut se débrouiller seul. Ne voulant pas perdre la face, il bomba le torse pour réaffirmer sa présence et susciter ne serait-ce qu'un semblant de terreur chez sa proie.

« T'as peur ou quoi ? lança-t-il d'une voix plus grave. Allez connard ! Lève-toi, que j'te défonce ! »

Stéphan ne prêta plus la moindre attention aux propos de son agresseur, feignant de discuter tranquillement avec Antoine. Ce mépris apparent piqua encore plus le garçon, qui interpréta ce silence comme une marque de faiblesse. Pour tester sa réaction, il lui donna une tape dans le dos. Stéphan ne broncha pas. Irrité par ce manque de réponse, le provocateur tenta une nouvelle fois, frappant cette fois un peu plus fort. À cet instant, Stéphan tourna légèrement la tête, juste assez pour croiser son assaillant du coin de l'œil. Lorsque le garçon leva à nouveau la main, Stéphan réagit avec une rapidité fulgurante. Il se dégagea vivement de sa chaise, esquivant l'attaque et, dans le même mouvement, appuya fermement sur l'épaule de son adversaire. Déséquilibré, celui-ci chuta lourdement sur la table. Avant qu'il n'ait le temps de se redresser, Stéphan attrapa une poignée de ses cheveux et lui écrasa la tête dans son assiette de spaghettis. Un silence brutal s'abattit sur la cantine. Les regards se fixèrent sur la scène, incrédules. Certains élèves, bouche bée, peinaient à croire ce qu'ils venaient de voir. Le provocateur se débattait frénétiquement, cherchant à échapper à l'emprise de Stéphan. Mais celui-ci ne bougea pas d'un millimètre, sa poigne ferme et inébranlable.

« Alors, tu penses toujours pouvoir jouer les gros bras avec moi ? » cracha-t-il, un éclat dur dans le regard.

L'agresseur, le visage maculé de sauce et les cheveux collés en mèches disgracieuses, se redressa avec difficulté, titubant sous les regards moqueurs. Les éclats de rire retentissaient de toutes parts, emplissant la salle d'une effervescence gênante pour lui. Il jeta un dernier regard chargé de défi en direction de Stéphan, mais la détermination qu'il tentait d'afficher semblait vaciller. Après un bref instant, il détourna les yeux, les mâchoires serrées, et s'éloigna en direction des toilettes.

« Putain, mais t'es un malade, toi ! lui lança l'un de ses nouveaux amis. T'as pas peur de t'en prendre à un mec comme ça ! J'ai adoré comment tu lui as mis la honte !

– C'est pas parce qu'il bombe le torse qu'il est intouchable. Faut réfléchir un minimum, lança Stéphan. Ce genre de gars, tout ce qu'il a en muscles, il l'a pas dans sa tête ! »

Les garçons de sa table l'écoutèrent avec admiration comme s'ils vivaient par procuration leurs désirs de pouvoir se rebeller contre les plus forts. Stéphan appuya ses paroles de grands gestes de la main :

« Ceux qui viennent vous agresser sans réfléchir ont rien dans l'crâne. Ils veulent jouer les durs devant leurs potes en s'en prenant aux plus faibles. Mais bon, pas d'chance pour lui, j'suis pas du genre à m'l'écraser. Et encore, j'ai été gentil... La prochaine fois, ce ne sera pas que des pâtes qu'il aura sur la gueule ! »

D'un coup, il changea de sujet comme si l'évènement n'avait été qu'une banalité :

« Ah mince ! J'ai plus d'spaghettis, vous croyez que le cuistot va m'resservir ?

– Tu devrais quand même te méfier de lui, reprit un garçon légèrement enrobé. Ce type traîne avec une bande et fait peur à pas mal de monde ici.

– Quoi ? C'est encore ces histoires de Guerriers Fous, là ?

– Ouais, c'est eux... Tu sais, j'ai un pote qui s'est pas laissé faire quand l'un d'eux l'a embrouillé. Mais les gars ont débarqué le soir même à plusieurs, ils l'ont massacré et cramé son scooter. J'te jure, mon pote flippait tellement qu'il a même pas osé porter plainte !

– J'en ai rien à foutre de leurs histoires, moi, répliqua Stéphan. 'Faut pas croire qu'ils vont m'faire peur parce qu'ils débarquent en groupe ! Un mec qui en a vraiment dans l'froc, il vient tout seul...

– J'te comprends, mais tu devrais quand même écouter c'qu'il te dit, conseilla Antoine. Même si tu sais t'défendre, méfie-toi d'eux. Ils font tout en cachette, ils obtiennent toujours c'qu'ils veulent ! Demande à Lisa, tu verras, elle te confirmera que la proviseure et même les flics galèrent pour les coincer... »

Dans la salle, quelques éclats de rire subsistaient. L'atmosphère semblait plus légère, comme si un vent frais avait traversé la cantine. Peu importaient les murmures ou les regards des autres, Stéphan, lui, était sûr d'avoir agi comme il le fallait.

Le soir, assis à l'abribus du lycée, Stéphan se vit une nouvelle fois accompagné de ses nouvelles connaissances. Maintenant qu'il commençait à reconnaître certains visages, il supportait avec plus de facilité leur compagnie.

Un premier bus arriva et emporta avec lui une vingtaine d'élèves vers les quartiers les plus éloignés. L'une des filles fit la bise à tout le monde, y compris à Stéphan, pour leur dire au revoir. Cela devait bien faire cinq ans que ça ne lui était plus arrivé. Son visage s'empourpra, ses mains devinrent moites face à cette situation peu commune pour lui. Antoine l'avait remarqué, mais préféra ne pas lui en faire part. Il aimait le voir à la fois intimidé et amusé par la situation.

Un autre bus arriva dans la foulée qui, cette fois-ci, était celui de Stéphan. Habituellement, il se contentait de s'asseoir seul dans son coin, cherchant à rester à l'écart des autres. Ce jour-ci fit une nouvelle fois exception. Une jeune fille vint s'installer à côté de lui alors qu'il avait le regard dirigé vers l'extérieur. En apercevant son visage, son cœur bondit dans sa poitrine. Lisa était revenue vers lui ! Deux fois dans la même journée ! Il dut se pincer pour vérifier qu'il ne s'agissait pas d'un rêve.

« Ça te dérange pas si je m'installe ici ?

– Heu… Nan… Bien sûr que nan… Je pourrais rien refuser à la Présidente des élèves… tenta-t-il comme trait d'humour.

– J'espère que t'as pas oublié la promesse que tu m'as faite : tu m'apprendras les arts martiaux ? » lança-t-elle, son ton subtilement enjôleur, capable de désarmer le plus stoïque.

Stéphan ne s'attendait pas à une telle question, persuadé que ce projet n'était qu'une simple parole en l'air qui ne verrait jamais le jour.

« Alors, tu me réponds ! insista-t-elle en voyant Stéphan hésiter. De toute façon, tu m'as déjà dit oui, ce matin, donc tu peux plus revenir en arrière. Quand on dit quelque chose, on le fait ! »

L'adolescent était piégé, il ne pouvait plus changer d'avis. Il se réconforta à l'idée que ce serait de nouvelles occasions de passer du temps avec elle.

« D'accord, si tu veux, j't'entraînerai. Mais j'te préviens, ce sera difficile, finit-il par dire. Tu risques de t'casser des choses, ce serait dommage de…

– Ça, je m'en fiche ! J'ai toujours aimé les arts martiaux. Tu sais, j'en ai pratiqué plein en club. J'ai fait du karaté, du judo et du Tae Kwon Do !

– J'pensais pas que t'avais déjà autant d'expérience… Mais pourquoi tu veux que je t'entraîne si tu en fais en club ? demanda-t-il, curieux.

– À chaque fois, j'en ai fait un ou deux ans, puis je suis passée à autre chose. J'aime bien changer. »

Un silence s'installa. Stéphan ne savait plus comment se comporter en sa présence. S'il lui parlait, il se trouvait idiot, et s'il gardait le silence, il se trouvait encore plus idiot de rater une occasion comme celle-ci ! Il repensa au jour des élections, au baiser sur la joue lors de sa victoire.

« On commence quand notre premier entraînement ? poursuivit Lisa pour tenter de briser la barrière que cet étrange garçon érigeait depuis toujours.

– J'sais pas, quand tu veux… » répondit-il, le visage tout rouge.

Il était convaincu qu'elle devait le trouver pathétique.

« Ça te dit mercredi après-midi ? proposa-t-elle.

– Heu… Ouais… C'est parfait ! »

Quand est-ce qu'il arrive ce bus ? pensa-t-il, nerveusement.

Malgré tous ses efforts pour paraître naturel, Stéphan n'arrivait pas à afficher une attitude détendue et confiante. Il passa fréquemment ses mains dans ses cheveux, comme pour évacuer la tension qui le submergeait.

Quelques minutes plus tard, le véhicule arriva enfin à destination. Les élèves descendirent les uns après les autres, se dispersant pour rentrer chez eux. Bien que les mots avaient du mal à sortir, Lisa et Stéphan prolongèrent ce moment, restant là, côte à côte, dans un silence.

« Bon bah j'rentre chez moi… » lança le garçon, ne trouvant rien d'autre comme porte de secours.

Lisa s'étonna de cette réaction et fit une moue exprimant sa déception.

« Ça te dirait de me raccompagner chez moi ? tenta-t-elle.
– Pourquoi ? répliqua-t-il sur la défensive, pris au dépourvu.
– T'en as d'autres des questions de ce genre ? »

La fille semblait amusée par sa réaction, ce qui ne laissa pas Stéphan indifférent.

« Si je veux que tu me raccompagnes, c'est pour continuer à discuter et en plus ça me ferait plaisir ! T'inquiète pas, j'habite qu'à cinq minutes d'ici. Un gars comme toi devrait pouvoir survivre à ça ! »

À ces mots, elle lui adressa un clin d'œil complice. Stéphan ne parvenait pas à se l'expliquer, il avait une occasion en or entre les mains, pourtant, quelque chose le retenait. Pour lui, tout ça était nouveau. En l'espace de quelques jours, sa vie venait de basculer du tout au tout et ses idées devenaient parfois confuses. Face à cette fille, cette princesse à ses yeux, il décida de se ressaisir :

« Bon d'accord, si j'ai une chance d'y survivre, je veux bien te raccompagner ! » répondit-il, affichant un sourire timide.

Ils accompagnèrent les gestes aux paroles et marchèrent en direction de chez Lisa.

Il y avait encore un mois, elle ne prêtait même pas attention aux garçons de sa classe, toutefois, elle se demanda maintenant comment elle avait pu ignorer un garçon qui dégageait autant de charme. Celle-ci parlait sans relâche. Elle avait un don pour enchaîner les sujets avec une fluidité parfaitement maîtrisée. Stéphan, quant à lui, marchait, timide face à elle. Être avec elle était agréable, apaisant. Il écoutait la voix de la jeune fille, et entendait son cœur battre…

9

Derniers Mots

13 novembre 1990

La sonnette retentit, la mère d'Eddy se leva de son fauteuil pour aller ouvrir la porte. C'était Stéphan qui rendait une nouvelle visite surprise à son ami.

« Bonjour ! Je suppose que tu viens voir Eddy ? » lui dit-elle, accueillante.

Stéphan acquiesça d'un signe de tête :

« Ouais ! J'ai enfin pu m'libérer un peu…

– Il est dans sa chambre, tu peux monter. »

Eddy n'était plus contraint de dormir sur le canapé du salon et parvenait désormais, bien qu'avec difficulté, à gravir les escaliers.

Stéphan ôta ses chaussures, *j'espère qu'il va pas m'en vouloir de pas être venu depuis plusieurs jours,* pensa-t-il, en grimpant à l'étage.

Frappant à la porte de la chambre d'Eddy, il entendit des bruits provenant de la pièce.

« Entrez ! » lança une voix familière.

Le visiteur poussa la porte et découvrit son ami en pleine conversation téléphonique. Ce dernier lui fit un signe d'attendre quelques instants. L'invité prit une chaise du bureau et s'installa prêt de la fenêtre. La chambre était plutôt spacieuse et ressemblait à s'y méprendre à une salle de sport.

« Salut, ça m'fait plaisir de t'voir ! déclara Eddy tout en raccrochant le combiné. Je t'ai pas vu depuis au moins deux semaines !

– J'suis trop désolé, mais j'ai pas eu beaucoup de temps à moi ces derniers jours avec le lycée et tout l'reste…

– C'est rien, t'inquiète. J'sais que Lisa et Antoine veulent passer du temps avec toi en dehors du lycée. Quand j'serai plus dans ce fauteuil, j'viendrai traîner avec toi et tes nouveaux potes. »

Le soir où Stéphan avait raccompagné Lisa devant chez elle, il s'était alors empressé de tout raconter à son meilleur ami.

« J'suis content qu'tu l'prennes comme ça ! répondit-il avec satisfaction. Alors quoi d'neuf pour ton centre de rééducation ?

– C'est drôle qu'tu m'parles de ça, j'étais justement au téléphone avec eux. Ça y est, j'ai une date d'admission : le 17 novembre. Une fois là-bas, j'pourrai marcher avec des béquilles. Si c'est pas une super nouvelle, ça !

– *Le 17,* déjà ? Merde ! D'ici là, j'viendrai t'rendre visite tous les jours. Et tu reviens quand ?

– Autour du 20 février, je crois…

– Trois mois ! C'est long… soupira Stéphan.

– Ça va, ça passe vite… J'vais avoir un programme de

rééducation bien chargé, annonça Eddy avec un enthousiasme débordant. D'abord, j'vais réapprendre à plier les genoux, à marcher, puis à courir. Et y'aura des séances de massage, ça va être top ! Ensuite, ça sera muscu, course à pied, corde à sauter, et plein d'activités sportives, genre foot, basket, et même escalade. Il marqua une pause, un sourire espiègle se dessinant, avant d'ajouter : Espérons juste qu'ce soit des masseuses… »

Stéphan pinça légèrement les lèvres, un air amusé sur le visage, avant de répliquer :

« T'as de la suite dans les idées, toi ! C'est bien, il a l'air complet ton planning de rééducation. T'es tombé dans un bon centre !

– Ouais, mais y'a un truc un peu relou : apparemment, t'as droit qu'à des coups de fil de tes parents, et pas plus de deux fois par semaine. Ils disent qu'il faut vraiment se couper du monde pour mieux avancer. Mais franchement, j'suis pressé d'y aller. Le fauteuil, j'en peux plus. Même pour aller dans le salon, ma mère doit descendre mon fauteuil dans les escaliers avant de m'aider à descendre. Et sortir, c'est toujours une mission ! Ça devient vraiment lourd… »

Stéphan le regarda avec une attention sincère, une pointe de compréhension et de compassion visible dans ses yeux. Alors, Eddy se pencha légèrement dans son fauteuil, un éclat de défi dans les yeux.

« Après ça, j'te jure, je vais m'entraîner deux fois plus qu'avant. Là, t'as dû prendre de l'avance sur moi ! »

Assis sur une chaise près de lui, Stéphan croisa les bras, un sourire en coin.

« Arrête, tu restes le meilleur. J'suis sûr que tu retrouveras ton niveau en un rien de temps. Il marqua une pause, son sourire s'effaçant : Ce qui est vraiment dommage, c'est que tu vas pas pouvoir participer au grand tournoi de Paris.

– C'est dans deux mois, c'est mort. Mais bon, y'en aura d'autres.

– Ouais, mais c'était censé être notre tournoi ! On devait le faire ensemble. J'vais faire comment, moi, sans toi pour m'aider ou m'encourager ? »

Eddy releva la tête, son expression se durcissant légèrement.

« Sérieux, t'as pas fini de t'plaindre ? C'est pas toi qui dois aller je sais où pour réussir à marcher à nouveau ! »

La remarque toucha Stéphan plus qu'il ne voulait l'admettre. Il baissa les yeux, triturant le bord de sa chaise, mal à l'aise.

« C'est pas c'que j'voulais dire… Tu sais… j'suis désolé.

– J'te comprends, soupira Eddy. Mais ce tournoi, tu t'entraînes, et tu le gagnes. C'est tout ce qui compte, OK ? »

Stéphan préféra ne pas répondre, ne voulant pas émettre de pronostics qui pourraient lui porter la poisse. D'un ton plus calme, Eddy lui demanda s'il se souvenait de la hargne qu'il avait ressentie au moment de commencer les arts martiaux.

« Bien sûr qu'j'me souviens ! J'étais dans une colère noire et j'avais envie qu'ça sorte ! »

Stéphan revit en mémoire les images de l'agression qu'il avait subie plus jeune et qui l'avait emmené sur la voie des arts martiaux. Il n'évoquait que très rarement cet évènement.

« Au fait, tu m'as dit que t'entraînais Lisa. Ça donne quoi ? »

Stéphan haussa les épaules avant de répondre, presque malgré lui :

« Pour l'instant, j'lui ai donné que deux cours, donc elle a pas pu apprendre grand-chose. Mais franchement, elle s'débrouille super bien. Et puis, elle est vraiment motivée.

– Tu l'as rencontrée grâce à ta victoire au tournoi, c'est ça ? demanda Eddy, même s'il connaissait déjà une partie de l'histoire.

– Ouais, enfin, elle est dans ma classe aussi. Ça aide… Il marqua une courte pause, le regard ailleurs : C'est bizarre comment les choses sont enchaînées… J'm'y attendais pas. »

Eddy leva un sourcil, un peu piqué.

« J'en suis presque jaloux, tu sais. Moi, j'ai pas eu tout ça quand j'ai gagné le grand tournoi de Paris. Pourtant, j'ai même fait la une de magazines d'arts martiaux ! »

Stéphan laissa échapper un rire bref.

« Ouais, mais moi, c'était ici, à Méthée. Sous les yeux des gens de ma classe. Ça change tout.

– Ouais, t'as sans doute raison. Ça doit être ça… »

Le visage de Stéphan s'éclaira, transporté par ses souvenirs.

« En vrai, en compétition, j'avais un niveau bien au-dessus des autres. Ils pouvaient rien faire face à moi ! J'me rappelle, chaque fois qu'je donnais un coup, les spectateurs hurlaient comme des dingues. Tout le monde était derrière moi.

– Ah ouais, ça explique tout…

– Dès le lendemain d'ma victoire, on m'a sauté dessus pour m'poser plein de questions ! Ils veulent tous des démonstrations, y'en a même qui me provoquent en duel !

– Ah ouais ! Et toi, qu'est-ce que tu fais ?

– Bah, j'arrive toujours à éviter l'affrontement, mais des fois, j'ai envie de répondre, quand même. J'avoue, cette popularité commence à m'plaire un peu, au final… »

Eddy hésita un instant, cherchant ses mots :

« Mais heu… J'voulais t'poser une question.

– Ouais, vas-y.

– Cette Lisa dont tu m'parles, c'est bien la même qu'celle qui te plaisait à l'école primaire ? »

Stéphan acquiesça d'un air surpris.

« Ouais, c'est elle, c'est la même… J'pensais pas que tu te souvenais de tout ça…

– J'en étais sûr ! J'sais que ça remonte à très loin cette histoire, mais elle t'plait toujours ? »

L'adolescent prit quelques secondes pour répondre.

« Heu… J'sais pas… Tu sais, ça fait quelque temps qu'on s'voit et j'commence seulement à mieux la connaître.

– Mais ouais, t'as raison, t'prends pas la tête, laisse les choses s'faire toutes seules. J'me rappelle qu't'étais grave à fond sur elle. Franchement, tu peux pas rêver mieux ! J'me souviens d'elle, c'était une fille cool. J'espère qu'elle est restée la même…

– Je pense que oui, elle a quand même assez de convictions pour être Présidente des élèves. »

Eddy haussa les sourcils, surpris par la nouvelle :

« Ah ouais, c'est vrai, c'est elle qui m'succède ? Comment elle est ?

– Bah pour l'instant, c'est assez récent, donc j'peux pas dire grand-chose. Mais elle est bien dans ta lignée. »

Stéphan garda pour lui la critique, qui était faite à l'encontre d'Eddy, de fermer les yeux sur les bandes qui sévissaient dans le lycée. Tandis que Lisa, de son côté, en avait fait son fer de lance.

« Tu sais, Ed' pour l'instant, on est juste potes. Enfin, j'suis juste son prof de Jeet Kune Do, reprit-il.

– Vous allez où pour vous entraîner ? Eh, m'dis pas que vous allez dans la forêt, sérieux ? » s'étonna Eddy.

Stéphan émit un petit rire.

« Mais nan, j'suis pas cinglé ! Tu m'imagines lui dire de courir jusqu'à là-bas ? Y'a au moins quinze bornes ! Non, on s'entraîne à la plage. Avec le froid, y'a personne en ce moment.

– T'as toujours des idées cheloues, mais là, ça passe. T'as choisi pour le sable, hein ? Ça fait bien bosser les jambes.

– Exact ! Et j'pimente un peu. On va dans l'eau jusqu'aux genoux pour se battre. J'te raconte pas comme c'est galère de tenir son équilibre. »

Eddy plissa les yeux, comme perdu dans un souvenir.

« Ah, la classe… Ça me manque tellement. Quand on passait des heures à s'entraîner, à s'donner à fond. Là, j'peux même pas bouger sans galérer comme un vieux… Il soupira et croisa les bras, un éclat d'agacement traversant son visage : Mais t'inquiète, ça va pas durer. Une fois au centre, je récupère, et après, on reprendra nos séances à trois. »

Stéphan hocha la tête.

« J'espère qu'elle arrêtera pas avant ça. »

Eddy esquissa un sourire provocateur, la lueur taquine dans ses yeux ne passant pas inaperçue.

« T'oserais pas l'avouer, mais tu veux pas qu'elle parte, hein ? Dis, vous vous êtes déjà embrassés ?

– Hein ?! T'es ouf ou quoi ? s'écria Stéphan, la chaleur montant à son visage. J'te signale que j'la connais à peine !

– Ouais, ouais, j'rigole. Mais ça t'ferait pas d'mal d'te décoincer un peu » plaisanta Eddy.

Stéphan, agacé, leva les yeux au ciel avant de hausser les épaules, visiblement décidé à ignorer la pique.

« Bon, t'arrête avec tes conneries. Concentre-toi sur ta rééduc' et on s'remettra au boulot ensemble.

– Compte sur moi, mec. Ça va être trop bon d'pouvoir s'y remettre à fond ! »

10

Instants volés

18 novembre 1990

« Prends le pop-corn, Stéphan ! lança Antoine, d'une voix enjouée.

– Ouais, t'inquiète, mais crois pas qu'tu vas taper dedans ! »

Stéphan savait que son ami aimait particulièrement ce genre de sucrerie et s'amusa à le faire languir. Ce dernier, voyant qu'après plus d'un mois, Stéphan n'osait toujours pas faire le premier pas vers Lisa, avait proposé une sortie cinéma tous ensemble. Pour éviter de mettre son ami mal à l'aise avec l'aspect trop formel d'un premier rendez-vous, Antoine s'était volontairement joint à eux. Et il s'était secrètement réjoui de cette décision en voyant que Lisa avait eu la bonne idée d'emmener avec elle ses deux meilleures, et ravissantes, amies. Détail dont il n'avait pas fait l'impasse.

« Qu'est-ce qu'il m'a pris d'accepter de venir voir un film d'horreur ? s'exclama Lisa, le visage peu rassuré.

– T'aimes pas ça ?

– Ça me fait trop flipper ! C'est Zoé et Margaux qui ont voulu voir ça ! »

La jeune fille jeta un œil faussement accusateur à ses deux amies qui pouffèrent de rire.

« Arrête ! Tu dis ça, mais je sais qu'tu vas adorer, répliqua Zoé avec assurance.

– Au pire, elle pourra se blottir dans les bras d'un homme fort ! » ajouta Antoine, un sourire taquin en coin de lèvre.

C'était sa manière de se venger amicalement de Stéphan qui se débrouillait pour que le seau de pop-corn ne passe jamais entre ses mains.

Le groupe pénétra dans la salle, bondée et animée par un flot incessant de spectateurs. Par chance, cinq places situées au centre étaient encore disponibles. Lisa s'empressa alors de les rejoindre, et après deux bousculades et un pied écrasé, elle bondit sur un fauteuil pour le réserver.

« Quand tu veux quelque chose, tu l'as, toi ! lança Stéphan en prenant place à côté d'elle.

– Tu crois pas si bien dire ! »

Après cinq minutes, les publicités s'étiraient sans fin, tandis que le groupe, déjà à court de friandises, scrutait leurs paquets vides avec une pointe de regret.

« J'ai rien eu ! s'indigna Antoine. Vous avez tout mangé, c'est abusé !

– 'Fallait être plus rapide, aussi !

– Tu vas voir, la prochaine fois, vous verrez même pas la couleur du sachet ! »

Ses amis éclatèrent de rire en le narguant et Stéphan glissa que c'était bon pour sa ligne. Seule Zoé, qui eut un peu de compassion, se rapprocha de lui pour l'enlacer dans ses bras. Si c'était le prix à payer pour ne pas manger, Antoine était prêt à se mettre à la diète.

« Bon, allez, la plaisanterie a assez duré, reprit Stéphan. J'vais t'en chercher !

– T'es sûr ? Merci, mec !

– Mais ouais, t'inquiète ! »

Il s'excusa auprès de Lisa qui se leva pour le laisser passer. Au passage, sa main frôla celle de la fille. Le contact était doux et agréable. Le garçon se demanda si cela avait été intentionnel. Trop intimidé, il n'osa lui jeter un regard.

Au moment où Stéphan quitta la salle, un adolescent que Lisa ne connaissait pas vint alors s'asseoir à la place laissée libre. Il lui demanda si elle accepterait de venir boire un verre avec lui après le film. Lisa avait toujours eu horreur de ce genre de dragueur opportuniste qui saisissait la première occasion pour venir l'aborder. Elle lui répondit amicalement qu'il pouvait se ranger ses phrases toutes faites là où elle pensait. Le jeune homme, sans un mot de plus, s'éclipsa dans l'obscurité de la salle. Margaux, dans un fou rire, se pencha alors vers Lisa ; elle avait toujours adoré ses répliques cinglantes quand elle était contrariée. Puis, elle lui demanda si elle voulait être seule avec Stéphan après le film.

« Pourquoi tu dis ça ? s'étonna la Présidente des élèves.

– Bah, arrête, ça fait un mois qu'vous vous tournez autour !

– C'est toi qui t'fais des idées ! On est ami, rien de plus !

– Pas à moi, insista Margaux, j'suis ta meilleure amie, tu peux tout m'dire ! En plus, j'ai bien vu comment vous vous regardez… »

Un sourire réservé se dessina sur les lèvres de Lisa.

« Bon, c'est vrai qu'il est mignon… admit-elle.
– Ah, tu vois !
– Mais… »
Elle hésita un instant.
« Tu trouves qu'il me regardait ?
– Tu plaisantes ? 'Faudrait être très naïve pour pas l'remarquer !
– Je suis sûre que tu me taquines… On s'aime bien, c'est tout ! Il est content de m'avoir comme élève pour donner des cours d'arts martiaux, va rien chercher d'autre…
– D'accord, d'accord… répondit son amie. Et puis, si ça s'trouve, il veut juste coucher avec toi…
– Mais nan… Je suis sûre que c'est un mec bien ! »

Stéphan attendait patiemment son tour dans la file pour acheter des pop-corn. Il jetait de fréquents coups d'œil à sa montre de peur de manquer le début de la séance. S'il avait été un brin paranoïaque, il aurait juré que la caissière prenait un malin plaisir à ralentir le processus pour encaisser les clients. L'envie de retourner dans la salle sans rien prendre lui traversa l'esprit, puis il pensa à Antoine qui se sentirait réellement laissé-pour-compte.

« C'était un resto qu'il fallait vous faire si vous avez la dalle ! » entendit-il derrière lui.

La voix ne lui était pas inconnue, il se retourna et tomba des nues quand il découvrit l'identité de la personne.

« Qu'est-ce que tu m'veux ? répliqua-t-il.
– Bah rien, j'vous ai vus prendre des pop-corn tout à l'heure. Et là, j'te revois ici, j'ai trouvé ça marrant… »

Stéphan ne savait pas comment réagir face à cet individu qui se montrait étrangement amical.

« J'comprends pas pourquoi tu m'parles… T'es un pote de Mike, et moi, j'suis plutôt du côté de Lisa. J'pense pas qu'tu ignores qu'ils sont pas vraiment amis…
– Perso, c'est leurs histoires, moi, j'm'en fous… »

Bien que le garçon affichât un certain détachement, Stéphan resta méfiant. Quelque chose derrière cette discussion devait se tramer.

« Et tu t'appelles comment, déjà ? demanda-t-il.
– Child !
– *Child !* Pourquoi Child ? » répliqua Stéphan, interloqué.
Le nom le fit sourire.

« Ouais, c'est mes potes qui m'appellent comme ça. Comme j'fais jeune, tu vois…
– Ah ouais… C'est assez original !
– Et toi, c'est bien Stéphan, hein ? Le gars qui a gagné l'tournoi, c'est ça ?
– Ouais, c'est moi. Mais… Ils sont là tes potes ? Mike et tout ?
– Nan, ce soir j'suis venu avec une copine. J'suis pas tout l'temps avec la bande, ils sont sympas, mais à petite dose… »

Depuis le début de la conversation, la queue n'avait avancé que de quelques centimètres.

« C'est dingue, j'vais lui apprendre son métier, à elle… lança Child.
– Grave, elle saoule ! J'vais louper le film, là…
– Si ça arrive, tu demandes à être remboursé !
– Ouais, mais c'est des radins, ils vont m'déduire c'que j'aurais déjà vu » répliqua Stéphan.

Les deux garçons se mirent à rire bruyamment, n'hésitant pas à manifester ainsi leur mécontentement. Après une dizaine de minutes d'attente et une vingtaine de francs dépensée, ils purent enfin rejoindre chacun leur salle.

« Vas-y, mec, bon film !
– À toi aussi ! »

« C'était génial ! lança Margaux en sortant du cinéma alors que la nuit était déjà tombée.
– Nan ! Moi, j'ai pas aimé ! rétorqua Lisa, le visage qui exprimait bien son état d'esprit.
– Y'avait plein de sang, c'était super ! »

Le film avait provoqué de nombreux cris dans la salle tant le suspense était intense. Lisa s'était même surprise à se blottir dans les bras de Stéphan lors d'une scène effrayante. Gênée, elle s'était ensuite redressée, s'excusant timidement. Cela n'était pas passé inaperçu auprès de leurs amis qui se faisaient un plaisir de les taquiner.

« Bon, qu'est-ce qu'on fait maintenant ? reprit Stéphan. On s'balade ?

– Heu… Nan, j'crois qu'on va rentrer nous, répondit Zoé en désignant Margaux et elle du doigt.

– Vous êtes sûres ?

– Ouais, on veut pas louper l'dernier bus.

– Bon bah, j'vais vous accompagner » ajouta Antoine, saisi d'un engouement soudain.

Stéphan avait la nette impression que ce départ inopiné n'était pas sans arrière-pensée. Margaux, Zoé et Antoine les saluèrent avant de s'éclipser en direction de la gare.

« Bon, qu'est-ce qu'on fait, du coup ? demanda le jeune homme, cherchant une idée pour prolonger leur soirée.

– Tu veux te balader, il y a un parc pas loin, nan ? proposa Lisa.

– Le parc de la Tanière est trop loin, et à cette heure-ci, ça doit être craignos… Mais j'connais un petit coin sympa derrière le Casino.

– Ça me va, on va se poser là-bas ! »

Les deux adolescents déambulèrent alors dans les rues nocturnes, baignées par la lumière diffuse des lampadaires, dont les halos vacillants semblaient effleurer les pavés. Lorsqu'ils passèrent devant une aire de jeux pour enfants, la jeune fille insista pour que Stéphan la pousse sur la balançoire. Ce dernier avait déjà remarqué la dualité fascinante de la jeune fille, à la fois mature et sérieuse, mais aussi joueuse et insouciante. Il n'hésita pas à la pousser si fort que la balançoire se retrouva presque parallèle avec le sol. Lisa se cramponna de toutes ses forces et émit un cri qui était entre l'immense plaisir et la peur totale. Quand il l'arrêta, un long fou rire s'empara d'eux.

« T'es un malade ! lança-t-elle.

– Bah quoi ? C'est ça faire de la balançoire, sinon c'est pas drôle ! »

Stéphan vint s'asseoir sur le second siège. La Lune brillait à travers le feuillage des arbres ; ils l'observèrent dans un silence reposant. Au loin, le vrombissement des moteurs de voitures berçait leurs oreilles.

« Au fait, commença l'adolescent, Zoé, elle serait pas un peu intéressée par Antoine ?

— Ouais, je pense… Mais tu sais Zoé, avec les mecs, elle prend, elle jette… Elle est pas du genre à être très fidèle…

— Ah ouais ? J'la voyais pas comme ça… Mais en y réfléchissant, j'pense pas qu'Antoine cherche non plus la femme de sa vie… »

Son intonation trahissait une pointe d'ironie.

« Et toi, alors ? T'en es où ? reprit-il.

— Moi ? Pour le moment, rien de spécial…

— Arrête ! J'vois toujours plein de mecs tourner autour de toi !

— Eh bien, être Présidente des élèves attire du monde… Mais c'est pas pour autant qu'on tombe sur des mecs bien !

— Ouais, j'imagine… acquiesça Stéphan. Et après ça, tu te lanceras dans la course aux présidentielles ? »

La jeune fille éclata de rire face à la suggestion de son ami, avant de lui répondre qu'elle préférait, pour l'instant, se consacrer pleinement à son rôle actuel.

« Mais pour la suite, on verra… conclut-elle.

— Tu voudrais être au gouvernement ?

— Je sais pas… Ou Maire de Méthée ! Ça ferait pas de mal d'avoir une femme à la tête de la ville !

— Ouais ! Et quand j'vois comment t'es investie dans le lycée, j'me dis que tu ferais une super maire !

— Merci, c'est gentil… »

Leurs regards se croisèrent un instant. Puis, une pensée lui traversa l'esprit : l'embrasser ! Stéphan chassa aussitôt cette idée, ne voulant pas compliquer les choses entre eux juste pour satisfaire ses propres sentiments. Qu'est-ce qu'il croyait ? Qu'une fille aussi belle s'intéresserait à lui, alors qu'elle pouvait avoir qui elle voulait ? Il savait que leur relation était purement amicale et que Lisa n'était pas sur la même longueur d'onde que lui.

« Au fait, ça avance tes projets pour stopper la bande de Mike ? demanda-t-il pour faire taire ses pensées.

— C'est assez lent, mais on en a parlé à la première réunion avec la proviseure du lycée. Pour les caméras, elle avait pas l'air très convaincue par mes arguments malgré mon tableau de budget prévisionnel.

– Ah merde, c'est embêtant ça.

– Et c'est pas tout ! En ce qui concerne l'idée de mettre un agent de sécu devant le lycée, elle m'a répondu qu'elle préférait attendre. Ça fait plusieurs mois qu'il ne se passe plus rien à la sortie, mais c'est parce que Mike est trop malin ! Il n'est jamais directement impliqué dans une magouille, on peut pas lui mettre la main dessus !

– Si les gens parlaient plus, ça aiderait…

– Je suis tout à fait d'accord avec toi ! Rappelle-toi, il y a deux ans à la sortie, un garçon qui s'appelait Guillaume, il s'était fait massacrer devant tout le monde, mais personne n'avait balancé !

– Ouais, j'me souviens, on était en seconde.

– C'est pour ça qu'il continue à faire ses trafics et ses rackets en toute impunité ! »

Stéphan remarqua que le ton de la jeune fille changeait radicalement lorsqu'elle endossait son rôle de Présidente des élèves. Elle était réellement investie dans sa mission et était déterminée à aller jusqu'au bout.

« Du coup, il te reste plus qu'à mettre en place un système de témoignages anonymes pour balancer c'qu'on sait ? suggéra-t-il.

– Ouais, c'est déjà ça… Mais je vais pas laisser tomber pour le reste ! »

La soirée s'écoula dans la fraîcheur automnale. Lisa partagea son parcours scolaire et ses réussites, tandis que Stéphan ponctuait la discussion de plaisanteries qui firent mouche auprès d'elle. Sur les coups de vingt-deux heures trente, elle annonça que ses parents n'allaient pas tarder à venir la chercher et qu'ils devaient retourner devant le cinéma. Quand ils arrivèrent au lieu de rendez-vous, elle resta un instant muette, puis elle lança avec un sourire qu'elle attendait avec impatience la prochaine soirée.

11

Un Ami… ?

8 décembre 1990

« Nan, tu dois pas faire comme ça ! dit Stéphan d'un ton ferme à Lisa. Tourne ta hanche pour donner plus de puissance à ton coup de pied. »

Depuis près de deux heures, les deux adolescents s'entraînaient dans l'obscurité d'une salle du gymnase de Méthée, cherchant à éviter de se faire repérer par le gardien.

Tenant *une patte d'ours* à la main, il lui enseignait le coup de pied circulaire. La fille frappa du droit, puis du gauche, démontrant une puissance relativement impressionnante. Stéphan observait fièrement les progrès de Lisa depuis qu'il était devenu son entraîneur. Elle avait gagné en souplesse et en rapidité. Si elle continuait sur cette lancée, il se dit qu'elle pourrait même participer à des compétitions.

Zoé, entourée de trois autres amis de Lisa, étaient venus les encourager. Ce n'était pas vraiment au goût de Stéphan qui préférait rester discret et ne pas faire de ses entraînements un spectacle. Cependant, Lisa lui avait assuré que ce n'était qu'à titre exceptionnel. De son côté, Antoine, peu intéressé par ce genre de sortie, avait préféré rester chez lui.

« Parlez moins fort ! ordonna Stéphan, soucieux du moindre bruit. Le gardien va nous entendre. Il n'attend qu'une chose : nous mettre la main dessus !

— On est désolé, s'excusa l'un des spectateurs. Il vous a déjà attrapés ?

— Nan, mais j'voudrais pas qu'ça commence aujourd'hui ! »

Les minutes s'écoulaient, mais l'intensité de l'entraînement ne faiblissait pas. Lisa, absorbée par l'effort, gagnait en fluidité et en assurance, ses gestes devenant plus précis et percutants. À ses côtés, Stéphan corrigeait minutieusement ses postures, ponctuant leurs échanges de conseils pour affiner sa technique. La nuit tombait doucement, et les lampadaires projetaient leur lueur vacillante sur le sol sombre. Lisa, les muscles endoloris et le front perlé de sueur, peinait à masquer son épuisement. Chaque mouvement lui coûtait davantage, et elle ne pouvait s'empêcher d'espérer que l'entraînement touche bientôt à sa fin.

Tout d'un coup, la porte de la salle s'ouvrit et claqua contre le mur. Le petit groupe sursauta à l'impact, figé dans un lourd silence. Leurs regards se tournèrent vers l'entrée plongée dans l'obscurité. Dans l'ombre de la porte se tint une silhouette. Un homme ! Le perturbateur entra dans la salle en grommelant ; c'était le gardien ! Il les dévisagea un à un avant de hurler :

« J'savais que c'était vous ! J'vous aurai cette fois-ci ! »

L'homme bondit alors dans leur direction à toute allure. Il n'y avait pas une seconde à perdre en réflexion, il fallait fuir ! Stéphan attrapa son sac d'entraînement et la patte d'ours d'un geste vif avant de déguerpir. Lisa et les autres avaient déjà anticipé la réaction du gardien et s'étaient précipités par l'issue de secours. L'un des garçons tint la main de Zoé pour l'aider à détaler le plus vite possible. L'homme manqua de peu de les arrêter mais se refusa à quitter le gymnase pour les poursuivre à l'extérieur.

Quant à Stéphan, qui dut faire un détour pour ramasser ses affaires, il se trouva désormais à l'opposé de la porte qui lui rendrait sa liberté. Le gardien tenta de la verrouiller pour l'enfermer comme un rat, mais en palpant ses poches, il se rendit compte qu'il avait oublié les clés dans sa loge. *Coup de bol !* Stéphan se hâta alors vers la porte qu'avait empruntée le gardien pour entrer. Ce dernier fit de même. Malheureusement pour l'adolescent, le traqueur arriva le premier et ricana tout bas. Il jubilait à l'idée de pouvoir enfin raconter à ses collègues autre chose que ses éternelles humiliations ! Stéphan se stoppa net pour prendre à contre-pied le gardien et se diriger à toute allure vers l'issue de secours. Son assaillant, pris par surprise, le poursuivit et gagna alors du terrain. Stéphan semblait épuisé par l'intensité de l'entraînement, et le poids de son sac à dos ne venait pas arranger les choses. Soudain, le pourchassé s'immobilisa, se baissa et exécuta une vive rotation sur lui-même. Dans ce mouvement fulgurant, il faucha le gardien qui s'écroula au sol.

Sans perdre un instant, Stéphan reprit aussitôt sa course et parvint à franchir la fameuse porte, symbole de sa liberté retrouvée.

À l'extérieur, le groupe de Lisa l'accueillit avec des acclamations enthousiastes, admiratif de la manière habile dont il avait su se tirer d'affaire. Un vrai spectacle ! Le gardien refit alors surface à l'issue de secours, le poing en l'air et les insultes à la bouche. Toutefois, Stéphan et les autres ne s'en souciaient guère, ils avaient maintenant largement le temps de s'enfuir et ne manquèrent pas de lui répondre par des rires bruyants et des doigts levés bien haut.

« J'vous aurai, bande de p'tits morveux ! La prochaine fois, j'appellerai les flics ! » hurla le gardien, rouge de rage, tandis que sa voix résonnait dans la nuit.

Le petit groupe s'élança à toute allure, traversant un terrain vague où quelques carcasses de voitures ravagées par le temps s'empilaient les unes sur les autres, puis atteignit un espace vert isolé. Là, à bout de souffle, ils s'écroulèrent sur l'herbe humide. Les rires, encore vibrants, accompagnaient leur respiration haletante tandis que l'adrénaline, doucement, retombait.

« Vous avez vu comment le gardien s'est ridiculisé quand Stéphan l'a fauché ? lança un membre du groupe, hilare. J'espère qu'il va pas nous reconnaître quand on ira au gymnase avec le lycée !

– Mais nan, il faisait nuit, et au pire, il a aucune preuve ! » répondit un autre en se tenant les côtes.

Lisa, à bout de souffle, se laissa tomber dans l'herbe, les bras en croix.

« J'en peux plus, ton entraînement m'a tuée » souffla-t-elle en fermant les yeux.

Stéphan, adossé à un arbre, la regarda en haussant un sourcil amusé.

« J't'avais prévenue qu'ça serait pas facile.

– Ouais, mais c'est quand on est dedans qu'on réalise vraiment…

– L'important, c'est d'persister. Et pour l'instant, tu te débrouilles pas mal. »

Lisa sourit face à ces compliments, elle était déterminée à ne pas le décevoir. Certains, ayant enfin repris leur souffle, se redressèrent doucement, étirant leurs jambes engourdies tandis que d'autres restaient allongés, le regard perdu dans le ciel. Seule Zoé étendit sa veste sur le sol avant de s'allonger dessus. Elle demanda à Lisa si elle ne craignait pas que ce genre d'incident ternisse son image.

« T'es quand même la Présidente des élèves ! 'Faudrait pas que ça se sache…

— J'ai dit au moins mille fois à Stéphan de pas s'entraîner là-bas ! Que ça finirait mal ! répliqua la jeune femme.

— Et moi, je t'ai dit au moins mille fois de pas venir avec ton fan-club ! enchaîna Stéphan.

— Alors déjà, c'est pas mon *fan-club*, et en plus…

— Allez, allez, intervint Zoé pour calmer le jeu, vous aurez toute votre vie pour vous disputer, tous les deux ! Je ne faisais que poser une question… »

Là-dessus, Stéphan fronça légèrement les sourcils, intrigué par le sous-entendu. Il ouvrit la bouche, prêt à demander ce qu'elle voulait dire par là, mais n'eut pas le temps de formuler sa question. L'un des membres du groupe, qui venait de se redresser en s'étirant, détourna brusquement l'attention. Il fit allusion à la maîtrise évidente de Stéphan et lança une remarque sur l'âge auquel il avait dû commencer les arts martiaux.

« Y'a déjà quelques années, répondit-il, tout en gardant la remarque de Zoé en mémoire.

— Ah ouais ! Moi, j'pensais qu't'en faisais depuis tout petit pour avoir ce niveau !

— Ça doit faire… huit ans qu'j'en fais.

— Et qu'est-ce qui t'a donné l'envie d'commencer ? »

Stéphan se fit alors la remarque que seule une poignée de personnes connaissaient les raisons de son initiation aux arts martiaux.

Lorsqu'il avait neuf ans, le garçon prenait des cours particuliers de français après l'école. Pour s'y rendre, le trajet ne faisait pas plus d'un kilomètre. Sa mère avait insisté plusieurs fois pour l'accompagner en voiture, inquiète de le laisser seul près des quartiers mal fréquentés du nord de Méthée. Mais il avait catégoriquement refusé.

Un jour, alors que celui-ci rentrait de ses cours, il croisa le chemin de trois adolescents. Ils ne semblaient même pas avoir la quinzaine, et pourtant une cigarette pendait déjà à leurs lèvres. L'un d'eux arborait une cicatrice longue et fine sur le côté gauche du visage, évoquant une vieille blessure de couteau. La balafre dessinait un trait droit et net. Le deuxième, grand et d'une maigreur extrême pour son âge, contrastait avec le dernier, un petit costaud à l'air arrogant qui semblait être le leader du groupe.

C'était dans une petite ruelle que Stéphan passa près d'eux, évitant de croiser leur regard, tandis qu'eux le fixaient intensément. Une fois qu'il les eut dépassés, un léger soulagement l'envahit : ils n'avaient visiblement pas l'intention de lui chercher des ennuis.

« Eh gamin, viens voir ! » lança subitement l'un des garçons.

Stéphan s'arrêta, le cœur battant à tout rompre. Il fixa les trois adolescents un instant, conscient de ce qui l'attendait s'il osait aller à leur rencontre. Finalement, il tourna les talons sans un mot, priant intérieurement pour qu'ils le laissent en paix. Sa main gauche tremblait. Peut-être finiraient-ils par se lasser. Il voulait plus que tout jeter un coup d'œil en arrière, vérifier s'ils le suivaient, mais une force invisible le clouait sur place : la peur. Cette peur viscérale d'attiser leur colère ou leur envie de confrontation. Après quelques pas, il se convainquit que c'était terminé, qu'ils s'étaient désintéressés de lui.

D'un coup, il fut brutalement projeté en avant et s'écrasa au sol. L'un des adolescents lui avait donné un coup de pied dans le dos. Stéphan tenta de se relever rapidement pour s'échapper, mais il était trop tard, les malfrats étaient déjà sur lui. Il fut alors la proie du jeu cruel de ces crapules avides de violence.

Quand il retrouva ses esprits, étendu le long du trottoir, le garçon s'aperçut avec amertume que plusieurs de ses affaires, ainsi que son argent de poche, avaient disparu. Il se redressa avec difficulté, les gémissements étouffés par la douleur, tenant son bras blessé de l'autre main. Ce n'est qu'une fois chez lui qu'il prit pleinement conscience de l'ampleur de ses blessures : un bras cassé, un œil tuméfié.

Je me vengerai ! s'était-il juré. *Plus jamais je me laisserai faire…*

Par la suite, il ne croisa plus jamais la route de ses agresseurs. Vint alors à lui une révélation qui allait façonner toute sa vie :

pratiquer les arts martiaux.

« Et t'as jamais retrouvé ces types ? Merde ! s'exclama l'un du groupe.
– Nan, et j'peux vous dire qu'ils ont beaucoup de chance ! Enfin… Après tout, c'est peut-être mieux comme ça…
– Mais attends, avant Lisa, tu t'entraînais tout seul ? Ça devait être hyper relou, nan ? s'étonna un autre.
– Ah ! Mais non, t'as tout faux ! J'étais jamais seul, j'm'entraînais toujours avec mon meilleur pote, Eddy, répondit Stéphan, avec enthousiasme.
– *Eddy Jammy* ? demanda Zoé, surprise. L'ancien Président des élèves ? »

Le jeune adolescent acquiesça :
« Ouais, c'est lui. Il en faisait déjà depuis plus d'un an et il m'a poussé à en faire avec lui. Il m'a appris beaucoup d'choses, j'ai de la chance de m'entraîner avec un gars aussi balèze…
– C'est vrai, je l'avais vu dans un magazine d'arts martiaux, il a remporté un tournoi, nan ? poursuivit un autre.
– Ouais, c'est ça, il a remporté le grand tournoi de Paris. Le prochain, j'compte bien le remporter à mon tour, ajouta Stéphan.
– On sera tous avec toi ! »

Des mots d'encouragement s'élevèrent parmi eux, portés par l'ambiance feutrée du soir.

« J'savais même pas que vous vous connaissiez, toi et Eddy, reprit Zoé, curieuse. J'vous ai jamais vus ensemble.
– C'est vrai qu'on s'voit pas beaucoup au lycée… C'est peut-être pour ça qu'personne ne sait qu'on est ami. Mais j'peux vous dire qu'en dehors du bahut, on est toujours ensemble !
– Moi, j'trouve ça bizarre, c'est ton meilleur ami, mais vous vous voyez pas au lycée ? insista l'un d'eux.
– J'sais qu'ça peut paraître un peu bizarre, acquiesça Stéphan, mais Eddy a son groupe de potes… Je traîne pas avec eux…
– Et toi, c'est qui tes amis ? Antoine ? » demanda Lisa.

Stéphan prit un temps avant de répondre, il hésita à dire la vérité et, finalement, il se lança :
« Nan, Antoine j'le connais que depuis l'début de l'année. Je… J'avais pas vraiment d'amis avant… En fait, j'en avais pas. J'restais

seul… pour des raisons personnelles…

— Ah ouais, j'me souviens, t'étais souvent sur les bancs de la cour ? Nan ? demanda l'un des garçons.

— Ouais… J'suis un peu du genre solitaire.

— Bah, j'vais pas te mentir, au début, tu faisais pas trop envie d'venir te parler… » admit Zoé.

Stéphan releva les yeux, surpris, comme s'il prenait conscience pour la première fois de l'image qu'il pouvait renvoyer. Voyant qu'elle venait de le toucher, la fille tempéra aussitôt ses propos :

« Mais c'est plus le cas maintenant, t'es plutôt sympa, en fait !

— Nan, mais t'inquiète, répondit le garçon. J'le savais un peu, sans vraiment m'l'avouer… C'est juste qu'y a eu des trucs qui m'ont poussé à m'éloigner des autres… »

Lisa lui adressa un sourire chaleureux, cherchant à dissiper toute gêne qu'auraient pu provoquer les remarques de ses amis.

« Pour en revenir à c'que tu disais sur Eddy, j'ai l'impression qu'il a un peu honte d'être vu avec toi, vu que t'avais pas de potes avant » reprit l'un des garçons.

Stéphan sentit une pointe d'agacement monter en lui. Il ne voulait pas que sa relation avec Eddy soit remise en question.

« Nan, tu t'goures complètement, répliqua-t-il vivement. C'est pas son genre ! J'peux t'assurer qu'il a pas honte de moi. J'vous l'ai dit, il a son propre groupe et…

— Bah ouais, donc au final, c'est pas vraiment ton meilleur pote, coupa Zoé. Pour lui, t'es juste un mec avec qui il s'entraîne…

— Mais nan, il venait parfois me parler pendant les récréations, expliqua Stéphan, essayant de garder son calme. Et puis, qu'est-ce que ça peut t'faire ? Où tu veux en venir ?

— Eh, calme-toi ! J'dis juste que tout ça m'semble un peu bizarre, c'est tout ! Après, tu fais ce que tu veux… »

La réplique avait jeté un froid. Stéphan, troublé, peinait à comprendre pourquoi la discussion prenait une telle tournure. La copine de Lisa avait ce don agaçant de viser juste, de pointer les zones sensibles sans même en avoir conscience. Son amitié avec Eddy n'avait jamais été simple. Il y avait même eu des moments où Stéphan lui en avait voulu. La distance et la dureté d'Eddy avaient parfois laissé des traces, alors que Stéphan n'avait rien demandé d'autre qu'une main tendue. Pourtant, au milieu de ces épreuves, une certitude subsistait : Eddy était le seul en qui il avait une confiance absolue.

« Qu'est-ce que tu veux dire par *bizarre* ? » reprit-il, son regard fixé sur elle.

Ne reculant pas devant le débat, Zoé répondit sans détour :

« Écoute, peut-être que j'ai un problème avec lui, mais j'l'ai toujours trouvé un peu… bizarre. Genre, le mec est trop parfait pour être honnête…

– T'as un *problème avec lui ?* Mais tout l'monde le kiffe ! On l'invite à toutes les soirées pour être son pote ! Il est même devenu Président des élèves !

– Ouais, bah justement ! Il a léché les bottes de tout le monde pour avoir sa place, mais il a fait quoi, ensuite ? Des ventes de gâteaux et des réunions de vie scolaire ? C'était ça, son programme ? Moi, j'aurais voulu qu'il nous débarrasse des bandes qui foutent la merde ! Heureusement qu'on a Lisa avec nous maintenant !

– Zoé, tu peux éviter de me mêler à votre discussion, s'il te plaît ? » répliqua l'intéressée.

La fille se sentit légèrement gênée par la demande de Lisa, réalisant qu'elle avait peut-être été trop impulsive. Cependant, elle ne voyait aucune raison de renier son opinion.

« Bah quoi ? J'ai pas raison ? insista-t-elle.

– Si, on est d'accord avec toi » approuva l'un des garçons.

Stéphan glissa un regard vers Zoé et les deux autres, remarquant leur consensus silencieux. L'idée que certains au lycée n'appréciaient pas Eddy le laissa stupéfait. Pourtant, au fond de lui, il éprouvait un étrange soulagement. Eddy, l'irréprochable, toujours idolâtré, en devenait presque agaçant dans sa perfection.

« Et t'as le même avis ? demanda-t-il à Lisa.

– Heu… C'est pas une question évidente… »

Elle avait besoin de trouver ses mots avant de répondre.

« C'est vrai qu'en tant que Président, il a souvent préféré faire profil bas, mais je vais pas le juger. Maintenant que je suis à sa place, je mesure les difficultés. Après, de savoir si tu es son ami ou s'il te prend pour un bouche-trou, je peux pas dire, je ne vous ai jamais vus ensemble…

– Ah ouais, c'est vrai, ça ! Comment ça s'fait qu'on t'a jamais vu avec lui depuis qu'on t'connaît ? enchaîna Zoé, visiblement intriguée.

– Ah, ça, c'est normal, il est parti quelques mois dans un centre de rééducation, il a eu un accident d'voiture, répliqua Stéphan.

– Ah oui, c'est vrai… C'est d'ailleurs pour ça qu'il y a eu de nouvelles élections ? »

Lisa confirma d'un hochement de tête les propos de son amie.

« Et alors, il te donne des nouvelles depuis son départ ? » poursuivit cette dernière.

Stéphan réfléchit un instant avant de répondre :

« Il m'a pas envoyé de cartes postales, mais il m'a appelé une fois. Sans préciser pourquoi, il m'a dit que j'pourrais pas trop l'joindre. Enfin, il m'avait dit que seuls ses parents pouvaient lui téléphoner…

– J'suppose que tu connais ses parents, intervint l'un d'eux.

– Ouais, j'les connais, enfin, il vit qu'avec sa mère. »

Un court silence s'installa avant que la conversation ne reprenne.

« Et elle, elle te tient au courant d'ce que fait Eddy dans son centre ?

– Nan, rien de spécial. Elle m'a juste dit qu'tout s'passait bien.

– Tu vois, il est parti depuis quelque temps et il pense même pas à toi ! Qu'il peut pas téléphoner à ses potes, OK, même si c'est chelou, mais il pourrait au moins faire passer un message par sa mère.

– Si j'étais toi, j'aurais une vraie discussion avec lui quand il reviendra, suggéra Lisa, avec une certaine prudence. Et si ses réponses te plaisent pas, là, tu pourras commencer à te poser des questions… »

Stéphan fixa la fille, surpris. Dans le groupe, seule Lisa, qu'il voyait régulièrement, avait eu avec lui des discussions plus intimes. Ce que pensaient les autres, au fond, il s'en moquait bien. Mais que de tels mots sortent de la bouche de cette fille, cela le frappa au visage comme un coup de poing.

« Mais nan ! On s'connaît depuis l'enfance, je sais qu'il me considère comme son meilleur ami, lança Stéphan en essayant de se convaincre.

– C'est ce qu'il t'a dit, et toi, tu l'as cru, enchérit l'un d'eux. Il t'a dupé comme il a dupé ses électeurs ! C'est que mon avis…

– Même si ça fait des années qu'vous vous connaissez, poursuivit Zoé, est-ce que ça veut vraiment dire quelque chose ? On peut connaître quelqu'un depuis toujours sans pour autant être attaché à lui… »

Stéphan ne sut plus quoi répondre, il baissa la tête pour dissimuler l'impact que leurs paroles avaient sur lui. *Même s'ils en voulaient à Eddy pour avoir été un mauvais Président des élèves, était-ce une raison pour le descendre en tant qu'ami ?*

« Tu sais, Eddy a été deux ans dans ma classe, et je l'ai jamais entendu parler de toi !

– Stop ! lança subitement Stéphan. Je sais pas ce qu'il pense vraiment de moi, mais pour l'instant, je préfère ne pas en parler ! Il a été l'une des seules personnes à m'avoir soutenu lorsque j'étais mal, alors je refuse que vous parliez de lui comme ça. Mettez-vous ça dans l'crâne ! »

Il sentit une vague de frustration l'envahir. Il était comme pris au piège dans une dispute inutile et ressentait le besoin de défendre son ami.

« Écoutez, Eddy a ses raisons et a fait ses choix, tout comme moi, déclara-t-il d'un ton plus posé mais empreint de fermeté. Il m'a toujours soutenu dans les moments difficiles, et j'lui en suis reconnaissant. »

La bande, un peu embarrassée, murmura quelques excuses, consciente d'être allée trop loin dans ses critiques. Le silence qui suivit pesa légèrement, chacun perdu dans ses pensées, mesurant l'impact de leurs mots. Finalement, Lisa brisa la tension avec une voix apaisante :

« Je pense qu'on devrait respecter les amitiés de chacun, proposa-t-elle. On ne connaît pas tous les détails de leur relation, et il est important de ne pas juger sans savoir. »

Le consentement muet de chacun sembla s'imposer par leur silence.

La discussion bifurqua alors sur le gardien et chacun imagina ce qui aurait pu se passer s'ils avaient été pris. Stéphan, lui, resta silencieux. Il n'avait plus l'envie de participer. Après un moment, il leva les yeux et, d'un ton abrupt, annonça qu'il préférait rentrer.

Il salua brièvement le groupe avant de s'éloigner, les laissant à leurs rires et spéculations. Quand il fut à une vingtaine de mètres, le jeune homme entendit la voix de Lisa l'appeler derrière lui. Il se retourna au moment où celle-ci arriva à son niveau.

« Ça te dérange pas si je te raccompagne chez toi ? Pour toutes les fois où tu l'as fait pour moi !

– Bien sûr que nan »

Son intonation, habituellement vive, s'était éteinte, comme voilée par les pensées qui l'agitaient encore. Le garçon n'habitait pas loin, et le trajet s'avéra bref, ponctué par de rares échanges. Arrivés devant sa maison, Lisa tint à préciser :

« Tu sais, je voulais m'excuser pour ce que mes amis ont dit… Même moi, j'ai pas été…

– J'sais bien qu'tu n'avais pas de mauvaises intentions, coupa Stéphan. Mais j'espère qu'tu comprends maintenant pourquoi je n'aime pas trop dévoiler ma vie : il y a toujours des gens pour chercher à nous briser…

– Je comprends, tu as raison… Je suis ton amie et je ne veux pas qu'il t'arrive quoi que ce soit !

– Merci… Je sais bien que tu n'as pas cherché à faire mal… assura Stéphan.

– Moi, je t'apprécie vraiment, j'espère que toi aussi, dit-elle avec sincérité. Et le ciment de toute relation, c'est la confiance mutuelle. »

Stéphan poussa un long soupir, comme pour tenter d'éclaircir le tumulte de ses pensées.

« Tu sais, j'accorde pas facilement ma confiance aux gens. Et quand ça m'arrive, c'est très peu… Mais j'dois bien avouer que t'es différente des autres… »

V

Opposition

Mi-décembre 1990

Quelque chose avait attiré l'attention d'Arnold dans la

conversation animée d'un groupe de filles qui passait à proximité. Un nom répété à maintes reprises résonna à ses oreilles, un nom qui le faisait grincer des dents : « Stéphan », ce gars envers qui il éprouvait une profonde aversion depuis toujours. Il y avait quelque chose qui se dégageait de lui d'insupportable et, pour Arnold, c'était déjà une forme de provocation en soi.

En tendant l'oreille, il capta quelques bribes de la conversation où les filles louaient ses exploits et exprimaient leur envie de faire sa connaissance. Les mots se perdirent alors qu'elles s'éloignaient.

« Eh, vous avez entendu, là ? lança-t-il à sa bande.
– Nan, y'a quoi ? demanda Mike, en roulant une cigarette.
– J'arrête pas d'entendre les gens parler d'un mec ! »

La bande de Mike avait décidé de passer la pause à l'étage de l'établissement, à l'abri des regards. Ces derniers temps, ils avaient ressenti une pression grandissante autour d'eux. Les policiers patrouillaient désormais fréquemment aux abords du lycée, tandis que la proviseure et les surveillants redoublaient d'attention pour surveiller leurs agissements.

« Tu parles de qui ?
– Le gars, il s'appelle Stéphan !
– C'est qui c'type ? s'étonna le chef.
– À c'qu'il paraît, il a gagné un tournoi d'arts martiaux. Tout le monde en parle, genre il est balèze. »

Benjamin approuva d'un signe de la tête ; cette histoire était aussi arrivée jusqu'à lui.

« J't'en avais déjà parlé, dit-il. Tu t'souviens le gars qui a foutu la honte à Tarek à la cantine, il lui a écrasé la gueule dans des pâtes. C'était lui !
– Ouais, j'me souviens···
– Il voulait qu'on s'venge. Ce Stéphan s'en est pris à l'un des nôtres !
– J'vais pas me mouiller pour c'con d'Tarek ! cracha le

chef, agacé. J'vous ai dit d'faire profil bas, qu'on était trop dans le collimateur. Les flics sont déjà sur nos culs, et lui, il trouve rien de mieux qu'agresser des gens en plein jour ! C'est bien fait pour lui, il fait plus partie du gang. Et puis, le tournoi de c'mec, Stéphan··· Franchement, ça devait être un truc bidon···

– Mais bien sûr, enchérit Benjamin, si on avait participé, on aurait gagné !

– Pourquoi *on* ? *Nous*, on l'aurait gagné, toi, t'aurais rien fait du tout ! » répliqua le Colosse avec une pointe d'ironie.

Depuis que ce garçon avait intégré le gang, il avait su trouver rapidement sa place en tant que bras droit de Mike. Sa carrure impressionnante était à l'image de la réputation de la bande. Par ailleurs, madame Adrianne, la proviseure, s'était quant à elle peu enthousiasmée de cette alliance. Bien que le Colosse ne fût pas inscrit dans son établissement, cela ne l'empêchait pas de s'introduire dans la cour à chaque pause, escaladant les grilles avec une facilité déconcertante. Pendant un bon quart d'heure, il profitait de la compagnie de ses acolytes avant d'être inévitablement repéré par les surveillants et reconduit jusqu'au portail.

« Nan, mais sérieux, reprit Arnold, tout l'monde parle de lui, si ça continue, il pourrait prendre ta place ! »

Un sourire narquois se dessina sur le visage du chef. Bien que Mike sût que les intentions de son complice étaient purement préventives, il n'appréciait guère l'idée que son autorité puisse être remise en doute. Il rangea les différentes cigarettes qu'il venait de rouler dans une petite boîte, puis répliqua :

« Laisse tomber, c'est un bouffon c'mec··· Il a gagné sa p'tite ceinture à un tournoi, et alors ?

– Bien sûr qu'c'est un bouffon ! poursuivit Sara. Mais c'est justement l'occasion pour affirmer ta place. Le premier gars qui s'la joue important, 'faut lui faire comprendre qu'ça s'passe pas comme ça ! »

Cassandra la dévisagea et dénigra ouvertement son opinion. Pour elle, Mike n'avait pas à se rabaisser à nettoyer les miettes. Si quelqu'un de la bande avait un problème avec ce Stéphan, c'était à lui d'aller régler ses comptes. La fille voyait d'un mauvais œil le fait que la petite nouvelle devenait de plus en plus tactile avec Mike. La veille, elle l'avait même surprise en train d'échanger des regards suggestifs avec leur chef.

« C'est bon, on va pas s'prendre la tête avec lui, reprit le chef. J'vais aller le voir, et au pire, il pourra rejoindre la bande⋯ Ça pourrait être bon d'avoir un gars qui sait s'battre ! »

Le ton léger masquait une intention claire : rappeler les règles du jeu. Ces derniers temps, il sentait que l'énergie du groupe se dissipait, remplacée par une sorte de désorganisation informelle. Chacun semblait plus préoccupé par ses propres petites affaires que par le respect de la hiérarchie, et cette attitude l'irritait profondément.

« Ouais, bah j'te conseille de faire ça vite ! répondit Arnold. Il devient un peu trop populaire à mon goût⋯ »

La sonnerie retentit alors.

« Bon, les gars, cette fois-ci on va éviter d'traîner trop dans les couloirs, la proviseure veut nous tomber dessus à la première occasion⋯

– Elle saoule trop elle, si ça continue, 'va falloir faire quelque chose ! répliqua Sara.

– Quoi ? Brûler sa caisse ? »

Un sourire satisfait illumina le visage de la fille, elle aimait les idées démentielles. Alors que les couloirs se remplissaient doucement d'élèves, la bande n'avait pas encore trouvé la motivation pour rejoindre les cours.

« Eh Mike, fit Benjamin, tu sais pas c'qu'il a, Child ? Ça fait deux semaines qu'on l'voit presque plus, il sèche trop les cours, là !

– J'sais pas trop c'qu'il fout⋯ Il doit avoir une meuf⋯
– Quoi ? C'est une raison pour oublier ses potes ? »

Avant même qu'il ne puisse répondre, Arnold saisit vivement le bras de Mike pour lui montrer quelque chose.

« Tiens ! J'l'ai trouvé, cet enfoiré ! Regarde le gars qui monte les escaliers là-bas, c'est lui, c'est Stéphan ! lança-t-il.

– C'est lui l'gars dont tout le monde parle ?
– Ouais, bordel ! »

Décidé à régler cette affaire immédiatement, Mike demanda alors à sa bande de ne pas bouger. Il dévisagea le garçon de la tête aux pieds et se dit qu'il n'avait rien d'impressionnant en apparence ; c'était à se demander comment il avait pu remporter un tournoi. Mais Mike n'était pas dupe pour autant, sous son jogging et son T-shirt larges pouvait se cacher un véritable corps d'athlète.

« Eh, toi ! lança-t-il à l'adolescent.
– Qui, moi ?
– Ouais⋯ C'est toi, Stéphan ?
– Ouais, qu'est-ce qu'y a ?
– J'dois te parler ! Viens !
– Bah vas-y, j't'écoute ! »

Le garçon ne semblait ni surpris ni intimidé par la venue de Mike. C'était comme s'il s'était attendu à cette rencontre depuis un certain temps. Stéphan ne bougea pas d'un millimètre. Ses bras croisés contre son torse, il lui fit ainsi comprendre qu'il ne le suivrait pas. S'il voulait discuter, ce serait ici.

« On m'a parlé d'toi, tu t'bastonnes bien, c'est ça ?
– Heu⋯ Ouais⋯ En compétition. »

Stéphan ne voyait pas bien où le chef des Guerriers Fous voulait en venir. Par méfiance, il resta sur ses gardes.

« Tu viens m'voir pour l'histoire d'la cantine, c'est ça ? demanda-t-il.
– Nan, c'est pas mes affaires ça. J'voulais savoir si ça

t'intéresserait d'rejoindre ma bande ? »

L'adolescent s'étonna de la proposition. Il se sentait si différent de ce garçon ; *qu'est-ce qu'il irait faire avec lui ?* Les complices de Mike se tenaient derrière eux, à une dizaine de mètres, et un détail sauta immédiatement aux yeux de Stéphan : Child n'était pas dans le groupe.

« Attends, j'te suis pas là, répondit-il. Pourquoi tu viens m'demander ça ?

– Bah tu vois, tout le monde parle de toi, c'est cool, mais ça va pas durer ! Alors qu'si tu nous rejoins··· tu seras vraiment populaire ! »

Stéphan le fixa pendant un moment, puis jeta de nouveau un œil sur la bande. Il reconnut Arnold, son ennemi de toujours, et Benjamin, qu'il avait envoyé à l'hosto à l'époque du collège. Il y avait aussi un gars vraiment costaud et une fille plutôt jolie. Et enfin, cette autre fille qu'il avait croisée plusieurs fois, vêtue de noir et d'un regard ténébreux sublimé de maquillage rouge.

« J'crois que ton informateur s'est mal renseigné··· dit-il, enfin. J'soutiens Lisa, moi. Et ta bande de gamins, là, c'est pas mon truc ! »

La phrase avait résonné dans l'esprit de Mike comme une provocation. Il n'avait pas le souvenir depuis qu'il était le chef de la bande d'avoir été confronté à une telle insolence. Son regard se durcit.

« Fais comme tu veux, mec, mais traîne pas trop tout seul, ça pourrait être dangereux pour toi··· »

Le chef s'éclipsa avec sa bande aussi vite qu'il était venu, laissant Stéphan perplexe quant à ses intentions.

12

Entre Deux Saisons

24 décembre 1990

Stéphan se redressa vivement de son lit, il n'en pouvait plus d'attendre patiemment la fin de la journée. Pour lui, Noël était le plus beau jour de l'année. La veille au soir, il avait assisté avec ses deux parents à la parade annuelle de Méthée. La procession défilait au rythme des musiques festives, sous un torrent de confettis et l'éclat des feux d'artifice. Elle s'achevait, comme chaque année, au parc de la Tanière, où un grand concert venait clôturer la soirée.

Mais dans l'immédiat, l'attente lui semblait insupportable. Le jeune homme dévala les escaliers avec une hâte frénétique pour rejoindre sa mère dans la cuisine. Celle-ci jonglait entre la préparation du dîner du soir et les ultimes ajustements des décorations.

« T'as besoin d'aide, maman ? lui demanda-t-il.

– Ah, tu es là ! répliqua-t-elle lorsqu'elle l'aperçut. Je suis désolée mais tout est quasiment prêt. Il ne me reste plus qu'à faire cuire la dinde et les préparatifs seront finis.

– J'voulais m'occuper pour faire passer l'temps, ajouta Stéphan, déçu.

– En attendant, tu peux aller faire un tour dehors. Il y a plein de neige partout, pourquoi tu n'irais pas t'amuser ?

– Bonne idée ! » s'exclama le jeune homme.

Il saisit son manteau et son écharpe dans l'armoire de l'entrée avant de les enfiler avec empressement.

« Ah, au fait, maman, la dernière fois que t'as vu la mère d'Ed', elle t'a pas donné de nouvelles ? Ou un mot pour moi ?

– Tu m'as déjà posé la question et je t'ai répondu que non, elle ne m'a rien dit de particulier. Mais rien ne t'empêche de lui rendre une petite visite, ça lui ferait plaisir.

– Ouais, j'aurai sûrement plus d'info'... »

Stéphan fut soudainement interrompu par un visiteur frappant à la porte. Il l'ouvrit et découvrit avec joie Lisa accompagnée d'Antoine, tous deux vêtus de gros bonnets et de gants.

« Salut, Stéph', lança la fille, enthousiaste. Tu sors ? Il y a de la neige partout !

– On pourra se faire une bataille ! ajouta Antoine.

– Eh, salut ! Sérieux, j'm'ennuyais grave ! Vous arrivez pile au bon moment ! »

Avant de sortir, Stéphan remonta précipitamment dans sa chambre et réapparut avec deux livres en main. Il adressa un signe à sa mère et rejoignit ses deux compagnons.

« Qu'est-ce que tu vas faire avec ces bouquins ? demanda Antoine.

– Désolé de vous prévenir à la dernière minute, mais j'dois passer à la bibliothèque. Elle ferme à quatorze heures et j'préfère pas attendre.

– Tant qu'tu traînes pas là-bas toute la journée, ça devrait aller… » répondit Lisa avec un air faussement agacé.

Elle commençait à connaître les petites habitudes de Stéphan et cela l'amusait.

« Ah ! ajouta l'adolescent, l'air désolé. J'dois aussi faire un tour rapide chez la mère d'Eddy. Elle habite juste là ! »

Il désigna une maison au coin de la rue, dont la façade mitoyenne était similaire à celles des autres de ce quartier de Méthée, bâti au milieu des années soixante-dix.

« J'veux savoir s'il a donné des nouvelles.

– J'espère qu'on va pas passer l'après-midi à te suivre, répliqua la fille avec une pointe d'ironie. Sinon la bataille de boule de neige, on la fera sans toi !

– Ça, c'est hors de question ! J'vais faire vite et après, ça va être votre fête ! »

Stéphan ouvrit le portillon du jardin enneigé, ses pas crissant doucement sur le sol gelé, avant de sonner à la porte. La mère d'Eddy ouvrit, arborant son habituel grand sourire. Depuis l'accident de son fils, ses proches essayaient de lui rendre de nombreuses visites. Divorcée, elle se retrouvait désormais seule à la maison. La famille Sentana lui avait alors proposé de se joindre à elle pour célébrer le réveillon de Noël. Stéphan l'avait toujours connue attentionnée et aimante. Il avait eu énormément de chagrin pour elle lorsque, sur le quai de la gare, elle avait dû quitter son enfant, partant pour le centre de rééducation.

« Bonjour, madame ! lança-t-il.

– Bonjour, Stéphan, répondit la femme d'une voix douce. Je suis heureuse de te voir. Mais ne reste pas devant la porte, vas-y, entre !

– Je suis désolé, mais j'ai pas le temps, mes amis m'attendent. Je voulais savoir si vous alliez bien et si Ed' avait donné des nouvelles.

– Merci de te soucier de moi, mais je vais bien. Le travail m'aide à ne pas voir le temps passer.

– Je suis content d'entendre ça.

– Eddy n'a pas eu beaucoup de temps pour m'appeler. Je ne l'ai eu que cinq petites minutes au téléphone il y a deux jours. Il m'a dit que tout allait bien, qu'il reprenait des forces. Apparemment, la nourriture de la cantine est bonne, et il s'est déjà fait un ami.

– Je suis content pour lui, commenta Stéphan, l'air préoccupé. J'avais peur qu'il se sente dépaysé. Mais il a rien ajouté d'autre ? »

La mère d'Eddy marqua un léger temps d'arrêt, l'air pensif.

« Tu sais, on n'a pas eu énormément de temps pour discuter, répondit-elle après réflexion. Il n'a pas pu m'en dire beaucoup plus. Mais dès que j'ai d'autres nouvelles, je viendrai te les transmettre sans attendre.

– Merci, lança le jeune homme. Je vais devoir vous laisser. On se voit ce soir pour le réveillon, n'oubliez pas !

– Oh non, je n'oublierai pas ! À ce soir, Stéphan !

– À ce soir ! »

Il quitta la résidence d'Eddy et rejoignit ses amis. Lisa le vit arriver et, lorsqu'il fut assez prêt, elle lui lança une boule de neige en plein visage. Antoine et Lisa rirent de la réussite de leur piège. De son côté, Stéphan ne réagit presque pas.

« Bah ! Pourquoi tu dis rien ? s'exclama la fille, déçue du manque de réaction. Y'a un problème ? »

Le garçon se contenta d'adresser un sourire à son amie. En temps normal, il aurait trouvé son piège très drôle et serait rentré dans le jeu sans attendre. Mais cette fois-ci, il semblait préoccupé par quelque chose.

« Tu m'entends ? insista-t-elle.

— Ouais… Désolé, je réfléchissais…

— Elle t'a dit quoi la mère d'Eddy pour que tu sois dans cet état ?

— Rien d'spécial… Eddy va bien, son centre est super, la cantine est bonne…

— Alors pourquoi t'as l'air tracassé ? poursuivit Antoine.

— Pour rien, laissez tomber ! Il n'y a rien ! conclut Stéphan, cachant son humeur.

— Donc, on peut y aller ?

— Ouais… 'Faut juste que je passe à la bibliothèque avant ! »

Chaque fois que Stéphan franchissait les portes de la bibliothèque, il ressentait un apaisement immédiat. L'élégance des colonnes et des lignes inspirées de la Grèce antique lui donnait l'impression d'entrer dans un lieu hors du temps. Stéphan ignorait tout de son histoire, mais pour lui, ce bâtiment avait été son ami, son sauveur, dans les moments les plus difficiles. Alors que parfois il était ravagé par le chagrin et la solitude, il venait se réfugier ici. Il voyageait à travers les centaines de rayons et piochait au hasard les livres qui lui paraissaient les plus intéressants. Quelques années plus tôt, après le décès de Jack et quand Eddy n'était pas toujours là pour le soutenir, le sport, mais aussi la lecture, avaient été pour lui comme une main tendue.

Tandis qu'il montait à l'étage, Lisa et Antoine l'attendaient dans le hall d'entrée. Il déposa ses livres sur le bureau des retours et adressa un sourire à l'hôtesse d'accueil.

« Bonjour, Stéphan, dit-elle en répondant à son sourire. Comment vas-tu ?

— Ça va bien, merci ! Je voulais savoir si vous aviez reçu de nouveaux romans depuis la semaine dernière ?

— Ah non, pas encore. La prochaine commande arrivera d'ici quelques jours.

— Très bien, merci, bonne journée ! » conclut-il en faisant demi-tour.

Avant de rejoindre ses amis, Stéphan laissa ses pas le guider jusqu'au rayon des romans. Il aimait cet endroit, non pour le calme qu'il offrait, mais pour la cacophonie silencieuse qu'il imaginait. Chaque couverture, chaque titre semblait murmurer : « Lis-moi. Je te promets un voyage. Une évasion. Une vie meilleure, peut-être... » Il tendit la main vers un livre au hasard, un vieux roman usé, et le feuilleta distraitement. L'odeur des pages, ce mélange de papier vieilli et d'encre presque effacée, était pour lui comme une poignée de main venue d'un autre temps. Un sourire en coin naquit sur ses lèvres lorsqu'il tomba sur un paragraphe particulièrement frappant. Un héros, seul contre le monde, trouvant sa force là où personne ne l'attendait. Ça le faisait toujours rire, cette idée d'un combat intérieur sublimé. *Mais c'est ça, non ?* pensa-t-il. La vie, c'était ces moments où, même à terre, on trouvait un moyen de se relever. Et dans ces livres, il avait appris à se battre autrement : avec des idées, des rêves, des mots. Il referma l'ouvrage en se promettant de revenir le lire un jour. Pas aujourd'hui. Aujourd'hui, il avait d'autres batailles à mener.

Il descendit les escaliers et retrouva ses deux compagnons absorbés par une exposition dans le hall, dédiée à Alex Haley et Richard Wright, deux écrivains du siècle dernier.

« On peut y aller, lança-t-il en arrivant à leur niveau.

— J'étais jamais venu ici, déclara Antoine en sortant son nez des pancartes. C'est sympa, les expos !

— Ouais, y'en a sur à peu près tous les sujets.

— Tu viens souvent ici ?

— J'ai une carte d'abonné et j'peux retirer plusieurs bouquins par semaine » informa Stéphan, se dirigeant vers la sortie.

Lisa referma son long manteau et enfila son bonnet.

« Vous voulez aller où ? Il fait froid, dit-elle en frissonnant.

— J'connais un petit café sympa dans le coin, proposa Antoine. On pourrait aller boire un verre. Qu'est-ce que vous en pensez ?

— Ça me tente ! » s'exclama la Présidente des élèves.

Stéphan approuva d'un léger hochement de tête.

« Venez, suivez-moi ! » fit Antoine.

La ville était entièrement recouverte de neige. Les flocons tombaient telles de grosses boules de coton tandis que les voitures avançaient prudemment pour ne pas déraper. Lorsque les trois compagnons passèrent devant un petit lac gelé, ils découvrirent des enfants qui s'amusaient à se tirer en luge et à s'envoyer des boules de neige. Lisa esquissa un sourire. Le monde merveilleux des enfants l'avait toujours fait rêver. Elle aurait souhaité rester à cet âge magique.

« Stéphan ! lança subitement Antoine. Tu m'as dit que cette bibliothèque, c'était un endroit super important pour toi. Les deux fois où tu m'en as parlé, t'étais genre... vraiment à fond.

– C'est vrai ? Je m'en rends même pas compte ! Mais maintenant qu'tu l'dis, ouais, ça se comprend. Tu sais, au collège, quand je rentrais des cours et qu'il n'y avait personne pour me tendre la main, j'venais ici. En plein hiver, j'me revois encore, j'avais pas le moral de rentrer chez moi, alors j'traînais ici. »

Il marqua un instant, le regard perdu dans ses souvenirs, et poursuivit :

« Et puis, ça a commencé. J'prenais un livre, puis un autre. Au début, j'y comprenais rien, mais après, ça m'faisait du bien. J'pense qu'les livres m'ont vraiment sauvé à un moment où j'étais paumé... »

Lisa et Antoine échangèrent un regard perplexe, ils n'avaient pas l'habitude d'entendre leur ami se confier de cette manière.

« Pourquoi tu parles souvent de ton enfance comme d'une période traumatisante ? demanda l'adolescente qui profita de l'occasion. Je veux pas paraître indiscrète, mais tu évoques souvent des *moments difficiles*.

– C'est pas indiscret, rassura Stéphan avec une pointe de nostalgie dans la voix. C'est vrai que tout n'a pas toujours été rose dans ma vie. Mais j'vais mieux maintenant...

– Si jamais tu veux en parler... ajouta Lisa, posant doucement une main sur son épaule.

– J'vous raconterai tout, si vous voulez. Mais pas ici. On verra ça au café. »

Antoine les invita à entrer dans l'établissement niché au coin d'une petite rue marchande. Il secoua sa veste pour faire tomber la neige et fit un signe à un homme corpulent derrière le comptoir.

« Antoine, comment vas-tu ? dit-il. Je te sers quelque chose ?

– Salut Sergio ! Je vais prendre un café court. Je suis avec deux amis » informa Antoine en désignant ses compagnons.

Le gros bonhomme sortit de derrière le bar pour les saluer.

« Je vous sers quoi ? demanda-t-il avec amabilité.

– Moi, je vais prendre la même chose qu'Antoine, répondit Lisa, un peu timide.

– Et pour moi, ce sera un jus d'ananas ! enchaîna Stéphan.

– Deux cafés et un jus d'ananas, très bien, répéta le serveur.

– On est placé au fond de la salle, merci » ajouta Antoine en guidant ses amis.

Ils prirent place près de la vitre qui donnait vue sur de nombreuses boutiques décorées de guirlandes électriques et de boules de Noël.

« J'arrive pas à croire que les fêtes de fin d'année soient déjà là ! s'exclama Stéphan en observant le monde qui se bousculait à l'entrée des magasins.

– Eh ouais, ça passe drôlement vite ! renchérit Antoine.

– Moi, j'adore cette période, lança joyeusement Lisa. Dire que ce soir, on va être recouvert de cadeaux. Je suis déjà tout excitée !

– C'est beau d'voir Noël avec des yeux d'enfants ! » répliqua Stéphan pour taquiner l'adolescente.

Le serveur apporta les boissons. Le groupe le remercia avant que celui-ci ne disparaisse de nouveau. Alors qu'un silence s'installa, Stéphan sirota son jus de fruits. Après quelques instants, il devina la cause de ce moment de répit.

« Vous êtes en train de penser à c'que j'vous ai dit tout à l'heure ? » demanda-t-il.

Il attendit, toutefois, aucun des deux n'osa répondre.

« Allez, jouez pas les timides, j'sais bien qu'vous voulez en savoir plus, continua Stéphan. De toute façon, j'vais pas vous laisser mariner éternellement…

– C'est pas une question de timidité, rectifia Lisa, c'est juste que je veux pas t'forcer à dire quoi qu'ce soit si t'es pas prêt…

– T'inquiète, y'a rien qui m'met mal à l'aise. C'est moi qui ai lancé l'sujet, et puis… J'crois qu'entre amis, on peut tout se dire, nan ? »

Il baissa la tête, ne sachant pas par où commencer.

« Vous savez, dit-il après un temps de répit, j'ai encore jamais confié ce que j'vais vous dire. Sachez que pour moi, ce sera pas facile.

– On te comprend, t'en fais pas » assura Antoine en posant sa main sur l'épaule de son ami.

Stéphan lâcha un grand soupir ; il fallait se lancer.

« Alors voilà, y'a maintenant quelques années, avec Eddy, on avait un ami. Il s'appelait Jack. On était inséparable ! »

Il sourit tristement, la nostalgie revenait. Il ferma les yeux pour se ressaisir et poursuivit son histoire.

« On avait une dizaine d'années, un âge où tout semble possible, où on cherche juste à s'amuser et à vivre des aventures. Jack, c'était vraiment quelqu'un à part. Avec lui, tout avait un sens, tout paraissait plus grand. J'me sentais en sécurité, comme si rien d'mauvais pouvait arriver quand il était là… »

Lisa et Antoine échangèrent un regard empreint d'inquiétude, redoutant le tournant que prenait l'histoire.

« Stéphan, interrompit la fille, tu n'es pas obligé de continuer. Ça te fait de la peine et…

– T'inquiète, ça va. J'crois même que ça m'fait du bien d'en parler avec vous.

– D'accord… Alors on t'écoute » répondit Antoine simplement.

Stéphan se racla la gorge avant de poursuivre.

« Pendant les grandes vacances, entre la primaire et le collège, Jack a chuté dans un vieux puits abandonné alors qu'on jouait ensemble. Il est mort quelques heures après. Pour Eddy et moi, ça a été un vrai choc… J'me suis refermé sur moi-même. J'passais mes journées tout seul, et la seule chose qui m'aidait un peu, c'était la bibliothèque… Mais même avec ça, j'me sentais… vide.

– Je suis désolée, fit Lisa, d'un air sincère.

– Merci. J'sais, ça peut paraître bête, c'était y'a si longtemps…

– Arrête, Stéphan. C'est pas bête, le coupa Lisa. Perdre un ami, c'est toujours dur, surtout à un moment comme ça, quand on se construit. Pour toi, c'était nécessaire de trouver quelque chose sur quoi te raccrocher.

– Et Eddy, comment il a vécu tout ça ? demanda Antoine après une gorgée de son café. Ça a dû être dur pour lui aussi…

– On a tous les deux réagi très différemment. Moi, j'vivais dans les souvenirs, tandis qu'Eddy, lui, avançait. Il essayait d'oublier. Face à ça, j'avais peur… Peur qu'il comprenne pas ma manière de réagir, ou pire, qu'il veuille me pousser à rencontrer d'autres gens. Ça m'aurait donné l'impression de trahir Jack… Mais avec du recul, il avait raison. J'peux pas vivre que dans le passé, je dois m'épanouir, avoua Stéphan, la voix un peu tremblante.

— On t'aidera comme on peut, fais-nous confiance » assura Lisa.

Elle posa sa main sur la sienne.

« Merci… Je savais que vous comprendriez. Depuis que j'vous connais, j'me sens déjà mieux. Vous m'avez vraiment aidé à m'libérer l'esprit. Maintenant, j'me dis qu'c'est possible d'avancer, de penser à autre chose… »

Ses paroles furent suivies d'un bref silence, comme si le poids de sa confession avait suspendu le moment. Lisa hocha doucement la tête, ses yeux empreints d'une sincère compassion, tandis qu'Antoine, pensif, effleura le bord de sa tasse sans rien dire.

« Et du coup, vous vous êtes renfermés l'un sur l'autre ? demanda Antoine, brisant finalement le silence.

— Oui… Enfin… »

Stéphan hésita, cherchant les bons mots.

« Au début, oui, reprit-il. Mais très vite, il s'est montré souvent absent… Vous savez comment il est, Eddy, c'est l'ami de tout le monde, le gars invité à toutes les soirées…

— Ça a dû être terriblement éprouvant pour toi : perdre ton meilleur ami et avoir le sentiment ensuite de te retrouver seul… C'est ça qui t'a poussé à te tourner vers les arts martiaux ?

— Nan, j'en faisais déjà depuis mon agression, mais c'est vrai qu'ça m'a aidé à pas sombrer.

— T'as persisté dans un moment pareil ? lança Antoine. Franchement, j'sais pas si j'aurais pu faire pareil…

— J'ai essayé d'me rendre fort mentalement et pour ça, j'me battais physiquement…

— Et Eddy, c'était un peu ton mentor, non ?

— C'est ça ! Dans ce cadre-là, on se voyait beaucoup… Et qu'est-ce qu'il était dur ! J'souffrais pendant les entraînements, mais j'disais rien. J'voulais pas qu'il pense que j'étais faible » avoua Stéphan.

Le serveur revint à leur table pour leur demander s'ils

reprendraient quelque chose. Antoine déclina poliment et le serveur s'éclipsa de nouveau.

« C'est dingue quand même, ce qu'il a fait pour toi, lâcha Antoine, presque admiratif. Gérer sa propre douleur et avoir encore l'énergie de te motiver… Franchement, j'sais pas comment il a fait.

– Eddy est comme ça, il donne l'impression que rien ne l'arrête » acquiesça Stéphan.

Avec une douceur mêlée de prudence, Lisa atténua cet élan d'enthousiasme, rappelant que Stéphan lui-même avait confié son sentiment de solitude et ses difficultés à s'affirmer en ce temps-là. Antoine, les bras croisés, hocha légèrement la tête en signe d'accord, son regard se perdant un instant dans sa tasse.

« Tout à l'heure, c'était bien sa mère qu'on a vue ? poursuivit le garçon.

– Ouais, c'était elle.

– Et elle t'a donné des nouvelles ? demanda précipitamment Lisa.

– Elle m'a dit qu'il allait bien, qu'il se rétablissait doucement, et qu'il était… très occupé.

– Il ne t'a toujours pas laissé de messages ? »

Un court silence s'installa.

« Non, mais c'est normal, répondit-il finalement. Il doit avoir tellement de choses à gérer là-bas. J'lui en veux pas.

– Ça fait aucun doute ! » assura Antoine.

Lisa détourna les yeux et fixa la fenêtre, où les flocons dansaient dans une chorégraphie silencieuse avant de se poser délicatement sur le sol. Les rues et les toits, recouverts d'un épais manteau blanc, semblaient figés dans un instant de magie. Pour elle, l'hiver avait toujours été une saison à part, presque irréelle, comme si la neige était capable de suspendre le tumulte du monde.

« J'avais oublié que ce soir c'était le réveillon de Noël ! dit-elle avec un large sourire. Vous allez avoir quoi comme cadeaux ? Vous savez ?

– Mes parents vont m'offrir un voyage pour les grandes vacances » répondit Antoine, enthousiaste.

Lisa écarquilla les yeux en entendant cela.

« Eh bah ça va, tu te fais plaisir, toi ! T'en as de la chance ! Et toi, Stéphan ?

– Comme d'habitude, des livres d'arts martiaux, un nouveau nunchaku et d'autres petites choses…

– C'est super ! Tu m'as encore jamais montré de nunchakus, tu pourras en apporter un au prochain entraînement ?

– D'accord, mais 'faudra que tu m'y fasses penser.

– Pas de problème.

– Et toi ? Le père Noël va t'apporter quoi ? demanda-t-il, entrant dans son jeu.

– Mes parents me font toujours des surprises, ils me connaissent très bien. Donc je sais pas ce que je vais avoir, mais j'ai confiance en eux ! »

Les trois compagnons continuèrent à discuter un moment, leurs voix se mêlant à l'ambiance feutrée du café. Antoine, après un coup d'œil à sa montre, leur annonça qu'il devait rentrer pour se préparer. Avant de partir, il insista pour régler l'addition, affirmant avec un clin d'œil que c'était son cadeau de Noël. Une fois dehors, il leur adressa un joyeux Noël avant de s'éloigner dans la rue illuminée. Stéphan, regardant à son tour l'heure, se rappela que Lisa lui avait mentionné la veille qu'elle comptait rendre visite à Margaux et Zoé dans l'après-midi.

« Ouais… J'avais rendez-vous avec elles pour passer un petit moment ensemble…

– Bah, t'y vas pas ?

– J'ai pas trop envie… Je préfère rester avec toi !

– Mais elles vont t'attendre ! répliqua Stéphan. C'était l'occasion de vous voir avant de fêter Noël avec ta famille.

– Mais nan, elles sont chez Zoé… Elles vont pas s'ennuyer ensemble… »

Bien qu'il fût embarrassé que Lisa posât un lapin à ses copines, il se réjouit secrètement à l'idée de se retrouver en tête-à-tête avec elle. Un détail lui revint malgré tout en mémoire :

« Par contre, il est déjà dix-huit heures trente, j'vais pas tarder…

– Ah bon, déjà ?

– Ouais, j'suis désolé, mais si tu veux, j'te raccompagne ?

– Bien sûr que je le veux ! » s'exclama la fille.

Ils traversèrent la rue enneigée des centres commerciaux et débouchèrent sur un quartier résidentiel. Les arbres dénudés embellissaient la rue et les décorations de Noël scintillaient sur les façades des maisons.

« Regarde là-bas ! lança Lisa qui montrait un groupe d'enfants. C'est une chorale de Noël, ils toquent aux portes et offrent un chant ! »

Ils passèrent alors devant les enfants et entendirent leurs douces voix.

« J'trouve que Noël a vraiment quelque chose de magique, commenta Stéphan en regardant son amie. Les gens oublient un peu leurs problèmes, le paysage devient beau, même si on se gèle.

– J'ai toujours pensé la même chose… »

Ils arrivèrent devant la maison de la Présidente des élèves. Stéphan lui souhaita un joyeux réveillon, hésita à l'enlacer dans ses bras, puis se ravisa. Pour Lisa, il était encore un peu tôt pour se quitter, elle lui demanda alors s'il accepterait de se voir le lendemain.

« Bien sûr ! répondit le garçon avec empressement. Mais tu seras pas avec ta famille ?

– Si, mais je veux te voir un peu. J'ai un cadeau pour toi… »

La nouvelle le frappa de plein fouet. Une fille qu'il appréciait tant, prête à lui offrir un cadeau ? Il sentit son pouls s'accélérer, luttant pour trouver les mots justes. Après un instant d'hésitation, il lâcha, un peu maladroitement, que ça lui ferait très plaisir, avant de préciser qu'il avait lui aussi pensé à elle.

« Très bien, alors on se voit demain ! Joyeux Noël ! répondit la fille en lui faisant un baiser sur la joue pour le saluer.

– Joyeux Noël… » répéta Stéphan.

Son cœur palpitait. Lisa poussa le portillon de son jardin et fit un signe de main avant de disparaître avec un grand sourire.

Stéphan revint sur ses pas et colla sa main sur sa joue. La scène qui venait de se dérouler repassa en boucle dans sa tête. Sur le chemin, il croisa de nouveau la chorale et entendit, avec joie, un nouveau chant.

13

Dernier Round

12 janvier 1991

Ayant remporté haut la main le championnat de Méthée, Stéphan avait redoublé d'efforts depuis pour se préparer au grand tournoi de Paris. Chaque séance d'entraînement avait été marquée par une obsession : se dépasser, encore et encore. Ce jour, qu'il avait tant attendu, était enfin arrivé. Il allait avoir sa revanche.

Sa mère, retenue par une astreinte à l'hôpital, ne pourrait pas l'accompagner. Elle avait promis de suivre les résultats en direct, mais son absence laissait un vide que même la présence de ses amis ne comblait pas totalement. Heureusement, Antoine et Lisa s'étaient chargés de toute l'organisation, se montrant plus motivés que jamais.

« On s'occupe de tout, t'as juste à penser à gagner ! » lui avait lancé Antoine avec un enthousiasme débordant.

Malgré l'engouement du lycée, où une vingtaine d'élèves avaient manifesté leur envie de venir le soutenir, seuls treize avaient pu trouver une place dans les trois voitures prévues pour l'occasion. Ce qui ne rendait pas le jeune compétiteur moins nerveux.

Il était cinq heures trente du matin. Les rues encore endormies baignaient dans une lumière blafarde, et l'air glacial pinçait la peau. Stéphan, parfaitement prêt, attendait devant chez lui, le sac sur l'épaule, les yeux fixant distraitement l'horizon. Le froid mordait ses doigts, mais ce n'était rien face au tumulte qui agitait son esprit. Il ignorait quelles étaient ses chances face aux meilleurs combattants du pays. Les encouragements de ses nouveaux admirateurs résonnaient encore dans sa tête, mais il ne pouvait s'empêcher d'y déceler une pointe d'incertitude. Ils étaient là pour le spectacle, pas pour lui. Pourtant, ce qui le préoccupait le plus était plus intime : Eddy. Depuis deux semaines, son meilleur ami restait silencieux. Pas un appel, pas un message, pas même un mot pour lui souhaiter bonne chance

Lisa apparut au bout de la rue, emmitouflée dans un épais manteau noir, une écharpe rouge contrastant avec la blancheur immaculée du paysage. Stéphan, déjà debout devant son portail, la reconnut aussitôt. Elle marchait d'un pas rapide, ses chaussures s'enfonçant légèrement dans la neige. Lorsqu'elle arriva à sa hauteur, elle lui adressa un sourire éclatant, rayonnant de l'enthousiasme qu'il n'avait pas encore trouvé en lui.

« Salut, Stéph' ! Tout le monde est prêt, les voitures nous attendent juste là-bas » dit-elle en désignant le coin de la rue.

Le garçon hocha la tête, ramassa son sac de sport et, dans un élan presque mécanique, se retourna vers la maison. Sa mère, alertée par le bruit de leurs voix, ouvrit la porte pour lui dire au revoir.

« Bonne chance, mon chéri, je penserai très fort à toi » murmura-t-elle avant de l'embrasser sur le front.

Lisa en profita pour saluer chaleureusement la femme. « Bonjour, Madame Sentana ! Promis, on prend soin de lui ! »

La mère referma la porte après maints encouragements.

Dehors, la neige tombait toujours, enveloppant le monde dans une sérénité agréable. À chaque pas, leurs traces disparaissaient presque instantanément, effacées par la poudreuse qui recouvrait tout. Lisa, habituée à la réserve de Stéphan, brisa finalement le silence :

« Alors, prêt à tout déchirer aujourd'hui ? » demanda-t-elle avec une légèreté feinte pour masquer son propre trac.

– Ça peut aller… J'suis un peu anxieux… Cette compétition… J'espère que j'ferai pas comme la dernière fois… » s'inquiéta-t-il.

Trois voitures attendaient patiemment non loin de là, leurs moteurs ronronnant faiblement dans le froid matinal. Sur la banquette arrière de la première, Stéphan aperçut Zoé et quelques autres élèves de sa classe. À travers les vitres légèrement embuées, il distingua des éclats de rire et des gestes enjoués, leur enthousiasme palpable même à distance. La deuxième voiture, plus discrète, semblait être celle prévue pour leur trajet. Le conducteur, un grand gaillard de Terminale surnommé *Le Géant* pour sa stature imposante frôlant les deux mètres, tapotait machinalement le volant au rythme d'une musique à peine audible. Antoine, installé à ses côtés sur le siège passager, fixait la route d'un regard absent, luttant contre les bribes de sommeil qui semblaient encore l'envelopper. Enfin, dans le troisième véhicule, d'autres camarades, comprimés sur les sièges, lui adressaient des saluts enthousiastes à travers les fenêtres. On pouvait lire dans leurs regards une impatience mêlée d'admiration. Pourtant, malgré leur envie de sortir pour le saluer et l'encourager, l'heure tournait. Il n'était pas question de risquer un retard. Lisa guida Stéphan jusqu'à leur voiture, où ils prirent place sur la banquette arrière.

« Salut, champion ! lança Antoine avec un sourire malicieux. On est treize à t'supporter, hein, mais 'faut pas que tu prennes la grosse tête non plus ! »

Stéphan, amusé, répondit avec un sourire modeste :

« Merci, ça m'touche beaucoup… Mais il reste encore une place ici.

– J'sais bien, mais ça, c'est pas moi qui décide… »

Il accompagna sa remarque d'un clin d'œil appuyé en direction de Lisa, qui leva les yeux au ciel en lui intimant d'arrêter ses bêtises.

Devant eux, la première voiture démarra doucement, les pneus crissant légèrement sur la neige fraîche. Le conducteur de leur véhicule enclencha le contact, et le convoi s'ébranla lentement, la dernière voiture fermant la marche du cortège.

Le trajet s'éternisait, et l'air glacé qui s'infiltrait dans l'habitacle rendait l'attente encore plus pesante. Ils roulaient depuis plusieurs heures, les paysages enneigés défilant à travers les vitres, tandis qu'un silence relatif s'était installé. L'impatience gagnait certains passagers, mais Stéphan, lui, restait étrangement calme. Il revoyait les images de la compétition de 1989, celles où il avait dû abandonner en demi-finale, rongé par la douleur. La frustration de l'échec lui avait laissé un goût amer. Et, par la suite, il avait assisté au sacre d'Eddy, le vengeant en finale, et remportant le championnat.

Une voix brisa ses pensées :

« Stéph', tu penses qu'on arrivera à l'heure ? demanda Antoine, la tête légèrement inclinée vers lui, l'air encore engourdi.

– Ouais, il doit pas rester plus d'une heure de route. On devrait même arriver en avance, répondit-il après un coup d'œil rapide à l'horloge du tableau de bord. Il resta pensif un instant avant de reprendre : Cette fois, c'est différent. J'me suis entraîné sans relâche, j'ai tout donné. Revoir les bases en entraînant Lisa, ça m'a vraiment renforcé. J'me sens prêt à tout affronter aujourd'hui. »

Lisa, assise à ses côtés, se pencha légèrement en avant pour participer à la discussion :

« Et puis, il faut dire qu'Eddy n'est pas là cette année ! Ce sera ton moment, t'as toutes les cartes en main pour gagner. »

Le parvis du gymnase de Coubertin débordait d'effervescence, contraignant le groupe à se garer sur le parking d'un centre commercial voisin.

« Moi, j'vais filer direct au gymnase, annonça Stéphan en ajustant la bandoulière de son sac. 'Faut qu'je confirme ma participation et qu'j'me change.

– Ça marche, répondit le conducteur. On reste ici pour guider les autres quand ils arriveront. On se retrouve dedans. »

Stéphan fit quelques pas, prêt à se lancer dans la foule, mais Lisa, le souffle légèrement court, le rejoignit en courant.

« Attends, j'viens avec toi ! » lança-t-elle en lui emboîtant le pas sans attendre sa réponse.

« Ils ont l'air de se rapprocher, ces deux-là, fit remarquer Antoine en jetant un regard vers Stéphan et Lisa.

– J'pense que c'est surtout elle qui s'attache à lui, répondit le Géant en haussant légèrement les épaules.

– C'est pas c'que m'a dit Stéphan. Lui aussi l'apprécie, j'en suis sûr.

– De toute façon, c'est pas nos affaires. Laissons-les tranquilles, conclut le conducteur, changeant volontairement de sujet. Au fait, tu l'connais comment, toi, Stéphan ?

– J'l'ai rencontré cette année. Il est dans ma classe, avec Lisa. On est devenus potes. Et toi, comment tu l'connais ?

– Moi ? fit le Géant en marquant une pause, comme s'il pesait ses mots. J'le connais pas vraiment… »

Antoine, surpris, se tourna vers lui :

« Sérieux ? Alors qu'est-ce qui t'a donné envie de venir ?

– Bah, sa réputation, admit le Géant en croisant les bras. Tout le monde parle de lui et du tournoi. J'voulais voir par moi-même c'qu'il vaut.

– Ah ouais ? Ça m'étonne… »

Le conducteur haussa de nouveau les épaules.

« J'suis pas l'seul. Y'en a plein dans ce groupe qui le connaissent à peine. Sur les dix autres qu'on attend, y'a peut-être deux ou trois personnes qui l'ont vraiment fréquenté. »

Un coup d'œil rapide le fit changer d'expression. Il pointa du doigt deux voitures arrivant sur le parking.

« Tiens, les voilà ! »

Quand les nouveaux arrivants sortirent de leurs véhicules, il leur expliqua que le parking était complet et les dirigea vers un autre, à une centaine de mètres. Quelques minutes plus tard, tout le groupe se retrouva devant le gymnase, prêt à encourager leur champion.

En attendant que Stéphan sorte des vestiaires, Lisa observa la grande salle. L'atmosphère était électrique, remplie d'enthousiasme et d'attente. Les spectateurs, venus en masse, discutaient à voix basse, mais l'intensité palpable rendait chaque bruit plus vibrant. Les tapis et les espaces de combat délimités par des cordons rouges donnaient à l'ensemble un air solennel, presque sacré. Elle imagina la pression que devait ressentir Stéphan en cet instant. Se battre devant autant de monde, porter l'espoir de ses camarades… Elle se surprit à espérer que sa présence lui apporterait un peu de réconfort. Son regard se porta vers la porte des vestiaires qui s'ouvrait enfin. Stéphan apparut, vêtu d'une tenue noire traditionnelle. Les manches amples et le col mandarin soulignaient son allure concentrée et déterminée.

« Elle est superbe ta tenue ! complimenta Lisa, sincèrement impressionnée.

– C'est une tenue traditionnelle chinoise. J'adore m'battre avec ça. C'est léger, ça me laisse libre de mes mouvements. »

Ils avancèrent ensemble vers le tableau des affrontements, où les noms des combattants et l'ordre des combats étaient soigneusement inscrits. Stéphan parcourut rapidement les lignes jusqu'à trouver son nom. Il lut attentivement : il participait au deuxième combat de la journée, contre un pratiquant de Ju Jitsu. Ses yeux glissèrent plus bas, examinant le nom des participants dans l'autre moitié du tableau. C'est alors qu'il s'arrêta net, son cœur battant un peu plus vite. Un nom familier surgit devant lui : *Jason Wuang*. Deux ans auparavant, c'était ce même Jason qui l'avait éliminé. Il serra légèrement les poings, non pas de peur, mais d'un mélange de défi et d'excitation. D'un coup, une voix familière retentit derrière lui :

« Alors, Stéphan, ça y est, t'es inscrit ? »

C'était l'un des garçons venus le soutenir, un large sourire aux lèvres.

« Ouais, c'est fait, répondit Stéphan en se tournant vers lui. J'dispute le deuxième combat.

– Tranquille ! T'es sûr de tous les exploser ! »

Stéphan esquissa un sourire, mais il baissa rapidement les yeux vers le tableau des affrontements.

« J'suis pas si confiant… La dernière fois, c'était la catégorie quinze-dix-huit ans. Aujourd'hui, c'est plus de dix-huit. Les adversaires seront bien plus expérimentés.

– Mais toi aussi, t'es plus expérimenté ! T'as bossé comme un malade pour ça, alors t'inquiète pas » encouragea le Géant.

Le compétiteur soupira doucement avant de partager une information qui pesait sur son esprit depuis qu'il avait vu le tableau.

« Jason Wuang sera là. Celui qui m'a éliminé la dernière fois. Et si on doit s'affronter, ce sera en finale… »

Un court silence tomba parmi ses amis, mais Lisa, refusant de se laisser contaminer par cette tension, réagit aussitôt :

« C'est encore mieux, tu vas pouvoir prendre ta revanche ! »

Il était dix heures trente lorsque la compétition débuta. Un présentateur, debout au centre du tatami, s'empara du micro pour détailler le programme de la journée.

« Il va vraiment tout nous réciter comme si on était des gamins ou quoi ? » marmonna un garçon du groupe, agacé.

Stéphan éclata de rire avant de répliquer à voix basse :

« C'est clair, c'est le genre de discours qui sert à rien, surtout qu'on connait déjà la moitié de c'qu'il dit. »

Le présentateur continua pourtant, imperturbable, mais l'ennui fut vite balayé par l'annonce du premier combat. Deux judokas s'affrontaient et, dès que le match démarra, la tension monta d'un cran dans le gymnase. Le public se prit au jeu, applaudissant chaque prise et chaque tentative d'évasion avec ferveur. Alors que Stéphan suivait le combat d'un œil distrait, un jeune homme asiatique de taille moyenne apparut devant lui. L'inconnu tendit une main franche, son visage affichant un sourire parfaitement poli.

« Bonjour ! Vous vous souvenez de moi ? » lança-t-il avec une voix claire.

Un peu pris de court, Stéphan lui serra machinalement la main tout en fronçant légèrement les sourcils :

« Oui, je me souviens de vous… »

Lisa, debout à ses côtés, capta son trouble et glissa instinctivement son bras sous le sien pour lui insuffler un peu de réconfort.

« Votre ami, celui qui avait remporté le dernier tournoi, n'est pas là cette année ?

– Il n'a pas pu venir, il s'est blessé…

– Ah, c'est dommage. Il s'appelle Eddy, si je me souviens bien ? » demanda le garçon.

Stéphan hocha lentement la tête.

« Ouais, c'est ça.

– J'aurais vraiment aimé le revoir. Il est impressionnant, c'est l'un des rares à m'avoir battu. J'espérais lui proposer qu'on s'entraîne ensemble un de ces jours. »

Stéphan ne répondit pas et n'adressa même plus un regard à son interlocuteur. L'asiatique ne sembla pas s'en formaliser et poursuivit sur un ton presque détaché :

« Peut-être que vous pourriez me donner ses coordonnées ? J'aimerais vraiment le contacter.

– Heu… Ouais, si vous voulez. Je vous les donnerai pendant les heures de repas, répondit Stéphan, le ton hésitant.

– Merci ! »

Le jeune homme sembla avoir terminé, puis se reprit :

« Je ne parle que d'Eddy, mais cela va de soi que j'aimerais également m'entraîner avec vous !

– Ah ? Heu… Ouais, on verra…

– Je dois y aller, j'espère qu'on va se rencontrer lors des confrontations, à tout à l'heure ! » conclut-il avant de s'éclipser.

Stéphan, la mine fermée, le suivit du regard. Alors que Lisa le fixait droit dans les yeux, cherchant à capter son attention, il ne sembla pas la remarquer. Elle s'apprêtait à dire quelque chose, mais Antoine interrompit ses pensées :

« C'était qui, c'gars ?

– Jason Wuang…

– Ah ! C'était lui ! s'étonna le garçon.

– Et ça continue… » souffla Zoé, suffisamment fort pour que Stéphan l'entende.

Le garçon se tourna brusquement vers elle, visiblement irrité.

« Tu parles de quoi, là ? demanda-t-il, les sourcils froncés.

– Je te parle d'Eddy. Il va s'entraîner avec ce Jason, et toi, comme d'hab', tu vas te retrouver seul !

– Mais nan, tu l'as entendu, il a dit que j'pourrai venir… tenta-t-il de justifier.

– Jason a dit ça, rétorqua la fille, mais Eddy, lui ? Qu'est-ce qu'il va en penser quand il pourra s'entraîner avec un gars comme lui ? »

Stéphan n'ajouta rien ; il se contenta de secouer la tête afin de marquer son désaccord. Sans même y réfléchir, sa main glissa sur le bras de Lisa, comme pour chercher un soutien discret. Il planta son regard dans celui de Zoé, son ton calme mais déterminé. Il lui rappela qu'Eddy, malgré ses absences et ses défauts, avait toujours été un ami fidèle, quelqu'un sur qui il pouvait compter dans les moments difficiles. Après un bref silence, il déclara, presque pour lui-même, qu'il ne se retrouverait plus jamais seul, maintenant qu'il avait de véritables amis à ses côtés.

« Qu'est-ce que c'est qu'ces histoires ? insista Antoine, visiblement perdu face à l'intensité du ton employé par les autres.

– C'est rien ! rétorqua Stéphan, la voix plus rude qu'il ne l'aurait voulu.

– On soupçonne Eddy, son soi-disant meilleur pote, de se servir de lui » répliqua l'un membre du groupe.

Stéphan reconnut le jeune homme : il était là le soir où ils avaient discuté de ce sujet après la course-poursuite avec le gardien du gymnase. Il aurait préféré qu'il se taise plutôt que de répondre à sa place. Ce qu'il y avait entre Eddy et lui ne concernait personne d'autre qu'eux.

« *Eddy* ? reprit Antoine. Mais arrêtez, c'est un gars super !

– C'est c'qu'Eddy veut faire croire !

– Eddy est un hypocrite, lança Zoé, les bras croisés. Regarde c'qu'il a fait quand il était Président des élèves : que des belles promesses pendant que les Guerriers Fous continuaient leur business. Combien se sont fait piquer leur scooter dans l'indifférence la plus totale ?

– *Les Guerriers Fous ?* répéta Antoine, les yeux écarquillés. Nan, mais attends, il était Président des élèves, pas agent du FBI ! C'est aux adultes de régler c'problème !

– *Les adultes ?* railla Zoé, haussant les sourcils. Pff, tu crois qu'ils vont se mouiller au risque de s'faire crever leurs pneus ? Et puis, 'faudrait pas médiatiser l'affaire : *Ouh, attention à la réputation du lycée !*

– Zoé, arrête ! ordonna Stéphan. On a compris… »

Il sentit son agacement monter en flèche. Chaque mot prononcé par la jeune fille lui donnait l'impression qu'on piétinait une partie de sa propre vie.

« Eddy ne lui a même pas souhaité bonne chance, tu trouves pas ça chelou ? insista-t-elle, ignorant la tentative de Stéphan de clore la discussion.

– Bah… J'sais pas quoi dire là, c'est un peu violent comme remarque… répondit Antoine, visiblement pris au dépourvu. Écoutez, j'sais que vous avez des trucs à lui reprocher, mais la seule fois où j'l'ai vu, j'l'ai trouvé simple et plutôt cool.

– Tu verras qu'on a raison ! lança l'un des supporters. Y'a plein de gens qui l'adorent parce qu'il se la joue cool, mais ça va pas durer…

– J'vous ai dit d'arrêter de parler de ça ! lâcha Stéphan en haussant la voix. Vous comprenez pas ou quoi ? Vous êtes là pour m'encourager ou pour critiquer mon pote ? »

Il se leva brusquement, serrant les poings pour contenir sa frustration.

« Le premier combat vient de finir, c'est mon tour, maintenant. Alors encouragez-moi au lieu de dire des conneries pareilles ! »

Sans même se retourner, il se dirigea vers la zone de combat accompagné des applaudissements de ses supporters.

L'affrontement débuta sous les acclamations des spectateurs. Stéphan lança l'assaut le premier, enchaînant une série de coups de poing d'une précision calculée. Son adversaire, vif et aguerri, esquiva habilement chaque attaque avant de contre-attaquer avec un coup de pied retourné qui frappa Stéphan en plein visage. Le choc fut brutal. Le garçon s'écroula, son esprit vacillant un court instant avant qu'il ne se redresse avec difficulté. Dans les gradins, le doute s'insinua parmi ses supporters.

« Il a pris trop cher, c'est foutu ! » murmura un garçon, le visage blême.

Son opposant, galvanisé par son avantage, intensifia ses attaques. Un coup sec au ventre projeta Stéphan à quatre pattes sur le sol. Le souffle coupé, il peinait à se relever, son corps courbé sous le poids de l'impact. Devant lui, son adversaire s'approcha lentement, sûr de sa victoire. Stéphan, accroupi, observa les jambes de son adversaire, notant une ouverture.

Il a baissé sa garde…

D'un bond explosif, Stéphan surgit, libérant un uppercut d'une puissance redoutable. Son poing rencontra le menton de son adversaire avec une force telle que ce dernier vacilla avant de s'effondrer lourdement. L'arbitre intervint immédiatement, levant les bras pour empêcher toute nouvelle attaque et laisser le pratiquant de Ju Jitsu reprendre ses esprits. La foule retint son souffle. Étourdi, l'adversaire peinait à se tenir debout, mais fit signe qu'il voulait continuer. L'arbitre autorisa la reprise du combat. Stéphan n'attendit pas une seconde de plus. Il attrapa fermement le poignet de son opposant, le tira vers lui avec une force insoupçonnée, puis, dans un mouvement fluide et implacable, lui asséna un coup de pied puissant à l'abdomen. Le coup fit l'effet d'un marteau : l'autre tomba, K.O. Un tonnerre d'applaudissements explosa dans la salle. Stéphan, essoufflé mais triomphant, releva la tête vers ses supporters. Il venait de remporter son premier combat et se qualifiait désormais pour les quarts de finale.

« C'est fou ce que t'as fait ! s'exclama Lisa, abasourdie. Pendant un moment, j'ai bien cru que t'allais perdre.

– C'est vrai qu'il était balèze, mais j'savais c'que j'faisais, répliqua Stéphan, d'un ton assuré.

– Ah ouais ? Qu'est-ce que tu veux dire par là ?

– J'voulais le laisser m'toucher un peu, juste histoire de m'échauffer. Et quand il a baissé sa garde, bam, j'lui ai balancé des coups bien placés.

– Tu veux dire que t'as fait exprès de ne pas te battre à fond dès le début pour le tester ? demanda un des gars, impressionné.

– Ouais ! C'est risqué, mais quand ça marche, ça fait toute la différence. »

Le groupe suivit avec attention les autres combats, qui s'enchaînaient dans une atmosphère électrique. Stéphan, en retrait, étudiait ses futurs adversaires avec une concentration quasi palpable. Certains participants démontraient une maîtrise impressionnante, et les affrontements de Jason Wuang captivaient particulièrement le public. Enchaînant les victoires par K.O. en un temps record, il se positionnait comme l'homme à abattre. Stéphan, de son côté, décrocha la victoire en quart de finale sans grande difficulté. Ses amis ne manquèrent pas de le féliciter vivement, mais Stéphan, loin de se laisser emporter, garda les pieds sur terre. Il savait que les défis à venir seraient bien plus ardus. En demi-finale, il affronterait un Karatéka confirmé, tandis que Jason devrait se mesurer à un redoutable adepte de boxe anglaise.

La compétition marqua une pause jusqu'à quatorze heures, et le groupe en profita pour déjeuner dans un restaurant japonais situé à deux pas du gymnase. Les plats, soigneusement préparés, ravirent tout le monde, et l'atmosphère se détendit brièvement avant la reprise des épreuves.

De retour au gymnase, Stéphan croisa Jason qui lui demanda, comme prévu, les coordonnées d'Eddy. Sans contester, le garçon accepta et ils s'éclipsèrent quelques minutes pour les noter.

« Merci !

– Y'a pas de quoi, répondit Stéphan en s'apprêtant à partir.
– Attends, s'il te plaît ! lança l'asiatique, en avançant d'un pas. Je voulais te dire… Je suis quasiment certain qu'on va se rencontrer en finale…
– Quoi ?! Qu'est-ce que… répliqua Stéphan, interloqué.
– Je t'ai observé, et tu es clairement le meilleur ici, avoua Jason. J'adore affronter des gens comme toi, ça m'pousse à m'améliorer.
– Peut-être bien qu'on se retrouvera, mais sache une chose : j'te ferai aucun cadeau. Si tu fais une erreur, compte sur moi pour en profiter et t'mettre K.O. direct.
– C'est exactement ce que je veux entendre, répondit Jason avec un sourire. À tout à l'heure, en finale… »
Tout en prononçant ces mots, Wuang effectua un salut chinois, fermant un poing dans l'autre main et inclinant légèrement la tête en signe de respect. Stéphan fit de même, mais ses yeux restaient fixés sur son futur adversaire. Jason s'éloigna sans se retourner, rejoignant son groupe d'un pas léger, tandis que Stéphan observait encore sa silhouette disparaître dans la foule animée.

« Alors, ça y est, tu lui as donné c'qu'il voulait ? demanda Antoine, le voyant revenir.
– Ouais, j'lui ai donné, répondit-il, un peu pensif. Franchement, j'dois dire qu'il m'impressionne. Il dégage un truc qui met un peu la pression, mais j'espère quand même le croiser en finale.
– J'sais pas c'qu'il t'a raconté, dit Antoine en haussant les sourcils, mais on dirait que ça t'a marqué.
– Eh, pendant qu'tu papotais, on a vu une démo d'arts martiaux de ouf ! lança un autre du groupe. T'aurais kiffé !
– Sérieux ? Bon, tant pis. En tout cas, ça veut dire que les épreuves vont bientôt recommencer » conclut Stéphan, déterminé pour la suite des combats.
Le présentateur reprit le micro, sa voix résonnant dans le gymnase pour annoncer le début des demi-finales. Stéphan, conscient de l'enjeu, s'accorda quelques instants pour se préparer. Chaque mouvement qu'il exécutait semblait calculé, précis. Ses étirements et frappes dans le vide dégageaient une énergie

contenue, prête à exploser au bon moment. Lorsqu'il entra sur le ring, son adversaire, un Karatéka expérimenté, se tenait déjà prêt, concentré et immobile. L'arbitre, posté entre eux, observa brièvement les deux compétiteurs avant de donner le signal de départ. Dès les premières secondes, le Karatéka passa à l'attaque. Ses coups de poing et de pied s'enchaînaient à une vitesse vertigineuse, forçant Stéphan à reculer et à analyser chaque mouvement. Mais Stéphan n'était pas là pour subir. Patient, il évitait les coups avec agilité, guettant la moindre ouverture. Puis, il trouva son moment : un direct fulgurant frappa la mâchoire de son adversaire, mais ce dernier encaissa et répondit par une série de coups de pied d'une précision redoutable. L'échange, intense, força Stéphan à redoubler d'attention. Dans une tentative de feinte, le karatéka tenta un balayage, mais Stéphan, réactif, bloqua sa jambe, inversant immédiatement la situation. Profitant de l'instant, il fit chuter son adversaire et enchaîna avec deux crochets bien placés avant que l'arbitre n'intervienne pour les séparer. Le combat reprit. Les deux combattants semblaient repousser leurs limites, chaque coup porté témoignant de leur détermination. Stéphan plaça plusieurs attaques décisives, mais son adversaire ne faiblissait pas, conservant une résistance admirable. Le gong retentit alors que la tension était à son comble. Ni l'un ni l'autre n'avait réussi à prendre un avantage décisif. Le résultat fut tranché aux points : Stéphan sortit vainqueur, dominant nettement grâce à sa précision et sa stratégie. Alors que ses amis le rejoignaient en criant de joie, il sentait déjà monter en lui l'adrénaline de la finale imminente.

Enfin, la finale ! pensa Stéphan, sentant une vague d'émotion l'envahir. *Cette fois, je n'perdrai pas !*

« Regardez, Jason va disputer sa demi-finale ! » lança Lisa.

Tous les regards se tournèrent vers l'aire de combat. Stéphan, lui, n'en perdait pas une miette. Chaque mouvement, chaque attaque, chaque feinte de Jason devait être analysé. Il voulait connaître son futur adversaire dans les moindres détails. Comme il s'y attendait, Jason ne laissa aucune chance à son opposant. Plus rapide, plus précis, plus redoutable. Chaque coup semblait calculé, et l'issue était inévitable. En quelques minutes à peine, Jason triompha, laissant le public en admiration. La réalité s'imposa alors à Stéphan : la finale serait un duel entre lui et Jason Wuang.

Dix minutes. Pas une de plus. C'était tout ce qui séparait Stéphan du plus grand défi de sa vie. Tandis que ses amis continuaient de le féliciter et de l'encourager, lui ne prêtait plus attention à leurs mots. Son esprit était ailleurs, déjà sur le ring, face à Jason Wuang. Il savait que cette finale ne pardonnerait aucune erreur, aucun moment d'inattention. Chaque mouvement, chaque respiration devrait être millimétré. Il repassa mentalement les combats de Jason, cherchant à graver dans son esprit les moindres failles. La vitesse. C'était là son atout le plus redoutable, mais aussi son talon d'Achille : trop sûr de lui, Wuang avait tendance à se découvrir après une attaque. Si Stéphan pouvait lire ces instants, il aurait une chance. Juste une.

Il s'écarta du groupe pour trouver un espace où s'isoler. Le bruit de la foule devint un bourdonnement lointain. Inspirer, expirer. Il focalisa toute son attention sur sa respiration, ralentissant son rythme cardiaque. Ses pensées se clarifièrent. Pas de peur. Pas de doute. Juste le combat. Il devait se convaincre qu'il n'y avait rien d'autre au monde que ce ring et cet instant à venir. Quand la voix du présentateur résonna, annonçant la finale, Stéphan ouvrit les yeux. Il enleva sa veste chinoise avec des gestes lents, presque cérémonieux, comme un guerrier se préparant pour son ultime bataille.

« Bonne chance ! lança Lisa, suivie par le reste du groupe.
– On est tous avec toi !
– Tu vas gagner !
– Courage ! »

Stéphan leur adressa un sourire reconnaissant, sentant une chaleur réconfortante monter en lui.

« Ed' m'a même pas appelé pour m'souhaiter bonne chance, confia-t-il, un brin amer. J'vous remercie d'être là, ça m'fait énormément plaisir !
– Eddy t'a pas encouragé, c'est vrai, répliqua Lisa. Peut-être qu'il a peur… peur que tu le surpasses. Peu importe, nous, on est là ! T'as tout pour réussir, alors montre-lui qui est le vrai champion… et bats ce Wuang ! »

La fille, qui d'ordinaire affichait un caractère inflexible en tant que Présidente des élèves, avait laissé place à une voix douce, presque tremblante d'admiration. Stéphan, porté par cet élan, ferma le poing avec détermination et s'avança vers le ring. Il aperçut Jason Wuang s'approcher depuis l'autre côté, son regard vif et calculateur braqué sur lui. Les deux finalistes se rejoignirent au centre de l'arène pour le salut traditionnel. La foule entière retint son souffle, laissant un silence oppressant s'installer dans la salle. Lorsque le signal de départ résonna, le silence devint encore plus pesant. Jason, calme et impassible, n'attaqua pas immédiatement. Il savait que Stéphan avait observé ses combats avec une attention méticuleuse et qu'il pouvait anticiper ses mouvements.

J'peux pas l'atteindre sur une simple attaque, pensa Stéphan, les yeux rivés sur son adversaire. *Il faut que je le pousse à ouvrir sa garde…*

Il tenta une feinte, un enchaînement de faux coups de poing destinés à déstabiliser Jason. Mais Wuang resta immobile, impénétrable.

Il sait que j'essaie de l'appâter, réalisa Stéphan. *Comment l'obliger à faire une erreur ?*

C'est alors que Jason amorça un mouvement inattendu, fouettant l'air avec des gestes fluides et contrôlés. Puis, tel un éclair, il décocha un véritable coup, net et précis, qui s'écrasa sur la joue de Stéphan. La salle émit un murmure étouffé. Ébranlé, Stéphan recula d'un bond pour se mettre hors de portée. Il porta une main à son visage, ressentant l'impact.

Il m'a touché… L'enfoiré ! Mais ça va, j'suis toujours debout.

Stéphan amorça une feinte au genou. Jason resta impassible. Une deuxième, puis une troisième feinte : cette fois, Jason mordit à l'hameçon, levant la jambe pour se protéger. Stéphan ne lui laissa aucune chance. Avec une vitesse fulgurante, il décocha un coup de pied au visage, faisant chuter son adversaire. Sans hésiter, il enchaîna avec un coup à la mâchoire.

J't'avais prévenu, Jason. Pas d'cadeau.

Jason se releva, la joue gonflée, mais répliqua immédiatement, enchaînant des coups rapides qui forcèrent Stéphan à reculer. Soudain, d'un balayage brutal, Jason le projeta au sol et l'agrippa pour une clé de bras.

Pas encore… Pas comme avant !

Stéphan mordit violemment le poignet de son adversaire ; tout était permis dans ce genre de tournoi. Jason, sous la douleur, relâcha alors sa prise. Les deux finalistes, à bout de souffle, se retrouvèrent debout. Le public, en transe, hurlait, mais pour Stéphan, tout cela n'existait pas.

Finis-le. Maintenant.

Les coups s'échangèrent avec une brutalité sauvage. Jason, focalisé sur l'attaque, laissa sa garde basse. Stéphan frappa le mollet d'un coup sec, et encore, et encore. Jason tituba mais contre-attaqua, touchant Stéphan au tibia. Profitant de l'instant, Stéphan lança un crochet dévastateur. Du sang éclaboussa le sol. Il enchaîna sans pitié deux autres coups au visage. Jason s'effondra, les jambes flageolantes, et, dans un dernier sursaut, il parvint à décrocher un uppercut qui envoya Stéphan au tapis. Les deux restèrent au sol, pantelants, tandis que le gong final résonnait. Le verdict semblait joué : Jason avait porté plus de coups. Mais Stéphan, galvanisé, se releva d'un bond. Jason, lui, restait à terre. L'arbitre leva la main de Stéphan : victoire par K.O. ! Un cri primal déchira la gorge du champion. Il l'avait fait ! Le speaker saisit le micro et, dans un ton vibrant, proclama Stéphan champion du grand tournoi de Paris 1991. Pendant une fraction de seconde, il resta immobile, abasourdi, comme figé dans un rêve éveillé. Puis, en croisant le regard lumineux de Lisa, tout devint réel. Il éclata de joie et se rua vers Antoine et les autres, hurlant à pleins poumons malgré les blessures qui marquaient son visage. Lisa ne put retenir son émotion. Elle se précipita dans ses bras, l'étreignant avec une force inattendue, avant de déposer un baiser sur sa joue ensanglantée.

« T'es le meilleur, Stéphan ! T'as gagné ! »

Ses amis, transportés d'enthousiasme, l'acclamèrent avec des cris perçants. Certains le soulevèrent en triomphe tandis qu'une musique victorieuse envahissait la salle. Le champion, tremblant d'euphorie, levait les bras, fixant le plafond comme s'il remerciait le ciel.

« J'ai gagné ! J'suis champion ! » hurla-t-il à pleins poumons, sa voix se brisant sous l'intensité du moment.

Dans cet instant suspendu, il leva le poing haut dans les airs. Il n'était plus un simple participant. Il était le numéro un.

14

Insomnie

28 janvier 1991

Il était trois heures du matin, et Stéphan ne trouvait pas le sommeil. Allongé sur le dos, il fixait le plafond tandis que ses pensées tournaient en boucle, incapables de s'apaiser.

Dehors, la pluie battait les fenêtres avec une intensité presque hypnotique, mais ce n'était pas elle qui le tenait éveillé. Il avait pourtant sombré dans le sommeil vers vingt-trois heures, avant de se réveiller brusquement, le cœur battant. Une inquiétude sourde pesait sur son esprit, sans qu'il puisse vraiment en définir la source.

Ces deux derniers mois ont été presque les plus mouvementés d'ma vie, pensa-t-il. *Grâce à ma victoire au tournoi, j'suis trop populaire au lycée ! C'est ouf ! Au fond, ça me plait cette situation, Lisa m'lâche plus depuis quelque temps, j'espère qu'elle m'apprécie vraiment... Elle est tellement...*

Un éclair traversa le ciel, illuminant brièvement la pièce d'une lueur froide, suivi de près par un tonnerre grondant. Stéphan sursauta, le cœur serré. Plus il s'efforçait de trouver le sommeil, plus son esprit s'emplissait de pensées désordonnées, le plongeant dans un tourment incessant.

'Faut que j'dorme, il est quelle heure ? Trois heures trente... Demain, j'ai cours, 'faut que j'dorme. Pourquoi j'y arrive pas ? J'dois penser à rien.

Pense à rien, pense à rien... Mais pourquoi j'y arrive pas ? J'suis en train de penser là, c'est ça ? Putain, arrête ! Arrête de penser !

Il tenta de faire le vide, mais chaque fois qu'il y arrivait, une pensée s'imposait comme un intrus. Pourquoi son esprit refusait-il de se calmer ? Pourtant, il était exténué. Ses paupières, lourdes comme du plomb, se fermèrent enfin, mais ce fut en vain : son esprit s'égara immédiatement. Jack... son enfance... puis Eddy... son meilleur ami. Peu importait ce que les autres disaient, Stéphan savait qu'Eddy était là pour lui. Il le savait...

Les souvenirs déferlèrent alors : les tournois, les victoires, les échecs... Ce chemin parcouru, cette popularité qu'il n'aurait jamais imaginé atteindre.

J'suis enfin heureux… Enfin, tout c'travail qui paie… J'veux rien d'autre… rien de plus…

Il pensa à ses nouveaux amis, à Antoine, Zoé, Margaux… et à tous les autres. Leur arrivée dans sa vie avait été soudaine, semblable à une bourrasque inattendue. Mais n'était-ce pas justement ce qu'il avait espéré, au fond ?

Frustré, Stéphan frappa d'un coup dans le mur, la douleur physique espérant couvrir le tumulte de ses pensées. Le bruit résonna dans la nuit silencieuse, et il se figea. Avait-il réveillé sa mère ?

Il serra les poings, cherchant désespérément à apaiser son esprit, mais rien n'y faisait. Alors, dans l'obscurité de sa chambre, un visage apparut à son esprit.

Demain, j'vois Lisa l'après-midi, j'ai hâte d'y être. Mais 'faut d'abord que cette nuit sans fin se termine et que je m'endorme…

Ce week-end, j'me suis vraiment bien amusé avec elle, c'est la meilleure, j'me suis jamais senti aussi bien avec une fille, même si quelques fois… Je sais pas… Ça m'a vraiment fait plaisir qu'elle soit venue à la compétition, ça m'a galvanisé, je n'pouvais pas perdre devant elle, je n'aurais pas pu, je n'aurais pas supporté…

Stéphan contempla le ciel sombre à travers sa fenêtre. Pendant un court instant, le calme sembla s'installer en lui, un vide apaisant qu'il n'avait pas ressenti depuis des heures. Mais cette accalmie fut de courte durée : ses pensées, insidieuses, revinrent à la charge.

Même Antoine et tous les autres sont venus m'encourager, je pouvais pas rêver mieux.

…

Eddy, lui, n'était pas là… Mon meilleur ami… Mon meilleur… ? Enfin, j'peux pas lui en vouloir, il traverse des épreuves difficiles, loin d'ici.

…

Un coup de téléphone pour me souhaiter bonne chance n'aurait pas aggravé l'état de son genou… S'il l'a pas fait, c'est qu'il a eu des empêchements… OK… Des empêchements…

Ça m'fait bien marrer que les amis de Lisa pensent qu'Eddy m'aime pas et qu'il se sert de moi pour s'entraîner aux arts martiaux.

Ils lui en veulent pour avoir été un Président assez moyen, mais ça m'regarde pas, ça… S'ils savaient comme on est proche…

Par contre, il m'a toujours pas appelé depuis ma victoire… Comment ça se fait ?

...

Mais merde ! Qu'est-ce qu'il fout ? Même sa mère, je la vois plus, ça m'inquiète...

Un soupir de frustration s'échappa de ses lèvres. Stéphan regarda son réveil, les minutes semblaient s'étirer à l'infini, le sommeil refusant obstinément de venir à lui. La pluie martelait les fenêtres, le vent hurlait. La trotteuse de l'horloge paraissait plus présente que jamais. Il avait l'impression que la pendule résonnait juste à côté de son oreille.

Quatre heures douze. Toujours éveillé. Pour chasser l'insomnie, Stéphan se mit à inventer une histoire, espérant ainsi détourner son esprit des tourments qui l'assaillaient.

Qu'est-ce que je pourrais me raconter comme histoire ?

L'histoire d'un champion d'arts martiaux ? Nan, 'faut pas que ça ressemble à ma vie... L'histoire d'une petite fille, ouais, ça, c'est mieux. Elle s'appelle... Heu... Comment elle pourrait s'appeler ?

...

Wendy !

C'est une petite fille qui est très pauvre et... et qui vit toute seule parce que ses parents sont décédés quand elle n'était encore qu'une enfant. Ouais, ça, c'est bien comme histoire !

Puis, heu... elle habite dans une cabane en paille... avec un petit chat qu'elle a adopté.

Et tous les meubles qu'elle possède sont ceux que les villageois d'à côté ont jetés. Ouais, c'est ça, elle habite à côté d'un village, où elle travaille très dur pour gagner sa vie...

C'est nul, ça... Elle ne travaille pas, et les villageois l'aiment pas, parce que... parce qu'elle heu... elle est sale...

Nan, elle est propre, elle s'lave tous les jours dans le petit fleuve près d'sa cabane. Et ils ne l'aiment pas parce qu'elle vole ! Ouais, c'est ça, elle vole des pommes et du pain chez les marchands pour se nourrir, mais personne n'arrive à l'attraper parce qu'elle court très très vite. En plus, elle est pleine de ressources !

C'est bien, ça ! C'est une petite fille super débrouillarde.

Et elle a une amie qui habite dans le village, c'est sa meilleure amie, des fois elle lui apporte à manger. C'est la seule qui l'aime bien.

Mais ses parents veulent pas qu'elle voie Wendy. Donc elles doivent se voir en cachette, et… et font plein de trucs ensemble. Elles sont super amies.
Ça, c'est une vraie amitié !
…
Une vraie amitié…
Elles ne se trahiraient pas… Nan, jamais…
…
Eddy non plus me trahirait pas…
La fille du village soutiendrait Wendy dans n'importe quelle situation…
…
Pourquoi Eddy m'a pas appelé pour me souhaiter bonne chance ?
Est-ce que je compte si peu pour lui ?

Soudain, un éclair éclata dans le ciel, illuminant la pièce d'une lumière blanche et brutale. Un grondement de tonnerre, sourd et menaçant, suivit immédiatement, arrachant Stéphan à ses pensées. La tempête semblait vouloir s'introduire dans sa chambre, et il fixa sa fenêtre, tremblante sous la pression du vent, craignant qu'elle ne cède à tout instant.

C'est quoi, cet orage de malade ? J'ai bien cru que la foudre allait défoncer la fenêtre et foutre le feu à la baraque…

Le temps s'étirait, implacable. Le réveil affichait maintenant cinq heures trente.

Quelques fois, Wendy et son amie partent à l'aventure, imagina Stéphan pour continuer son histoire.
Elles vont… sur le fleuve avec un radeau…
…
Mais pourquoi Eddy m'appelle pas ? Pourquoi il ne l'a jamais fait ?
Il a dit qu'il pouvait recevoir des coups de fil que de sa mère, il aurait quand même pu m'faire passer un message par elle…
Bon ! Je dois arrêter de penser à ça ! S'il l'a pas fait, il devait avoir une bonne raison…
Alors, Wendy et son amie…
Elles voguent sur leur radeau et… elles… veulent partir ensemble quelque part loin d'ici.
…
Et si Lisa et les autres avaient raison… Si Eddy se servait de moi uniquement pour s'entraîner… ?
…

Nan, c'est impossible !
…
Mais après tout, pourquoi pas ?
Il était pas souvent là pour m'soutenir dans la cour de récré…
Qu'est-ce que j'raconte, il était là après la mort de Jack, il me soutenait !
Par contre, pendant les entraînements, il s'en foutait d'me frapper comme un ouf, il disait que c'était pour me renforcer…
C'était vrai ? Ou juste pour s'entraîner, lui ?
Souvent, après les entraînements, il rentrait en courant sans m'attendre, il disait que ça faisait partie de l'entraînement, que c'était pour améliorer notre endurance. Je m'rends compte qu'il voulait juste rentrer sans avoir à me parler…
Je m'suis fait avoir ? C'est pas possible…
Bon ! Faut que j'arrête de penser à ça, c'est mauvais !
C'est des conneries…
…
Retournons sur Wendy et sa copine, elles veulent fuir un village qui les harcèle.
…
Ça, c'est une vraie amitié…
…
Comme moi et…
…
Jack…
…
Lui était vraiment mon ami, ça, j'en suis sûr, il m'aidait tellement…
Mais Eddy aussi…
Il l'aurait pas fait s'il ne m'aimait pas !
…
Ou bien voulait-il juste passer son temps avec moi, quand il n'avait pas d'autres amis ?
…
Ça n'a pas de sens… Je refuse de croire ça…
…
Nan, il est mon ami… Mon ami d'enfance !
…
Quelques fois… il rentrait tard le soir… Et quand sa mère le grondait pour ses retards, il disait qu'il était chez moi, et je confirmais…

...
Je voulais le protéger à tout prix...
...
J'ai jamais réellement su ce qu'il faisait en réalité... Il devait être avec ses autres potes... Et il se servait de moi comme motif de retard...
Pourquoi Eddy m'a pas considéré comme un vrai ami ? Comme ses autres amis qu'il voyait de temps en temps... Quoi ? Je suis trop un bouffon pour qu'il traîne avec moi ?
On se connaît depuis tout petit...
...Je me souviens que, quand Jack est mort, il avait pas l'air très affecté, il me disait qu'il était profondément triste, mais qu'il fallait se faire une raison et continuer de vivre.
Mais est-ce que ça voudrait dire qu'il méprisait Jack... ? Ça...
Il a vite pris le rôle que Jack avait au sein du groupe, comme si sa mort n'était pas si importante que ça.
Je me rends compte qu'il s'en foutait de lui aussi et il le voyait quand il avait pas d'autres amis...
On était ses deux potes du quartier, quand il galérait...
J'ai beau vouloir nier l'évidence, mais c'est vrai qu'il venait me voir aux récrés que quand il était tout seul. Et quand y'avait tous ses potes, là, il m'oubliait aussitôt !
Il a toujours été obsédé par le fait d'être au centre des attentions ! Les autres ont raison ! Il est devenu Président des élèves juste pour être populaire, le reste, il s'en foutait... Il m'a jamais parlé des Guerriers Fous, il faisait comme s'ils existaient pas...
...
Mais attends, qu'est-ce que j'raconte, moi ? Eddy est mon ami, et ça depuis toujours !
...
J'ai passé tellement de bons moments avec lui, ...Des délires de ouf, ...On s'racontait nos vies, ...Et on s'cachait des choses aussi...
Pourquoi il rentrait en retard quelques fois ? Que faisait-il ?
Pourquoi il a été si peu affecté par la mort de Jack ?
Pourquoi il venait presque jamais me voir au collège ?
...
Peut-être que j'arrive pas à y croire parce qu'une personne qui fait ça est vraiment... une ordure...
...

J'pourrais pas lui pardonner, jamais !

Jack est mort et c'est en partie de ma faute, j'me suis confié et réfugié auprès d'Eddy, mais si j'avais pris conscience de son double jeu, j'aurais jamais perdu tout ce temps avec lui…

Il m'a pas appelé parce qu'il se fout de moi, pourquoi aurait-il pris la peine de m'souhaiter bonne chance, hein ? Il a sûrement mieux à faire…

De toute façon, j'en veux pas de ses encouragements !

Il a pas pleuré comme il le fallait la mort de Jack,

Il venait pas m'voir au collège ou au lycée, quand j'étais tout seul,

Il se servait de moi comme d'un punching-ball pendant ses entraînements,

Et il m'a presque pas donné de nouvelles depuis qu'il est parti !

Qu'est-ce que j'ai fait pour mériter ça ?

…

J'pensais être un type bien…

…

Wendy et son amie, sa vraie amie, vont partir ensemble, pour quitter ce village qui leur fait du mal…

Moi aussi, j'dois quitter à mon tour ce village… M'éloigner de tous ceux qui m'font du mal…

Et rejoindre mes vrais amis, ceux qui sont toujours derrière moi dans les moments difficiles.

Lisa…

Elle, elle me comprend, elle a vu directement qu'Eddy était sournois et elle a essayé de m'prévenir… D'ailleurs, elle se retrouve à rattraper ses erreurs en tant que Présidente !

Je lui dois un grand merci.

Qu'est-ce que j'aurais fait sans elle ? Serais-je resté aveugle face à ce qu'Eddy fait ? Est-ce que j'aurais remporté ce tournoi ?

Je sais pas…

Elle m'a sauvé…

Comme cette fille qui a sauvé Wendy du village…

Il faut que j'me laisse embarquer par elle, comme Wendy par son amie, pour ne plus souffrir…

Stéphan regarda son réveil : six heures cinquante. L'aube pointait timidement à l'horizon. Bientôt, il faudrait se lever, partir en cours. Pas une minute de sommeil n'était venue l'apaiser, ses pensées l'avaient assiégé.

Une nuit d'insomnie, une nuit de vérités.

Il se leva lourdement et se dirigea vers la salle de bain, traînant des pieds.

Jack est parti, il m'a laissé seul. Lisa, tu es tout ce qu'il me reste, ne m'abandonne pas...

VI

Trafics

Début février 1991

D'un geste rapide et précis, Arnold graffa le visage d'un boxeur sur le mur décrépit qui longeait un chemin de fer. Il avait un talent incontestable pour ce genre de peinture. Le personnage arborait une expression agressive et proférait des insultes envers la police et l'État.

Mike observait le résultat avec satisfaction, conscient que, pour répandre davantage la popularité de sa bande, il ne fallait pas se limiter aux trafics habituels. Graffer les murs des quartiers nord jusqu'au centre-ville était un moyen efficace de se faire connaître.

« Qu'est-ce que vous en pensez ? demanda le graffeur en se retournant vers sa bande.

– C'est parfait !

– Mortel ! »

Le chef examina le dessin final, le sourire aux lèvres.

« Attends, il manque un truc ! »

Il s'avança vers Arnold pour s'emparer de la bombe de peinture. Il la secoua en s'approchant du mur, puis ajouta les lettres G.F.

« *Guerriers Fous !* 'Faut bien signer, sinon à quoi ça sert d'faire des chefs-d'œuvre ? » fit-il.

Le Colosse émit un rire grave. Il se posa sur un banc en ouvrant une canette de bière.

« Tu vas t'arrêter où ? demanda-t-il. Le gang s'étend déjà sur tout l'quartier, si on s'agrandit trop, ça va alerter les keufs…

– J'ai pas dit que j'voulais foutre le bordel dans la ville, mais tu sais c'que ça représente ça ? »

Mike montra le graffiti du doigt.

« Ça marque notre territoire. Si un connard ou une bande de loosers s'ramènent ici, ils sauront qu'il faut vite foutre le camp !

– Tu marques notre territoire ?

– 'Faut bien, quand j'vois que certains s'barrent sans donner de nouvelles…

– Tu parles de qui là ? répliqua Cassandra.

– Tu l'as vu récemment Child, toi ? »

Mike monta le ton. Il fixa chacun de ses acolytes les uns après les autres pour leur faire comprendre que, cette fois-ci, il ne blaguait pas.

« OK ! reprit-il. 'Faut pas s'foutre de ma gueule trop longtemps. Quand on est dans la bande, on y reste ! Ce bâtard nous esquive, il répond plus aux appels, et là, j'te jure, ma patience est à bout ! »

Il était rare que la bande assiste à un accès de colère de la part de leur chef, lui qui avait l'habitude de se contenir pour réfléchir posément à une solution.

« Le premier qui l'voit, il m'appelle direct ! J'vais mettre un terme à cette plaisanterie !

– Et pourquoi on irait pas chez lui directement ? » lança Sara.

Elle se rapprocha de lui, glissant son bras autour du sien. Depuis quelque temps, elle s'autorisait à être plus tactile avec lui.

« Là, tout de suite, j'ai des trucs à faire… J'attends un mec, il m'doit du fric !

– Et j'pense pas que c'est à toi de dire à Mike c'qu'il doit faire ! » rétorqua Cassandra.

Elle n'avait plus aucune retenue vis-à-vis d'elle et se moquait des conséquences. Cassandra était une fille qui savait particulièrement bien se battre et espérait provoquer la fille pour la contraindre à en venir aux mains.

« Bon, qu'est-ce qui t'arrive, toi ? Tu m'cherches ? répliqua Sara.

– Ouais, j'en ai marre d'entendre ta grande gueule pour…

– Eh ! J'en ai ras-le-cul d'vous entendre vous prendre la tête toutes les deux ! interrompit Mike. Si ça continue, vous allez dégager ! »

Les deux filles se toisèrent du regard avec un mépris palpable. L'intonation du chef avait imposé le silence et rappelé qu'il ne voulait pas de conflits au sein du gang. Un rugissement de moteur brisa soudain l'altercation.

« Bon ! Le gars est là ! » annonça-t-il quand il vit arriver un homme en scooter.

L'individu se gara à une dizaine de mètres d'eux. Il était grand, fort, âgé d'une trentaine d'années. Quand Mike s'approcha de lui, il afficha un air enjoué, ravi de le voir.

« Salut Mike ! lança-t-il. Comment ça va ? »

L'homme lui tendit la main pour le saluer, néanmoins, le chef des Guerriers Fous ne partageait apparemment pas le même engouement. Son visage s'était durci et laissait apparaître une mâchoire solide.

« T'as mon fric ? fit-il sans salutations.

– Heu… Tu sais…

– Quoi ? La réponse est simple, tu l'as ou tu l'as pas !

– Je l'ai pas, mais je t'avais prévenu que ça prendrait du retard…

– Tu te fous d'ma gueule ? Tu m'avais dit *quelques jours* et ça fait trois semaines que j't'ai filé ton shit, tu m'as pris pour un bouffon ? » cria Mike, enragé.

Le trentenaire n'appréciait guère qu'on lui parle de cette manière. Il avait essayé d'adopter un ton plus convivial mais cela n'empêcha pas ce qu'il avait redouté.

« Bon, gamin, tu vas me parler autrement, riposta-t-il. Tu vas arrêter de jouer les caïds avec moi. Ton fric, je l'ai pas, je vais pas te le chier ! »

Mike s'avança d'un pas menaçant vers lui. La différence d'âge n'était pas un facteur qui l'intimidait.

« Et je fais quoi, moi, hein ? Je fournis des gars, et j'attends gentiment qu'ils se décident à payer ? Tu vas bien m'écouter, sale enfoiré de mes deux : le fric, je l'ai pas demain, j'te défonce ta p'tite gueule de bourgeois !

– Parle-moi autrement ! Je suis pas ton pote ! Continue à menacer les gens comme ça, et je te balance aux flics !

– Ah ouais ? Et tu vas leur dire quoi aux flics ? Que tu t'fournis ton shit auprès des lycéens ? C'est ça ? »

Mike poussa l'homme tant la colère montait en lui. Il tenta de l'attraper par le col de sa veste, mais l'autre se dégagea avec force. Leurs voix résonnaient dans la ruelle.

« Tu sais quoi ? reprit l'homme. Comme tu veux jouer aux cons, ton fric, tu l'auras pas !

– Quoi ? J'aurai pas mon fric ? »

Mike changea d'intonation. Son client crut alors à une victoire, il sourit en répétant qu'il ne verrait jamais la couleur des billets. Pourtant, il n'avait pas prêté attention au mouvement de recul de la part de Mike, qui s'était accompagné d'un regroupement de sa bande se ruant vers lui. L'homme n'eut pas le temps de réagir qu'un garçon, sur un signe de Mike, lui bondit dessus. C'était donc comme ça que Mike réglait ses problèmes ? eut-il à peine le temps de penser. Ce lâche envoyait ses sbires quand ça tournait mal.

Mais l'homme ne se laissa pas faire, il envoya un coup de poing au premier qui osa s'approcher et l'assomma à terre. À peine remis de ce premier affrontement, qu'une seconde vague lui tomba dessus. Il donna des coups à tout va pour se défendre, frappant de ses poings, de ses pieds, et même de la tête. Hors de question de perdre la face contre des mômes. D'un coup, il sentit des mains le saisir, ses jambes se soulever et son corps basculer en arrière. Il s'écrasa impuissamment au sol.

Puis, il reçut une pluie de coups. Des mains. Des pieds.

Des cris. Du sang. Des rires. Un craquement. Une envie de vomir.

À quelques mètres du lynchage, Sara, aux côtés de Mike, contemplait le spectacle. C'était la première fois que son chef réglait ses comptes devant elle. Habituellement, il savait se faire plus discret.

« T'es pas obligée de regarder, si tu veux··· » lui dit-il.

Cependant, la fille ne réagit pas. Cassandra se réjouit à l'idée que Mike puisse considérer Sara comme une âme sensible. Par le passé, celle-ci avait fait preuve de beaucoup de dévotion pour montrer qu'elle avait du cran.

« Tu devrais écouter Mike, lança-t-elle à sa rivale, c'est pas pour les loosers, ce genre de chose. »

Sara ne prit même pas la peine de se retourner vers elle. Elle jeta un œil dans la ruelle et aperçut un tas de détritus laissé par les commerçants du coin. Sans un mot, elle lâcha le bras de Mike pour se diriger vers les ordures. Prenant ce comportement comme une fuite, Cassandra souffla pour exprimer son mépris.

Sara n'y prêta pas attention. Elle arriva devant les détritus et, après une courte inspection, elle trouva exactement ce qu'elle cherchait. Entre les sacs-poubelle et les appareils électroménagers hors d'usage, se dressait une barre métallique. Elle se tenait droite comme si elle attendait son propriétaire. Sara s'en empara, testa sa résistance, puis revint vers l'attroupement. Son pas était plus ferme, plus sûr. Quand elle arriva près de l'homme qui se faisait tabasser, il parvint à lever le regard vers elle. Il la vit écarter ses agresseurs d'un mouvement de bras et leur demander d'arrêter. L'homme, le visage ensanglanté et le dos meurtri, lui adressa un sourire de gratitude. Il eut même le temps de penser qu'elle était plutôt jolie. Aussitôt après, son visage se déforma par la terreur. La femme brandit alors une barre métallique, ses yeux brillaient d'une lueur inquiétante, son sourire devint mauvais, et d'un mouvement sec, elle l'envoya violemment dans l'épaule de la victime. Un craquement retentit, mais personne n'eut le temps de réagir qu'un second bruit surgit du dos de l'homme. L'adolescente frappa à de nombreuses reprises. Fort. L'adrénaline décuplait son envie de faire mal. Elle riait. Les coups s'abattaient, puissants et implacables, dans un déchaînement de violence. Un mélange de stupeur et d'horreur s'empara des spectateurs qui assistaient à la scène.

Soudain, son excitation fut brutalement interrompue. Une voix l'arrêta. Une main ferme se posa sur la sienne. La fille sembla revenir à elle, c'était comme si elle avait quitté son corps quelques instants. Elle se tourna sur sa gauche et découvrit Mike, une expression nouvelle sur son visage.

« C'est bon, j'crois qu'il a eu son compte··· » fit-il.

La respiration haletante, la fille était essoufflée comme si elle venait de faire un sprint. Le gang l'observa, figé dans un silence lourd où se mêlaient stupeur et incompréhension.

Sara se rapprocha de Mike, une infime distance les séparait. D'une main encore tremblante, elle jeta la barre qui frappa le sol dans un bruit métallique. Ils se regardèrent, se contemplèrent. La seconde s'écoula doucement.

Puis, l'adolescente vint l'embrasser d'un baiser qui effleura à peine ses lèvres. Ce dernier, déconcerté, n'exprima pas un souffle. Avant qu'il ne pût réagir, il vit la fille s'écarter de lui avec un immense sourire. Un sourire qui était resté trop longtemps dans l'ombre.

15

Vertige

10 février 1991

Allongé sur le lit de sa chambre, la tête dans ses bras croisés,

Stéphan attendait patiemment la fin de la journée. Dehors, un Soleil éclatant inondait le mois de février. Une lumière nouvelle éclaira sa chambre d'une teinte surprenante.

Soudain, la sonnerie du téléphone retentit au rez-de-chaussée, suivie de la voix de sa mère décrochant l'appareil.

« Stéphan, c'est pour toi ! » lança-t-elle du bas des escaliers.

Celui-ci se précipita alors pour rejoindre avec enthousiasme l'étage inférieur. Il s'empara du combiné avant de remercier sa mère.

« Allô ?
— Allô, Stéph', c'est Lisa, tu vas bien ? entendit-il.
— Ah, Lisa, ouais, ça va ! Pourquoi tu m'appelles ? On doit pas s'voir avant ce soir, nan ?
— Ouais je sais, répondit-elle. Mais j'voulais être sûre que tu viendrais vraiment, parce que t'as déjà fait le coup de dire que t'viens, et puis, au final…
— Mais bien sûr que j'viens, coupa-t-il, sachant que Lisa avait l'habitude de s'expliquer à n'en plus finir. Ça m'fait très plaisir d'aller à cette fête avec toi…
— Ah OK, bon, eh bien, je viens te chercher dans une heure. T'es prêt ?
— *Une heure ?* Bah, je suis pas encore lavé, j'savais pas qu'on y allait si tôt…
— Bon, dépêche-toi de te préparer ! ordonna-t-elle. Je voulais te voir avant de partir à la fête, il y a une chose dont je voudrais te parler. Antoine m'a dit qu'il viendrait nous chercher chez toi, OK ?
— Heu… Ouais, pas de problème… À tout à l'heure…
— À tout à l'heure ! » répondit-elle avant de raccrocher.

Pourquoi elle veut m'voir avant d'aller à la fête ? Elle veut m'dire quoi ? se demanda-t-il, une boule d'anxiété au ventre. *En plus, elle est encore jamais venue chez moi… Bordel ! 'Faut que j'range ma chambre, c'est un carnage…*

La sonnette retentit, et Stéphan ouvrit précipitamment la porte. Cela faisait cinq minutes qu'il surveillait l'entrée, guettant l'arrivée de Lisa.

« Salut ! lança-t-il.

– Ah, t'es prêt ! répondit-elle, enjouée. J'avais peur que tu sois encore sous la douche.
– Heu… Nan… J'savais pas quoi mettre, alors j'ai galéré un peu… Heureusement, ma mère m'a filé un coup d'main, elle s'y connaît mieux que moi pour ces trucs-là. »

Lisa esquissa un sourire, amusée par l'attitude légèrement maladroite de Stéphan quand il s'agissait de son apparence. Elle devina aisément qu'il cherchait à lire dans ses yeux une approbation, espérant secrètement qu'elle aime sa tenue.

« Tes vêtements sont classes ! finit-elle par dire. Tu vois qu'il n'y a pas que les joggings qui te vont !
– Merci… Mais vas-y entre, reste pas devant la porte. »

Au même moment, sa mère passa dans le couloir.

« Bonjour, madame Sentana ! dit Lisa de vive voix.
– Bonjour, Lisa. Tu es magnifique ! » complimenta sa mère.

La jeune fille portait une robe mauve doublée d'un voile transparent.

« Merci beaucoup ! » s'exclama l'adolescente.

Ses yeux brillaient de satisfaction. Stéphan fut vexé d'avoir été devancé par sa mère dans la course aux compliments. Il ajouta alors d'un ton hésitant qu'il partageait le même avis et qu'elle aussi portait mieux les robes que les joggings d'entraînement. Lisa fut amusée par sa répartie.

« Tu veux faire quoi en attendant Antoine ? demanda le garçon.
– Je sais pas, comme tu veux…
– On monte, j'vais te montrer ma chambre.
– OK, je te suis ! » acquiesça-t-elle.

Ils montèrent à l'étage et Stéphan lui ouvrit la porte.

« Ça va, pour une chambre de mec, elle est plutôt bien rangée, complimenta Lisa. C'est plutôt rare…
– Heu… Oui… Bah moi, j'la range souvent, j'aime pas l'désordre… »

Comme une visiteuse découvrant un musée, son regard curieux parcourut chaque recoin de la chambre, s'attardant sur les détails insignifiants mais révélateurs. Ses investigations s'arrêtèrent finalement sur une petite bibliothèque murale.

« T'as une tonne de livres ! remarqua-t-elle. Tu les as tous lus ?

– Bien sûr ! Et encore, ils sont pas tous là, certains sont dans la bibliothèque du salon…

– C'est là qu'on voit que t'es un mordu d'arts martiaux ; y'a que ça !

– Ouais, enfin, ils sont presque tous de Bruce Lee. Mais j'te l'ai déjà dit j'crois, j'apprends surtout avec les livres.

– C'est vrai. Tu pourrais m'en prêter un ?

– Ouais, avec plaisir. 'Faudra juste que tu fasses attention…

– Je m'en sers parfois comme sous-tasses, c'est pas un problème ? » répliqua-t-elle avec un sourire espiègle.

Elle poursuivit l'exploration de la chambre et découvrit de nombreux posters sur les murs. La plupart concernaient les arts martiaux, mais d'autres montraient aussi des paysages des quatre coins du monde. Face à la fenêtre, elle tomba sur un télescope pointé en direction du ciel.

« Je savais pas que tu avais ce genre de matériel, dit-elle en l'admirant de plus près.

– Ce sont mes grands-parents qui me l'ont offert pour mon anniversaire. J'le sors en été quand il fait beau !

– Ah, c'est super ! s'exclama Lisa. Tu pourras me montrer un jour ?

– Promis, la prochaine fois, je t'appelle.

– Enfin… Sauf quand il s'agira de mater la voisine… » répliqua-t-elle.

Stéphan remarqua que Lisa, visiblement de bonne humeur, avait ce talent pour parsemer chaque moment de touches d'humour. Installée sur la chaise près du bureau, elle lui demanda si, cette fois, Eddy s'était enfin manifesté ou s'il continuait à jouer les absents.

« Nan ! rétorqua Stéphan, sèchement. Il l'a pas fait ! Il préfère sûrement s'amuser avec ses nouveaux potes de son centre de rééducation !

– Mais pourquoi tu dis ça ? demanda Lisa, surprise. Tu m'as toujours maintenu que c'était ton meilleur ami, et d'un coup, tu commences à avoir des doutes ?

– Ouais, j'ai vu clair dans toute cette histoire. J'ai beaucoup réfléchi et j'me suis rendu compte que t'avais raison.

– Merci, mais… hésita l'adolescente, t'en as parlé avec Eddy ?

Et il a répondu quoi ? »

Un léger silence s'installa.

« Nan, je lui ai pas encore dit, il sait rien…

— Tu lui as pas dit ? Mais il faut quand même que tu saches ce qu'il a à dire, peut-être que je me trompe !

— Ah bordel ! 'Faut savoir c'que tu veux ! C'est un faux-cul ou pas ?

— Stéphan, tu peux parler autrement quand tu t'adresses à moi ? »

L'adolescent sembla d'un coup réaliser son langage et s'en excusa. Lisa poursuivit alors :

« J'ai pas changé d'avis, je pense qu'il y a quelque chose qui va pas dans toute cette histoire, mais tu devrais quand même lui parler pour savoir ce qu'il en est, peut-être qu'il se justifiera.

— Nan, j'veux plus lui parler ! J'te l'ai dit, je l'ai découvert, t'avais raison… Toutes ces histoires de Président, cette envie de se montrer, ses secrets… J'en peux plus, moi ! J'me voilais la face, je pense, parce qu'au fond, ça m'a toujours dérangé…

— Oui, mais je veux quand même que tu discutes avec lui ! Fais ça pour moi. Il y a toujours une infime chance pour qu'on se trompe. Au moins, tu auras fait les choses bien, et tu n'auras rien à te reprocher. On tire pas un trait sur plus de dix ans d'amitié comme ça… »

Il hésita longuement avant de lui faire part de sa décision.

« Bon, si tu m'le demandes comme ça, j'veux bien aller m'expliquer avec lui. Mais qu'il fasse une seule erreur, un seul faux pas, et j'te jure que j'lui parlerai plus jamais ! »

Le sujet était encore trop brûlant pour qu'il puisse l'aborder avec sérénité. Stéphan s'assit sur son lit, ses mains glissant nerveusement sur ses cuisses, comme pour chasser une tension qu'il ne parvenait pas à évacuer. De son côté, Lisa comprit qu'il préférait clore le sujet et respecta son silence. Elle observa de nouveau la chambre, laissant ses yeux errer sur les nombreux objets d'entraînement d'arts martiaux. Sur le mur situé près du lit, il y avait un grand poster représentant un yin-yang entouré de deux flèches et de quelques idéogrammes chinois. Au-dessus, il y était écrit « Philosophie du Jeet Kune Do ». Elle ne put s'empêcher de sourire, trouvant que cela résumait bien Stéphan, un mélange d'ordre et de tempête.

« Au fait, fit Stéphan en brisant le silence, tu m'avais pas dit au téléphone que tu voulais m'dire quelque chose ?

— Ah si ! C'est vrai, répondit la fille en faisant mine de jouer avec son élastique qu'elle avait habituellement dans les cheveux. Heureusement que tu me le rappelles. Je voulais te dire que depuis quelque temps… Enfin… On commence à bien se connaître, et je t'apprécie vraiment beaucoup…

— Heu… Merci… Moi aussi, t'es quelqu'un de… »

À ce moment-là, la sonnerie de la porte d'entrée retentit. Stéphan, légèrement agacé par cette interruption, s'excusa et se leva pour aller ouvrir. C'était Antoine qui avait pris un peu d'avance afin de ne pas arriver en retard à la fête.

« Vas-y, entre… lui dit Stéphan, surpris de le voir si tôt. Lisa est déjà en haut dans ma chambre. Enlève tes chaussures et monte… »

Antoine s'exécuta avant de les rejoindre.

« J'vous dérange pas au moins ? demanda le jeune homme.

— Mais nan, tu nous déranges jamais, on faisait que discuter… »

Au palier, Stéphan lui indiqua la porte à emprunter.

« Salut Lisa ! » lança Antoine au moment d'entrer dans la pièce.

Celle-ci lui renvoya son salut d'un léger mouvement de tête, presque imperceptible.

« On peut y aller quand vous voulez !

— On y arrivera un peu avant l'heure, mais pourquoi pas tout d'suite ? proposa Stéphan.

— OK, on fait comme ça ! » conclut la jeune femme, tentant de reprendre son entrain habituel.

Elle se leva, prit son sac, puis d'un bref signe de la tête, invita les garçons à la suivre.

Les trois jeunes gens s'y rendirent à pied, la fête se tenait à quelques rues seulement. Autour d'eux, la nuit étendait son manteau noir, où les étoiles, tels des éclats de verre, luisaient faiblement.

Arrivés à la porte de la maison, Antoine frappa et une jeune fille, qui ne laissa pas le jeune homme indifférent, ouvrit. Elle les invita à entrer et à se débarrasser de leur manteau et de leurs sacs. Ils avaient apporté quelques boissons qu'ils déposèrent sur la table de la cuisine.

De nombreux supporters de Stéphan étaient présents et l'accueillirent en chef. Une piste de danse spacieuse s'étendait devant eux, animée par des rythmes rock'n'roll. Des spots de lumières colorés illuminaient la pièce, créant une atmosphère électrique. Les danseurs se montraient déjà en spectacle, certains avaient un sens inouï du rythme.

Mais j'sais pas danser ! pensa Stéphan, en s'écartant machinalement de la piste. *J'espère qu'ils vont pas m'obliger sinon, ça va être la honte de ma vie !*

Quelqu'un vint à sa rencontre :

« Salut, mec ! Ça va ? »

Stéphan connaissait le jeune homme, il s'était surpris à discuter avec lui lors d'une séance de cinéma.

« Child ? C'est ça ? demanda-t-il. Qu'est-ce que tu fais ici ?

– C'est plutôt à moi de t'poser cette question, c'est la première fois que j'te vois à une fête. Qu'est-ce qui t'amène aujourd'hui ?

– C'est Lisa et Antoine qui m'ont invité. Ils ont beaucoup insisté, donc, me voilà !

– Ah OK ! Tu sais danser ? »

La conversation avec ce garçon lui paraissait naturelle, pourtant, il ne pouvait s'empêcher de penser que Child lui demanderait un service.

« Nan, pas du tout. Quand j'danse, on dirait un robot, j'suis complètement raide.

– Ah ah ! Mais nan, c'est pas très compliqué de danser, il suffit de bouger au rythme de la musique. Tu fais des arts martiaux, nan ? Alors t'as zéro excuse ! »

La discussion fut interrompue par l'arrivée des deux compagnons de Stéphan.

« Ça y est, t'as déjà sympathisé avec quelqu'un ? » demanda Lisa.

D'après le sourire amical qu'elle adressa à Child, Stéphan se fit la remarque qu'elle devait tout ignorer de ses accointances avec la bande de Mike.

« Il est venu m'voir et on a discuté un peu… » expliqua-t-il, gardant certains détails pour lui.

La musique changea et, dès les premières notes, les yeux de Lisa s'illuminèrent, trahissant son enthousiasme.

« J'adore cette chanson, venez danser ! » lança-t-elle, haussant la voix pour couvrir le son de la musique.

En marchant au rythme des percussions, Antoine et l'autre garçon la rejoignirent sur la piste. Stéphan, lui, resta figé, songeant au comportement étrange de ce Child. Pourquoi était-il venu lui parler ? Quel jeu jouait-il exactement ?

« Pourquoi tu viens pas ? lui demanda Lisa.

– C'est que… Heu… À vrai dire, je sais absolument pas danser.

– Mais ça, c'est pas grave du tout ! Regarde autour de toi, y'en a plein qui dansent comme des pieds, et pourtant ils s'en fichent. On est là pour s'éclater, pas pour un concours du meilleur danseur. »

Stéphan hésita un instant, mais l'enthousiasme de Lisa finit par le convaincre.

« Allez, viens ! » ordonna-t-elle tout en le tirant vers la piste.

Il se laissa emporter, tentant maladroitement de coordonner ses mouvements avec la musique. Ses pas étaient hésitants, mais il sentit peu à peu l'excitation monter en lui. Lisa l'encourageait, et il se surprit à se laisser aller, se libérant de ses inhibitions. Il sentit ressurgir en lui quelque chose qu'il n'avait pas ressenti depuis longtemps : le plaisir d'être avec des amis à une fête, sans complexes ni conflits intérieurs. Il en éprouva même du plaisir. La chanson se termina, Lisa et sa bande se reposèrent un moment.

« Tu sais que tu ne danses pas si mal que ça, pour une première fois ! complimenta-t-elle.

– Mais nan, dis pas n'importe quoi, répondit-il, timidement. T'as bien vu qu'j'étais pas du tout dans le rythme… »

La jeune femme leva les yeux au ciel avec un sourire. Alors que la fête battait son plein, les invités se dirigeaient en masse vers le buffet. Stéphan, observant la scène à distance, plissa les yeux. Il n'était pas un grand fan de ces festins bruyants, pleins de gens qui se goinfraient et parlaient à voix haute. Mais Lisa, fidèle à elle-même, le tira par le bras.

« Viens, c'est l'heure de tester les délices du chef ! lança-t-elle, ses yeux brillants de malice.
– T'es sérieuse ? répondit-il, un peu réticent. C'est juste un tas de bouffe industrielle, avec des trucs gras et sucrés... Je vais devenir un sumo, à cause de toi !
– Quoi, tu veux dire que tu vas rester là en mode athlète et passer à côté de la meilleure partie de la soirée ? »

Stéphan hésita. Lisa s'approcha du buffet, et, tout en lançant un regard complice, elle attrapa une petite assiette.

« T'inquiète, t'as juste à goûter, juste un petit morceau. On ne parle pas non plus de transgresser ta philosophie de vie, juste de tester un truc... »

Elle s'empara d'un petit gâteau au chocolat, le tendit à Stéphan avec un air innocent.

« C'est quoi cette technique, là ? » demanda-t-il en la fixant, totalement déconcerté.

Elle fit un sourire espiègle, haussant les épaules comme si elle n'avait aucune idée de ce qui allait suivre.

« C'est la méthode de la *tentation contrôlée*. Tu goûtes un peu, et tu pourras dire que t'as résisté pour la suite. »

Stéphan roula des yeux, mais il ne put s'empêcher de sourire.

« Tu sais que je déteste quand tu me fais ça ?
– Alors... tu vas goûter, oui ou non ? » répliqua Lisa, imperturbable.

Il soupira, résigné.

« Bon, OK. Mais juste un petit morceau, hein, pas une orgie de bouffe. »

Il prit l'assiette et croqua un petit bout du gâteau. En deux secondes, son visage s'éclaira.

« OK, j'avoue, c'est pas mal... Mais c'est tout !
– Ah, mais tu vois, je savais que tu serais un converti !
– T'as l'air bien fière de toi, là... répondit-il en se léchant discrètement les lèvres. Mais tu sais, madame la Présidente des élèves, je suis toujours contre les excès.
– Et moi, monsieur le Champion d'arts martiaux, je suis contre la rigidité, alors on va s'en sortir ! »

La fête se poursuivit agréablement bien, Stéphan et Lisa s'amusèrent comme des fous. Il était presque minuit et le buffet se vidait rapidement tandis que la piste de danse s'emplissait de plus en plus. Lorsqu'un slow commença à résonner dans la pièce, chacun se dépêcha de trouver sa partenaire. Lisa courut immédiatement en direction de Stéphan :

« Viens, c'est un slow, on va danser ensemble ! proposa-t-elle avec engouement.

– Ah, mais heu… Déjà que j'danse mal, mais les slows c'est… c'est catastrophique ! » répondit Stéphan, le ton intimidé.

L'adolescente, une moue de déception traversant son visage, hocha la tête et se mit en retrait. Quand il aperçut cela, Antoine vint le voir pour lui demander pourquoi il avait refusé son offre, sachant qu'il n'attendait que ça.

« Mais j'sais pas danser, j'vous l'ai déjà dit cinquante fois, rétorqua ce dernier.

– T'es vraiment naze ! Lisa t'invite à danser et toi, tu la recales ! Tu l'aimes bien cette fille, nan ?

– Ouais, je l'aime bien, mais…

– Eh ben, vas-y alors ! coupa Antoine, qu'est-ce que t'attends ? Qu'on t'la pique ? Et puis dire *je sais pas danser*, c'est pas une excuse… C'est pas pour tes talents de danseur qu'elle veut partager cette danse avec toi. Allez, rate pas ta chance, fonce ! »

Soudain, galvanisé par les mots d'Antoine, Stéphan prit son courage à deux mains :

« T'as raison, j'ai été bête… J'vais y aller ! »

Il se dirigea vers Lisa pour lui proposer à son tour de partager la danse, celle-ci accepta avec un sourire radieux.

« Excuse-moi d'avoir refusé tout à l'heure, j'suis un peu…

– C'est pas grave, t'inquiète ! interrompit-elle. Tu n'as pas à t'excuser… »

Ils se laissèrent emporter par la musique. Stéphan sentit un frisson le traverser en voyant Lisa si proche de lui. Quand elle posa sa tête sur son épaule, un calme inattendu l'envahit.

Alors que la musique se calmait, Stéphan s'éloigna de la piste de danse, cherchant un coin tranquille. La chaleur de la pièce et l'intensité de la danse l'avaient légèrement épuisé. Lisa, de son côté, se faufila vers le buffet avec Zoé et Margaux, animées par de nouvelles discussions.

Stéphan s'assit près de Child, intrigué par son attitude soudainement amicale.

« Alors, comment tu trouves la fête ? lança le garçon quand il vit arriver le champion d'arts martiaux.

– Ça va, l'ambiance est sympa ! »

Child sembla réfléchir un instant avant de poser une question plus personnelle :

« Vous avez l'air assez proches, Lisa et toi ?

– Ouais, on l'est devenu en très peu de temps. Mais tu devrais l'savoir, Mike doit la surveiller de près…

– Pourquoi tu m'parles toujours de lui ? Hein ?

– Bah, t'es bien son pote, nan ?

– Ouais, juste un pote ! Mais j'en ai des tas d'autres aussi ! En plus, ça fait un bail que j'l'ai pas vu… »

Le garçon sembla sincère ; ses paroles exprimant une pointe de lassitude vis-à-vis du sujet.

« Vous vous êtes embrouillés ? poursuivit Stéphan, curieux.

– Nan, c'est juste que ses histoires à la con, ses embrouilles, et tout… Au bout d'un moment, ça saoule !

– Bon, bah ça fait au moins un mec de raisonnable dans sa bande ! »

Child donna une tape complice dans le dos de Stéphan, il appréciait son humour.

« Et l'autre gars avec toi, là, c'est qui ? demanda-t-il.

– Antoine, il m'a présenté Lisa et les autres. C'est lui qui a rameuté tout le monde pour me soutenir au tournoi. C'est un vrai pote, lui !

– Ah ouais, j'savais pas ! On m'a dit que ton tournoi c'était un truc de malade, j'aurais bien voulu être là !

– T'inquiète, y'en aura d'autres des compètes. Tu pourras venir à la prochaine ! »

Un léger silence s'en suivit, Child sortit un paquet de cigarettes et le tendit vers Stéphan.

« T'en veux une ? proposa-t-il.

– Nan merci, j'fume pas…

– Ah bon ! Et ça t'arrive de boire un peu pendant les fêtes ? demanda-t-il.

– Non plus… » répondit Stéphan, se sentant coupable de ne

pas être en phase avec l'atmosphère festive des jeunes de son âge.

Child marqua une pause, observant Stéphan d'un air intrigué, avant de relancer :

« Eh, t'sais, c'est pas la fin du monde si tu veux pas fumer ou boire. Mais, t'as déjà essayé ?

– Nan, c'est pas bon pour la santé…

– C'est ça qui t'bloque ? Une fois de temps en temps, ça tue personne, c'est comme tout…

– Ouais, j'sais bien, mais ça m'a jamais tenté. J'préfère rester loin de tout ça…

– Des fois, 'faut juste lâcher prise, tu vois. Oublier un peu tout ce qui te prend la tête. T'as jamais eu envie de t'évader, juste pour un moment ?

– Si, ça m'est arrivé… Souvent, même ! Mais qu'est-ce que tu veux dire… ? » demanda Stéphan, intrigué par le sous-entendu.

Un sourire s'esquissa sur les lèvres de Child, comme s'il était sur le point de partager un secret.

« Viens avec moi ! » dit-il, l'entraînant discrètement à l'extérieur, vers un coin plus isolé de la terrasse où ils se posèrent sur une banquette de jardin.

Dans cet endroit plus sombre, Child mit une main dans sa poche et en ressortit quelque chose. Stéphan regarda, surpris :

« C'est… un joint ? demanda-t-il, un peu déstabilisé.

– Ouais. T'es choqué ou quoi ?

– C'est que… c'est la première fois qu'j'en vois un…

– Tu veux fumer ? »

Stéphan hésita un instant, laissant ses pensées s'entrechoquer dans sa tête. D'habitude, il évitait ce genre de truc, il aimait faire les choses à sa manière, sans céder aux pressions.

« Nan, tu sais, c'est pas mon genre de truc ça…

– C'est pas grave, j'espère que ça t'dérange pas si j'fume devant toi…

– Bah, je sais c'que je pense de tout ça… soupira Stéphan.

– T'as surtout l'air borné sur certaines choses…

– Peut-être, t'as sans doute raison… Mais ça fait pas d'mal de l'être un peu, nan ?

– Tu veux que j'te raconte une histoire ? lança d'un coup Child.

– Quoi ? Pourquoi tu veux m'raconter une histoire ?

– Attends, j'vais t'la raconter et tu vas comprendre, expliqua le jeune homme. C'est l'histoire d'un mec, il est jeune. Il voulait tout réussir dans sa vie. Genre, quand il faisait un truc, il s'donnait à fond. Il bossait grave à l'école, et même le soir chez lui. Il calculait pas trop ses potes, persuadé que sacrifier un peu maintenant, ça l'amènerait à un avenir de ouf, avec un bon taf et plein d'oseille…

– J'vois pas où tu veux en venir… coupa Stéphan. Si tu veux faire une comparaison avec moi…

– Attends, j'y viens ! Ce gars-là, il voulait des potes, mais plus tard, genre quand il serait adulte. Il s'était mis dans la tête que sacrifier sa jeunesse, c'était la clé pour avoir tout plus tard : l'argent, les amis, une femme, tout le package. Du coup, il bossait comme un dingue et évitait tout c'qui lui ferait perdre son temps : s'amuser, jouer, délirer, ou même fumer et boire juste pour passer un bon moment. Et un jour, alors qu'il se baladait tranquille dans la rue, une bagnole a dérapé, l'a percuté de plein fouet, et… bam, il est mort. Child marqua une pause avant de demander, un sourire en coin : Maintenant, tu peux m'dire où elle est, la morale, dans cette histoire ?

– C'est vrai que j'sais pas quoi dire… avoua Stéphan. Même si la morale de ton histoire est un peu tirée par les cheveux…

– Ouais, j'vois c'que tu veux dire ! Mais bon, on pense toujours que ça arrive qu'aux autres… jusqu'au jour où on est les autres ! »

Stéphan fuit le regard, comme pour ne pas laisser transparaître la tornade d'émotions qui grondait en lui. La proposition de Child l'avait pris de court. Il avait toujours su que la mort de Jack avait provoqué chez lui une rigidité d'esprit qui l'avait emmené très loin dans les arts martiaux, bien que cela s'était aussi fait au prix de beaucoup de sacrifices. Une douleur sombre remontait parfois à la surface. Quelque chose dont il ne pouvait en décrire les origines exactes. Et dans ces moments-là, une idée le traversait : *être comme tout le monde*…

Child lui tendit de nouveau le joint :

« Tu fais c'que tu veux, mec, c'est toi qui gères. Si t'as envie de t'évader un peu de ton monde, fais-le, ça regarde que toi. Moi, j'te jugerai pas. Mais souviens-toi d'un truc : on n'a qu'une vie, alors autant pas passer à côté… »

Ces paroles résonnaient dans l'esprit de Stéphan, faisant naître en lui une prise de conscience. Il savait qu'il ne pourrait pas juger sans avoir essayé, mais il savait aussi que c'était là une décision importante, qui touchait à sa propre identité, et à ses valeurs profondes.

« Alors ? Ça te tente ? » insista le garçon.

Son cœur battant à tout rompre, Stéphan resta indécis. Ce n'était pas son genre, il le savait, mais une curiosité sournoise mêlée à une appréhension pesante s'insinuait en lui. Il repensa à tout ce qu'il venait d'entendre : *prendre les risques de ne pas s'éclater pour un avenir meilleur, ou bien vivre Au jour le jour ?*

Puis, d'un coup, il se lança. Il prit le joint dans ses doigts tremblants et tira une bouffée, sentant immédiatement la fumée chatouiller sa gorge. Il crachota, mais, à part ça, rien ne se passa.

« Vas-y, hésite pas, tu peux y aller ! » l'encouragea Child.

Stéphan tira une seconde fois, une légère grimace sur le visage. Au départ, une brûlure désagréable l'envahit, mais rapidement, un étrange apaisement s'installa, comme si un poids invisible s'éloignait de lui. Ses pensées, habituellement rigides, s'effritèrent, laissant place à une légèreté presque irréelle. Une nouvelle bouffée, plus profonde cette fois, et il sentit la fumée embrumer son esprit, diluant ses doutes et ses angoisses. Autour de lui, les bruits de la fête devenaient flous, presque mélodieux, tandis qu'il se sentait emporté dans une danse enivrante avec le temps.

Il comprit alors une chose sur lui-même : des douleurs de la racine s'était développée la colère, et de la colère avait poussé l'envie d'être le numéro un.

Plus tard dans la soirée, les invités commencèrent à ranger leurs affaires et l'intensité de la musique faiblissait doucement. Des groupes d'amis se quittèrent après de longues accolades ; ils n'avaient pas assisté à une telle fête depuis quelques années. Stéphan était plongé dans ses pensées, encore sous l'influence des émotions contrastées de la soirée. Il se remémora la dernière fois où il avait dansé avec autant de passion, un souvenir lointain de son enfance.

L'heure passa sans qu'il s'en rendît compte. Certains garçons, impressionnés par ses capacités physiques, lui réclamèrent quelques démonstrations. Comme ils se montraient insistants, Stéphan rétorqua qu'il pouvait leur montrer autre chose. Il dégagea la piste de danse puis effectua un saut périlleux arrière sous le regard admiratif des convives. Il n'avait jamais été du genre à se montrer en spectacle, et il ne savait pas si c'était les effets du hasch, toutefois, à cet instant-là, il apprécia ce moment. Dans une salve d'applaudissements, les fêtards lui en demandèrent davantage. Le jeune homme fut sauvé par Lisa qui vint l'interrompre pour lui demander de la raccompagner. Quand Stéphan enfila sa veste, Antoine le remercia d'être venu, sa présence lui avait fait grandement plaisir. Il finit par lui glisser quelques mots à l'oreille, Stéphan sourit en lui répondant qu'il n'avait pas de souci à se faire. Alors qu'il était sur le départ, son regard croisa celui de Child. Un salut silencieux s'échangea entre eux, une reconnaissance tacite de leur moment partagé. Ce soir, ses idées étaient trop confuses pour penser à tout ça : les intentions de Child, de ses amis, d'Eddy… Il préféra se concentrer sur le présent, sur ce qui l'attendait dans l'immédiat.

Sous les lumières qui éclairaient les rues nocturnes, sous le ciel noir parsemé d'étoiles, il contempla Lisa marchant à ses côtés. Une douce sérénité l'enveloppait, quelque chose avait changé, il ne savait pas quoi, mais il en avait la conviction. Il était plus calme, plus heureux. Ce n'était plus de l'intimidation qu'il éprouvait face à elle, mais juste de l'admiration. Le monde n'était plus celui qu'il connaissait, les regards étaient différents.

Stéphan se mit à parler, laissant ses pensées s'échapper librement, ravi de voir les yeux de Lisa s'illuminer au son de ses paroles. Ils en profitèrent pour faire un petit détour par le parc, Lisa avait promis à ses parents de rentrer avant trois heures du matin, pourtant, à cet instant-là, elle s'en souciait peu. Ça n'avait plus d'importance. Même l'obscurité de la nuit ne remettait pas en doute son envie d'être là, avec Stéphan.

Les deux adolescents se posèrent sur un banc, il était impossible de voir à plus de deux mètres et cela leur offrit une certaine intimité. Elle se sentait en sécurité, comme si son quotidien de Présidente des élèves lui semblait loin, presque comme une autre vie.

Stéphan, confiant, se rapprocha d'elle, leur chaleur mutuelle créant un cocon intime dans le froid ambiant. Ils échangèrent des confidences, des rires, et, presque sans s'en apercevoir, leurs mains s'entrelacèrent. Lorsque le silence s'installa, leurs regards se croisèrent et semblèrent se parler sans un mot. Alors, le garçon s'approcha davantage d'elle, laissant ses pensées se dissoudre dans l'instant présent. Puis, sans qu'il s'en rende vraiment compte, il était en train de l'embrasser.

Partie 3 : 1991

L'Enfer, c'est les autres

Sartre

16

Retour

20 février 1991

Il ouvrit la porte avec une urgence presque enfantine, le cœur battant à l'idée de retrouver cet endroit qu'il n'avait pas foulé depuis trois mois. À l'intérieur, tout semblait figé dans le temps, chaque objet, chaque odeur lui rappelant une époque à la fois proche et lointaine. Pourtant, cette constance lui paraissait étrangère, comme si la maison avait continué à vivre sans lui.

« Va poser tes affaires dans ta chambre, suggéra sa mère. Si tu veux, je peux t'aider.

– Nan, t'inquiète, j'me débrouille ! répondit Eddy en attrapant son sac d'un geste assuré. J'suis à nouveau sur pied, t'as plus à t'inquiéter. Après, j'vais sortir voir les potes, faut qu'j'prenne des nouvelles ! »

Sans attendre de réponse, il grimpa les escaliers à toute vitesse, porté par une énergie qu'il avait crue perdue. En haut, il s'arrêta net devant sa chambre. Il poussa lentement la porte, laissant son regard balayer la pièce. Rien n'avait bougé. Pourtant, tout lui semblait différent.

Enfin... souffla-t-il en silence. *Après toutes ces galères, j'suis de retour. Mon chez-moi...*

Il frappa énergiquement à la porte, puis, impatient, il refrappa une seconde fois. Personne ne répondit. Eddy patienta quelques secondes, scrutant la maison, persuadé d'avoir entendu des voix à l'intérieur. Déçu, il rebroussa chemin. Quand celui-ci arriva à la hauteur du portail du petit jardin, la mère de Stéphan ouvrit la porte :

« Ah c'est toi, Eddy ! Alors, t'es rétabli ? Ça fait plaisir ! »

Elle avait le teint pâle.

« Ouais, j'suis complètement guéri, merci ! Stéphan est là, s'il vous plaît ?

– Heu... Non, il n'est pas là... répondit-elle.

– Ah ! Mais vous savez peut-être où il est ?

– Non, je ne sais pas, il est sorti avec des amis, je crois…

– Bon, et bah tant pis alors, répondit Eddy, attristé. Vous pourrez lui dire que je suis passé ? »

La femme acquiesça d'un signe de la tête.

« Merci, au revoir !

– Au revoir, Ed´… »

Il décida finalement de rentrer chez lui. Là, il téléphonerait à quelques connaissances qu'il n'avait pas encore retrouvées.

C'est bizarre qu'il soit pas là… J'lui avais pourtant dit que je rentrerais le 20 février, il a pas pu oublier !

De retour chez lui, sa mère lui tendit un bout de papier où étaient inscrits un numéro et un nom :

« Quelqu'un t'a appelé pendant que tu étais sorti, il avait déjà essayé de te contacter il y a un mois. Je lui ai dit que tu le rappellerais quand tu serais de retour, l'informa-t-elle.

– Merci. »

Eddy prit le papier et lut le nom : « Jason »

Qui c'est ça, Jason ? Il regarda le numéro, mais cela ne lui évoqua rien en particulier.

Jason… ?

Le garçon saisit le téléphone et composa le numéro. À la troisième sonnerie, une voix avec un léger accent asiatique décrocha :

« Allô ?

– Bonjour, je suis Eddy, on m'a laissé un message disant que vous avez essayé de me joindre plusieurs fois.

– Ah, c'est vous ! Ça fait un moment que j'attends votre appel. Votre mère m'a raconté votre accident et m'a prévenu que vous seriez de retour aujourd'hui. J'ai donc pris l'initiative d'appeler.

– Ah, je vois… Désolé, mais… je ne sais pas qui vous êtes, avoua Eddy, un peu perplexe.

– Je suis Jason Wuang, on s'était rencontré lors du grand championnat de 89.

– Ah oui, ça me revient maintenant ! Comment allez-vous depuis tout ce temps ?

– Pas mal, merci. Enfin, sauf que je viens de perdre une nouvelle fois en finale… et cette fois contre votre ami Stéphan ! Vous devez être au courant, non ?

– Ouais, ma mère m'a tout raconté, répondit Eddy, mais j'ai pas encore eu l'occasion d'en parler avec lui…

– Vous savez, il a énormément progressé… C'est fou !

– Ça, j'en doute pas. Stéphan est devenu un expert, il a sûrement dépassé mon niveau maintenant…

– À l'époque, en 89, je l'avais battu sans trop de mal. Mais cette année, c'est lui qui m'a éliminé. J'ai réfléchi à comment il avait pu progresser autant, et tout me ramène à vous. Vous êtes celui qui l'a entraîné, pas vrai ?

– Peut-être, ouais… Mais pourquoi vous me dites tout ça ? » demanda Eddy, intrigué par la direction que prenait la conversation.

Jason hésita une seconde avant de lâcher :

« J'aimerais m'entraîner avec vous. »

Le garçon ne s'attendait pas à une telle proposition, mais il sentit une étincelle d'enthousiasme s'allumer en lui.

« Sérieux ? Bah… pourquoi pas ! Ça pourrait être cool, en vrai. Vous êtes super doué, ça me ferait progresser aussi.

– Pas autant que vous, j'vous rappelle que vous m'avez déjà éliminé, rétorqua Jason avec une pointe d'ironie. Mais… et Stéphan ? Ça risque pas de poser problème pour lui ?

– Nan, j'crois pas. Et puis, si ça l'intéresse, il peut venir aussi.

– Oui, j'imagine bien, mais il a l'air plus… réservé que vous, répondit Jason avec une certaine hésitation dans la voix.

– Ouais, peut-être, mais ça ira, j'vous l'assure ! répliqua Eddy, avec un ton qui savait mettre en confiance.

– Bon, eh bien, on fait comme ça, alors ! On doit juste fixer une date et un lieu.

– Vous habitez où ? demanda Eddy.

– Près de Paris.

– Ah, ouais… Ça fait un peu loin ! Je suis sur Méthée, moi !

– Je sais. J'ai vu ça sur les listes du championnat. Mais ça tombe bien, j'ai un oncle à Méthée. J'comptais justement lui rendre visite la semaine prochaine.

– Ah, super ! Bah, on fait comme ça ?

– OK, je vous rappellerai dès que je serai sur place ! »

Elle jeta un œil discret par la fenêtre et inspecta les lieux :

« Je crois qu'il est tombé dans le panneau, annonça Lisa à Stéphan.

— T'es sûre ? demanda ce dernier.

— Mais oui, je te dis ! Il est rentré chez lui y'a cinq bonnes minutes, et depuis, il est pas ressorti. »

Lisa s'éloigna de la fenêtre et vint s'asseoir à côté de Stéphan. Celui-ci passa son bras autour du cou de sa petite amie.

Depuis la soirée, ils s'étaient vus tous les jours sans exception et avaient déjà partagé un repas avec les parents de Stéphan. Le lendemain de la fête, Lisa avait prétexté à Zoé et Margaux qu'elle ne se sentait pas bien pour annuler leur rendez-vous et rester avec son petit-copain.

« Stéph', pourquoi tu veux plus lui parler ? » demanda Antoine, intrigué par la situation.

Il n'avait pas été tenu au courant par Stéphan de sa décision ; ce dernier préférait rester discret sur ce sujet. Dans sa chambre, il avait invité ses amis ainsi que Child. Au cours de la matinée, il était tombé sur lui en se baladant dans la galerie marchande des Ulysses et, de fil en aiguille, le garçon avait naturellement rejoint le groupe.

« C'est pas que j'veux plus lui parler, mais j'veux plus jamais entendre parler de ce traître. Je n'aime pas les faux-culs !

— Hein ? Quoi ? s'étonna Antoine, qui tomba de haut. Mais, attends, pendant le tournoi, tu disais qu'il était ton meilleur pote depuis toujours !

— Oui, mais derrière, tout n'était pas aussi simple, coupa Lisa. Tu sais ce que les gens disent sur lui…

— Ah bon, et il a fait quoi, Eddy ? Moi, je l'avais vu y'a quatre ou cinq mois, et il avait l'air plutôt cool…

— C'est parce qu'il cache bien son jeu, répliqua Stéphan, avec fermeté. En face, il fait genre cool, il veut qu'tout le monde l'aime, mais moi, j'ai vu l'envers du décor, il a pu se montrer très dur avec moi. Et sérieux, Antoine, on en a déjà parlé ! T'te rappelles, quand il était Président des élèves ? Il a rien foutu, rien ! Tout c'qui comptait pour lui, c'était d'être populaire. Et maintenant, regarde l'lycée, c'est le bordel total, et c'est à cause de lui !

— Tu vas un peu loin, là, tempéra Lisa. Avant qu'il arrive, le lycée était déjà mal en point, il n'a fait que fermer les yeux. Ce n'est pas que sur les épaules du Président des élèves que repose la sécurité. Mais tu te souviens de la promesse que tu m'as faite ? »

Stéphan détourna le regard, comme pour fuir les souvenirs qui refaisaient surface : des éclats de rire partagés, mais aussi des paroles acerbes qu'il n'avait jamais oubliées. Il laissa échapper un soupir, avant de lancer un regard furtif vers Lisa, un mélange de résignation et de fragilité dans les yeux.

« C'est quoi cette promesse ? » reprit Antoine.

Cette histoire éveillait en lui une curiosité teintée de méfiance. Child, quant à lui, se retranchait dans le silence, conscient que Lisa et Antoine semblaient ignorer tout de ses anciennes connexions avec les Guerriers Fous, un chapitre qu'il préférait garder enfoui.

« Il doit aller parler à Eddy pour lui donner une chance de se justifier, répondit Lisa.

– Parce qu'il sait rien de tout ça ?

– Nan, il sait pas…

– Là, par contre, je suis d'accord avec Lisa, tu devrais quand même lui en parler, conseilla à son tour Antoine.

– Si j'ai envie que Stéphan parle à Eddy, c'est parce qu'il y a toujours une chance pour qu'on se trompe, argumenta la fille. Mais en ce qui me concerne, je pense qu'il y a anguille sous roche…

– Mais bien sûr, c'est un traître ! Après c'qu'il a fait… soupira Stéphan, les nerfs à vif.

– Ouais, mais qu'est-ce qu'il a fait, concrètement ? insista Antoine.

– Tu veux que j'te dise c'qu'il a fait ? répondit-il en levant la voix. Eh bien, il se foutait d'ma gueule, voilà ! Il disait qu'on était ami, mais en réalité, il se servait de moi juste comme sac d'entraînement. Et à part ça ? Il venait jamais m'voir quand j'galérais tout seul au collège !

– Mais peut-être qu'il avait des raisons et que…

– Des raisons ? Sur quatre ans ? Tu sais quelle galère j'ai traversée pendant toute cette période ? Je t'ai raconté comment j'étais après la mort de Jack, et lui, il était où ? Avec ses potes ! Moi, je n'existais que quand lui était tout seul ! »

Antoine préféra garder son calme, voulant obtenir tous les faits avant de se prononcer :

« J'comprends… dit-il simplement.

– T'as raison mec, ajouta Child, si on t'prend pour un con, c'est normal de pas t'laisser faire. Ce gars, Eddy, je sais qui c'est, j'ai jamais pu l'blairer…

– Y'a d'autres manières de dire ça, intercéda Antoine. J'veux bien comprendre que Stéphan soit en colère contre lui, mais 'faut pas oublier que s'il a été Président des élèves, c'est qu'il devait avoir quelques admirateurs… et des convictions ! »

Ces deux-là s'étaient rencontrés lors de la dernière fête et avaient passé un bon moment à discuter. Antoine avait ensuite confié à Stéphan qu'il était étonné de le voir se lier d'amitié avec quelqu'un qui semblait si différente de lui. Par le passé, il avait croisé Child à de nombreuses reprises dans les couloirs du lycée et, malgré son caractère sociable, Antoine n'avait jamais osé l'aborder.

« J'dis c'que je veux sur ce genre de mec » répliqua Child.

Son ton s'était durci.

« Ça, j'en doute pas que tu dis ce que tu veux… soupira Antoine.

– C'est pas le moment de se disputer, vous deux ! intervint Lisa pour apaiser la situation. L'important est de savoir ce qu'Eddy pense réellement de Stéph'.

– Moi, je sais c'qu'il pense de moi, répondit l'intéressé, sûr de lui. J'ai été son pantin pendant trop longtemps, mais maintenant, c'est fini, j'vais reprendre le contrôle. Y'a trop de choses qui se passent en ce moment, j'ai du mal à y voir clair… »

Un silence s'installa, chacun se tut pour laisser place à la réflexion.

Qu'ils arrêtent de m'saouler avec Eddy… C'est du passé…

Lisa multiplia les regards vers Stéphan, espérant capter son attention. Elle voyait bien qu'il était en proie à des doutes et voulait être là pour lui. Elle admirait profondément la détermination dont il faisait preuve face aux épreuves de sa vie. Depuis peu, elle avait même réalisé qu'elle était prête à tout pour lui.

De leur côté, Antoine et Child évitaient de se croiser le regard. Ils s'étaient déjà tout dit et ne souhaitaient pas en rajouter devant Stéphan. Antoine triturait la sangle de son sac, tandis que Child faisait tourner un anneau autour de son doigt, leurs silences se répondant comme deux notes discordantes. Ils semblaient prisonniers d'une tension invisible.

« Maintenant, je m'en fous de tout ça, c'est aujourd'hui qui compte ! » conclut Stéphan, brisant d'un coup le silence pesant.

VII

Défi

Mi-février

Pendant les pauses déjeuner, Mike avait décidé de ne plus fréquenter la cantine du lycée. En réponse aux pressions exercées par le nouveau système qui venait d'être mis en place, celui de pouvoir transmettre des messages anonymes à la conseillère principale d'éducation, le chef des Guerriers Fous avait préféré faire profil bas. Lui et ses acolytes mangeaient désormais dans la cafétéria, à l'abri des regards indiscrets. Un garçon de la table d'à côté se hasarda à jeter un œil dans leur direction, néanmoins, il comprit bien rapidement qu'il ne devrait jamais recommencer. Mike évita tout affrontement verbal afin de ne pas laisser de preuves, toutefois, il adressa au garçon un regard si noir qu'il le dissuada immédiatement de s'occuper des affaires qui n'étaient pas les siennes.

« C'est quand même ouf c'qu'elle a fait Sara, nan ? lança Arnold. Le gars, elle l'a massacré !

– Parle moins fort, bordel ! répliqua Mike. J'arrête pas de t'le dire !

– Désolé, mais je suis encore sur l'cul ! Si tu l'avais pas arrêtée, qu'est-ce qu'elle aurait fait ?

– La question se pose pas, je l'ai arrêtée, nan ? »

Le sujet devenait délicat, maintenant qu'ils avaient échangé un baiser, Mike la considérait désormais comme sa petite amie. Critiquer cette fille était prendre le risque de se mettre la bande à dos. Depuis le premier jour où il l'avait vue, le chef avait su qu'elle avait quelque chose de spécial, c'est pourquoi il avait longuement insisté pour qu'elle les rejoigne. Aujourd'hui, il en était certain. Cette fille avait un tel cran qu'elle ne reculait devant rien, et Mike se réjouissait à l'idée qu'il avait lui-même révélé ce potentiel.

« Eh mec, j'continue à croire que si elle remet ça, ça pourrait nous foutre dans la merde ! poursuivit Arnold. Là, on a eu de la chance que le gars porte pas plainte, il flippe trop ! Mais quand ça arrivera, on aura les flics sur l'cul, et pour de bon, cette fois !

– Bon, Arnold, j'te dis que je gère la situation, t'as plus confiance ? »

Il l'interrogea du regard avant de continuer :

« J'irai lui parler à Sara… J'vais lui dire que ça s'passe pas comme ça, on réagit pas sans réfléchir. Ça t'va ?

– Ouais, j'sais qu'elle t'écoutera…

– Elle est encore nouvelle, elle a fait une erreur, ça arrive à tout le monde… Elle a voulu nous en mettre plein la vue, c'est tout ! Et j'peux te dire qu'avec une histoire comme ça, les gars nous paieront c'qu'ils nous doivent, maintenant ! »

Soudain, Benjamin fit de grands gestes depuis l'entrée de la cafétéria, visiblement excité par quelque chose qu'il venait de voir. Mike et Arnold se levèrent promptement, demandant aux autres garçons de la bande de rester à leur place.

« Qu'est-ce qu'y a ? fit discrètement Mike à son approche.

– Regardez, juste là ! »

Benjamin montra du doigt le contrebas du hall du lycée, là où les élèves se posaient quand il faisait trop froid à l'extérieur. Et là, parmi la foule, Mike le repéra immédiatement. Il était assis sur un banc, l'air décontracté, discutant avec d'autres jeunes.

« Cet enfoiré de Child se montre enfin ! lança Benjamin, fier de sa prise.

– Putain, 'faut pas rater cette occasion ! répondit Arnold. Il se planque depuis des mois sans explication ! On fait quoi, Mike ? »

Le chef des Guerriers Fous ne répondit pas. Il avait le regard fixe, imperturbable. Mike scruta rapidement les visages qui entouraient Child, et il ne put ignorer une présence en particulier. À côté de lui, riant comme de bons amis, il y avait ce gars dont tout le monde parlait depuis quelque temps : Stéphan. Ce dernier, comme s'il avait deviné l'attention qu'on lui portait, tourna la tête et fixa Mike à son tour. Il ne lâcha pas le regard. Mike bouillonnait de colère, *pour qui s'prenait ce petit merdeux ?* Il lui avait déjà fait un affront en refusant d'intégrer sa bande et, aujourd'hui, il osait le défier du regard. Stéphan était inébranlable, ses yeux étaient des lames affûtées. Il était juste à une dizaine de mètres en contrebas. Depuis la dernière fois où ils s'étaient parlé, Mike sentait quelque chose de différent émaner de lui, comme une confiance nouvelle. Durant ce duel silencieux du regard, rien n'existait plus en dehors d'eux, le monde n'était plus rien. Il pouvait même percevoir le bruit de respiration de ce soi-disant champion d'arts martiaux.

« Eh, Mike, qu'est-ce qu'on fout ? » lança une voix accompagnée d'une tape dans le dos.

Le chef fulmina intérieurement ; Benjamin venait de l'arracher de son face-à-face avec celui qui était désormais son rival.

« On peut pas foutre la merde dans le lycée, dit-il. On va s'faire chopper pour rien…

– On va pas le laisser partir, quand même !

– Nan… Toi et Arnold, allez voir cet enfoiré de Child pour lui dire qu'on l'a repéré, et qu'il sache ce qu'on fait des fuyards… »

Mike omit volontairement de parler de Stéphan, il savait que ses acolytes n'avaient pas prêté attention à sa présence. De plus, il en faisait dorénavant une affaire personnelle.

« Vous faites un sacré couple quand même ! lança Child. La Présidente des élèves avec l'champion de France d'arts martiaux !
– Merci ! Mais c'est pas pour ça qu'on est ensemble » répondit la fille.
Elle adressa un sourire affectueux à son petit ami.
« Nan, c'est pas pour ça, confirma ce dernier. Mais j'avoue que ta popularité, c'est quelque chose… C'est même comme ça que j't'ai repérée, bien avant qu'tu m'voies… »
La réplique de Stéphan fit rire le groupe. Il était vrai qu'il y avait encore quelques mois, Lisa ne lui prêtait pas la moindre attention, tandis qu'aujourd'hui, son amour pour lui était plus qu'évident. Zoé fit même remarquer qu'elle ne pouvait pas passer un moment avec elle sans entendre parler de Stéphan.
« Et tout ça, c'est grâce à qui ? ajouta Antoine, adoptant une attitude fière de lui. Il osait même pas lui dire *Bonjour* !
– Arrête, dis pas ça devant tout l'monde ! »
Stéphan fit mine d'être embarrassé par la situation, mais au fond, il appréciait que leur relation soit devenue le sujet de toutes les conversations.
« Alors les bouffons, on s'amuse bien ? » lança soudainement une voix sur leur gauche.
Tous les reconnurent, il s'agissait d'Arnold et de Benjamin, les bras droits de Mike. Stéphan les avait déjà repérés plus tôt, rôdant dans la cafétéria, mais il ne s'attendait pas à ce qu'ils viennent régler leur compte ici, à la vue de tous. Dans le groupe, seul lui avait connaissance du passé qui liait Child aux Guerriers Fous et se doutait de la raison de leur interruption.
« Tiens, mais regarde qui voilà ! reprit Benjamin d'un ton ironique. C'est pas notre vieux pote, ça ?
– Ouais, c'est bien lui ! » confirma Arnold avec un rictus.
Benjamin posa une main appuyée sur l'épaule de Child, l'air faussement amical.
« Toi, l'traite, tu vas venir avec nous !

– Vas-y, lâche-moi, j'suis pas ton chien ! » répliqua le garçon, ne se laissant pas intimider.

Lisa, médusée, ne comprit pas ce qui se passait sous ses yeux, mais cela ne lui disait rien de bon. C'était la première fois qu'elle était directement confrontée à eux et redouta le pire. Antoine et ses copines assistaient à la scène sans réagir, comme pétrifiés. Chacun savait que les histoires avec la bande de Mike finissaient toujours mal.

« Heu... Les gars, vous voulez pas régler vos affaires autrement ? intervint Lisa, gardant son ton diplomatique.

– De quelles affaires tu parles ? On veut juste lui parler...

– Vous moquez pas de nous ! s'exclama la fille. On sait tous comment les Guerriers Fous procèdent ! »

Les deux garçons s'échangèrent un regard complice.

« *Les Guerriers Fous ?* fit Arnold en s'adressant à son acolyte. Tu sais c'que c'est, toi ?

– Nan, j'vois pas ! »

Un sourire narquois étirait les lèvres des deux intrus ; tant qu'ils ne se montraient pas agressifs, ils savaient qu'ils n'encourraient aucun risque et prenaient donc plaisir à les mener en bateau. Cette fois-ci, l'impatience gagna Stéphan qui se leva d'un bond pour s'interposer entre eux et Child. Il écarta violemment la main de Benjamin de l'épaule de son ami, plongeant un regard froid dans celui de son adversaire :

« Bon, vous commencez à vraiment m'saouler tous les deux, vous voulez pas foutre le camp ? » lança-t-il d'un ton ferme.

Il essaya de se contenir malgré la colère qui grimpait.

« Toi, tu commences à t'la raconter un peu trop ! J'crois que t'as oublié qui commandait dans ce bahut...

– Quoi ? Tu parles de ta petite bouffonne de Mike ? railla Stéphan. Quand j'vois qui il envoie pour régler ses affaires, j'me dis qu'on a pas grand-chose à craindre de c'mec... »

Un sourire en coin, Child manifesta ouvertement son mépris à leur égard. Avec le champion d'arts martiaux dans son camp, il fut saisi d'un sentiment de toute-puissance.

Autour d'eux, les lycéens s'attroupèrent pour ne pas perdre une miette de l'altercation ; jamais encore personne n'avait osé leur parler avec un tel mépris.

« Tu ferais bien de faire gaffe à c'que tu dis, ça pourrait t'retomber dessus ! menaça Arnold, l'ennemi d'enfance de Stéphan.

– *Faire gaffe à c'que je dis ?* Ça fait des années que tu m'traites dans le dos, t'as jamais eu les couilles de m'voir en face ! Et là, c'est moi qu'tu mets en garde ? fit Stéphan, affichant un sourire confiant.

– Quand ça va te tomber dessus, tu verras rien venir…

– Bon, bah voilà, lança Lisa, on attendait que vous montriez vos vrais visages en public pour vous virer du lycée ! C'est chose faite !

– C'est la salope des profs qui vient d'me parler, là ? C'est elle qui… »

Arnold fut interrompu par un coup de poing ravageur qui le renversa en arrière.

« TU CROIS PARLER À QUI COMME ÇA ? hurla Stéphan, hors de lui. TU PARLES À MA COPINE LÀ ! »

La scène éclata si vite que personne ne bougea. Benjamin tenta de secourir Arnold, mais Stéphan, déchaîné, avait déjà agrippé ce dernier par le col, le secouant comme pour le faire parler. Autour d'eux, les élèves accoururent, formant un cercle compact. Dans la cohue, les deux garçons se retrouvèrent projetés contre la porte d'entrée. Un craquement strident résonna lorsque la vitre vola en éclats, déclenchant une vague de cris paniqués. Soudain, des surveillants surgirent, écartant brutalement la foule. Ils séparèrent les adolescents à bout de souffle, toujours prêts à en découdre, et les traînèrent sans ménagement vers le bureau de la proviseure. Leurs insultes fusaient encore dans le couloir, laissant derrière eux un silence abasourdi.

17

Collision

26 février 1991

Le Soleil, inhabituellement ardent pour une fin de février, inondait la plage de sa lumière éclatante. Quelques nuages épars dérivaient lentement dans le ciel d'un bleu profond. Une brise douce glissait sur les visages de Stéphan et de Lisa, assis côte à côte sur le sable encore tiède de l'après-midi. Leurs regards se perdaient dans l'immensité de l'océan, tandis que leurs voix, parfois entrecoupées de silences méditatifs, s'aventuraient à imaginer les contours incertains de leur avenir.

Autour d'eux, les éclats de rire des enfants se mêlaient au bruit des vagues, tandis que certains plongeaient déjà dans l'immensité azur avec une insouciance contagieuse. Plus loin, des parents, veillant avec attention, prenaient soin qu'ils ne s'éloignent de trop.

« L'été va bientôt arriver, dit Stéphan, tu comptes partir en vacances ?

– Ouais, je vais sûrement partir avec mes parents en Italie. Mais c'est pas encore sûr. Et toi ?

– Moi ? J'rêverais de partir loin, genre à l'autre bout du monde, avec tous mes potes. Ça serait énorme...

– J'y ai déjà pensé, mais pour ça, il faut beaucoup d'argent... répondit Lisa.

– Ouais, je sais... Mais un jour, j'te jure, ça arrivera. On partira tous ensemble en vacances : toi, Antoine, Child, moi, et même les autres.

– T'es comme un enfant quand tu parles de tes rêves, tes yeux brillent ! »

Elle le regarda avec admiration.

« Dans quel pays tu voudrais partir ? reprit-elle.

– J'sais pas encore, la Chine ou le Brésil...

– T'as raison, ça serait vraiment sympa !

– Et puis, ça nous ferait un peu quitter cette ville pourrie...

– Dis pas ça, reprit la Présidente des élèves, Méthée est une jolie ville, c'est ce qu'en font certaines personnes qui noircit le tableau... »

Les rayons du Soleil dansaient sur l'océan, projetant des reflets dorés qui captivèrent Stéphan. Il observa l'horizon, fasciné par le dégradé subtil qui reliait le bleu marine des vagues au ciel clair. À ses côtés, Lisa resta silencieuse, ses doigts jouant nerveusement avec un brin d'herbe qu'elle avait cueilli plus tôt. Son visage trahissait une hésitation, comme si un poids l'empêchait de parler. Intrigué, Stéphan tourna la tête vers elle et, sans détour, insista pour savoir ce qui n'allait pas ; il supportait mal les non-dits entre eux.

« Je sais pas si tu veux en parler, dit-elle avec précaution.
– De quoi ?
– De ce qui s'est passé au lycée, il y a quelques jours… »

L'adolescent se doutait bien qu'il s'agissait de cela. Il soupira.

« Eh bien, quoi ? J't'ai déjà tout dit… La proviseure a estimé que j'avais pas à frapper en premier, et que c'était d'ma faute…
– C'est pas vraiment de ça que je veux parler, tu as eu un rapport, et même si je trouve ça injuste, cette histoire est classée… dit Lisa, d'une voix posée.
– Pour moi, elle est pas *classée* ! Le gars vient nous embrouiller, il t'insulte, et c'est moi qui prends un rapport ! Crois-moi, j'vais pas les laisser faire sans réagir…
– Bah tu vois, c'est là où je voulais en venir ! Tu l'as frappé devant tout le monde, et du coup c'est toi qui as pris. Les témoins ont confirmé ça !
– Ils ont pas osé témoigner contre eux parce qu'ils flippent, mais on va pas les laisser faire plus longtemps. Tu voulais que je fasse quoi ? Que je le laisse te manquer de respect comme ça ? répliqua le garçon.
– Qu'est-ce que ça peut me faire qu'un type comme lui m'insulte ? On aurait pu se servir de ça contre eux. Mais en s'abaissant à leur niveau, en répondant par la force, regarde où ça t'a mené ! Ils ont gagné. Tu leur as donné raison ! »

La remarque de Lisa résonna dans l'esprit de Stéphan, lui laissant un goût amer. Il détourna le regard, sentant une pointe de culpabilité.

« Désolé… » souffla-t-il.

Une part de lui regrettait son emportement, mais une autre lui murmurait qu'il n'avait fait que défendre ce qui comptait le plus : elle.

« Stéphan, te mets pas dans cet état… Je suis touchée que tu aies voulu me protéger, mais on aurait pu mieux agir…
– Et qu'est-ce qu'on fera la prochaine fois ?
– Il faudra rédiger des rapports avec des témoins pour qu'ils passent en conseil de discipline. Et pour ce qui est de délits plus graves, il faut porter plainte auprès de la police. »

Le garçon haussa les sourcils, un sourire discret effleurant ses lèvres, comme s'il trouvait sa demande irréaliste, mais il se retint de le lui faire remarquer.

« Tu veux bien me promettre de ne plus te battre avec eux ? » demanda la fille, cherchant son regard avec une lueur d'espoir.

Elle dut insister pour enfin obtenir une réponse de son compagnon :

« Oui… Oui, j'te le promets… »

La jeune femme posa alors sa main sur la sienne. Elle croyait fermement qu'ensemble, ils pouvaient mettre un terme aux agissements des Guerriers Fous. Quand elle avait découvert, quelques jours auparavant, que Child avait appartenu à la bande, elle n'avait pas reproché à Stéphan de lui avoir caché la vérité. Il l'avait probablement fait pour protéger son ami, évitant de le juger trop vite. C'était pour ce genre d'attention qu'elle l'admirait et croyait en lui.

Stéphan, après quelques instants de silence, se leva et lui tendit la main :

« Tu viens, on va marcher un peu, j'ai envie de me dégourdir les jambes ! »

Enchantée, elle lui saisit la main et se laissa soulever par la force de son petit ami.

« Tu veux aller vers où ? demanda-t-elle alors.

– J'pense qu'on pourrait aller au parc de la Tanière, y'a toujours plein d'gens qui se baladent quand il fait beau. Ça pourrait être sympa.

– C'est pas tout près, mais OK, pas de problème ! »

Se détournant de la plage, ils s'enfoncèrent dans la ville, laissant le sable derrière eux. Marchant côte à côte, leurs mains se frôlaient sans toujours s'attraper. Leur balade les conduisait devant le vieux port, puis dans les ruelles de la ville, où les ombres des immeubles jouaient avec les rayons du Soleil. Chaque carrefour semblait porter une atmosphère différente : des rues calmes et désertes, aux places animées où les terrasses s'agitaient doucement. Lisa observait les façades vieillies tandis que Stéphan, l'esprit déjà tourné vers leur destination, semblait sonder l'horizon avec une impatience tranquille.

Sur leur chemin, des amis les interpelèrent d'un geste ou d'un sourire, mais ils continuèrent sans s'arrêter, portés par la légèreté de l'instant. Au parc, l'énergie était palpable. Des enfants se poursuivaient autour des arbres, des familles s'installaient sur des nappes de pique-nique, et des groupes d'amis improvisaient des matchs de foot sur des terrains dégagés. Stéphan, le regard captif, semblait mesurer l'étendue de ce lieu où, par le passé, il était venu tant de fois se balader afin d'apaiser sa solitude. À ses côtés, Lisa laissa ses yeux se promener sur cette scène animée, comme pour s'imprégner de l'atmosphère particulière qui émanait du parc. Toutefois, on racontait aussi qu'à la faveur des derniers rayons de Soleil, certaines zones du parc de la Tanière devenaient sensibles.

Stéphan et Lisa le traversèrent et se posèrent sur l'herbe fraîchement coupée.

« Je viens pas souvent ici, dit la jeune fille, mais c'est vrai que c'est un bel endroit. J'y viendrai plus souvent à l'avenir.

– En plein été, y'a encore plus de monde, poursuivit Stéphan. Et quelques fois, y'a même des spectacles et des trucs de ce genre…

– Regarde là-bas ! s'exclama Lisa en pointant du doigt l'ouest du parc. On dirait qu'il va bientôt y avoir un concert ! »

Des camions débordant de matériel stationnaient près de la seconde entrée du parc. Une équipe s'activait, transportant caisses et équipements, tandis que, sur la scène en cours de montage, des techniciens ajustaient câbles et projecteurs dans une chorégraphie bien rodée.

« Ça va être sympa, 'faut que j'me renseigne sur les dates… »

Lisa observa tout ce monde qui l'entourait, puis, subitement, elle annonça à Stéphan :

« C'est fou, il y a deux personnes qui ont l'air de s'entraîner aux arts martiaux, là-bas. Tu les connais sûrement ! »

Stéphan, intrigué, jeta un coup d'œil en direction des mouvements qui avaient capté son attention. Il plissa les yeux, cherchant à mieux distinguer la scène : deux pratiquants de Jeet Kune Do, une discipline rare, s'entraînaient au beau milieu du parc.

« Mais, t'as raison ! s'exclama-t-il. C'est ouf, j'pensais qu'y avait que notre club où on faisait ça ! »

Curieux, Stéphan songea à s'approcher pour en savoir plus, mais la distance qui les séparait des inconnus l'en dissuada.

« Ça pourrait être des gars de mon club, mais je suis pas sûr. Ils sont assez loin » dit-il, hésitant.

Lisa, toujours partante pour de nouvelles rencontres, proposa de se rapprocher.

« Allons voir, peut-être que tu les connais et que tu pourras t'entraîner avec eux ! » suggéra-t-elle avec un sourire.

Stéphan, poussé par sa curiosité, acquiesça et emboîta le pas. Ils traversèrent la foule qui, déjà, s'animait en attendant le début du concert. À chaque pas, les silhouettes des deux pratiquants se précisaient. L'un, grand et élancé, avait la peau noire, tandis que l'autre, plus petit, arborait un teint hâlé. Mais ce n'est qu'en s'approchant davantage que Stéphan sentit son cœur rater un battement : ces visages lui semblaient étrangement familiers.

Merde ! C'est pas possible… pensa Stéphan, d'un coup. *C'est… C'est Eddy, bordel !*

« Viens, on doit partir d'ici ! ordonna-t-il brusquement à Lisa.
– Pourquoi tu veux… »

Stéphan ne laissa pas sa copine finir sa phrase, il l'empoigna par le bras et la força à faire demi-tour. Celle-ci ne put résister, elle fut emportée par sa force.

« Pourquoi tu fais ça ? demanda-t-elle, désorientée par l'attitude étrange de son petit ami.
– Je t'expliquerai plus tard… »

D'un coup, un cri retentit derrière eux :

« STÉPHAN !
– Il t'appelle ! lança Lisa, stupéfaite.
– Te retourne surtout pas ! » ordonna-t-il précipitamment, accélérant le pas en direction de la sortie du parc.

Les bruits de pas derrière eux se rapprochaient inlassablement.
Il arrive… Merde ! Qu'est-ce que j'vais faire ?

Soudain, une main ferme se posa sur son épaule, puis une voix familière s'éleva :

« Stéphan ? »

Son cœur se serra, il lutta pour garder son calme. Celui-ci se retourna malgré lui, repoussant d'un geste brusque la main posée sur son épaule. Ce que craignait Lisa se réalisa : que la rencontre avec Eddy leur tombe dessus alors qu'ils n'y étaient pas préparés.

« Stéphan, tu me reconnais pas ou quoi ? s'étonna l'interpelant.

– Si…

– Ça fait une semaine que j'suis revenu et je t'ai toujours pas vu. Ta mère m'a dit que t'étais trop occupé avec tes cours, que t'étais malade, et d'autres choses que j'ai pas comprises.

– Ouais, je sais…

– Tu m'évites ou quoi ? »

Eddy fixa Stéphan avec une intensité presque dérangeante, frappé par l'évidence : quelque chose en lui avait radicalement changé, et ce n'était pas seulement une question d'attitude.

« T'es bizarre, qu'est-ce qui s'passe ? »

Stéphan garda le silence, évitant de croiser son regard.

« J'sais que t'es occupé, mais j'espère que tu trouveras du temps pour qu'on puisse s'entraîner ensemble. Ça fait tellement longtemps…

– Nan… répondit sèchement Stéphan.

– Hein ? Quoi ? répliqua le garçon cherchant à percer son mystère.

– T'as très bien entendu, j'ai dit qu'on s'entraînera plus jamais ensemble ! Toutes ces conneries, c'est fini…

– Mais… qu'est-ce qui t'prend ?

– J'ai plus envie de servir de punching-ball à tes entraînements… J'ai tout compris… »

Un silence s'en suivit, ils s'observèrent froidement. Eddy connaissait Stéphan depuis leur enfance et savait que parfois, il pouvait se montrer lunatique, dur et intransigeant. Pourtant, il sentit que cette fois-ci, il ne s'agissait pas d'un simple saut d'humeur.

« Stéphan… fit Lisa, discrètement. Les choses ne devaient pas se passer comme ça…

– Ah ah… Tu plaisantes, c'est ça ? tempéra Eddy pour se rassurer. Pendant une seconde, j'ai bien cru que t'étais sérieux…

– ARRÊTE ! cria Stéphan, le coupant net. J'en ai marre de tes conneries ! J'ai été ton esclave à chaque entraînement, à tout supporter sans rien dire ! Alors, lâche-moi, OK ?

– Stéphan, écoute-moi… glissa de nouveau Lisa à voix basse.

– Qu'est-ce qui t'arrive ? J'ai l'impression que t'es plus tout à fait toi-même. Tu veux qu'on parle ?

– Au contraire ! rétorqua alors le jeune homme, avec un sourire amer. Maintenant, j'suis moi-même ! Avant, je n'étais que ton bouche-trou, un pion, et maintenant, c'est fini, j'suis libre !

– Mais qu'est-ce qui s'est passé pendant ces trois mois, hein ?

– Ça m'a justement permis d'voir les choses autrement, j'ai compris la vérité et j'ai enfin ouvert les yeux…

– *Voir* les choses comment ? rétorqua Eddy, visiblement vexé. J'ai toujours été là… pour toi…

– Ah ouais ? Alors explique-moi pourquoi, au collège, quand on m'harcelait pendant les récrés, tu faisais semblant d'pas voir ? Et après les entraînements, hein ? Quand j'étais mort de douleur et que toi, tu te tirais direct, tu m'as attendu combien de fois, dis-moi ?

– Qu'est-ce que tu m'sors, d'un coup ? Tu sais très bien qu'ça faisait partie des entraînements, moi aussi j'avais mal, mais on devait rentrer en courant. Et c'est pour ça qu'tu fais la gueule ? répondit Eddy, dont le ton venait légèrement de se durcir.

– Tu voudrais m'faire avaler ces conneries, sérieux ? J'te servais juste de sac de frappe, tu m'tapais dessus et une fois l'entraînement fini, tu t'barrais sans m'attendre !

– J'commence à croire que t'es complètement parano, on t'a monté la tête contre moi, c'est ça ?

– Et heureusement qu'ils l'ont fait ! Merci à eux, parce qu'ils m'ont ouvert les yeux : t'étais un Président minable, Eddy. Tout c'qui comptait pour toi, c'était qu'on te voie, qu'on parle de toi, qu'tu sois la star du lycée ! »

Stéphan n'eut pas le temps de finir sa phrase qu'une voix s'éleva derrière Eddy :

« Qu'est-ce qui se passe ? Il y a un problème ? »

Le champion en titre pencha la tête pour découvrir l'identité de l'intervenant, et il le reconnut immédiatement :

« Tiens, voilà Jason Wuang ! » déclara-t-il en serrant le poing de colère.

Lisa, voyant ce geste, saisit la main de Stéphan pour tenter de le calmer.

« Bon, bah, l'affaire est réglée à ce que je vois, t'as plus besoin de moi ! poursuivit-il.

— Et moi, j'vois que t'as une nouvelle petite amie, répliqua Eddy sur le même ton. C'est peut-être elle qui te monte la tête contre moi ? La nouvelle Présidente des élèves qui crache sur l'ancien... »

Stéphan lui coupa la parole avec fermeté :

« Parle pas comme ça d'elle, t'entends ?

— Excuse-moi, mec, mais tu comprends, j'aimerais savoir c'qui s'est passé... Tes reproches...

— Il s'est passé que tu t'entraînes avec Jason maintenant, tu n'as plus besoin de moi...

— Bien sûr que j'ai besoin d'toi, t'es mon meilleur pote ! Jason m'a appelé pour s'entraîner et j'ai accepté ! Où est le mal ?

— Un meilleur pote qui donne aucune nouvelle pendant trois mois...

— J't'avais prévenu qu'on pouvait appeler que ses propres parents. Les médecins disaient que c'était mieux pour récupérer, que j'devais me focaliser que sur ça, se justifia le garçon.

— T'aurais pu essayer d'me contacter par ta mère, m'souhaiter bonne chance pour le tournoi ou j'sais pas... Et tu l'as pas fait... Mais tu sais quoi ? Tout ça n'a plus d'importance maintenant, les choses sont comme ça...

— J'ai merdé, OK ? Et j'suis désolé ! C'est vrai que pendant ce séjour, j'avais la tête ailleurs... Mais j'pensais que tu comprendrais...

— J'ai tenté de l'appeler quand il était au centre, se permit d'ajouter Jason pour apaiser la situation, mais sa mère m'a confirmé que seuls ses parents pouvaient le contacter...

— FERME-LA ! cria Stéphan, les poings serrés. Qu'est-ce que tu crois, toi ? Que je vais m'laisser avoir par ces conneries ? Tu connais rien d'nous, d'moi ou d'mon passé, tu t'ramènes et tu crois m'faire la leçon ?

— Il n'a jamais voulu te faire la leçon, Stéphan » rectifia Eddy, sentant la colère monter face à son obstination.

Stéphan les dévisagea, il n'avait plus envie de les écouter ni entendre parler d'eux. Ils n'avaient plus rien à se dire. Le jeune homme prit la main de Lisa avant de leur tourner le dos pour rejoindre la sortie du parc, fou de rage.

Impuissant, Eddy le laissa partir.

18

Lumières braquées

28 février 1991

« Eh, viens par là, j'ai besoin de toi ! »

Stéphan lança un regard en direction d'un garçon assis non loin, puis d'un geste discret mais autoritaire, l'invita à s'approcher. Le jeune homme, visiblement surpris, se leva sans hésiter. Ce dernier, surnommé *le Géant* par ses camarades, s'avança avec une pointe de timidité malgré sa carrure imposante. Supporteur de Stéphan lors du championnat de Paris, il avait été impressionné par ses performances. Stéphan lui tendit silencieusement une patte d'ours, un accessoire qu'il utilisait fréquemment pour ses entraînements.

« Avec ta taille, tu vas pouvoir la tenir bien haut, précisa Stéphan, en mimant un coup de pied pour illustrer ses propos. Ça m'aidera à travailler la souplesse de mes jambes. »

Celui-ci s'échauffait dans une salle déserte du gymnase, fermée au public. Il avait réussi à forcer la porte sans alerter le gardien profondément endormi dans sa loge.

Lisa, fatiguée par ses semaines de cours, avait choisi de s'installer sur une chaise abandonnée au fond de la pièce, peu motivée à s'exercer ce jour-là. Non loin d'elle, Child observait avec fascination son ami enchaîner les prouesses : pompes sur deux doigts, sauts périlleux, acrobaties spectaculaires.

Une dizaine de curieux, attirés par le bruit ou la rumeur, avaient fini par les rejoindre. Tous étaient captivés par les démonstrations du champion. Quelques filles, admiratives, n'hésitèrent pas à lui adresser des compliments, allant même jusqu'à lui demander si elles pouvaient toucher ses muscles. Stéphan, un sourire poli aux lèvres, déclina leurs demandes, conscient de la présence de Lisa. Bien que Stéphan l'avait invité, Antoine manqua le rendez-vous, prétextant que le gardien était aux aguets pour leur mettre la main dessus. De plus, il lui avait confié avoir déjà passé assez de temps ces derniers jours en présence de Child et de ses histoires mensongères.

Le Géant, concentré, maintenait la patte d'ours aussi fermement que possible, tandis que Stéphan enchaînait les frappes avec une force impressionnante.

« Lève-la un peu plus haut, s'il te plaît.

L'assistant s'exécuta, ajustant la cible à hauteur de visage. Stéphan, avec une souplesse remarquable, porta plusieurs coups de pied, frappant de plein fouet à chaque fois. Le choc de ses attaques était tel que, malgré sa carrure imposante, le Géant reculait légèrement à chaque impact, peinant à absorber toute l'intensité de l'exercice.

J'dois faire mieux qu'ça ! pensa Stéphan, serrant les dents avant d'enchaîner une nouvelle série de frappes puissantes.

Les spectateurs, fascinés, ne pouvaient détacher leurs yeux de la scène. Leur admiration se transformait en encouragements enthousiastes, les applaudissements résonnant dans la salle comme dans une arène. La démonstration avait tout d'un véritable spectacle.

« C'est pas si compliqué, un peu d'entraînement et c'est bon, tempéra le complimenté, avec un sourire en coin.

– Baissez un peu l'ton, les gars, intervint une fille, inquiète. Le gardien va nous capter, même s'il dort, on va finir par le réveiller !

– T'inquiète, j'ai tout prévu, répondit Stéphan en désignant un coin de la pièce. Si jamais il débarque, on sort par l'issue d'secours. J'ai bloqué la porte avec une cale, regarde ! »

Tous tournèrent la tête vers la porte légèrement entrouverte, un souffle glacé s'infiltrant dans la salle.

« Ah, je me demandais pourquoi il faisait aussi froid ici, lança une des filles, frissonnant.

– Et puis au pire, continua un garçon, un brin de sarcasme dans la voix, si quelqu'un s'fait choper, t'as qu'à utiliser tes talents de ninja pour le libérer ! »

Un éclat de rire parcourut l'assemblée, dissipant la tension qui flottait dans l'air. Stéphan arborait un sourire satisfait, fier de son plan pour échapper à une éventuelle confrontation avec le gardien.

« Trop bien ! Même si on se fait griller, on pourra s'en sortir !

T'as tout calculé, toi !

— Grave, il a raison ! approuva un autre avec enthousiasme.

— Exagérez pas non plus, répondit Stéphan en haussant les épaules. J'suis juste venu ici une dizaine de fois, c'est normal que j'pense à tout ça.

— Lisa, t'as trop d'la chance ! lança Vincent, un garçon qui suivait Stéphan depuis le tournoi de Méthée. Personne te cherche des embrouilles, tout l'monde sait à qui il aura affaire… »

La fille éclata de rire avant de rétorquer :

« T'oublies Arnold, le pote de Mike ! Lui, il s'est pas gêné pour venir m'chercher au lycée ! Mais t'inquiète, un jour, j'me défendrai toute seule et j'lui ferai sa fête ! »

Stéphan lui lança un regard complice :

« Tu pourrais même participer à un tournoi, sérieux.

— On verra, c'est dans un an et demi, je suis encore débutante… »

Le Géant, transporté par ses souvenirs, lança avec entrain :

« La dernière compète, c'était ouf, mec ! T'étais trop fort, j'ai trop kiffé !

— Pareil ! » ajouta un autre avec énergie.

Stéphan enfila sa veste chinoise pour ne pas se refroidir.

« J'étais là aussi quand t'as affronté ce mec des Guerriers Fous, poursuivit le Géant avec enthousiasme. Franchement, tu l'as explosé !

— J'ai presque rien fait, rectifia Stéphan, un brin agacé. On m'a stoppé avant de le finir…

— Moi, j'étais pas là, dommage, j'aurais voulu voir ce type se faire démonter, ajouta Samantha, une des amies de Child.

— Pareil pour moi, j'ai raté ça, dit Vincent avec un soupir. Sérieux, qu'est-ce que j'les déteste ces gars-là, ils se croient tout permis !

— On m'a dit qu'ils avaient bousillé la voiture d'un mec qui s'était embrouillé avec eux. Si j'étais plus costaud, j'les éclaterais tous ! lança le Géant, les poings serrés.

— Stéph´ en a déjà mis un au tapis, et en plus, c'était easy pour lui, intervint Samantha. Il pourrait tous les démonter si ça dégénérait !

— Me mêlez pas à tout ça, les gars, répondit sèchement

Stéphan. J'ai fait l'erreur d'en frapper un devant tout le monde, et j'ai promis que ça n'arriverait plus. »

Il tourna les yeux vers Lisa, cherchant son soutien.

« Tu pourrais juste leur foutre la trouille, histoire qu'ils arrêtent d'faire les chefs au lycée et dans la ville, avança Samantha.

— Et tu veux que j'fasse ça comment ? Sérieux, j'suis tout seul, et eux, c'est un gang organisé ! rétorqua-t-il sèchement.

— T'es pas seul, mec, répondit Vincent avec assurance, on est là, nous !

— Vous ? Vous savez vous battre, peut-être ? Vous savez c'que ça fait d'prendre des coups, au moins ? »

Stéphan balaya le groupe du regard, comme pour leur faire comprendre qu'ils n'avaient aucune idée des conséquences de ce qu'ils proposaient.

« Mike, c'est pas un rigolo, vous l'savez ! Alors restez loin d'lui, si vous voulez pas d'ennuis…

— J'comprends c'que tu dis, mais on peut s'unir, nan ? insista Vincent. Moi non plus, j'veux pas m'battre avec eux, mais si on se serre les coudes, ça changera les choses. Et pourquoi pas monter une bande, nous aussi ? Ça les ferait réfléchir avant de s'en prendre à nous !

— Ouais, c'est pas bête, ça ! » approuva Samantha.

Stéphan croisa les bras, agacé par l'effervescence autour de cette idée farfelue. *Monter une bande ?* C'était risible à ses yeux, mais il choisit de ne pas intervenir tout de suite, préférant observer le petit groupe de supporters s'enflammer.

« Y'en a marre de se laisser marcher dessus par ces types ! lança l'un d'eux avec véhémence.

— Ouais, on pourra enfin leur montrer qu'on vaut mieux qu'eux, renchérit un autre.

— Lisa, t'en penses quoi ? demanda Vincent, se tournant vers elle comme pour valider leur plan. On a besoin de la Présidente des élèves de notre côté ! »

Lisa hésita une seconde avant de répondre, pesant soigneusement ses mots :

« Si c'est pour renforcer la solidarité entre nous, alors pourquoi pas. Mais si vous comptez aller vous battre contre eux, là, c'est hors de question. Je m'y oppose fermement. »

Les autres protestèrent presque immédiatement, chacun cherchant à la convaincre.

« Mais non, t'inquiète pas ! répondit Vincent, on ira jamais se battre contre ces malades. On pourrait faire autrement... Leur tendre des pièges, par exemple, pour les prendre en flagrant délit. »

Stéphan, jusque-là silencieux, leva les yeux au ciel : ils n'avaient aucune idée de ce dans quoi ils s'embarquaient. Le sujet devint si intense que les adolescents se levèrent. Soudain, le champion de Jeet Kune Do coupa cette grande discussion :

« Vous pensez vraiment qu'vous unir contre eux va changer quelque chose ? Sérieux, ils ont écrasé toutes les bandes du quartier, et c'est nous, une poignée d'lycéens, qui allons les stopper ? Mike est bien plus malin et organisé qu'vous voulez bien l'admettre... »

Un silence gêné s'installa. Les regards s'échangeaient, chacun espérant qu'un autre ait une réponse à offrir.

« OK, vous arriverez peut-être à les coincer une fois, reprit Stéphan, mais j'vous l'dis, ils reviendront. Encore et encore. Vous pourrez jamais tenir sur la durée. »

Samantha fronça les sourcils, déconcertée :

« Alors quoi, on fait rien ? On s'laisse marcher dessus comme des paillassons ?

– Écoutez, j'vais vous dire ce que j'en pense, et après vous faites c'que vous voulez, répondit-il calmement. Si vous voulez une bande, c'est pas pour les affronter ou les balancer. Vous allez perdre, c'est sûr. Une bande, ça doit servir là où le lycée et les flics ne peuvent rien : vous défendre !

– Le lycée ne fait rien pour les élèves ? rétorqua Lisa.

– J'ai pas dit ça, corrigea Stéphan. Les messages anonymes, les caméras, l'agent de sécu, tout ça, c'est bien. Mais ça prend trop de temps à s'mettre en place. Et pendant c'temps-là, qui s'fait harceler ? C'est vous. »

Il marqua une pause et, après réflexion, ajouta :

« En réalité, les Guerriers Fous sont pas cons, ils font tout dans l'ombre. Et franchement, avec toutes les mesures mises en place, on les a chopés combien de fois ? Une fois ? Peut-être deux... ? »

Le Géant fronça les sourcils :

« Alors, à quoi elle sert, la bande, si c'est pas pour aller s'battre contre eux ?

– Monter une bande, c'est pas une mauvaise idée, mais faut qu'vous soyez super nombreux, expliqua Stéphan. Des dizaines, des centaines même ! Genre tout le lycée. Si vous êtes assez, ils réfléchiront à deux fois avant d'venir vous chercher. Et ils iront foutre leur merde ailleurs. »

L'assemblée buvait ses paroles, attentive.

« Ça les arrêtera pas pour de bon, ajouta-t-il, mais ça, c'est le taf des flics, pas le vôtre. »

Le groupe sembla ravi de sa suggestion : organiser un clan pour dissuader les Guerriers Fous d'agir contre eux devenait une idée tangible. Child haussa les épaules :

« OK, mais on fait quoi pour qu'ils flippent de nous ?

– J'suis sûr qu'ils ont déjà la trouille de Stéphan, surtout depuis la bagarre avec Arnold, lança Vincent. Sinon, ils auraient riposté depuis longtemps.

– Et encore, t'étais pas là quand il a foutu la gueule dans les pâtes à l'autre con !

– Mais ouais, ils flippent trop ! approuva Child avec enthousiasme. Stéph´, t'es avec nous ? »

Ce dernier eut envie de rire face au comportement déplacé de Child, qui, il y avait encore peu, faisait partie du gang qu'il voulait désormais défier.

« Heu… J'sais pas si on peut dire qu'ils ont peur de moi, répondit Stéphan, un peu gêné. J'pense plutôt qu'ils préfèrent rester discrets pour l'instant… Et pour c'qui est de la bande, moi, j'ai toujours été du genre solitaire, j'sais pas trop si…

– Ah ça, c'était avant, quand t'étais collé à Eddy ! le coupa Child, sans ménagement. Les choses changent, mec, et de toute façon, t'es déjà des nôtres !

– Ouais, c'est vrai, ça… On est déjà une bande, en fait, confirma Vincent.

– Et puis, t'as une certaine influence, et Lisa aussi d'ailleurs, ajouta Samantha avec sérieux. Au lieu d'être juste un membre, tu pourrais carrément être le chef ! »

Stéphan écarquilla les yeux, interloqué :

« Moi ? Le chef ? C'est une blague ou quoi ?

– Mais non, c'est pas une blague, reprit Child avec insistance. T'es le plus fort d'entre nous, t'as du charisme, et en plus, tu pourrais nous apprendre à nous défendre ! Et si tu réfléchis bien, c'est grâce à toi qu'on est tous là, c'est toi qui nous rassembles.

– J'sais vraiment pas… J'peux pas décider ça comme ça… hésita Stéphan, passant une main dans ses cheveux, visiblement troublé.

– Allez, t'as cette faculté à fédérer les gens, poursuivit Vincent avec conviction. Qui d'autre que toi pourrait faire ça ? »

Les encouragements se firent unanimes, chacun insistant pour qu'il accepte de diriger le groupe. C'était clair pour eux : personne n'était plus qualifié que lui pour ce rôle. Stéphan soupira, cherchant ses mots, puis déclara :

« Bon… si vous insistez… mais d'abord, j'veux l'accord de Lisa. »

Il tourna la tête vers sa copine, espérant un soutien. Cette dernière, après une courte réflexion, répondit d'un ton assuré :

« Tant qu'on est tous d'accord sur le fait que la bande doit rester non-violente, alors oui, je suis partante. Vas-y, accepte ! »

Stéphan hocha la tête lentement avant d'ajouter :

« Bon, alors j'veux bien être le chef du groupe, mais à une condition : que vous vous entraîniez tous aux arts martiaux. »

Des éclats de joie retentirent dans la salle, ils pourront enfin contrer la terreur imposée par les Guerriers Fous. Bien que les adolescents trouvaient la condition imposée par Stéphan assez étrange, si c'était le prix à payer, ils acceptèrent bon gré mal gré de s'initier au Jeet Kune Do.

Chef du groupe… songea-t-il, un brin inquiet. *Ça va aller jusqu'où, tout ça ?*

« Mais au fait, reprit le Géant, si on veut qu'les gens nous respectent, il nous faut un nom de clan !

– Grave ! J'y avais même pas pensé, approuva un autre.

– Stéphan, c'est toi le chef, c'est à toi d'trouver, proposa Samantha avec un sourire en coin.

– Un nom ? Vous m'en demandez trop là, pour ma première mission ! plaisanta-t-il. Trouvez avec moi, au moins…

– OK, OK… Alors, que diriez-vous du *Stéph'Groupe* ? » lança le Géant avec enthousiasme.

Un bref silence amusé précéda une explosion de rires moqueurs.

« Nan mais, tu t'crois où ? Dans un dessin animé ou quoi ? se moqua Vincent.

– Allez, arrêtez de vous foutre d'moi ! C'était juste une idée, j'aimerais bien voir c'que vous avez à proposer, vous ! rétorqua le Géant, vexé.

– On doit trouver un truc qui en jette et qui nous ressemble !

– *La bande de Stéphan* ? tenta quelqu'un.

– Nan, mais c'est trop nul, sérieux » répondit un autre.

Tout le monde réfléchit, mais ils se rendirent vite compte que trouver un bon nom était loin d'être facile.

« *Méthée Clan* ? proposa Samantha.

– Mouais… bof. Mais j'aime bien l'idée de finir par *Clan*, ça sonne bien, non ?

– Ouais, ça en impose direct » renchérit Child.

Stéphan, en retrait, marmonna quelque chose, presque inaudible.

« Hein ? Qu'est-ce que t'as dit ? demanda Samantha en se tournant vers lui.

– Nan, laissez tomber, c'est pourri…

– Mais si, vas-y, dis ! insista-t-elle.

– J'ai dit J.K.D. Clan, pour Jeet Kune Do. Parce que vous allez tous vous mettre aux arts martiaux… Mais bon, c'est sûrement nul, oubliez ça. »

Un léger silence s'ensuivit ; ils réfléchirent à ce qui venait d'être proposé.

« Moi, j'aime bien !

– Moi aussi !

– C'est original !

– Allez, on prend ça ?

– OK, pas de problème ! »

Le brouhaha grandissait, tout le monde se réjouissait de ce nouveau nom. L'idée d'une bande avait surgi d'une suggestion hasardeuse, pourtant, elle s'imposait désormais comme une évidence. Stéphan les observa en soupirant. Certes, être désigné chef flattait son ego, mais au fond de lui, il se demanda ce qu'il pouvait vraiment leur apporter.

La nuit avait jeté son voile sur la ville, et les lampadaires projetaient des halos tremblants contre les vitres poussiéreuses de la salle. Tandis que Stéphan ramassait son sac d'entraînement, ses gestes lents trahissaient une certaine fatigue mêlée de réflexion. Les voix de ses acolytes s'entremêlaient alors qu'ils débattaient de leurs ambitions, cherchant comment la bande pourrait tenir tête aux Guerriers Fous.

Lisa se rapprocha du nouveau chef :
« Ça va ?
– Bah ouais… Pourquoi ça irait pas ? répondit-il en haussant légèrement les épaules.
– T'as subitement plein de responsabilités. J'espère que ça te pèse pas trop…
– Nan, franchement, ça m'fait plaisir d'me rendre utile. J'sais bien qu'y'aura des embrouilles avec l'autre bande, mais c'est mes potes. Ils ont besoin d'moi, et j'suis là pour eux. »

À travers les vitres de la salle, trois gyrophares illuminèrent brièvement l'espace en filant à toute allure.

« Tiens, c'est les flics, fit remarquer Stéphan. Qu'est-ce qu'y a ?
– J'sais pas, j'ai pas vu où ils allaient, répondit Lisa en fronçant les sourcils.
– P't'être un braquage ou une agression, c'est Méthée, tout est possible… Et si c'était les Guerriers Fous, ça réglerait tous nos soucis, nan ?
– Ah ah, ouais, rêve toujours ! »

Le visage de Lisa s'illumina, elle entoura son bras autour de celui de Stéphan et l'embrassa un court instant pour lui montrer son admiration.

« Allez, on traîne plus ici, faut qu'on bouge. J'vais prévenir les autres » lança Stéphan en se tournant vers le reste du groupe.

Quelle journée chelou… J'les invite à mon entraînement, et me voilà chef de meute…

« Les gars, rangez vos sacs, on s'casse ! » annonça-t-il avec détermination.

Le groupe de supporters, fatigué par les discussions qui

s'étaient peu à peu éteintes, se rassembla pour partir. Certains, déjà dehors, s'éloignaient dans un certain silence, tandis que d'autres traînaient encore à l'intérieur, assis ou rangeant leurs affaires.

Un grincement discret émana de la porte d'entrée. À peine perceptible, il n'attira l'attention que de quelques-uns. *Un simple courant d'air ?* pensa Stéphan tout en se dirigeant instinctivement vers la sortie de secours. Mais son intuition s'aiguisa lorsqu'il entendit des bruits de pas venir de derrière cette même porte. Il s'immobilisa, les muscles tendus, et son regard se fixa sur la poignée, comme attiré par une force invisible. Une pression. Puis un mouvement lent. La poignée s'abaissa. La porte, dans un silence presque angoissant, s'entrouvrit avec précaution.

Qu'est-ce que… ?

À cette heure-là, personne n'aurait dû se trouver dans le gymnase. Stéphan recula d'un pas, prêt à réagir, ses sens en alerte. Une tête émergea lentement de l'entrebâillement de la porte, ses yeux perçant directement ceux de Stéphan. Un sourire énigmatique s'étira sur les lèvres du mystérieux intrus.

Qui c'est, ce gars… ? Bordel…

L'homme entra dans la salle avec un flegme déconcertant, presque provocant.

Attends… Non… C'est… C'est le gardien !

Stéphan sentit une montée d'adrénaline exploser dans son corps.

« COUREZ !!! » hurla-t-il, sa voix résonnant dans la salle comme une alarme.

Les autres, surpris et incrédules, restèrent figés, leurs regards se tournant vers lui, cherchant à comprendre.

« Quoi ? balbutia le Géant, troublé. C'est qu… ?

– COUREZ, J'VOUS DIS !!! C'EST L'GARDIEN !!! » aboya Stéphan, son ton laissant peu de place à la discussion.

L'urgence dans sa voix galvanisa enfin le groupe qui, dans un désordre total, commença à se précipiter vers la sortie de secours. Vincent, dans sa précipitation affolée, bouscula une fille qui se trouvait près de la sortie. Sous le choc, son front heurta violemment le rebord de la porte ; elle tituba maladroitement avant de s'effondrer au sol. Stéphan, emporté par l'urgence, s'élança à son tour, son esprit focalisé sur la fuite. Lorsqu'il fut à une dizaine de mètres de l'issue, il tourna brièvement la tête pour vérifier que personne ne restait en arrière. Un chaos désordonné régnait : les sacs à dos encombraient l'entrée, et les élèves se bousculaient dans un désespoir frénétique pour s'échapper. Soudain, une voix perça le tumulte :

« Nan, lâchez-moi, j'ai rien fait ! »

Stéphan s'immobilisa brusquement, ses yeux scrutant l'ombre. Une fille était immobilisée par le gardien qui la maintenait fermement. Sans réfléchir, il balança son sac au sol et s'élança dans leur direction. La jeune fille, les larmes aux yeux, se débattait de toutes ses forces, mais ses mouvements désordonnés ne faisaient qu'épuiser son énergie. La fille sentit soudain l'étreinte se relâcher. Un craquement sourd retentit, suivi du bruit sec d'un corps tombant au sol. Figée, elle ouvrit les yeux. Le gardien était à terre, gémissant, et devant lui, Stéphan, les poings serrés, le regard brûlant d'intensité.

« Allez, barre-toi ! » lança-t-il à la jeune fille.

Celui-ci venait d'infliger un coup de pied dévastateur au gardien

Merde…

Il scruta l'extérieur dans l'espoir d'apercevoir ses amis, mais seules des lumières colorées éclairaient la scène, rendant toute identification impossible. Stéphan se précipita vers son sac abandonné, prêt à filer à toute vitesse. Mais quelque chose au sol attira son regard. Une silhouette. Fragile. Tremblante. Intrigué, il s'approcha en courant. Là, au milieu des ombres, il reconnut la fille bousculée par Vincent dans la panique.

« Ça va ? » demanda-t-il, la voix serrée.

La jeune fille leva des yeux brillants de larmes vers lui et murmura, presque inaudible :

« J'peux pas… J'peux pas me relever. »

Ses gémissements étouffés résonnaient dans l'immense salle silencieuse. Stéphan se pencha pour examiner sa blessure tout en gardant un œil sur le gardien. Ce dernier, visiblement sonné, se redressait avec lenteur. Sa main droite plaquée contre ses côtes, il avançait en boitant, le visage tordu de douleur et de colère.

Il revient… Merde. Faut qu'on bouge !

Le garçon reporta son attention sur la blessée. Un mince filet de sang coulait sur son front, laissant une trace sombre sur sa peau pâle.

« J'vais te porter ! déclara-t-il fermement, sa voix masquant à peine l'urgence de la situation.

– J'ai mal…

– Tu vas voir, on va s'en sortir, il nous aura pas ! »

Il la souleva dans un ultime effort, les bras tremblants sous le poids combiné de la jeune fille et de son sac. Elle passa ses bras autour de son cou, son souffle court et haché résonnant à son oreille. La sortie n'était qu'à quelques mètres, mais chaque pas devenait un supplice.

Nan, j'peux pas céder maintenant, cette fille compte sur moi…

Ses muscles hurlaient, ses biceps brûlaient, et ses jambes vacillaient sous l'effort. Derrière lui, le gardien, avançant à pas lourds, réduisait la distance qui les séparait.

« Je t'aurai… » lança-t-il, une menace rauque mêlée de douleur et de satisfaction.

Stéphan tenta d'ignorer la voix, ses pas se faisaient plus lents, ses jambes menaçaient de céder. Son esprit bouillonnait.

Qu'est-ce que j'peux faire ? Bordel…

Il serra les dents et força son corps à avancer. L'encadrement de la porte était presque là, la lumière froide des lampadaires scintillait juste au-delà. Il posa un pied sur le seuil, mais fut submergé par une cascade de lumières éblouissantes qui brouillèrent sa vision.

Ah ah, la liberté est là… Les autres pourront m'aider…

Il plissa les yeux pour discerner quelque chose, mais tout n'était qu'un halo aveuglant. Le gardien, lui, continuait de s'approcher, sa silhouette sombre devenant une ombre menaçante.

« VENEZ M'AIDER ! » hurla Stéphan, avec les forces qui lui restaient

Des silhouettes commencèrent à se dessiner au loin.

Mais merde, qu'est-ce qu'ils foutent ? C'est quoi ces lumières ? grommela-t-il, avançant malgré tout d'un pas lourd, avec le gardien sur ses talons.

Eh, y'a Vincent… et Child… Mais… Lisa ? Elle est où ? se

demanda-t-il en scrutant les visages.

Il plissa les yeux.

Ah, elle est là, à côté du Géant… Mais c'est quoi ce délire, bordel ? C'est eux qui m'éblouissent avec ces lumières ?

Les secondes s'étiraient, et chaque pas devenait une épreuve.

'Faut qu'j'me grouille, l'autre connard est juste derrière moi… J'ai pas envie d'me battre avec lui, là.

Stéphan parvint enfin à distinguer un peu mieux ce qui se passait devant lui.

C'est bon, je suis dehors ! Ils sont tous là ! Mais… attends… pourquoi ils ont tous les mains sur la tête !?

Sa respiration s'accéléra.

Il s'passe quoi, là ?

Un ricanement le sortit brutalement de ses pensées.

« Je t'avais dit que je t'aurais… » fit le gardien, son sourire mauvais accentué par les lumières clignotantes.

« Quoi !? »

La réalité le frappa comme un coup de poing.

Les voitures d'tout à l'heure… Les flics…

« Attendez, je vérifie dans le registre. Oui, c'est bien cela, suivez-moi, je vous prie. »

L'agent la guida à travers des couloirs aux murs blancs et impersonnels. Une porte s'ouvrit sur une pièce exiguë et sombre, éclairée par une lumière froide.

« Tenez, Madame Sentana, veuillez signer ici » dit le policier en tendant un formulaire.

Derrière une vitre se trouvait une cellule où plusieurs adolescents, tête baissée, étaient assis sur une planche fixée au mur. Ils semblaient tous épuisés, leurs visages reflétant un mélange de honte et de lassitude.

« Ce n'est pas bien grave, poursuivit l'agent, ils ont forcé les serrures du gymnase à plusieurs reprises. Ils devront rembourser les dégâts. »

Madame Sentana hocha la tête, visiblement mal à l'aise.

« Merci de ne pas être trop sévère avec eux… » murmura-t-elle, les bras croisés.

L'agent jeta un coup d'œil à un autre document.

« Cependant, votre fils est accusé de coups et blessures sur le gardien du gymnase. Ce dernier a porté plainte, et votre fils devra comparaître devant un juge. Vous recevrez bientôt une convocation. »

La mère écarquilla les yeux.

« Comment ? Mon fils a frappé quelqu'un ? Mais il n'a jamais…

– D'après sa version, c'était pour protéger une amie » répondit le policier sans lever les yeux de son rapport.

Il ouvrit la cellule et libéra Stéphan de ses menottes. Les autres adolescents attendaient, leurs regards fixés au sol. Les parents de Lisa étaient venus la récupérer plus tôt, sans un mot, le visage figé par la consternation.

« Je vous conseille tout de même de surveiller davantage votre fils, ajouta l'agent en refermant la porte métallique. Une des filles a été blessée. Rien de grave, mais cela aurait pu tourner autrement. »

Madame Sentana hocha la tête, la mâchoire serrée.

« Je ferai plus attention » lâcha-t-elle froidement.

Stéphan sortit du commissariat, les épaules basses, le regard vide.

Pff… Super départ pour le J.K.D. Clan… pensa-t-il, les gyrophares des voitures éclairant son chemin.

19

Chef de clan

3 mars 1991

Le signal libérant les élèves pour la récréation retentit, il était dix heures, tout le monde se hâta de sortir pour retrouver la chaleur du jour. La vaste cour devant le lycée Jean Moulin rappelait vaguement le parc de la Tanière : de l'herbe à perte de vue et quelques bancs sous de géants arbres offrant des coins d'ombre où il était agréable de s'y prélasser.

Assis sur la pelouse, Eddy attendait depuis une dizaine de minutes cette pause pour retrouver ses amis qu'il n'avait pas vus depuis bien trop longtemps à son goût. Voilà bientôt deux semaines qu'il était revenu, néanmoins, entre ses cours par correspondance, ses séances de kinésithérapie et la reprise des arts martiaux, celui-ci n'avait plus une seconde à consacrer à ses proches.

Au loin, il aperçut un groupe de visages familiers et se décida à aller à leur rencontre.

« Salut, les gars ! » lança-t-il.

Les lycéens se retournèrent vers lui et, après un court instant, lui sautèrent dans les bras.

« Salut, Ed.', ça fait plaisir de t'voir, ça fait tellement longtemps !

– Moi aussi, j'suis content d'vous voir » répondit-il avec le sourire.

Parmi ce petit groupe se trouvaient certains de ses amis d'enfance avec qui il n'avait pas perdu le contact : Paul plaisantait à voix haute, sa nouvelle silhouette élancée ne passant pas inaperçue. Un peu plus loin, Mathieu parlait passionnément de son dernier match, comme toujours absorbé par sa carrière de footballeur en devenir. Quant à Thomas et Jérôme, ils riaient ensemble, inchangés, toujours aussi inséparables et fidèles à leur tempérament d'autrefois.

« Alors, quoi d'neuf ? demanda Mathieu.

– J'me suis remis de mon accident et j'ai repris l'entraînement, c'est dur, mais je m'y habitue.

– J'ai appris que t'étais à l'hôpital, mec, j'ai trop flippé pour toi ! Mais j'vois que t'as géré, enchaîna Thomas. Alors, c'était comment ton centre de rééducation ?

– J'en ai bavé pendant trois mois, mais le centre était cool ! À part la bouffe à la cantine qui était dégueulasse... »

Leurs rires légers trahissaient une complicité qui semblait aller de soi.

« Et vous, vous devenez quoi ? reprit Eddy.

– Je vais sans doute redoubler, mes parents ne me laisseront pas partir en vacances... admit Mathieu.

– Ah, c'est con, ça...

– C'est pas si grave, j'pourrai quand même m'entraîner au foot ici pendant deux mois...

– Toujours aussi motivé à ce que j'vois, répliqua Eddy en adressant une petite tape amicale dans le dos de son camarade.

– Moi, pendant les grandes vac', j'vais bosser pour m'faire un peu d'fric, informa Paul.

– Vraiment ? Et où ça ?

– J'vais vendre des beignets sur la plage, ça va être sympa…

– Au moins, ça t'occupera… »

À ce moment-là, une nouvelle silhouette s'approcha du groupe, lançant un salut rapide. Eddy l'observa, intrigué, une impression de déjà-vu l'effleurant sans qu'il parvienne à mettre un nom sur ce visage.

« Vous parlez de quoi ? demanda le nouveau venu.

– On se racontait nos plans pour les vacances » répondit Jérôme d'une voix rauque, n'ayant pas encore ouvert la bouche depuis le petit matin.

J'suis sûr que je l'ai déjà vu, mais où ? Au lycée ? Nan, j'crois pas… C'est bizarre, on dirait que lui ne me reconnaît pas… pensa Eddy en faisant défiler de mémoire ses dernières soirées précédant son départ pour le centre de rééducation.

Soudain, son regard s'éclaira, comme si une pièce manquante venait de s'ajuster dans le puzzle de sa mémoire. Les autres, surpris par cette soudaine lueur dans ses yeux, échangèrent des regards interrogateurs.

« Qu'est-ce qui te prend ? demanda Mathieu.

– Ah… Heu… » bégaya-t-il, pris au dépourvu.

Tous les regards étaient braqués sur lui, attendant une explication. Eddy s'adressa directement au nouvel arrivant :

« Tu t'souviens pas d'moi ?

– Bah si, tout le monde te connaît, t'es Eddy… On s'était vu à la compétition de Méthée.

– Ouais, c'est bien c'que j'me disais ! C'est Antoine, toi, c'est ça ? »

Le garçon acquiesça discrètement, adoptant une posture réservée, comme s'il préférait garder une certaine distance.

« Alors, qu'est-ce qu'il devient, Stéphan ? poursuivit Eddy, indifférent à son attitude.

– Bah là, depuis une semaine, il a moins de temps pour moi. Mais t'as qu'à aller le voir, sinon… répondit Antoine, avec une certaine hésitation dans la voix.

— Vu que c'est ton pote, t'es pas sans savoir qu'il veut plus me parler... répliqua Eddy. Et toi, pourquoi tu l'vois moins ?

— Bah, c'est un super pote, mais il traîne souvent avec Lisa et un autre gars, Child. Franchement, lui, j'peux pas l'blairer, donc Stéphan essaie de partager son temps... »

C'est donc pas lui qui essaie d'le monter contre moi, songea Eddy.

« J'ai entendu parler d'ça, reprit Thomas en croisant son regard. Il paraît que Stéphan et toi, vous vous êtes pris la tête ?

— J'dirais pas ça comme ça, confia Eddy. Depuis mon retour, il veut plus du tout m'adresser la parole ! Et ses explications sont assez vagues...

— Pendant ton absence, il est devenu pote avec des gars qui t'aiment pas trop, expliqua Antoine, avec une certaine retenue. Ils t'accusent d'être à la base des problèmes dans le lycée.

— Sérieusement ? s'indigna l'ex-Président des élèves. C'est débile comme accusation ! Et en plus, ça a rien à voir entre lui et moi !

— Ouais, j'suis d'accord, c'est pour ça que j'ai essayé d'le raisonner, mais y'avait aussi d'autres trucs.

— Y'avait quoi d'autre ? demanda Eddy en fronçant les sourcils.

— Il m'a raconté son passé, et c'qu'il a traversé... »

Antoine fixa droit Eddy dans les yeux pour lui faire comprendre à quels épisodes il faisait allusion.

« Et il m'a dit que t'étais pas souvent là pour lui... ajouta-t-il.

— Pff, c'est n'importe quoi ! J'ai tout fait pour qu'on s'réconcilie, mais il veut rien entendre. Quand je l'appelle, il m'raccroche au nez, j'essaie même de faire passer des messages par sa mère, mais rien à faire ! C'est peut-être sa petite amie qui tente de nous séparer.

— Lisa ? demanda Antoine, dubitatif. Nan, j'pense pas. Moi, je pencherais plutôt vers Child. J'te l'ai dit, lui, j'le sens pas... »

Child ? Qui c'est celui-là ? Il sait même pas qui j'suis, pensa Eddy, frustré.

« Comment il me connaît c'gars ?

— J'en ai aucune idée... Quand Stéphan a commencé à traîner avec eux, moi de mon côté, j'me suis un peu éclipsé. J'préfère rester loin de tout ça. Entre Lisa, qui s'en prend aux Guerriers Fous, et lui qui, à c'qu'il paraît, vient de monter une bande avec un drôle de nom, c'était quoi déjà ? »

Antoine sembla alors rassembler les bribes d'éléments qui flottaient dans sa mémoire, avant que le nom ne lui revienne enfin :

« Heu… *J.K.D. Clan,* j'crois !

– Moi aussi j'en ai entendu parler, poursuivit Paul. Ils commencent à faire parle d'eux… »

J.K.D. Clan ? songea Eddy, stupéfait. *Jeet Kune Do… Mais qu'est-ce qui s'passe dans la tête de Stéphan ?*

« D'après la rumeur, ils font ça pour contrer les Guerriers Fous. Avec Stéphan à la tête du clan, ils apprennent à s'battre.

– Les Guerriers Fous ! s'exclama Eddy. Mais c'est la responsabilité des flics, ça ! Pas celle de la Présidente des élèves, et encore moins celle d'un élève !

– T'es pas au courant ? Pendant que t'étais au centre, c'est devenu pire qu'avant… La bande fout encore plus la merde et recrute grave. Les élèves commencent à en avoir vraiment ras-l'cul, et ils veulent s'organiser pour se défendre… »

Stéphan est devenu fou ! Il veut s'en prendre aux Guerriers Fous !?

« Mais c'est pas tout, ils ont déjà fini au poste de police ! L'autre jour, ils ont crocheté les serrures du gymnase pour entrer dans les salles. J'sais pas ce qu'ils sont allés foutre là-bas…

– Ils ont forcé les serrures ? répéta Eddy, n'en finissant pas d'être étonné. Moi, quand j'y allais avec Stéphan pour s'entraîner, on a toujours attendu qu'une porte reste ouverte…

– Ouais ! enchaîna Matthieu. Et j'peux te dire que ça a foutu un sacré coup à la réputation de Lisa ! La Présidente des élèves, jusqu'ici irréprochable, qui finit au poste !

– Elle m'a dit qu'elle s'en foutait, informa Antoine. Je l'ai vue hier et elle est convaincue que ça fait partie du jeu quand on s'attaque à un gang aussi puissant que celui de Mike. Elle dit que pour Stéphan, elle serait prête à recommencer… »

Eddy semblait perdu, sans voix.

« Décidément, je le comprends plus, je suis dépassé par tout ça ! conclut-il. Il devient comme les gars qu'il combat… C'est terminé, j'ai plus rien à voir avec lui…

— En fait, continua Antoine, ça reste mes potes, malgré tout. J'comprends ce qu'ils font. Ils essaient juste de défendre les élèves, et on peut pas leur reprocher d'agir. Au moins, eux, ils font quelque chose. Et pour toi, honnêtement, Stéphan avait l'air convaincant quand il parlait de tout ça. J'suis désolé, mais moi, j'lui fais confiance… »

Au fond de la grande cour, derrière les petits arbustes qui longeaient le terrain de basket, là où presque plus personne ne venait pour s'isoler, Stéphan et sa bande étaient allongés sur l'herbe tiède de cette belle matinée ensoleillée.

« Ça y est, les gens s'mettent à parler de nous… annonça le nouveau chef.

— Tu devrais être content, c'est c'qu'on voulait, dit l'un de ses acolytes.

— Ouais, c'est c'qu'on voulait tous… Mais y'a eu aucune réaction des Guerriers Fous, on sait pas ce qu'ils pensent de nous.

— C'est plutôt bon signe, ils flippent peut-être, suggéra Child. Depuis qu'on a créé la bande, personne a entendu parler d'eux.

— T'as sans doute raison… » acquiesça Stéphan, tout en se demandant si les choses pouvaient être si simples.

Depuis la création du clan, tous les adhérents s'étaient efforcés de propager la nouvelle ainsi que le but recherché : mettre une barrière aux agissements des Guerriers Fous. Un certain nombre de lycéens avaient souhaité rejoindre leurs rangs, faisant ainsi croître rapidement la bande en nombre et en popularité. La seule contrainte pour y être accepté était de pratiquer au moins un art martial, qu'importe le style.

« Qu'est-ce que tu crois qu'il faudrait faire pour avoir une réaction de ces cons ? demanda le Géant.

— Notre but, répondit Stéphan, était d'empêcher les Guerriers Fous d'harceler les lycéens, de bousiller les voitures, de foutre leurs graffitis partout… Jusque-là, on a obtenu satisfaction… »

Certains laissèrent échapper des murmures d'insatisfaction. Sans oser le dire, ils avaient espéré que, forts de leur effectif, Stéphan oserait enfin défier les Guerriers Fous de front.

« Mais on va pas rester là sans rien faire ! s'étonna Child. Si on a créé cette bande, c'est pour venir à bout de ces racailles…

— Qu'est-ce que tu racontes ? répliqua sèchement le Chef. On va pas s'battre contre des gens s'ils font plus d'mal à personne, c'est inutile !

— Mais…

— Il n'y a pas de *mais*, coupa Stéphan. C'est moi le chef, vous m'avez désigné et c'est donc moi qui prends les décisions. Si t'es pas d'accord avec c'que j'dis, bah vas-y, va t'battre contre eux…

— Nan, c'est bon, répondit Child, vexé de ne pas avoir été écouté. J'voulais juste t'aider à faire le bon choix.

— Et j'te rappelle qu'il y a encore quelques mois, tu étais avec eux…

— Tu vas m'rappeler ça éternellement ? J'suis parti de la bande et j'ai été menacé par eux : il te faut quoi de plus ? »

Stéphan resta silencieux, regrettant presque d'avoir abordé le sujet. Ce n'était ni l'endroit ni le moment pour en parler. Voyant le malaise s'installer, le Géant s'éclaircit la gorge, convaincu d'avoir trouvé une solution à leurs problèmes :

« Là, les Guerriers Fous, ils font genre qu'ils sont calmes, mais c'est juste pour éviter d'se faire gauler. À la moindre occase, ils vont recommencer, et cette fois, en effaçant tout derrière eux. On devrait trouver un moyen de les faire tomber dans leur propre piège, qu'ils s'plantent tout seuls, et qu'on puisse enfin les virer du bahut…

— Tu veux dire quoi par là ? demanda le chef, intrigué.

— Bah c'est simple, les Guerriers Fous s'amusent à tout bousiller sur leur passage, mais que se passerait-il si on l'faisait à leur place ? Ça les rendrait malades ! Ils se sentiraient obligés de réaffirmer leur domination sur le lycée, et on les prendrait en flagrant délit à ce moment-là !

— Mais si on a créé le J.K.D. Clan, c'est pour contrer les Guerriers Fous, pas pour prendre leur place, j'ai pas envie d'aller casser des bagnoles, moi !

— On est pas obligés d'aller jusque-là, réfléchit le Géant. On pourrait juste faire des petits trucs, genre des vols par-ci par-là, rien de trop grave. Si on pique un truc au lycée, franchement, ça changera pas grand-chose…

– Ouais, peut-être… répondit Stéphan, hésitant. On verra ça plus tard, quand les Guerriers Fous poseront de nouveaux problèmes. »

Les membres du J.K.D. Clan accueillirent l'idée avec entrain, débattant avec énergie comme s'ils étaient déjà en train de la mettre en œuvre. En revanche, Lisa s'opposa fermement à cette proposition, elle ne pouvait pas voler l'établissement pour lequel elle s'était engagée. Son petit ami calma le jeu en précisant qu'ils pourraient se contenter de lancer des rumeurs de vols juste pour impressionner les Guerriers Fous.

« Qu'est-ce que tu fais ? demanda alors Stéphan à Vincent après un moment de flottement.

– J'cherchais mon argent pour acheter une boisson, mais j'le trouve pas. Ça doit encore être dans la salle, répondit le garçon en fouillant son sac.

– Si tu veux, on y va ensemble.

– OK, vas-y. »

Stéphan et Vincent se levèrent, suivis de Child qui proposa de les accompagner.

« On revient tout d'suite » dit le chef à sa petite amie.

« Regardez-moi ces enculés, ils sont juste là, en bas ! » lança Mike à sa bande.

À l'abri des regards, ils avaient préféré rester dans les couloirs pendant la pause. De là, ils avaient vue sur toute la cour grâce aux grandes vitres qui éclairaient l'intérieur du lycée. Cela faisait maintenant une dizaine de minutes que Mike observait ce mec : Stéphan. Qui pouvait bien être cet inconnu qui avait réussi à gagner la confiance de tout le monde ? Il ne semblait pourtant ni avoir l'apparence, ni l'attitude de quelqu'un qui cherchait à se faire remarquer… Mike détourna son attention vers ses acolytes quand Stéphan, accompagné de deux autres gars, avaient quitté leur groupe.

« Putain, c'qu'ils me foutent la haine, ces cons ! cria Sara. Pour qui ils s'prennent ?

– Tu crois que j'suis pas vénère, moi ? répondit Arnold

en s'avançant vers elle. J'te rappelle qu'il m'a mis une droite devant tout le monde !

– Et c'est qui l'connard qui est allé le provoquer, hein ? »

La fille semblait enragée, elle saisit le garçon par le col de sa chemise et le plaqua contre le mur. Pris au dépourvu, ce dernier ne sut comment réagir.

« En t'faisant latter la gueule, tu l'as fait passer pour un héros !

– C'est Mike qui m'a dit d'y aller !

– Il t'a demandé de parler à Child, pas de foutre la merde ! »

La fille aux cheveux rouges était en furie, elle n'avait pas ressenti autant de colère depuis bien longtemps. Les récents coups portés aux Guerriers Fous avaient ravivé une rage qu'elle ne pouvait contenir. Sara abattit son poing contre le mur, y laissant une trace écarlate. Le sang perlait entre ses doigts, mais son expression restait figée, indifférente à la douleur.

Au loin, un élève s'aventura dans les couloirs, puis, quand il les aperçut, le garçon décida aussitôt de faire demi-tour.

« Et vous avez entendu la dernière, ils ont créé une bande : le J.K.D. Clan···

– C'est quoi, cette connerie ?

– J'connais pas leurs intentions··· On m'a dit qu'ils voulaient nous faire peur··· fit Mike, en ricanant. Sérieux, avec un nom aussi ringard ?

– Ah ouais ? » lança Sara dans sa direction.

Elle avança d'un pas ferme vers lui, le regard bouillonnant.

« Et tu crois pas que c'est le moment d'aller les voir ?

– Et tu veux que j'fasse quoi, hein ? » répliqua violemment Mike.

La fille recula sous la prestance de l'homme.

« J'ai les flics au cul, j'vais pas tarder à m'faire virer, et toi, tu voudrais que j'me montre ? »

Il lui serra fermement le bras comme s'il voulait s'assurer que ses paroles entraient bien dans son crâne. Pour le reste de la bande, et au grand bonheur de Cassandra, il était étonnant de voir Sara se soumettre sans répliquer. Sous l'étreinte, elle grimaça de douleur.

« OK ! reprit le chef. Laisse-moi gérer, c'est moi qui décide ! »

Les trois garçons pénétrèrent dans l'enceinte du lycée par une porte de derrière, puis empruntèrent les escaliers pour accéder au deuxième étage.

« C'est quelle salle déjà ?
— J'sais plus trop, y'en a tellement ! »
Les couloirs étaient longs et les salles nombreuses.
« J'crois que c'était la 102.
— Ouais, c'est ça, c'est celle-là !
— Moi aussi, j'vais en profiter pour prendre un peu d'argent, dit Stéphan, tu m'as donné soif. »

Il se rendit au fond de la salle pour récupérer son sac abandonné au sol.

Où j'ai mis mon fric, déjà ? se demanda-t-il.

Il ouvrit une les poches latérales, *Ah ouais, c'est là !* Prenant un peu de monnaie, il reposa son sac avant de se retourner vers ses amis.

« Mais qu'est-ce que vous foutez ? » s'étonna-t-il.

Child tenait un sac qui, manifestement, ne lui appartenait pas, tandis que Vincent, sans se soucier de la moindre discrétion, fouillait frénétiquement dans un tiroir du bureau du professeur.

« Moi… Je heu… balbutia Child ayant l'air de chercher une réponse valable. C'est l'sac du Géant, il m'a demandé de lui ramener un truc…
— Et moi, j'fais rien de mal, j'regarde juste les affaires du prof. Tu veux pas savoir ce qu'il a ? enchaîna Vincent en haussant les épaules.
— On est pas là pour ça, rétorqua Stéphan. Allez, rangez-moi tout ça ! Et Child, arrête de m'prendre pour un con !
— C'est bon, t'énerve pas » répondit le garçon en glissant

nonchalamment une main dans sa poche.

Stéphan s'approcha de la fenêtre et fixa la cour de récréation en contrebas. À travers les carreaux poussiéreux, il aperçut Lisa avec sa petite bande, tous riant et discutant. Il resta silencieux un instant, son regard s'attardant sur la scène, avant de détourner les yeux. Une pointe de réflexion traversa son esprit, mais il ne la formula pas, préférant garder ses pensées pour lui.

« Mike avait raison, entendit-il d'une voix féminine derrière lui. Il suffisait d'attendre le bon moment… »

Faisant face, l'adolescent découvrit la présence d'une jeune fille accompagnée de trois adolescents corpulents dans l'encadrement de la porte. Le contre-jour l'empêchait de distinguer leur visage.

« C'est… Ils font partie des Guerriers Fous… lâcha Vincent, hésitant, comme s'il peinait à y croire.

– Maintenant qu'on est qu'entre nous, on va pouvoir régler nos comptes ! lança la fille qui semblait être la meneuse du petit groupe.

– J'te reconnais, dit Stéphan, tu traînes avec Mike… Apparemment, il se met à recruter chez les enfants !

– Ah ah, t'es un marrant, toi ! Mais profites-en tant que tu l'peux encore ! ricana l'adolescente.

– Tu m'impressionnes pas du tout, répliqua le chef du J.K.D. Clan, déjà en position de garde.

– À c'que je vois, t'as pas l'air de savoir à qui tu t'adresses.

– Elle, c'est Sara, précisa Child, d'une voix tremblante. Une vraie dingue…

– Toi, l'traître, tu vas vite comprendre qu'on s'fout pas d'la gueule de Mike comme ça… »

Les trois Guerriers s'avancèrent d'un pas lourd, leur entrée dans la salle ressemblait à une mise en scène bien orchestrée. Child et Vincent reculèrent instinctivement, l'un d'eux agrippant fébrilement le bord d'une table comme s'il cherchait un ancrage. Ils ne voulaient pas ça, ils ne voulaient pas en arriver là et pensaient que les Guerriers Fous n'oseraient jamais se confronter physiquement à eux. Tout ça ne devait rester qu'un jeu de provocation !

Quand les trois se dévoilèrent complètement, Stéphan sentit

son souffle se couper un instant. L'un des acolytes de Mike dut incliner sa tête pour franchir l'encadrement de la porte. Sa carrure imposante semblait avaler l'espace. Il était encore plus grand que le Géant, dépassant probablement les deux mètres dix.

« Qui c'est, celui-là ? demanda Vincent, affolé. J'le connais pas !

– Vous connaissez pas notre dernière recrue ? demanda Sara, avec une satisfaction non dissimulée. Il est pas du lycée, c'est normal... On l'appelle le Colosse, et il est venu juste pour vous dire bonjour ! »

Elle croit m'faire flipper avec son gorille ? pensa Stéphan, le regard fixe et un rictus imperceptible au coin des lèvres.

Ses yeux glissèrent alors sur les visages derrière le Colosse. Il reconnut Benjamin en premier, un flash du collège revint aussitôt : des insultes échangées, des coups. Mais c'est quand son regard croisa celui du dernier Guerrier Fou qu'il sentit son cœur rater un battement. *Arnold !* Pas besoin de souvenirs lointains, c'était gravé. Cette haine froide qui l'envahissait chaque fois qu'il voyait ce visage. Maintenant, ils étaient là, ensemble, dans la même pièce, et il était clair que personne n'allait se défiler.

Par manque d'attention, Stéphan ne vit pas voler vers lui une chaise à toute allure. Il se la prit de plein fouet et s'écroula en arrière. Étourdi, il resta un instant à terre, cherchant à comprendre ce qui venait de se passer tandis que le brouhaha de la salle augmentait.

L'bâtard, il a attendu qu'j'sois distrait pour m'balancer ça...

Brutalement, Stéphan prit un coup de pied en plein abdomen. Il encaissa la douleur et, par réflexe, effectua une roulade arrière pour se remettre sur pied instantanément.

« Tu m'auras pas une seconde fois ! » lança Stéphan en essuyant du revers de la main le sang qui coulait de sa joue.

Soudain, des hurlements retentirent depuis le fond de la salle : c'était Child, au sol, pris sous le poids de Benjamin qui le frappait sans relâche. Stéphan n'hésita pas une seconde et bondit en avant pour l'aider. Il escalada une table pour se frayer un chemin, mais un geste brusque interrompit sa course : une main ferme venait de l'attraper dans le dos. Il se retourna, et son regard croisa celui d'Arnold.

« Tu vas payer les patates que tu m'as mises ! » dit-il, la voix chargée de défi.

Child subissait une avalanche de coups, il fallait agir vite. Arnold, déterminé, agrippa le T-shirt de Stéphan, mais ce dernier réagit instantanément en exécutant un saut périlleux arrière. Retombant derrière son adversaire, il envoya un coup de pied fulgurant dans son dos. Arnold bascula violemment, s'écrasant sur une table avant de finir au sol dans un grognement de douleur. À peine avait-il touché terre que Stéphan se précipitait déjà vers Child et Benjamin, prêt à intervenir.

« Massacre-le, c'connard ! » ordonna-t-il au Colosse.

Ce dernier lâcha enfin Vincent, qui s'effondra à moitié conscient. De son côté, Stéphan ne perdit pas une seconde et se jeta sur Benjamin, le percutant brutalement au niveau de l'abdomen pour le plaquer au sol. Dans la foulée, il pivota sur lui-même et asséna un coup de pied précis au visage de son adversaire, qui n'eut pas le temps de réagir avant de s'écrouler. Se précipitant ensuite vers Child, Stéphan s'agenouilla à ses côtés. L'adrénaline lui faisait ignorer la douleur dans ses muscles, focalisé uniquement sur l'état de son ami. Il posa deux doigts sur son cou pour vérifier son pouls. *Il est OK*, se rassura-t-il. Mais un grognement derrière lui attira son attention : Arnold, visiblement sonné, tentait de se redresser, agrippant une chaise pour se stabiliser. Benjamin, à moitié conscient, gisait à quelques mètres. Stéphan fronça les sourcils. *Où est passé l'autre ?* Son regard se durcit en parcourant la salle. Aucune trace du Colosse…

« Attrape ça ! » cria une voix au-dessus de lui.

L'adolescent n'eut pas le temps de réagir qu'un objet massif voltigea vers lui. Il tenta de s'écarter, mais la chose fusa trop rapidement. Le choc le projeta violemment un mètre en arrière, et il se retrouva coincé sous le poids écrasant de l'objet.

C'est quoi, cette merde !? pensa-t-il, le souffle coupé. *Une table ? Il m'a balancé une table, ce taré !*

Immobilisé, Stéphan inspira profondément pour reprendre ses esprits. Il s'apprêtait à tenter de se libérer lorsqu'un poids encore plus lourd s'ajouta à la pression déjà insoutenable. Une ombre gigantesque se découpa au-dessus de lui, et il reconnut sans peine la silhouette massive du Colosse. L'adolescent tenta de bouger, mais l'homme géant sauta soudainement sur la table, intensifiant sa souffrance.

« Cette fois-ci, je pense que t'es foutu ! » nargua Benjamin, s'approchant par la droite avec un sourire triomphant.

« On va bien s'amuser avec toi, gamin… » ajouta le Colosse, faisant de petits bonds sur la table pour prolonger l'agonie de Stéphan.

Les cent vingt kilos du garçon lui écrasèrent la cage thoracique, comprimant son souffle jusqu'à lui faire tourner la tête. Puis, sans prévenir, un coup brutal à la tempe l'envoya dans un vertige infernal. Tout autour de lui semblait vaciller : le plafond n'était qu'un tourbillon flou, et les sons s'embrouillaient en un chaos indistinct. Des éclats de rire se mêlaient à sa nausée grandissante, tandis qu'un goût amer et acide remontait dans sa gorge. Son corps refusait de bouger sous ce poids qui le broyait. Un éclat plus distinct traversa pourtant ce brouillard : le rire grinçant de Sara, chargé d'une jubilation presque malsaine.

Puis, un hurlement déchirant fendit l'air, le ramenant brutalement à la réalité. Le poids oppressant disparut soudain, laissant seulement la table qui l'emprisonnait. Rassemblant ce qui lui restait de force, Stéphan roula sur le côté, repoussa le meuble et se redressa, chancelant. Il toussa violemment, recrachant l'air brûlant qui lui consumait la poitrine. Sa vue était encore trouble, mais il devinait des silhouettes mouvantes dans la salle. Peu à peu, la scène s'éclaircit. Le Colosse, plié en deux, pressait une main ensanglantée contre son dos. Benjamin luttait contre une autre figure indistincte, tandis qu'à sa gauche, Stéphan aperçut Vincent, fermement agrippé à un objet qu'il peinait à reconnaître dans le chaos ambiant.

Ils sont encore debout, se dit-il, le sang bouillonnant dans ses veines. *Faut que j'aille les aider !*

« Vincent ! cria-t-il. Tu vas bien ? »

L'interrogé se retourna, son regard éclairé par un mélange de soulagement et de détermination :

« Content de te revoir parmi nous ! On va pouvoir les défoncer !

– Mais… comment t'as fait pour dégager la table alors que l'autre connard était dessus ? »

Vincent brandit un petit objet métallique, les doigts encore crispés dessus :

« Par chance, j'suis tombé sur un compas par terre. J'lui ai mis un bon coup dans l'dos, ça l'a calmé sur le moment. »

À ces mots, un rugissement bestial résonna derrière eux :

« Tu vas m'le payer ! » hurla le Colosse en se jetant sur Vincent, l'écrasant sous son poids monstrueux.

Stéphan n'hésita pas une seconde et s'interposa. Mais l'ennemi, dans un mouvement furieux, l'attrapa au cou, ses doigts énormes se refermant comme un étau. L'air sembla soudainement disparaître, et le chef du J.K.D. Clan suffoqua, tentant désespérément de se libérer.

« Arr… Arrête ! » balbutia-t-il, sa voix à peine audible.

Le Colosse resserra encore plus sa prise, ses yeux brillant d'une rage incontrôlable.

« Tu… Tu vas… me tuer… » articula Stéphan dans un dernier souffle.

Un sourire cruel se dessina sur le visage du géant :

« J'm'en fous ! T'as osé provoquer les Guerriers Fous, c'est trop tard pour regretter ! »

Il est vraiment dingue !

Voyant ses forces faiblir, Stéphan, à bout de souffle, opta pour une solution de dernier recours. D'un geste désespéré, sa main se referma en pique et fusa vers les yeux du Colosse. L'impact fut immédiat : l'assaillant hurla de douleur, reculant et relâchant sa prise. Profitant de cette ouverture, Stéphan ne perdit pas une seconde et lui asséna un puissant coup de poing en plein visage. Sans attendre, il balaya la salle à la recherche de Child et Benjamin. Son regard se fixa sur le couloir où les deux se débattaient encore, ballottés par leur affrontement. Stéphan s'élança pour lui prêter main-forte, criant des encouragements à son ami.

Soudain, la sonnerie de fin de récréation retentit, stridente et oppressante, couvrant les bruits du combat. Perdu dans l'adrénaline et l'urgence, Stéphan réalisa qu'il avait complètement oublié la raison de leur venue dans cette salle.

« Child, barre-toi ! s'écria Stéphan. Les profs vont rappliquer, 'faut qu'on s'tire d'ici ! »

Benjamin, épuisé et chancelant, semblait avoir perdu toute sa vigueur. Normalement, il aurait mis Child au tapis en un rien de temps, mais son affrontement précédent contre Stéphan l'avait affaibli au point de ne plus tenir debout correctement. Profitant de cette faiblesse, Child lui asséna un coup au niveau des jambes, le faisant basculer en arrière. Benjamin trébucha dans les escaliers et s'effondra, inconscient. Malgré sa victoire, Child titubait, à bout de force.

« Allez, viens ! Magne-toi l'cul, on doit foutre le camp ! » ordonna Stéphan.

Soudain, un choc violent percuta Stéphan sur le côté droit. Une douleur intense se propagea dans sa nuque, le faisant tituber. Par réflexe, il s'appuya contre le rebord de la porte avec son épaule opposée.

Qu'est-ce que c'est qu'cette douleur ?

Sa main se posa sur sa nuque blessée, et il sentit une chaleur poisseuse. Lorsqu'il la retira, ses doigts étaient recouverts d'un liquide rouge.

Merde…

Des fourmis lui parcoururent le bras droit, il retira sa main et la découvrit trempée de sang. Derrière lui, un ricanement moqueur résonna. Avec difficulté, il se retourna et croisa le regard du Colosse, un compas ensanglanté à la main.

« C'est œil pour œil, mon gars… » murmura l'assaillant, visiblement à bout de souffle.

Un éclair de rage traversa Stéphan. Ignorant la douleur, il décocha un coup de pied foudroyant dans l'abdomen du Colosse. Le géant bascula en arrière et alla s'écraser contre une table dans un fracas qui résonna à travers la salle.

Le champion de Jeet Kune Do, pourtant debout, ne pouvait plus tenir. Une grimace de douleur déforma son visage tandis qu'il s'adossait à un mur, une main cramponnée à la poignée de la porte pour ne pas chuter complètement. Le sang continuait de ruisseler sous son T-shirt, laissant des traînées sombres.

Il est cinglé, c'mec… Il m'a planté avec c'foutu compas…

« Ça y est, t'es content ? T'es fier de toi ? » lança une voix glaciale.

Stéphan n'eut pas besoin de lever la tête pour savoir à qui elle appartenait. La fille aux cheveux rouges, Sara, se tenait devant lui, vibrante de colère, les bras croisés.

« C'est à moi qu'tu parles, là ? Qui est venu chercher la merde, hein ? rétorqua-t-il d'une voix rauque, chaque mot résonnant comme une torture.

– Fais ton malin tant que tu peux… La gloire, ça ne dure qu'un temps, tu vas redescendre aussi vite que t'es monté. »

Stéphan, essuyant le sang sur son menton, la toisa avec mépris.

« Ouais… C'est ça… Barre-toi, va rejoindre ta bouffonne de Mike… »

Curieusement, elle se retira avec fierté, malgré sa défaite. Stéphan, à bout de souffle, laissa échapper un râle douloureux. Cet échange l'avait vidé de ses dernières forces. Son regard parcourut la pièce dévastée. À sa droite, le bureau du professeur était en désordre, un tiroir béant : *Mais qu'est-ce qu'il cherchait, Vincent ?*

Un peu plus loin, le Colosse gisait, inconscient, à même le sol : *J'l'ai mis KO, ce con…*

Vers le fond, près des fenêtres, il aperçut Vincent étendu, immobile : *J'suis fier de lui. C'est grâce à lui que j'ai pu m'libérer…*

Mais Arnold ? Où est-ce qu'il est passé ? Il a dû s'barrer pendant que j'étais occupé. Quel lâche…

La salle était un champ de bataille : des chaises renversées, des cartables ouverts, des cahiers éparpillés. Une table, projetée au fond, avait creusé un trou dans le mur.

Child… Il a dû réussir à s'tirer, lui…

Stéphan serra les dents en évaluant sa propre situation : *Moi aussi, j'dois foutre le camp… mais Vincent va s'faire choper. Qu'est-ce que j'peux faire ? Si j'reste, on est foutus tous les deux…*

Soudain, des pas lourds retentirent dans le couloir, résonnant de plus en plus fort. *Merde… quelqu'un arrive. Faut qu'j'me casse. Mais par où ?*

Un frisson d'urgence lui traversa l'échine en entendant le brouhaha s'intensifier. D'après le vacarme, une classe entière semblait s'approcher.

Là-bas, au fond d'la salle, y'a une porte… J'sais pas où elle mène, mais c'est ma seule chance…

S'agrippant à une table, il se releva avec difficulté. Le sang continuait de couler abondamment et longeait le contour de son épaule. Il glissait facilement sur la peau lisse recouvrant ses muscles saillants. Arrivant et poursuivant sa route sur l'avant-bras, il devait faire face à un nouvel obstacle : les poils. Mais le liquide rouge trouvait toujours un chemin, parvenant sans difficulté jusqu'à la main. Il se faufilait entre les phalanges jusqu'à en recouvrir les ongles. Le sang forma alors une goutte au bout de chaque extrémité des doigts. Une fois celles-ci trop lourdes, elles se détachaient, attirées par la pesanteur, puis venaient s'écraser au sol après de multiples formes hasardeuses dans l'air.

À chaque pas, une nouvelle éclaboussure marquait son passage. Le sol devenait une carte désordonnée de son effort, chaque éclat de sang était le tic-tac qui le séparait de la liberté. Les voix se rapprochèrent et, il avait beau se dépêcher, elles prirent inlassablement du terrain. Stéphan arriva enfin à la porte qui le mènerait dans un endroit, certes, inconnu, mais qui serait sans doute mieux que cette salle trop connue.

Ça y est !

Il posa une main tremblante sur la poignée, l'ouvrit doucement, et une lumière vive perça la pénombre de la pièce.

J'ai réussi !

« Que s'est-il passé ici ? » lança alors une voix sèche derrière lui.

Stéphan pivota lentement et aperçut M. Paco, son professeur principal, accompagné de plusieurs camarades de classe, le visage médusé par le spectacle.

« Alors, Stéphan ! Tu vas me répondre ? Que s'est-il passé ? » insista le professeur, les mâchoires crispées, peinant à cacher son incrédulité.

20

Ciel étoilé

6 mars 1991

Le Soleil brillait faiblement dans le ciel, teintant les nuages environnants de nuances rouge orangé. Assise sur un banc du lycée, Lisa observait ce spectacle en silence. Les nuages, drapés de rose et d'orange, semblaient glisser doucement vers l'horizon, emportant avec eux la lumière déclinante. Quelques rayons épars perçaient encore la couche nuageuse, traçant des sillons dorés dans le ciel.

Quel spectacle... pensa-t-elle, fascinée. Le ciel, malgré tout, parvenait toujours à lui offrir un semblant de paix. Elle ferma les yeux un instant, respirant profondément. Pourtant, son esprit n'était pas aussi calme qu'elle le souhaitait. L'atmosphère tendue à la maison après l'affaire du gymnase, les reproches répétés de ses parents, le précédent épisode avec les Guerriers Fous qui avait déclenché plusieurs réunions d'urgence avec l'équipe administrative... Tout cela pesait sur elle.

Mais là, en cet instant, elle décida de mettre ces pensées de côté. Ce soir, elle voulait simplement profiter de Stéphan, oublier le chaos quelques heures et s'accorder une bulle de répit.

Soudain, une alarme retentit, arrachant Lisa à ses pensées. Elle attendait Stéphan depuis une dizaine de minutes, espérant une promenade tranquille en sa compagnie par cette belle journée printanière. Les pétales des arbres, ramenés à la vie par les premières douceurs, virevoltaient sous la légère brise. Alors que les élèves commençaient à sortir du lycée, elle repéra enfin son petit ami accompagné de Vincent et du Géant.

« Tiens, t'es là ! lança-t-il en s'approchant d'un pas énergique. Ça m'fait plaisir, je comptais justement aller à la plage avec les gars. Tu viens avec nous ? »

Le sourire de Lisa vacilla légèrement. Elle aurait préféré une soirée en tête-à-tête, loin de leur groupe. Depuis quelque temps, leur popularité prenait trop souvent le dessus sur leur vie privée. Mais, se maîtrisant, elle répondit avec un enthousiasme feint :

« Évidemment que je viens ! »

Stéphan, sensible à son hésitation, la saisit doucement par la taille et murmura :

« Ça va ? T'as envie de sortir ? »

Lisa hocha la tête, esquissant un sourire discret. Ce n'était ni le moment, ni le lieu pour évoquer ses envies d'intimité. Seul Antoine manquait au rendez-vous. Le matin même, alors que Stéphan avait insisté pour qu'il reste après les cours, il avait décliné, expliquant qu'il préférait le voir en tête-à-tête, loin de toute la bande.

« Eh, regardez qui arrive là-bas ! » lança Vincent en posant une cigarette sur ses lèvres.

Child descendait la rue qui menait à leur établissement et leur adressa un signe de main pour se faire voir. Une fille svelte et élégante l'accompagnait.

« On le voit toujours avec des meufs lui, et il veut même pas nous en présenter au moins une ! plaisanta le Géant.

— Salut, Child ! lança le chef du groupe. Qu'est-ce que tu fais ici ? Le lycée, c'est pas vraiment ton truc, nan ?

— Dis pas n'importe quoi, j'ai juste fini les cours un peu plus tôt aujourd'hui. Vincent m'a parlé de la petite excursion sur la plage, et j'suis allé chercher une amie ! »

Le groupe reconnut aussitôt la fille qui l'accompagnait : Samantha. Ils l'avaient rencontrée quelques jours plus tôt lors de la fameuse soirée qui s'était terminée au poste de police. Samantha était l'une des figures incontournables du lycée, admirée autant pour sa beauté que pour son charisme. Ses longs cheveux blonds descendaient en une cascade soignée jusqu'au bas de son dos, encadrant un visage aux yeux verts en forme d'amande. Sa peau naturellement hâlée ajoutait à son allure de mannequin et, avec son mètre soixante-quinze, elle ne passait jamais inaperçue. Plusieurs agences l'avaient déjà approchée. Le Géant la salua et jeta un regard taquin à Child.

« Encore en train de t'foutre de moi, répliqua ce dernier. Qu'est-ce qui t'fait marrer, cette fois ?

— On s'est fait choper par les flics avec ta copine, et elle est encore là ! Comment un garçon aussi petit et bête que toi peut avoir autant de succès avec les filles ? »

Stéphan, amusé, éclata de rire et lui tapa amicalement dans le dos. Depuis peu de temps, Child était devenu la cible privilégiée du groupe. La moindre plaisanterie lui était inévitablement destinée.

« Je trouve pas qu'il soit bête, intervint Samantha en le défendant. Il joue les durs avec vous, mais en vrai, il est plutôt gentil et attentionné. »

L'ombre d'un sourire satisfait passa sur le visage de Child. Cette remarque, plus qu'un simple compliment, suffisait à faire bouillir le Géant. Puis, pour détourner l'attention, il prit Stéphan par les épaules pour lui demander s'il s'était remis des récentes péripéties.

Le chef du clan portait une large compresse qui lui recouvrait en partie la nuque. La bandoulière de son sac le faisait souffrir et l'obligeait à le porter à la main.

« Alors, tu m'réponds pas ? » insista Child.

Stéphan, le regard vague, répondit qu'il n'avait pas la tête à parler de tout ça. Sa voix était distante, presque détachée, mais ses gestes trahissaient la douleur qui persistait. Il savait que son passage en conseil de discipline était imminent, mais il s'efforçait de ne pas y penser. Après la bataille dans la salle de classe, lui, qui en était sorti vainqueur, avait été transporté à l'hôpital en raison de sa blessure à l'épaule. Le médecin avait été rassurant quant à la gravité de la blessure. Après un nettoyage en profondeur et quelques points de suture, le médecin avait prescrit des antibiotiques et des soins antiseptiques réguliers.

Stéphan changea brusquement de conversation, demandant à ses amis s'ils prévoyaient d'aller directement à la plage. Vincent répondit qu'il souhaitait d'abord s'arrêter au supermarché pour acheter quelques boissons, et le groupe décida de l'accompagner. Sur son visage, des ecchymoses marquaient encore les traces du combat. Rejoindre le clan n'avait jamais été, pour lui, synonyme de telles violences. Pourtant, ces souvenirs restaient ancrés dans son esprit, ressurgissant comme un choc brutal. La vision des Guerriers Fous se tenant dans l'encadrement de la porte le hantait encore : un mélange d'effroi et d'incompréhension l'avait paralysé. Son cœur avait bondi comme s'il cherchait à s'échapper de sa poitrine. Ce fut la première fois de sa vie qu'il faisait face à une vraie confrontation physique. Il avait naïvement pensé qu'un échange suffirait à apaiser les tensions. Cependant, la scène avait dégénéré avant même qu'il ne puisse ouvrir la bouche.

Après une demi-heure de bus pour traverser la ville, le J.K.D. Clan se dirigea enfin vers la plage, des boissons à la main. La lumière orangée effleurait encore l'horizon, tandis que les teintes du ciel se fondaient doucement dans l'océan calme. Quelques couples, main dans la main, profitaient de la chaleur persistante en déambulant sur le sable, accompagnés par le murmure du soir qui s'installait. Stéphan se posa et Lisa se blottit dans ses bras. Sur leur gauche, Samantha resta aux côtés de Child qui lâcha un soupir de réconfort :

« Ça fait vraiment du bien de s'retrouver là, après une longue journée d'taf…

– Dois-je te rappeler que t'as fini bien avant nous, aujourd'hui ? rétorqua le Géant, visiblement ravi de jouer au comique devant Samantha.

– Arrête de m'rabâcher ça, j'ai dû courir partout pour régler des trucs » répondit Child en levant les yeux au ciel.

Stéphan tourna la tête vers lui, intrigué. Il n'avait pas l'habitude de le voir aussi mystérieux et lui demanda directement ce qui l'avait tant occupé.

« Rien d'fou, j'ai juste dû attendre Samantha un bon moment, c'est tout… répondit-il, un brin gêné.

– J'voulais pas sortir mal fringuée ! » s'exclama-t-elle en haussant les épaules, un brin provocante.

Rien ne semblait jamais l'atteindre. Quelles que soient les paroles qu'on lui lançait, elle trouvait toujours une réplique légère à opposer. Conquis, Child n'avait pas su résister. Lorsqu'elle était finalement arrivée, après une demi-heure de retard en s'excusant avec un large sourire désarmant, Child s'était surpris à oublier son agacement, comme si son impatience n'avait jamais eu lieu.

Stéphan, l'air soucieux, lui lança un regard appuyé :

« T'as pas été traîner près des Guerriers Fous, j'espère ?

– Tu me prends pour un inconscient ou quoi ? Même à trois, on a failli y passer la dernière fois. Alors seul ? Pas question. Si j'en croise un, crois-moi que j'foutrais le camp sans attendre… »

Un sourire rassuré traversa le visage de Stéphan.

« Tant mieux. Ces types sont vraiment cinglés. Faites gaffe, tous. »

La conversation s'éteignit sur ces mots. Le chef s'étendit sur le sable frais, coupant court à toute discussion sur le clan ennemi. Ce soir, il voulait penser à autre chose.

La soirée s'étirait dans une quiétude apaisante, ponctuée par les rires clairs de Samantha. Child, fidèle à lui-même, multipliait les remarques drôles, déclenchant à chaque fois un éclat de rire chez elle. Elle finit par le complimenter, mi-sérieuse, mi-taquine, sur son humour inépuisable. En retrait, le Géant observait la scène. Ses moqueries habituelles à l'égard de Child cachaient mal la satisfaction qu'il ressentait en le voyant ainsi, détendu, presque heureux. Non loin d'eux, Vincent remarqua que Stéphan semblait absent, le regard fixé vers le ciel, comme happé par ses pensées. Intrigué, il s'approcha.

« À quoi tu penses ? » demanda-t-il, mais Stéphan resta muet, comme s'il n'avait rien entendu.

Vincent fronça les sourcils, posa une main ferme sur son épaule et insista :

« Alors, tu comptes répondre ou quoi ? »

Stéphan sursauta légèrement, comme tiré brusquement d'un rêve. Il tourna la tête vers Vincent, visiblement troublé.

« Hein ? Qu'est-ce qu'il y a ?

– Je t'ai juste demandé ce que tu faisais. »

Stéphan baissa les yeux une seconde, presque embarrassé, avant d'expirer longuement.

« Je regardais les étoiles, c'est tout. »

Sa réponse, simple et presque candide, arracha un sourire amusé aux autres. Samantha, en aparté, souffla à Lisa que son petit ami cachait bien son côté romantique

« Observer les étoiles, ça n'a rien de romantique. C'est juste prendre le temps d'apprécier ce qui vaut vraiment le coup autour de nous. »

Vincent, intrigué, haussa un sourcil.

« Toi, tu t'intéresses aux étoiles ? J'aurais jamais deviné.

– Bien sûr, répondit Stéphan, comme une évidence. Depuis que je suis gosse. Ce soir, le ciel est particulièrement clair, et franchement, c'est un spectacle. »

Child, curieux, leva la tête. À peine son cou incliné, il sentit un tiraillement désagréable dans sa nuque, comme si ce mouvement lui était étranger depuis des années. Il plissa les yeux et secoua la tête.

« Sérieusement ? Tout ce que j'vois, c'est des points jaunes sur un fond noir. »

Stéphan se tourna vers lui, légèrement exaspéré.

« Des points jaunes ? T'es en train de me dire que t'as jamais vraiment observé le ciel ? »

Pris de court, Child bredouilla une vague réponse qui ne convainquit personne. Le chef leva la main et désigna le zénith.

« Regarde mieux. Là-haut, au centre, cette étoile qui brille plus que toutes les autres, tu la vois ? »

Les autres levèrent les yeux à leur tour, scrutant les ténèbres. Samantha fut la première à réagir.

« Ah oui, je la vois ! Elle brille comme un phare !
– Et pour toi, elle est jaune ? »

Le Géant, concentré, fixa l'astre. Puis il se figea, surpris.

« Attends… Elle est pas jaune. Elle est bleue !
– Exactement, lâcha Stéphan, satisfait. Les étoiles, elles sont pas toutes jaunes, tu sais. Il y en a des bleues, des oranges, des rouges. Mais pour voir tout ça, il faut prendre le temps de lever les yeux et de regarder. »

Samantha, intriguée, se surprit à demander de quelle étoile il s'agissait.

« Sirius, répondit Stéphan. C'est l'étoile la plus brillante visible depuis l'hémisphère nord. »

Un silence contemplatif s'installa parmi le groupe, chacun absorbé par la voûte étoilée. Child, pourtant, soupira au bout de quelques minutes.

« Franchement, t'as quand même vite fait de faire le tour. C'est juste des points brillants… »

Stéphan secoua la tête, un sourire amusé sur les lèvres.

« T'as rien vu, alors. Regarde mieux. Par exemple, là-bas, juste au-dessus de l'horizon, tu peux repérer la Grande Ourse. »

Il désigna une série d'étoiles qui, avec un brin d'imagination, formaient vaguement une casserole. Lisa plissa les yeux, concentrée.

« C'est quand même drôle, ces étoiles qui forment des dessins… même si c'est vrai qu'il faut faire marcher sa cervelle. »

Stéphan continua son explication, pointant cette fois une constellation dessinant un W dans le ciel.

« Et ça, c'est Cassiopée. Facile à repérer, non ? »

Puis, après une pause, il désigna un point lumineux frôlant l'horizon.

« Et là, l'étoile du Berger.

– Elle est magnifique ! s'extasia Samantha.

– Attends, tu dis que Sirius est l'étoile la plus brillante, mais celle-là brille encore plus » s'étonna le Géant.

Stéphan hocha la tête, son sourire s'élargissant.

« C'est parce que l'étoile du Berger n'est pas une étoile. C'est une planète. »

Vincent, surpris, releva la tête.

« Une planète ? Sérieusement, on peut voir des planètes comme ça, à l'œil nu ?

– Bien sûr, répondit Stéphan avec un ton presque professoral. Celle-ci, c'est Vénus, la planète la plus chaude du système solaire. »

Il balaya le ciel du regard, cherchant un autre point d'intérêt. Après quelques instants, il fit un signe de tête satisfait et pointa du doigt.

« Et là, juste à côté, vous voyez cette petite lumière ? »

Tous suivirent son doigt, mais son indication restait vague. Ses amis plissaient les yeux, cherchant à s'orienter, mais la tâche s'avérait plus difficile que prévu. Samantha, exaspérée, lâcha :

« Tu peux pas être un peu plus précis, non ? »

Stéphan éclata de rire en voyant leurs regards toujours perdus dans le ciel.

« Mais si, cherchez mieux. Elle se distingue par sa couleur, c'est évident ! »

Lisa, plissant les yeux pour mieux discerner, finit par s'exclamer :

« Attends, je crois que je la vois… Ce point rouge orangé, là-bas ? »

Stéphan hocha la tête avec satisfaction.

« Exactement, c'est Mars, la planète rouge ! »

Après quelques secondes d'observation, leurs regards finirent par accrocher cette lueur timide, presque perdue dans l'immensité du ciel.

« Ce petit truc rouge, c'est Mars. Sérieux ? » s'étonna Vincent.

« Eh ouais, puisque j'te le dis ! »

Le J.K.D. Clan resta là, allongé sur la plage de Méthée, à scruter les étoiles comme si elles contenaient des réponses à leurs questions silencieuses. L'air était doux, et le murmure des vagues rendait l'instant presque irréel, comme si le monde au-delà de ce moment n'existait plus.

Lisa, étendue contre Stéphan, laissa ses pensées vagabonder. Le ciel infini semblait si calme, en décalage complet avec ce qu'ils avaient vécu ces derniers jours. Elle posa sa tête sur le torse de son compagnon et ferma les yeux, espérant que cette paix dure un peu plus longtemps.

21

Une Longue Soirée

9 mars 1991

« N'ouvre pas les yeux, hein !

— Oui, oui, tu l'as déjà dit vingt fois, soupira Lisa. Tu m'emmènes où, au juste ?

— Patience. Contente-toi de tenir ma main et surtout, garde les yeux fermés !

— Franchement, même avec ta main, c'est pas évident de marcher comme ça…

— Attention ! Trottoir juste devant. »

Lisa trébucha légèrement et, par réflexe, entrouvrit les paupières. D'un geste rapide, Stéphan la rattrapa tout en couvrant son visage pour préserver la surprise.

« Eh, t'aurais pu prévenir plus tôt ! râla-t-elle, le ton faussement indigné. T'es censé me guider, pas m'envoyer à l'hôpital !

— Désolé ! J'croyais avoir dit à temps. Mais on est presque arrivés. Encore dix mètres après ce virage. »

Après une journée de fin d'hiver aux températures printanières, le Soleil se couchait sur la tumultueuse ville de Méthée, plongeant le ciel dans des nuances de bleu et d'orange.

« J'entends plein de monde… C'est quoi, cette surprise ? demanda Lisa, curieuse, alors qu'ils atteignaient une large esplanade.

— Voilà, on y est ! Tu peux ouvrir les yeux maintenant. »

Elle ouvrit enfin les paupières et s'arrêta, surprise.

« Un restaurant chinois ! s'exclama-t-elle, les yeux brillants.

– Le meilleur du coin, précisa Stéphan, visiblement fier de lui. Tu m'avais dit que t'avais jamais mangé chinois, alors je me suis dit que c'était l'occasion. En plus, ils ont une terrasse avec vue sur le coucher de Soleil. »

Lisa sourit, conquise.

« Merci, vraiment. C'est parfait ! » dit-elle avant de l'embrasser.

La terrasse débordait de monde. Les vacances approchant, la région attirait une foule de touristes venus profiter de la douceur printanière. Le restaurant, quant à lui, transportait ses clients dans une Chine traditionnelle, avec son décor soigné et ses lanternes rouges suspendues au-dessus des tables. Les propriétaires, arrivés de leur pays natal deux ans plus tôt, avaient emporté dans leurs valises l'authenticité de leur cuisine et l'art de la partager.

Stéphan avait réservé une table, et un serveur les guida rapidement vers un emplacement offrant une vue imprenable sur la plage et le Soleil couchant. La lumière dorée du crépuscule baignait l'esplanade d'une douceur apaisante.

Une fois installés, Lisa parcourut la carte sans trop savoir quoi choisir. Stéphan, habitué des lieux, lui proposa des nems en entrée et du riz cantonnais au porc ananas pour le plat, des choix qui semblaient la satisfaire. Les entrées arrivèrent peu après, laissant échapper un parfum d'épices qui ouvrait l'appétit.

« Vous pouvez nous apporter un apéritif local ? » demanda Stéphan au serveur.

« Bien sûr, je vous apporte ça tout de suite. »

Lisa haussa un sourcil, visiblement intriguée.

« Un apéro ? Sérieux ?

– C'est pour célébrer notre premier repas au resto ensemble, répondit-il avec un petit sourire en coin.

– Tant qu'on finit pas sous la table ! lança-t-elle en plaisantant.

– Eh, qui sait comment ça va se terminer ! »

Amusée, Lisa ne put s'empêcher de rire en pensant que, vu sa faible tolérance à l'alcool, il n'avait peut-être pas tort.

« Et sinon, reprit-elle en changeant de sujet, ton cou, ça va mieux ?

– Pas vraiment. Ça tire encore la nuit quand j'me retourne. »

La veille, Stéphan, Vincent et Benjamin avaient comparu devant le conseil de discipline. Le verdict était tombé, implacable : trois jours de renvoi pour les membres du J.K.D. Clan, tandis que Benjamin, des Guerriers Fous, avait écopé d'un renvoi définitif. Quant au Colosse, étranger à l'établissement, il avait fait un petit séjour au commissariat.

Le serveur déposa des chips à la crevette accompagnées d'une bouteille de rosé. Stéphan, après une gorgée, nota intérieurement qu'il était délicieux.

« C'est quand même dingue ce qu'il a fait, ce type, reprit Lisa. Tu réalises parfois qu'il t'a planté un compas dans le cou ?

– Pas exactement dans le cou. Il m'a touché le trapèze, en bas. Heureusement, parce que plus haut, ça aurait pu être bien pire. Il fit une pause avant de lâcher : C'était une vengeance, clairement. J'venais de le frapper aux yeux. »

Lisa écarquilla les yeux.

« T'es sérieux !?

– Il m'étranglait, Lisa. J'avais plus d'options. J'ai pas tapé fort, juste assez pour qu'il me lâche. »

Elle soupira.

« Peu importe, ils sont complètement tarés, ces types. Tu comptes plus jamais te battre contre eux, hein ? »

Stéphan resta silencieux, le regard perdu, visiblement en pleine réflexion. Lisa, inquiète, lui lança un regard insistant.

« J'sais pas trop… finit-il par murmurer. Au début, j'aurais jamais cru que ça irait aussi loin. Mais après ce qui s'est passé, ils nous ont attaqués les premiers, et on a bien morflé, j'me dis qu'il faut qu'on réagisse. »

La Présidente des élèves se crispa légèrement.

« Réagir comment ? J'veux pas qu'il t'arrive un truc, Stéphan. On sait de quoi ils sont capables. Pourquoi tu laisses pas le lycée et les flics s'en occuper ? »

Il secoua la tête, comme pour balayer l'idée.

« T'inquiète pas. J'vais pas provoquer une autre baston. Mais… j'pense suivre les conseils du Géant. Tu te souviens, il disait qu'on devait faire des trucs qui marquent les esprits, histoire de leur faire de l'ombre ? »

Lisa fronça légèrement les sourcils.

« Tu parles de vols, c'est ça ? demanda-t-elle, la voix plus tendue.

– Ouais.

– Mais t'étais contre cette idée ! On vaut mieux que ça, non ?

– Écoute, ce sera rien de grave, promis. Il posa une main rassurante sur la sienne. Tu sais pourquoi on a monté le J.K.D. Clan, nan ? C'était pour mettre un terme aux Guerriers Fous. »

Hésitante, la jeune femme baissa les yeux.

« Oui, je sais… »

Stéphan chercha son regard.

« Alors, fais-moi confiance. »

La fille le fixa, longuement.

« Oui, bien sûr que je te fais confiance, tu le sais ! »

Pendant leur échange, Lisa goûta les nems d'un air perplexe, puis déclara :

« C'est vraiment bon, j'aime beaucoup !

– J'en étais sûr, et attends de voir la suite, c'est un vrai régal, répliqua Stéphan avant de reprendre la conversation. Ce genre d'incident devait arriver un jour. Mais regarde où on en est : on les a corrigés dans la salle de classe, Benjamin est viré, et ça, c'est grâce à toi et au conseil de discipline. On a marqué un gros point ! »

Lisa hocha la tête, mais ses traits restaient tendus.

« Peut-être, mais toi aussi t'as été sanctionné. Tu crois que c'est drôle de devoir m'asseoir avec les profs pendant que tu te fais blâmer ? Et en attendant, les autres se sont tirés comme des lâches, Mike y compris. Même les flics sont incapables de lui mettre la main dessus. »

Stéphan se pencha légèrement vers elle, baissant la voix comme s'il partageait un secret.

« Justement, c'est là où on les aura. On va les provoquer. On va commettre des vols sur leur territoire, les forcer à réagir. Et quand ils répondront, ils seront pris sur le fait. Cette fois, ils s'en sortiront pas !

– J'avais bien compris, mais c'est une stratégie beaucoup trop risquée… »

Un silence s'installa dans le couple alors que le Soleil venait de disparaître complètement, ne laissant que quelques traces rougeâtres dans le ciel qui bordait l'océan.

Adoptant un ton plus doux, Stéphan développa sa pensée :

« Tu sais, j'ai jamais vraiment eu l'impression de faire quelque chose d'utile dans ma vie. Là, j'ai une chance d'arrêter ce qui pourrit le lycée depuis bien trop longtemps. Pour une fois, j'peux aider des gens qui en ont vraiment besoin. »

Il marqua une brève pause avant de continuer, son regard appuyé sur Lisa :

« J'espère que tu comprends.

— Bien sûr que je comprends, répondit-elle doucement. Mais promets-moi juste de faire attention, OK ? Si jamais il t'arrivait quelque chose, je m'en voudrais tellement… Je tiens à toi, Stéphan. »

Il la regarda, surpris.

« Pourquoi tu t'en voudrais ? »

Lisa détourna légèrement les yeux.

« Parce que c'est à la Présidente des élèves de régler ce genre de problème, pas à toi. Et moi… moi, j'ai l'impression de servir à rien.

— Arrête, t'es loin d'être inutile, répliqua Stéphan avec énergie. Tout c'que tu fais pour le lycée, c'est énorme, tu le vois juste pas. T'es géniale, Lisa. Et j'te promets, j'ferai tout pour qu'il n'arrive rien. Ni à toi, ni aux autres ! »

Le serveur arriva sans prévenir, interrompant brièvement leur discussion. Avec un sourire professionnel, il déposa les plats devant eux et leur souhaita bon appétit avant de repartir.

« Ça sent super bon, et ça a l'air délicieux » observa Lisa en attrapant ses baguettes.

Elle tenta de saisir un morceau de porc, mais la viande glissa, roulant sur la nappe dans une auréole de sauce. Stéphan éclata de rire devant sa maladresse.

« Moque-toi, tiens ! lança Lisa, faussement vexée, avant de se joindre à son rire.

— Regarde, c'est simple. Tiens, fais comme ça. »

Avec patience, il lui montra comment positionner les baguettes : la première calée entre le pouce et le majeur, la seconde tenue comme un stylo. Après quelques essais, Lisa parvint enfin à manier les baguettes avec plus d'assurance.

« T'inquiète pas, tout le monde galère au début » la rassura Stéphan en désignant, un peu plus loin, une dame qui avait abandonné pour utiliser des couverts.

C'est alors que Lisa remarqua deux silhouettes sur sa droite, assises sur un muret non loin du restaurant. Elles firent un signe de la main en direction de Stéphan.

« C'est qui ? demanda-t-elle, intriguée. J'arrive pas à voir leur visage.

— Tu les reconnais pas ?

— Bah non, pas du tout.

— C'est Child et le Géant. »

Lisa haussa un sourcil, décontenancée.

« Mais qu'est-ce qu'ils font là ? C'était pas censé être un repas juste entre toi et moi ?

— Si, bien sûr, c'est entre nous, répondit-il rapidement. Regarde, ils restent là-bas, ils viennent pas nous déranger. »

Elle croisa les bras, un peu agacée.

« Mais ça revient au même, Stéphan ! Ils sont littéralement à dix mètres de nous ! Pourquoi ils sont là ? Et surtout, comment ils savaient qu'on était ici ? »

Stéphan, pris au dépourvu, hésita un instant avant de répondre.

« Je te l'ai pas dit pour pas te stresser, mais… j'préfère surveiller mes arrières. »

Lisa le dévisagea, incrédule.

« *Surveiller tes arrières ?* Sérieusement ?

— Écoute, après ce qui s'est passé dans la salle de cours, les Guerriers pourraient très bien vouloir se venger. Et s'ils débarquent à cinq ou six… ben, j'préfère pas être seul.

— Tu m'as littéralement dit, y'a cinq minutes, que tu comptais pas provoquer de nouvelles bagarres.

— Mais je te parle pas d'aller les chercher, rétorqua-t-il. Si c'est eux qui attaquent, on devra bien se défendre, nan ?

— Tu penses pas une seconde que Child ou le Géant ont peur de se battre ? lança Lisa. Ils sont pas comme toi, ils savent pas se défendre !

– J'sais pas s'ils ont peur, mais ils ont pas le choix.

– Comment ça, *pas le choix* ? » demanda-t-elle, visiblement intriguée.

Stéphan haussa les épaules en avalant une bouchée.

« C'est moi l'chef. C'est moi qui décide. J'préfère qu'ils restent dans le coin, au cas où les Guerriers débarqueraient. »

Lisa le fixa, agacée.

« Et tu te moques de savoir s'ils ont peur ou même envie d'être là ?

– Non, c'est pas ça ! répliqua Stéphan avec un soupir. Mais s'ils veulent faire partie du J.K.D. Clan, ils doivent faire ce que je dis. On a un but, Lisa. On peut pas se permettre d'avoir peur. »

La jeune femme fronça les sourcils.

« Tu crois vraiment que ce sont des soldats prêts à t'obéir au doigt et à l'œil ? » s'exclama-t-elle, haussant légèrement le ton.

Stéphan leva une main pour calmer la discussion.

« Lisa, s'il te plaît, j'veux pas qu'on s'engueule. Écoute, j'adore Child, Vincent, le Géant, tous les autres. Ce sont mes vrais potes. Pendant le combat dans la salle de classe, j'me suis battu jusqu'au bout pour eux. J'voulais pas les laisser tomber. Si j'les ai fait venir ici, c'est pour les protéger, pas pour les exploiter. Tu comprends ? »

Elle resta silencieuse, le regard fixé sur lui.

« Imagine qu'ils tombent sur les Guerriers Fous pendant que j'suis pas là, reprit-il. Ils se feraient démolir. Et ici, j'sais qu'il se passera rien. Les Guerriers attaqueraient jamais dans un endroit bondé comme ça. »

Les rides causées par le froncement de sourcil de Lisa commencèrent à s'estomper légèrement.

« T'as raison, excuse-moi, murmura-t-elle. Je devrais pas m'emporter comme ça. Après tout, c'est nous qui avons provoqué les Guerriers au départ. Maintenant, on doit assumer. »

Stéphan hocha la tête.

« Exactement. On peut pas faire comme si de rien n'était. Faut l'admettre : on est en guerre. »

Leurs regards se croisèrent, et sans un mot de plus, ils échangèrent un baiser.

« Mange pendant que c'est chaud, reprit Stéphan avec un

sourire. Sinon, ça sera moins bon.

– T'inquiète pas, j'compte bien tout finir ! » répondit-elle en riant.

Après avoir savouré un verre de vin, le dessert arriva : des litchis au sirop. Lisa croqua dans le premier avec enthousiasme.

« Hmm, c'est super bon ! » dit-elle en reprenant une bouchée.

Une fois le dessert terminé, Stéphan leva la main pour commander deux verres de champagne.

« Pourquoi du champagne ? demanda sa compagne, intriguée.

– Pour fêter notre première soirée au restaurant, enfin seuls… ou presque. Et parce que j'ai de la chance d'être avec une fille aussi incroyable. »

Lisa rougit légèrement, ses lèvres s'étirant en un sourire discret. Il marqua une pause, la regarda droit dans les yeux et ajouta :

« Je t'aime ! »

Elle sentit son cœur battre plus vite. Saisissant doucement sa main, elle répondit d'une voix sincère :

« Moi aussi, je t'aime. Je me suis jamais sentie aussi bien avec quelqu'un. »

Les mots n'étaient pas suffisants pour exprimer ce qu'ils ressentaient, mais le regard qu'ils échangèrent et le contact de leurs mains disaient tout.

Avant de partir, ils se versèrent un dernier digestif.

« Fais gaffe, on va être pompettes, lança Lisa, son ton déjà teinté d'une légère euphorie.

– Mais non, t'inquiète ! Moi, j'gère l'alcool… » répondit Stéphan avec un sourire amusé.

Le repas terminé, il se leva, attrapa la veste de Lisa et la posa sur ses épaules avec une délicatesse inattendue. Après avoir réglé l'addition, il laissa un généreux pourboire, satisfait par l'accueil et la rapidité du service.

« Merci encore pour cette soirée, c'était vraiment chouette, dit Lisa alors qu'ils franchissaient la porte.

– Je suis tellement content de t'avoir invitée. »

Dehors, l'air frais les enveloppa aussitôt. Stéphan passa son bras autour des épaules de Lisa et fit signe à ses amis. Child et le Géant traversèrent la rue pour les rejoindre, leurs visages marqués par la fatigue de leur veille. Child frotta ses bras pour se réchauffer, visiblement soulagé de ne plus avoir à jouer les vigies.

« Alors, bien mangé ? lança le Géant.

– Ouais, franchement, c'était top ! » répondit Lisa avec enthousiasme.

Child haussa un sourcil.

« Attends, c'est pas fini, si ? On fait quoi maintenant ? »

Lisa échangea un regard avec Stéphan avant de répondre :

« On pensait peut-être aller se balader au parc…

– Eh bien nous, on va chercher Samantha, et après on file en boîte. Ça vous tente de venir avec nous ? » proposa le Géant.

Stéphan interrogea Lisa du regard : celle-ci semblait enchantée par l'idée.

« Ouais ! C'est une super idée !

– Bon, c'est OK, conclut Child. J'ai ma voiture garée à quelques pas d'ici, mais d'abord, on doit chercher Samantha. »

Child démarra la voiture, visiblement fier de sa petite occasion, et prit la route vers la boîte près de l'ancien port. L'atmosphère dans l'habitacle oscillait entre décontraction et souvenirs de leur affrontement récent avec les Guerriers Fous. Tandis que Lisa observait les lumières de la ville défiler, Stéphan, encore gêné par une douleur au cou, écoutait d'une oreille les récits de Child. Ce dernier expliquait comment, dans le chaos de la bagarre, il avait réussi à éviter les sanctions, se faufilant hors de la salle avant que les professeurs n'interviennent. Contrairement à Stéphan et Vincent, pris sur le fait, Child avait échappé à tout soupçon, bien aidé par leurs témoignages pour couvrir sa fuite. Lisa, intriguée par tant de chance, ne put s'empêcher de le taquiner sur son audace, ce qui arracha un sourire à Stéphan. Il se permit alors de rappeler, non sans une certaine fierté, que Benjamin avait déjà été affaibli par ses propres coups avant d'affronter Child.

Le véhicule ralentit avant de s'arrêter près d'un immeuble. Child descendit rapidement, annonçant qu'il allait chercher Samantha. Pendant ce temps, le Géant raconta une anecdote sur une soirée précédente, exagérant volontairement les détails. Lisa éclata de rire à plusieurs reprises, même si Stéphan restait étrangement silencieux, le regard tourné vers la fenêtre.

Quelques minutes plus tard, Child réapparut avec Samantha à ses côtés. La portière arrière s'ouvrit, et elle s'installa aux côtés de Stéphan et Lisa, un sourire éclatant illuminant son visage.

« Salut ! Comment ça va depuis la dernière fois ? » lança-t-elle, pleine d'énergie.

Sa tenue, une robe élégante visiblement choisie avec soin, attira immédiatement les compliments du groupe. Ravie, Samantha expliqua qu'elle avait dû faire un peu de shopping pour trouver quelque chose d'adapté à la soirée. Child, impatient, coupa court aux discussions.

« Bon, on y va ? C'est le moment de s'éclater ! »

Ne trouvant pas de place près de la discothèque, Child avait dû se garer à quelques rues de là. Pendant le trajet, Samantha, curieuse, avait inondé Stéphan de questions, provoquant le silence de Lisa. Une fois sur place, ils découvrirent une foule dense devant l'entrée. La file avançait lentement, et l'impatience grandissait. Lisa, nerveuse à l'idée qu'elle n'avait pas l'âge légal pour entrer, jetait des regards anxieux aux vigiles imposants. Lorsqu'ils arrivèrent enfin au bout de la queue, l'un d'eux examina longuement leurs visages, s'attardant sur Lisa. Le cœur battant, elle soutint son regard jusqu'à ce qu'il murmure quelque chose à son collègue. Après un échange rapide, ils se contentèrent de vérifier leurs affaires et leur ouvrirent les portes. Stéphan déposa ses affaires au vestiaire, lançant à Lisa un :

« Tu vois, j'l'avais dit qu'il n'y aurait pas de souci. »

Toutefois, cette dernière ne répondit pas, filant droit vers la piste de danse, visiblement absorbée par autre chose. Samantha s'approcha de Stéphan, haussant la voix pour se faire entendre malgré la musique assourdissante. Elle lui proposa de danser, mais il secoua la tête.

« On passe au bar d'abord ? suggéra-t-il en désignant le comptoir illuminé au fond de la salle.

– Ouais, t'as raison ! »

Face à la piste de danse bondée, le bar attirait les regards avec sa décoration Far West. Une serveuse déguisée en cow-girl s'approcha pour prendre leur commande. Stéphan opta pour un cocktail, tandis que Samantha, plus sobre, demanda une simple menthe à l'eau.

« Alors, ça s'passe comment avec Lisa ? lança Samantha, haussant le ton pour couvrir le bruit ambiant.

– Super bien ! Pourquoi tu demandes ça ? répondit-il, intrigué.

– Je suis curieuse, c'est tout ! J'aime bien savoir ce qui se passe dans la vie des autres. Mais si j'te mets mal à l'aise, tu peux m'dire d'arrêter.

– Pour l'instant, ça va. J'pense pouvoir survivre à ton interrogatoire ! »

Amusée, Samantha posa sa main sur son bras.

« T'es vraiment drôle ! »

Une légère grimace traversa le visage du jeune homme.

« Si tu continues à taper sur mon épaule blessée chaque fois que je t'fais rire, j'vais devoir m'arrêter !

– Oh mince, désolée ! J'avais complètement oublié » s'excusa-t-elle aussitôt.

Samantha, intarissable, trouvait toujours une nouvelle question à poser, comme si chaque réponse n'était qu'un prétexte pour en demander plus.

« Alors, ça fait combien de temps, toi et Lisa ?

– Un mois, c'était le 10 février. Mais honnêtement, ça faisait un moment qu'on se tournait autour.

– Pas mal ! Certains couples tiennent même pas deux semaines. Si c'est la bonne, lâche-la pas » dit-elle avec un sourire qui trahissait une sincérité inattendue.

Puis, après une pause, elle murmura, presque pour elle-même :

« Moi… j'ai fait l'erreur de laisser partir quelqu'un. »

Stéphan, surpris, garda le silence un instant, absorbé par cette confidence inhabituelle. Il finit par hocher la tête.

« Merci… pour le conseil. »

Vidant son verre, il se redressa légèrement.

« On va s'poser sur les banquettes là-bas ?

– D'accord, mais t'es sûr que Lisa va pas mal le prendre si on reste trop ensemble ? »

Il haussa les épaules.

« T'inquiète, elle sait que t'es une fille bien. »

En s'écartant du bar, Stéphan heurta quelqu'un de plein fouet. Son cocktail éclaboussa une chemise immaculée, dessinant une large tache collante sur le tissu. Il lâcha un juron discret, cherchant un mouchoir qui n'existait pas dans ses poches.

« Désolé, vraiment… Je vous avais pas vu… » dit-il rapidement, levant les yeux.

Son regard croisa celui de l'homme. Une tension immédiate s'installa.

Mike…

Stéphan recula instinctivement d'un pas, comme si son cerveau avait besoin de cette distance pour assimiler ce qu'il voyait. Mike, le chef des Guerriers Fous, se tenait devant lui, ses traits durcis par un mélange de surprise et d'agacement.

« Toi… » laissa-t-il échapper entre ses lèvres, comme si son cerveau hésitait encore à croire à cette coïncidence.

Samantha, qui s'était légèrement tenue à l'écart, sentit l'atmosphère changer.

« C'est lui ? » demanda-t-elle dans un souffle.

Stéphan répondit par un mouvement de bras, instinctivement protecteur, pour la maintenir en retrait. Mike, lui, semblait déjà calculer quelque chose, ses yeux passant de Stéphan à Samantha, puis revenant à lui.

« J'suppose qu'on va devoir finir c'qu'on a commencé… lâcha-t-il finalement, d'une voix calme mais menaçante.

– Pas ici ! répliqua Stéphan. Il tentait de garder son calme, mais son pouls battait à ses tempes. Regarde autour de toi. C'est bondé !

– J'en ai rien à foutre ! lâcha Mike d'un ton sec. Ça mettra un peu d'ambiance.

– On peut pas juste passer une soirée tranquille ? J'suis venu avec des potes et des filles, toi aussi sûrement… On va finir dehors avec les flics sur le dos ! »

Mike ne bougea pas, ses épaules restant parfaitement droites, comme celles d'un prédateur calculant son prochain mouvement. Après un moment de silence tendu, il esquissa un sourire qui n'avait rien de chaleureux.

« J'ai pas l'habitude de faire ce genre de deal avec des types comme toi, lança Mike. Mais ouais, t'as raison. J'suis venu pour m'amuser et voir des meufs, pas pour autre chose. »

Stéphan observa attentivement son adversaire. Ces mots

confirmaient ce qu'il soupçonnait : Sara n'était pas là.

« Alors, c'est bon ? Pas d'embrouilles ce soir ? » tenta-t-il, espérant éviter l'escalade.

Mike haussa les épaules.

« Vas-y… »

Avant que l'atmosphère ne puisse se détendre, une voix retentit derrière eux :

« Et qu'est-ce qu'il fout ici, celui-là ? »

Child venait d'arriver, ses mots jetés comme une étincelle sur un baril de poudre.

« Nan, arrête ! » souffla Stéphan en tendant un bras pour le calmer. Mais Child n'y prêta aucune attention, les yeux fixés sur Mike comme s'il n'y avait plus que lui dans la pièce.

« Alors quoi, t'as pas capté qu'on gère Méthée maintenant ? Franchement, comment j'ai pu suivre un connard comme toi ? »

Les muscles de Mike se tendirent aussitôt. Sans un mot, ce dernier saisit une bouteille posée sur le comptoir et la projeta d'un geste précis. Le verre éclata violemment contre le front de Child. L'impact le fit vaciller en arrière, mais il se rattrapa au bord du bar, à deux doigts de s'effondrer. Une traînée de sang commença à couler lentement sur son visage, tachant son col et le sol sous ses pieds.

« Mais t'avais dit que tu voulais pas te battre !? lança Stéphan, tendant une main pour calmer Mike.

– Avec toi, nan, rétorqua ce dernier, le regard braqué sur Child. Mais lui, c'traître, j'vais l'massacrer. »

Alerté par l'agitation, le Géant fendit la foule pour les rejoindre, Lisa sur ses talons.

« Qu'est-ce qui se passe ? demanda-t-il, haletant légèrement.

– Vous débarquez à plusieurs maintenant ? rétorqua Mike.

– Nan, ils ne débarquent pas pour ça, répliqua Stéphan, sa voix tendue. Ils sont juste venus voir c'qui se passait. »

Mais, malgré ses efforts, la situation lui échappa. Mike fit un signe bref, et deux silhouettes émergèrent de la foule. Ses acolytes s'approchèrent rapidement, leurs regards durs fixés sur Child qui venait de se relever. Sa main couvrait toujours le côté de son crâne où le sang continuait à couler en traînées sombres.

« Viens ici, sale bâtard ! » vociféra ce dernier, furieux.

Mais son élan s'interrompit brusquement lorsqu'il réalisa qu'ils étaient désormais en infériorité. Ses insultes moururent dans sa gorge, remplacées par un silence tendu. Mike, furtif, s'avança et poussa Child sans ménagement. Stéphan bondit pour s'interposer.

« Arrêtez, ça sert à rien ! lança-t-il, élevant la voix.

– Écarte-toi, grogna Mike, sa patience s'effilochant. Sinon, c'est toi qui vas payer pour lui. »

Derrière celui-ci, le chef du J.K.D. Clan distingua quelques silhouettes qui se bousculaient. Le Géant était lui aussi en train de calmer le jeu. Malgré le tumulte, Stéphan n'avait pas encore perçu l'impact d'un coup porté. Mike tenta de le pousser sur le côté mais celui-ci se planta fermement devant lui, essayant de le raisonner. Venant de sa gauche, il aperçut plusieurs vigiles arriver à toute allure. L'un d'eux attrapa Mike et le plaqua au sol avec une clé de bras pour empêcher toute rébellion. D'autres intervinrent aussi sur le front où se situait le Géant.

« Ça va ? » demanda Lisa à Stéphan.

Sa voix tremblait.

« Moi, j'ai rien eu, c'est à Child et au Géant qu'il faut demander… »

Derrière eux, Child s'affala sur tabouret de bar, le visage crispé de douleur. Le sang, mêlé à l'alcool renversé, traçait des lignes sombres le long de sa joue et de son cou. Quelques instants plus tard, le Géant le rejoignit, tenant négligemment ce qu'il restait de sa chemise déchirée.

« C'est bon, les vigiles vont renvoyer Mike et sa bande, annonça-t-il. Ils m'ont dit qu'ils l'avaient vu frapper Child et que t'as essayé de les séparer…

– Ouais, c'est bien c'qui s'est passé… »

Au fond de la salle, la porte d'entrée s'ouvrit brusquement. Les vigiles jetèrent Mike et ses deux acolytes dehors, leurs protestations étouffées par le vacarme de la musique.

« Vous allez bien ? leur demanda Samantha, visiblement affolée. C'est des tarés, ces gens !

– Moi, ça va, j'ai juste une manche arrachée » rassura le Géant.

De son côté, Child annonça que le saignement avait presque cessé et qu'il devait se nettoyer le visage aux toilettes.

« J'avais réussi à l'dissuader de se battre contre nous ce soir, leur expliqua Stéphan, assis sur une des banquettes au fond de la salle. Puis Child est arrivé et a insulté Mike, c'est comme ça qu'la baston a éclaté... Des fois, j'ai juste envie de t'claquer...

– J'suis désolé, mec ! J'pensais qu'il cherchait encore les embrouilles, et j'avais pas vu ses potes...

– Heureusement que les vigiles sont intervenus, j'étais vraiment pas prêt pour m'battre, ajouta le chef. Franchement, avec c'que j'ai bu, j'suis pas au top de ma forme.

– Tu devrais arrêter de boire, d'ailleurs, conseilla Lisa, à son bras.

– T'inquiète pas, j'arrive encore à m'contrôler, c'est que mon troisième verre...

– Tu rigoles ou quoi ? C'est au moins ton sixième, sans compter le champagne du resto ! » répliqua sa petite copine.

Elle le serra dans ses bras pour l'inciter à modérer sa consommation. Après l'altercation entre les deux clans, Stéphan et les autres reprirent la danse sur de la musique rock. Puis, un peu fatigués, ils décidèrent par la suite de s'installer tranquillement sur les places libres du fond de la salle.

« Tu penses qu'ils vont revenir ? demanda Samantha, l'air inquiet. Tout ça me fait peur...

– Ils savent à qui ils ont affaire, répondit le chef. L'autre jour, on les a bien calmés. Ce soir, quand j'lui ai dit qu'on pouvait éviter la baston, il a direct accepté. Il flippe peut-être un peu, maintenant...

– Tu crois ?

– Bien sûr...

– Au fait, Stéphan, lança le Géant, t'es au courant qu'il y a une compétition de Jeet Kune Do à Méthée, bientôt ?

– Évidemment que j'suis au courant, c'est dans un mois.

– Tu comptes y participer ?

– J'pense pas. Je vais presque plus au cours de Jeet Kune Do ces derniers temps, j'ai pas envie de croiser Eddy... Et les autres élèves sont trop nuls... Ça m'dit pas trop de participer à un tournoi si j'sais que je vais gagner d'avance.

– Mais si t'y participes pas, t'auras pas ta place au prochain grand tournoi de Paris ?

— Le prochain est en janvier 93, c'est dans plus d'un an et demi. La victoire du tournoi de Méthée sera pas qualificative pour le championnat de Paris. Raison de plus pour pas y participer » expliqua Stéphan.

Child sortit un paquet de cigarettes de sa poche, et en proposa une à tout le monde ; seule Lisa refusa l'offre. La musique changea de nouveau pour du funk. La discothèque commença lentement à se vider.

« J'adore ce style de chanson, lança la Présidente des élèves en se redressant. Ah, celle-là, c'est trop l'une de mes préférées !

— Moi, j'aime pas, commenta Child, c'est pour les vieux... J'commence à être naze, il est quelle heure ?

— Quatre heures du mat', répondit le Géant après avoir consulté sa montre.

— Ça vous dit d's'e barrer ?

— Tu veux déjà t'en aller ?

— La musique est trop forte, elle me donne mal à la tête. On est pas obligés de rentrer chez nous, on pourrait faire autre chose...

— Comme quoi ?

— J'avais pensé aller à la plage, ça serait sympa de dormir sur le sable.

— Ah ouais bonne idée ! acquiesça Stéphan.

— Moi aussi, ça me dit bien ! enchaîna Samantha. Mais ma mère va s'inquiéter...

— Si tu veux, j't'e réveillerai sur les coups de sept heures et je te raccompagnerai en voiture, proposa son ami.

— D'accord, pas de problème !

— Allez, on y va. »

Ils récupérèrent leurs affaires au vestiaire, avançant lentement, les gestes alourdis par la fatigue. Une fois regroupés devant la sortie, le bruit étouffé de la discothèque semblait déjà appartenir à un autre monde.

« Où on est garé, déjà ? J'm'en souviens plus, demanda Child en titubant un peu.

— C'était plus haut, y'avait pas de place par ici... »

Ils s'orientèrent en direction du parking, Child et Samantha bavardaient encore. Le Géant, lui, préféra garder le silence, épuisé par des heures de danse. Quant à Stéphan, il n'était qu'à moitié attentif aux conversations de ses amis ; son esprit était ailleurs. Il s'évertuait à marcher droit.

« Je commence à être fatiguée, prévint Lisa. Si on se pose sur le sable, je vais m'endormir direct.

— J'voulais vous dire, pour ceux qui veulent pas avoir plein de sable partout, que j'ai des serviettes de bain dans la voiture, annonça Child.

— Moi, j'veux bien ! répondit vivement Samantha. Je déteste avoir du sable dans les cheveux...

— La plage est pas très loin, ajouta Child. Mais si vous voulez pas marcher jusque là-bas, la voiture est garée juste devant nous.

— Je préfère faire comme ça, déclara Stéphan. Comme ça, si quelqu'un veut rentrer, ce sera plus simple.

— En plus, j'te rappelle que j'dois revenir chez moi avant sept heures, renchérit Samantha.

— D'accord, on fait comme ça alors ! »

À moins d'une quinzaine de mètres de la voiture, Child sortit les clés de sa poche.

« Ça va être sympa de dormir sur la plage.

— Ouais... »

Une silhouette fit alors son apparition sur la droite, une cigarette à la main et un objet dans l'autre.

Qui est-ce ? se demanda Stéphan. Sa concentration était mise à l'épreuve, et il peinait à suivre ce qui se passait autour de lui.

Venant de derrière, une voix fit brusquement son entrée :

« J'savais bien que cette bagnole appartenait à Child, je l'ai reconnue ! »

Stéphan et son groupe se retournèrent vivement, reconnaissant la voix.

« Il a cru s'débarrasser de nous aussi facilement...

— Nan, ça va pas recommencer... » murmura Stéphan presque à lui-même.

Mike était là, juste derrière eux, accompagné de trois complices, sous le voile de la nuit glaciale.

« Vous avez eu d'la chance avec les vigiles, les gars...

Maintenant, y'a personne pour vous protéger... »

Une mystérieuse silhouette avança vers le groupe de Stéphan et se plaça entre eux et le véhicule de Child. Il cachait quelque chose derrière sa jambe.

C'est quoi, bordel ? se demanda Stéphan, inquiet. *Une arme ?*

Mike s'avança avec confiance, un sourire satisfait aux lèvres :

« J'ai tout prévu : un d'mes gars surveille déjà votre caisse, alors bonne chance pour vous barrer...

— T'avais dit qu'on s'battrait pas ce soir ! protesta Stéphan, tout en repérant du coin de l'œil les éventuelles issues possibles.

— J'ai déjà répondu à cette question. J'étais d'accord pour éviter la baston, j'voulais juste passer une bonne soirée et repartir avec une meuf. Mais à cause de vous, j'me suis fait virer, et maintenant, ma soirée est foutue. Et l'autre traître qui m'a insulté... Il va l'payer, ça, c'est sûr...

— Et s'il s'excusait, tu pourrais passer à autre chose ? tenta Stéphan. Il avait bu, il savait même pas c'qu'il disait... »

Lui-même n'était pas certain d'avoir les idées très claires.

« Tu crois que j'me bats sur commande ? répondit Mike. La seule façon que ça passe, c'est que j'le démonte, ce con. Mais t'inquiète, t'as raison, les autres m'ont rien fait. Eux, j'les laisse tranquilles... pour ce soir. »

La main droite de Child se mit à trembler, il avait l'impression que quelqu'un lui broyait les entrailles. Il se voyait déjà allongé au sol, le visage couvert de sang. Sa respiration devint alors lourde, suffocante. Une goutte de sueur chaude perla de son front. D'un coup, abandonnant ses amis à leur sort, il prit ses jambes à son cou pour se réfugier dans sa voiture.

« CHILD ! cria Stéphan. QU'EST-CE QUE TU FOUS ? »

— Il ira pas bien loin... » lâcha Mike, la voix basse et tranchante.

Le véhicule était là, tout près. Plus que quelques mètres et il serait sauf. Sa détermination se lisait sur son visage, il était hors de question de se laisser faire ! D'un coup, une masse le percuta violemment à abdomen, l'immobilisant net. S'échouant au sol dans un cri étouffé, il sentit une vive douleur irradier de son ventre. Aussitôt, Stéphan s'avança pour lui porter secours. C'était sans compter Mike qui l'en empêcha :

« C'est pas la peine de l'aider, c'est moi qui vais m'occuper de lui. Mon gars a juste fait c'qu'il fallait pour l'arrêter. »

Child redressa la tête ; la tentation de connaître son agresseur était forte. Benjamin se tenait devant lui. L'idée que c'était lui-même qui l'avait vaincu, en le poussant dans les escaliers quelques jours plus tôt, l'enragea. Cette fois-ci, il était en position de vulnérabilité. La douleur lui martelait l'abdomen, il se tordit en deux pour l'atténuer. Benjamin leva son bras gauche vers le ciel, tenant un objet bien particulier.

« Si tu bouges, je t'assomme ! »

Sa voix était menaçante.

Une batte de base-ball ! réalisa Stéphan, *il l'a frappé avec ça, c'taré !*

« OK, maintenant c'est à moi d'lui faire payer, à ce traître » annonça Mike en s'avançant vers Child.

D'un geste instinctif, Stéphan se plaça devant lui, les bras écartés pour lui couper le passage.

« 'Fais pas ça, ordonna-t-il.

– Si tu me laisses pas passer, c'est toi qui vas morfler… »

Le dilemme tétanisa Stéphan ; s'il laissait passer Mike, Child se ferait tabasser. À contrario, s'il intervenait, il risquerait d'engager une bataille qui pourrait mettre en danger Lisa, Samantha et le Géant. De deux maux, Stéphan choisit à contrecœur le moindre. Il baissa les bras et inclina légèrement la tête, capitulant devant Mike. Mieux valait un seul affrontement qu'un chaos incontrôlable à porter sur ses épaules.

« T'as pris la bonne décision, mec » lui dit le chef des Guerriers Fous.

Tous les regards étaient maintenant braqués sur ce dernier avançant inexorablement vers sa proie. Les pas de Mike résonnaient comme une sentence. Comment serait-ce possible de voir un de ses proches se faire lyncher sans intervenir ?

Ne pouvant supporter plus longtemps cette idée, Stéphan se rua subitement sur son ennemi. Il ne savait pas quelles en seraient les conséquences, cela dit, il lui était impossible de rester de marbre. Le chef du J.K.D. Clan poussa Mike dans le dos sans employer toute sa force, ne voulant pas le blesser.

« Le frappe pas ! Il est au sol, et il peut pas s'défendre ! Qu'est-ce que t'attends de plus ? » lança Stéphan.

Soudain, un objet vola vers lui depuis sa gauche, qu'il esquiva de justesse. C'était la batte de base-ball ; Benjamin n'eut aucune hésitation à s'en servir. Dans sa trajectoire, la batte était passée à quelques millimètres du nez de Stéphan. Celui-ci, sentant le souffle d'air dégagé par l'arme, ressentit au plus profond de lui-même les litres d'alcool qu'il avait ingurgités ce même soir. Ses mouvements n'étaient plus aussi vifs.

Il a failli m'atteindre avec sa batte, c't'enfoiré !

L'espace d'une seconde, la scène se rejoua dans son esprit. Il revit la batte filer devant lui, frôlant dangereusement son visage tandis qu'il l'évitait d'un souffle.

Child profita de l'agitation pour se redresser péniblement. Sa voiture était proche. S'il atteignait l'habitacle sans attirer l'attention, il pourrait fuir. Mais une question l'assaillait : que ferait-il une fois à l'intérieur ? L'idée d'abandonner ses compagnons s'insinua en lui, tenace et écrasante. Finalement, il céda à la tentation.

Stéphan restait pétrifié, terrifié par la possibilité de commettre une grave erreur. Se retournant vers ses amis, il aperçut le Géant s'interposant devant les filles pour les protéger des trois autres Guerriers. Il gardait Lisa et Samantha derrière lui, à distance de sécurité. Mais le Colosse, resté passif jusque-là, s'occupa personnellement de lui ; il avait enfin un adversaire à sa taille. Le combat fut bref, et dès que le Géant fut projeté au sol, il ordonna aux filles de se réfugier derrière Stéphan. En essayant de fuir, Lisa fut saisie par le bras par l'un des deux autres Guerriers. La peur lui arracha un cri :

« STÉPHAN !

— Ah ah, il peut rien pour toi ! Regarde-le, il flippe comme un con ! railla le Guerrier avant de s'adresser à Stéphan : T'aurais dû rester planqué, mec ! On t'aurait épargné si t'avais pas bougé ton cul… Maintenant, toi et tes potes, vous allez payer !

— J'ai pas envie d'me battre, répond-il d'une voix à peine audible. Partez, laissez-nous tranquilles !

— Quoi ? Qu'est-ce que tu dis ? rétorqua le Guerrier en ricanant. Tu veux pas t'battre ? Mais t'as plus l'choix ! »

Ce dernier se retourna alors vers Lisa, lui tenant fermement le bras. Elle se débattit avec force.

« Lâche-moi ! Sale ordure ! hurla-t-elle, la panique dans la voix.
– Alors, *Madame la Présidente*, on flippe ? »

Le Guerrier leva sa main massive, Lisa la fixa, retenant son souffle.

Nan…

Puis, la main s'abattit avec une brutalité glaciale. La jeune fille vacilla, tenta de se retenir contre une voiture, mais le coup avait été trop violent.

« LISA ! » s'écria Stéphan.

Le cri résonna en lui comme un électrochoc, réveillant tous ses sens endormis par la fatigue. D'instinct, il perçut un danger dans son dos et esquiva d'un mouvement rapide. Benjamin, déterminé, relança sa batte avec force. Mais Stéphan, maître de ses réflexes, pivota sur lui-même et décocha un coup de pied retourné. L'impact net mit son adversaire hors de combat, le laissant s'effondrer lourdement au sol. Le regard de Stéphan se transforma : pas un ne quitterait ce parking sans y avoir laissé de son sang. Il serra ses poings, fou de rage, et avança d'un pas ferme vers ses amis. À quelques mètres, le Géant gisait inconscient au sol ; le Colosse s'était occupé de lui.

Ils vont tous le payer…

Lisa essaya de se relever, l'esprit dans le vague, le monde paraissait tourner autour d'elle. Le choc l'avait complètement sonnée, incapable de discerner clairement ce qui se passait. Des cris semblaient résonner au loin.

Deux Guerriers que Stéphan n'avait encore jamais croisés auparavant l'attendaient, le visage empreint d'arrogance. Par le biais du bouche-à-oreille, Stéphan avait appris que Mike recrutait dorénavant en dehors des limites du lycée. Entendant claquer une portière de voiture, il en déduisit que Child avait réussi à se mettre à l'abri. Mike était toujours derrière, aux premières loges pour assister à la débâcle du chef du clan adverse. D'un coup, Samantha arriva à ses côtés le regard terrifié par ce qu'elle venait de voir :

« Va aider Lisa, elle…
– J'm'en occupe, la coupa Stéphan. Toi, va rejoindre Child dans sa voiture, tu seras en sécurité là-bas. »

Sans protester, elle suivit les ordres. Le champion en titre du tournoi de Paris s'approcha alors de sa copine. Il la souleva avec une douceur inhabituelle et la serra contre lui un court instant, avant de lui donner la même directive qu'à Samantha. Sans un mot de plus, elle s'exécuta, chancelante, mais résignée.

« Je vous attends ! » lança-t-il alors aux Guerriers Fous, le regard inébranlable.

Ses deux ennemis ne tardèrent pas à répondre, ils avancèrent vers Stéphan en s'écartant l'un de l'autre pour le prendre à revers. Puis, simultanément, ils foncèrent sur lui. Cette stratégie ne l'effraya pas une seconde ; il en avait déjà vu d'autres. Juste avant que ses assaillants ne l'atteignent, il exécuta un saut rapide. En plein vol, il les frappa de plein fouet avec deux coups de pied bien placés. Puis, il retomba au sol, agile comme un chat, tandis que les deux Guerriers s'écrasèrent lourdement.

Soudain, un rugissement de moteur se fit entendre derrière Stéphan. Il se retourna brusquement et aperçut Child manœuvrer en marche arrière pour quitter le parking. Les deux filles étaient bien en sécurité avec lui. Pourtant, tous n'étaient pas encore saufs, le chef du J.K.D. Clan leur montra le Géant étendu à terre. Le conducteur du véhicule comprit qu'il devait intervenir. Il embraya en première, mais à peine eut-il le temps de réagir qu'une masse fonça sur eux. Les lampadaires l'aveuglèrent, puis une secousse violente ébranla la voiture, projetant des éclats de verre dans l'habitacle. Un cri de terreur envahit la rue pendant une seconde d'effroi. Lisa, à travers la vitre brisée, fut frappée par la vision du visage de Mike qui surgissait. Elle remarqua dans l'une de ses mains la batte de base-ball que Benjamin avait laissé tomber après avoir été assommé par Stéphan. Child écrasa l'accélérateur pour échapper au chef des Guerriers.

« Tu veux qu'je m'en occupe ? cria le Colosse à son chef. Ils veulent embarquer leur pote. J'vais me les faire…

— Ça sera pas la peine, répliqua le chef. Ce gars a déjà eu son compte et Child m'intéresse plus, c'est une merde. Les deux meufs aussi… C'est Stéphan que j'veux… Leur chef… Si on l'défonce, tout ça sera terminé… »

Le Colosse marqua un temps, puis fit un signe d'approbation.

« Ouais, t'as raison… » lança-t-il.

La voiture s'immobilisa près du corps du Géant. Samantha et Lisa ayant entendu les paroles de Mike n'hésitèrent pas à descendre pour venir en aide à leur ami. Chacune tenta de soulever un bras, mais elles se heurtèrent à l'imposante masse du Géant.

« Putain mais viens nous aider ! » ordonna l'une d'elles à Child encore au volant de son véhicule.

Celui-ci hésita, incertain, incapable de décider quoi faire. Le Colosse n'était qu'à quelques mètres et, s'il décidait de sortir, il risquait de se faire assommer d'un coup selon la volonté de son ennemi. La peur le retenait. Pourquoi avait-il insulté Mike dans la discothèque ? Pourquoi n'était-il pas resté bien sagement chez lui ce soir ? Pourquoi avait-il trahi Mike pour rejoindre le J.K.D. Clan ? Il aurait dû rester loin de tout ça. Maintenant qu'il s'était engouffré dans ces histoires, il ne pouvait plus faire marche arrière.

Les appels de détresse des filles retentirent de plus belle. Ses poings se crispèrent sur le volant, il aurait préféré ne pas les entendre. Puis, prenant son courage à deux mains, il se décida à bondir hors du véhicule pour leur prêter main-forte. En passant près du Colosse, il ralentit son pas, son cœur battant à tout rompre. Des bégaiements de frayeur s'échappèrent involontairement de ses lèvres. À trois, ils réussirent à transporter le corps du Géant et le placèrent sur la banquette arrière avant de refermer les portes.

« Stéphan, monte dans la voiture ! cria Lisa à travers la vitre brisée.

– Nan, j'peux pas, si j'monte avec vous, ils vous laisseront plus partir. C'est à moi qu'ils en veulent, j'dois rester jusqu'au bout.

– On s'en fout ! Viens avec nous ! »

Lisa se dépêcha d'ouvrir la portière pour le rejoindre, résolue à ne pas l'abandonner. Cependant, Samantha, dans une étreinte protectrice, la supplia de rester. De loin, Stéphan lança un dernier regard à Lisa, un sourire mélancolique sur les lèvres, exprimant ce qu'aucun mot n'aurait pu faire. Ses yeux embués trahissaient ses émotions.

« Reviens vite… » murmura-t-elle, une larme solitaire dévalant son visage.

Soudain, tout sembla ralentir. Les cris, les menaces, tout s'estompa alors que le moteur rugit et que le véhicule démarra. Un instant plus tard, il disparut derrière un virage.

« Y'a plus que toi et nous, lança le Colosse à Stéphan, t'as voulu jouer les héros, tu vas vite le regretter !

– C'est pas une bande de pisseuses qui va m'faire peur… »

Il le dévisageait avec une attention toute particulière. De son côté, Benjamin se releva, il lui en fallait plus pour être mis K.O. Seules les deux nouvelles recrues se tordaient encore de douleur à terre. D'un coup, son chef l'interpela et lui lança la batte de base-ball ; ce dernier n'en ferait pas usage, son honneur le lui interdisait.

Stéphan, au milieu de ses ennemis disposés en triangle, analysa les alentours pour connaître les lieux favorables à la fuite. Il se battrait jusqu'au bout pour venger ses amis, néanmoins, il savait qu'un combat en un contre trois n'était pas gagné d'avance. Benjamin s'élança vers lui depuis la gauche, armé de la batte. Stéphan se contenta de s'accroupir pour l'esquiver, mais à peine relevé, il se fit rapidement attaquer par le Colosse. Sa vue était brouillée, son champ de vision diminué. Dans l'incapacité d'anticiper les charges de son adversaire, il recula pour assurer sa défense. Quelqu'un le frappa alors violemment dans le dos et l'envoya s'écraser sur le Colosse. Ce dernier le réceptionna avec un coup de genou dans le ventre qui l'expédia loin derrière.

« Ah ah, alors ? Elle est comment, ma batte ? » se moqua Benjamin.

Le pratiquant de Jeet Kune Do, encore sonné, se releva. Ses jambes mal en point le firent vaciller légèrement avant de retrouver une position stable.

J'pourrai pas les battre… Ils sont trop forts à trois. J'aurais pas dû boire autant, si j'avais su… Qu'est-ce que j'peux faire ?

Ne lui laissant pas le temps de reprendre ses esprits, les Guerriers repartirent à l'assaut en chargeant dans sa direction.

Merde…

Dans un élan de folie, Stéphan cavala à son tour vers eux. Les assaillants se rapprochèrent avec une détermination grandissante. Arrivant à proximité, le chef du J.K.D. Clan bondit en avant et effectua une roulade entre Benjamin et Mike. Les Guerriers s'apprêtèrent à une riposte de sa part, mais à leur grande surprise, ils le virent poursuivre sa course effrénée vers la sortie du parking.

« Mais… Mais qu'est-ce qu'il… bégaya Benjamin.

– Arrête de parler ! ordonna Mike. 'Faut l'rattraper, c'connard ! »

Aussitôt, les trois Guerriers s'engagèrent dans une chasse à l'homme et le retrouvèrent en train de sauter par-dessus un petit grillage.

« S'il croit qu'il va nous échapper… »

À leur tour, ils franchirent sans grande difficulté l'obstacle puis, une fois de l'autre côté, ils découvrirent un parc pour enfants.

« Je suis là ! entendirent les Guerriers sur leur gauche.

– Mais qu'est-ce qu'il fout là ? » s'exclama Mike avec étonnement.

Stéphan se tenait en équilibre sur la barre transversale d'une balançoire.

« J'vais le faire descendre de là ! » lança Benjamin en courant dans sa direction.

Celui-ci frappa brutalement l'un des poteaux pour lui faire perdre l'équilibre, mais Stéphan ne céda pas pour autant aux assauts de son ennemi.

« Descends d'là, sale bâtard ! hurla l'adolescent armé.

– À tes ordres, répondit-il tout en sautant de l'autre côté de la balançoire.

– Quoi… ? »

Touchant à peine le sol avec ses pieds, Stéphan frappa le siège de la bascule lui faisant face. Celle-ci vint percuter les tibias de Benjamin qui se renversa en avant. Son ennemi en profita pour lui administrer un coup au visage ; il ne se relèverait pas de si tôt. Voyant ses deux autres adversaires foncer droit sur lui, son instinct lui dicta de décamper pour se cacher dans les différents jeux du parc.

« T'as vu par où il s'est barré ? demanda Mike à son sbire.

– Par la droite, j'crois… »

Pensant avoir aperçu une silhouette essayant de se dissimuler, ils se dirigèrent vers les petites cabanes en bois.

« 'Faut le prendre à revers, ordonna le chef à voix basse pour ne pas se faire repérer. Moi, j'vais par là, fais le tour, toi… »

Se rapprochant d'une cabane, le Colosse regarda discrètement à l'intérieur par l'une des petites fenêtres. Il n'arrivait pas à distinguer grand-chose dans cette nuit sans Lune, juste quelques formes qui pouvaient s'apparenter à un banc et autres jouets pour enfant. Il n'aurait rien vu du tout s'il n'y avait pas une légère source lumineuse provenant des rues. Stéphan n'était toujours pas réapparu, peut-être avait-il fui comme un lapin. Le seul mouvement visible pour le Guerrier était sa propre ombre sur la façade des maisonnettes. De loin, Mike lui fit un signe pour demander s'il avait vu quelque chose, le Colosse secoua négativement la tête. Puis, il perçut un bruit provenant de l'une des cabanes. Il resta immobile pour ne pas trahir sa présence et tendit l'oreille. Se rapprochant d'un pas léger de l'entrée, il posa sa main sur la paroi en bois usé. Qu'y avait-il à l'intérieur ? Sa curiosité augmenta d'un cran quand il identifia un bruit de pas frotter contre le sol. Pour surprendre le fuyard, il ouvrit brusquement la porte et hurla :

« J'te tiens ! »

La porte heurta l'un des murs et se referma aussi brutalement qu'elle s'était ouverte. À l'intérieur, un chat cracha de peur et s'échappa par un trou de la façade en décomposition. Le Colosse se sentit stupide : tout ça pour un chat. Pourtant, il avait l'intime conviction qu'il suivait la bonne piste. Soudain, un cri retentit au-dessus de lui. Levant les yeux vers le ciel, il aperçut avec stupeur Stéphan dans les branches d'un arbre. Ce dernier plongea dans sa direction.

L'adolescent infligea un coup de pied dans l'épaule du Colosse avant de toucher terre près de la maisonnette en bois. Malgré cette attaque, le Colosse resta imperturbable, se contentant de reculer de quelques pas.

« Désolé, t'as pas l'air au niveau, mec ! » railla-t-il tout en lançant son poing vers sa victime.

La charge s'écrasa alors dans la porte de la cabane qui vola en éclats.

« Mais… Il est où, ce con ? se demanda l'assaillant, cherchant Stéphan du regard.

– Là-bas ! » entendit-il sur sa droite en reconnaissant la voix de son chef.

Les yeux rivés dans la direction indiquée par Mike, il vit Stéphan dévalant les rues à toute vitesse.

« Comment il a fait ça ?
– Il est passé sous tes jambes, crétin ! 'Faut l'chopper avant qu'il arrive au port, magne-toi ! »

Mike n'apprécia guère cette idée ; il se souvint clairement des avertissements donnés lorsqu'il avait créé sa bande : le territoire du lycée du centre-ville et ses alentours étaient à eux, mais il savait qu'il ne fallait surtout pas s'aventurer du côté de la côte.

Dans cet état de fatigue, de douleur et d'ébriété, Stéphan avait perdu tout sens de sa vitesse en traversant la ville, tandis que ses notions d'espace, de temps et de mouvement s'embrouillaient dans son esprit. Les rues étaient désertes à cette heure tardive, seuls quelques chiens errants vagabondaient ici et là. Il s'engouffra à vive allure dans une zone administrative, puis traversa un cimetière de conteneurs abandonnés. Le ciel, déjà obscur, commençait à se couvrir depuis quelques minutes, et soudain, au loin, un éclair explosa au-dessus de l'océan. Stéphan, ne connaissant pas cette partie de la ville, erra selon son intuition. Il se refusa de regarder derrière lui, redoutant de voir ses ennemis. Son dos le faisait souffrir à chaque pas et lui rappela le coup de batte qu'il avait encaissé. À bout de souffle, il haletait bruyamment par la bouche. Les bruits qui l'entouraient s'estompaient, laissant place au rythme de sa propre respiration, au martèlement de ses pas sur le bitume, au battement de son cœur affolé et aux gouttes de sueur qui perlaient sur son front. Il atteignit un carrefour et distingua, à travers les branches, quelques lumières scintillantes. À mesure que les voix se rapprochaient, il accéléra le pas pour se mettre à l'abri. Dans le quartier éclairé proche du vieux port, il aperçut quelques vacanciers encore éveillés malgré l'heure tardive. Un bar restait ouvert, les touristes y entraient et en sortaient à n'en plus finir. Quelques passants se promenaient main dans la main, donnant l'impression de rentrer chez eux. Un pauvre ivrogne assis sur le bas-côté de la chaussée observa Stéphan d'un air songeur :

« Qu'est-ce que t'as, mon garçon ? T'as l'air perdu… lui dit-il.
– Je… Heu… »

Un bruit l'interrompit soudain. Se retournant, il découvrit Mike et le Colosse à une cinquantaine de mètres. Ces derniers le pointèrent du doigt puis galopèrent dans sa direction. Sans attendre, Stéphan s'éclipsa aussitôt. Il se fondit dans la foule afin de les semer avant de suivre un panneau indiquant la plage droit devant. En pleine course effrénée, il sentit une goutte froide se poser sur sa main. Levant les yeux, il aperçut alors d'épais nuages. La pluie se mit à tomber de plus en plus fort. La plage était juste là, devant lui, seul un grillage lui barrait la route ; il décida de l'escalader. Passé de l'autre côté, il scruta les rues d'où il venait pour savoir si on le traquait toujours. Rien, il ne vit rien : ni ses ennemis, ni la trace d'un passant.

'Faut qu'j'me planque quelques minutes avant de repartir, pensa-t-il. J'suis crevé, ça va m'permettre d'me reposer. S'ils me voient plus pendant un certain temps, ils penseront qu'j'me suis barré et rentreront peut-être chez eux…

Dans l'obscurité d'une étroite ruelle, il reconnut au loin la silhouette imposante du Colosse, semblant explorer chaque recoin avec une grande concentration.

Il est à une centaine de mètres d'ici, il peut pas m'voir à cette distance. Une chance qu'il y ait pas de Lune… J'espère qu'il va retourner vers le bar, ça voudra dire qu'il abandonne… Tiens ! Il regarde dans ma direction, il peut pas m'voir… C'est pas possible !

Si ?

…

Ah ! Ça y est, il détourne le regard !

…

Enfin ! Il fait demi-tour… Il lâche l'affaire ! Mais j'vois toujours pas Mike, peut-être qu'ils vont s'rejoindre plus loin avant de partir. Leur bagnole est sur le parking de la boîte de nuit…

En attendant qu'ils s'cassent, 'faut qu'j'me cache, mais où ? La pluie commence à tomber violemment, y'a des éclairs à l'horizon, ça sent pas bon… J'ai une idée, si j'me réfugie dans l'océan, ils me trouveront jamais…

Marchant sur le sable, il sentit plus que jamais la lourdeur de ses jambes. Après tant d'efforts, comment trouvait-il encore la force d'avancer ? Que faisait-il ici à cette heure-ci ? Si seulement il pouvait être dans son lit, emmitouflé de chaleur, à dormir paisiblement. Il atteignit le bord de l'eau, où les vagues étaient légèrement agitées, il sentit l'orage se rapprocher, comme si celui-ci n'était plus qu'à quelques pas.

Si j'rentre dans la mer, ils m'verront plus… 'Toute façon, j'suis déjà trempé, ça peut pas être pire…

Glissant un pied dans l'océan, l'eau glaciale s'infiltra directement dans sa chaussure ; un frisson intense s'empara de sa jambe entière, comme une vague de froid parcourant chaque centimètre de sa peau. Déterminé, il s'immergea entièrement. Son corps était gelé ; quelques mouvements énergiques lui offrirent un répit de chaleur. En s'enfonçant davantage, il aperçut au loin des vagues plus agitées, certaines venant s'écraser sur la côte dans un fracas retentissant.

'Faut pas traîner ici trop longtemps ; la tempête arrive… J'me casserai dès que ça deviendra trop agité…

Immobile dans l'océan, seule sa tête dépassait. Les ondes à la surface de l'eau pénétrèrent dans son nez et gênèrent sa respiration.

À mon avis, ils sont rentrés chez eux. Il pleut grave, et moi, j'ai disparu depuis une bonne dizaine de minutes…

La foudre s'abattit non loin de là, immédiatement suivie du tonnerre qui gronda.

L'orage s'rapproche, c'est risqué d'rester ici, 'faut que j'me barre… Un petit coup d'œil, on sait jamais s'ils ont décidé de faire un tour par la plage…

Il scruta la côte. Avec le manque de luminosité, il ne pouvait discerner grand-chose.

Y'a rien sur la plage, aucun mouvement, pas un chat !

…

J'suis bien dans l'eau… C'est reposant… J'reste encore deux ou trois minutes et je file…

Tandis que la pluie s'intensifiait en crescendo, l'océan s'agitait de plus en plus, mais Stéphan trouva cela étrangement berçant. Ses yeux se fermèrent, et il se laissa porter par le balancement de l'eau.

C'est si paisible, ça fait longtemps qu'j'ai pas eu un moment comme ça…

Le bruit du léger tapotement de la pluie sur l'immensité de l'océan avait quelque chose de reposant. D'un coup, il sentit comme une vague qui approchait sur sa gauche. En se retournant, il aperçut une masse énorme arriver droit vers lui. Impuissant, il se fit emporter par cet amas d'eau avant de s'écraser sur le fond de l'océan. Le courant l'engloutit, le faisant rouler sur lui-même et le plongeant dans une totale désorientation. Son front frappa le sol. De ses mains, il se repéra comme il le put. En émergeant, le garçon se redressa vivement en crachant ses poumons, tentant de reprendre son souffle.

Qu'est-ce que… ?

Alors qu'il était encore sonné, Stéphan pressentit qu'une autre menace planait. À peine les paupières ouvertes, un second coup violent s'écrasa sur le coin de son visage. Plus dur, plus violent, plus humain. Perdant l'équilibre, il chuta de nouveau et s'enfonça dans l'eau avant de comprendre la situation.

Par l'océan… Merde…

Deux mains s'abattirent brusquement sur ses épaules, lui laissant peu de temps pour réagir. Alors qu'il cherchait à se redresser, il prit conscience qu'une présence tentait de le retenir. Il parvint à émerger la tête hors de l'eau, juste assez pour arracher une bouffée d'air. Le Colosse était au-dessus de lui, cherchant à le noyer de toutes ses forces. *L'enfoiré ! Comment… ?*

« Bien vu ! perçut-il à travers le rugissement des vagues : c'était la voix de Mike.

– On a bien fait de contourner la plage !

– Dépêche-toi, j'préfère pas qu'on m'voie dans l'coin… »

Dans un effort brutal, le Colosse tenta de ramener Stéphan sous l'eau. Aveuglé, ce dernier chercha à agripper les jambes du Colosse pour le faire chuter. Ses tentatives furent vaines, le Guerrier était trop imposant pour être renversé. Le temps s'étira sans que Stéphan ne puisse remonter à la surface.

Que faire !?

L'angoisse s'insinua en lui, son cœur se serra douloureusement. Au fond de lui, il se disait que son ennemi ne franchirait pas toutes les limites de la folie, mais une petite voix intérieure lui murmura alors : *Qui sait ?*

Dans la salle de cours, ce taré a vraiment montré de quoi il était capable…

Épuisé, Stéphan n'avait plus la force nécessaire pour repousser son opposant ; l'oxygène commençait à lui manquer. Soudain, une idée surgit dans son esprit. Sans hésitation, l'adolescent frappa de son talon l'entrejambe de son adversaire. La réaction fut immédiate. Ce dernier libéra instantanément son prisonnier.

« Qu'est-ce que tu fous, merde ? s'écria Mike en voyant son

acolyte lâcher prise. Qu'est-ce qui t'arrive ? »

Il aperçut le Colosse vaciller, tituber lourdement d'un côté à l'autre, comme s'il luttait contre une douleur insupportable.

« Où est Stéphan, bordel !? » insista le chef des Guerriers Fous.

L'incompréhension était totale. Les yeux de Mike balayèrent les environs, cherchant son ennemi dans l'eau, mais rien ne semblait remonter. Un frisson glacial lui traversant le dos, il se demanda incrédule si Stéphan avait succombé au règlement de comptes. Tout ce qu'il avait voulu, c'était lui foutre la peur de sa vie ! Rien de plus ! Oubliant la colère de l'orage, Mike se prit de plein fouet une énorme vague. Il se releva, pris de panique, réalisant que la situation échappait à son contrôle. Une pensée parcourut son esprit : fuir ! Pourquoi rester ici ?

Il fut alors pris de court par une nouvelle déferlante violente. En couvrant la tête de ses bras, le Guerrier Fou comprit brusquement qu'il n'affrontait pas une simple vague, mais une forme humaine. Non, s'il voulait garder la face, il ne devait pas fuir ! Avec une détermination farouche, Mike serra les poings et lança un puissant coup à la masse qui fonçait vers lui. Son assaut rencontra le torse de l'inconnu, mais en réponse, il se prit un violent coup au visage. Sous l'intensité du choc, Mike fut projeté avec force sur la grève de la plage. N'ayant plus aucune résistance, ce dernier s'effondra au sol et sombra dans le noir.

Exténué, Stéphan parvint à émerger l'eau à quatre pattes, une douleur atroce au ventre. À son tour, il se laissa tomber, vidé de toute énergie. Les yeux fixés sur le Colosse se tordant de douleur, sur Mike gisant au sol, il revit avec effroi l'image de son ennemi cherchant à le noyer.

VIII

Justice

Mi-mars 1991

Un coup de frein à main retentit ; une voiture pila. Des

portières s'ouvrirent, des bottes frappèrent le sol. Six heures du matin, les membres du groupe d'intervention se rassemblèrent près du bâtiment pour coordonner leurs actions, prêts à donner l'assaut. Le plan était simple et millimétré ; l'individu recherché était déjà connu des services de police : un jeune lycéen impliqué dans divers délits, rackets, vols, mais surtout trafics en tous genres. Il ne montrait pas spécifiquement de tendances violentes ou agressives, mais l'expérience enseignait que ce genre de profil pouvait toujours réserver des surprises. Les forces de l'ordre avaient choisi une approche musclée pour stopper net l'essor de tous les gangs qui fleurissaient dans le nord de Méthée sous l'influence des *Guerriers Fous*.

D'un signe, le commandant indiqua à l'unité qu'elle pouvait franchir les portes de l'immeuble. Dans un silence maîtrisé, ils gravirent les différents étages jusqu'à atteindre le palier de la porte du recherché. Boreman, le commissaire de police, se tenait en retrait derrière l'unité, il ne devait intervenir qu'après l'assaut. La concentration était palpable, le moindre faux pas pouvait tout faire foirer. Au signal, les deux premiers agents abattirent le bélier contre la porte. Elle résista une fois, mais s'effondra dans un craquement sec au second impact. Dans un mouvement quasi instinctif, le groupe d'intervention envahit l'appartement. Des « Police ! » fusèrent à travers les couloirs, des pas claquèrent, un cri retentit alors. Ils ouvrirent une porte : la cuisine. Une deuxième : une femme, l'air perdu, qui demanda affolée ce qui se passait. Puis, une troisième : un lit, un homme qui semblait dormir. Il affichait un calme imperturbable malgré le vacarme assourdissant. En un éclair, les agents se ruèrent vers lui, armes aux poings. L'un arracha la couverture en hurlant de mettre les mains sur la tête. Les yeux à moitié clos, le jeune homme sembla peiner à sortir de son sommeil. Il n'avait l'air ni surpris, ni choqué par ce qui lui arrivait. Il n'opposa pas la moindre résistance, comme s'il avait anticipé cette intervention depuis un certain temps déjà. Depuis le couloir, une voix éplorée implora de savoir ce que son fils avait fait ; quelqu'un lui demanda en retour de bien vouloir s'asseoir dans le salon, d'attendre que tout soit terminé.

Un homme, le commissaire, fit son entrée dans la chambre. Il marqua un arrêt avant d'inspecter les lieux d'un regard circulaire. Assis sur le rebord de son lit, l'adolescent remarqua sa silhouette. Il était comme un général de guerre, venant constater sa victoire après un bain de sang. Tout s'était enchaîné si vite que le jeune homme se demanda soudain s'il ne se trouvait pas dans un rêve éveillé, comme une intuition prenant forme hors de son esprit. Pourtant, il eut vite la conviction que tout était bien réel. La certitude lui vint en croisant le regard du chef de l'unité d'intervention : son imagination était trop restreinte pour concevoir une telle intensité d'arrogance et de noirceur dans une seule expression.

« Vous êtes Mike Callaghan ? » demanda le policier.

L'adolescent sourit, *quelle question…*

L'homme, implacable, insista.

« Vous avez ma gueule placardée dans vos bureaux, alors pourquoi vous m'posez cette question ? »

« Entrez donc, Stéphan » indiqua d'un ton ferme madame Adrianne, une petite femme blonde, les cheveux coupés courts et les lunettes en demi-lune pour s'octroyer un air sérieux.

Les dédales des bureaux administratifs étaient un territoire presque inconnu pour le garçon tant son interaction avec le personnel du lycée se résumait à une vague indifférence. Jamais il n'avait endossé la fonction de délégué de classe, avait assidûment esquivé les réunions parents-profs, et les clubs et associations du lycée le laissaient totalement indifférent. Ce n'était que depuis sa relation avec Lisa qu'il avait prêté un œil à tout cela, et il devait bien avouer qu'il était parfois dérouté par les rouages de son établissement. Stéphan franchit le seuil du bureau de la proviseure ; un espace ouvert, presque snob par les rires moqueurs qu'on percevait des pièces adjacentes, des photos jaunies qui racontaient un semblant de vie heureuse. Toute la fine équipe de la proviseure était au complet pour l'accueillir : l'adjointe, sa prof de maths, la conseillère principale d'éducation ainsi que la Présidente des élèves. L'atmosphère lui rappelait celle d'un conseil de discipline. En dehors des discours convenus de la rentrée, c'était d'ailleurs la première fois qu'il apercevait la proviseure hors de son sanctuaire.

« Installez-vous, je vous prie. »

Le garçon s'exécuta. Il attendit, le regard se baladant d'un interlocuteur à un autre.

« Vous savez pourquoi vous êtes là ? reprit madame Adrianne.

– Heu… Eh bien… Je ne sais pas vraiment, nan… »

Une amère sensation le submergea : celui d'être coupable avant même de savoir ce qu'il avait fait.

« Nous avons eu quelques retours, notamment de la part des services de police, concernant les évènements du week-end.

– Ce… Mais…

– Vous comprenez à quoi je fais référence ?

– À l'histoire avec Mike, c'est ça ?

– En effet. Il est préférable de nous épargner les détours et en venir immédiatement aux faits. »

Le ton qu'employait la femme n'était pas sans déplaire à Stéphan qui se demanda en quoi ça les concernait. Une autre question lui traversa l'esprit : *Pourquoi les keufs avaient prévenu le lycée ?*

« Nous attendons votre version des faits. Pourriez-vous nous éclairer ?

– Heu… »

Il passa rapidement la main dans ses cheveux, comme pour aligner ses pensées.

« Pourquoi vous me posez cette question ? Ça s'est passé hors du lycée…

– Je vous ferai remarquer, jeune homme, que notre responsabilité éducative ne s'arrête pas aux portes de l'établissement, et que l'incident en question est loin d'être anodin ! Étant donné votre récent passage en conseil de discipline, vous feriez mieux de vous remettre en question prestement.

– J'ai été en conseil de discipline pour m'être protégé d'une agression. C'est devenu interdit de se défendre ?

– Nous avons déjà débattu de ce sujet, et il a été établi que vous avez été sanctionné pour avoir provoqué Mike en constituant une bande.

– Je n'ai rien… »

La principale-adjointe coupa court à cette digression qui n'était en rien l'ordre du jour. Le précédent conseil avait déjà statué, il n'était pas question de le remettre en cause. Elle insista pour revenir au sujet principal : l'altercation entre Stéphan et Mike le week-end précédent. De son côté, Lisa gardait le silence, n'osant pas intervenir. Elle savait que chacun dans la pièce avait connaissance de sa relation avec Stéphan et de sa présence lors de la fameuse soirée. Pour elle, rien de ce qu'avait fait Stéphan était répréhensible, mais elle était consciente que toute défense de sa part serait vue comme partiale, et donc discréditée.

« Si j'ai quelque chose à raconter, ce sera aux flics ! répliqua Stéphan. J'ai rien fait, ni au lycée ni pendant mes heures de cours. Ce que je fais le week-end vous regarde pas !

– Nous ne vous manquons pas de respect, jeune homme, il serait bien que vous en fassiez de même !

– Stéphan, s'il te plaît » commença sa professeure de mathématiques d'une voix qui cherchait à apaiser la discussion.

Il partageait un lien particulier avec cette femme qu'il connaissait depuis sa seconde. Étant un brillant élève, passionné et curieux, il était courant qu'ils prolongent la conversation un quart d'heure après les cours.

« Il ne s'agit pas de t'accuser chaque fois qu'un incident a lieu, précisa-t-elle. Mais il est indéniable que les incidents avec Mike sont réellement préoccupants. Tu en es conscient, n'est-ce pas ?

– Y'a pas eu de morts à c'que je sache… On a fait que se défendre, qu'est-ce que j'aurais pu faire d'autre ?

– Venir nous en parler !

– On est donc censé rester là à se faire frapper ? Et on attend bien sagement qu'ils aient fini pour ensuite vous faire un rapport ?

– Épargnez-nous vos sarcasmes ! reprit la proviseure en ponctuant ses propos d'un coup sur son bureau. Il est évident que votre professeure suggérait de venir nous en parler en amont. »

La conversation s'intensifiait encore, divergeant nettement entre l'autorité peu amène de la proviseure, et le ton conciliant de la professeure. Rongé par un sentiment de culpabilité, le jeune homme, malgré toute l'honnêteté qu'il pouvait manifester, demeurait confus quant aux griefs qu'on lui formulait.

« *Vous en parler en amont ?* Vous n'êtes pas au courant que Mike et ses potes sèment la terreur, peut-être ? Lisa n'a pas essayé de proposer des solutions ?

– Pour votre avenir académique, je vous déconseille de prendre ce ton condescendant ! Vous n'avez pas idée de ce que nous déployons pour gérer activement la situation !

– Quoi ? Vous avez mis votre petite boîte pour qu'on vous écrive des mots anonymes ? C'est ça votre grand plan pour *gérer la situation ?* »

La conseillère principale d'éducation s'interposa pour réprimander Stéphan sur le ton à adopter face à *une grande personne.* Un coup sur la table accompagna ses mots, dans un effort théâtral d'autorité. De la pièce adjacente, quelqu'un ferma discrètement la porte de la salle. Encerclé par les dignitaires de la discipline, Stéphan n'hésita pas à lever les yeux au ciel.

« Et donc, pourquoi je suis ici, au juste ? Qu'est-ce que vous attendez de moi ?

– Ce que nous attendons, jeune homme, c'est que vous nous exposiez votre version des faits !

– Quoi ? Ça sera votre petite histoire excitante de la journée à vous raconter à la machine à café ? Si j'ai quelque chose à dire, ce sera aux flics ! Vous n'avez rien à voir dedans !

– Ayant déjà été mêlé à une altercation au sein de l'établissement, je crains que vous ne puissiez décider de quoi que ce soit ! » répliqua la proviseure de sa petite voix criarde.

Stéphan se redressa vivement de sa chaise, la colère venait d'atteindre son paroxysme. D'un mouvement impulsif, il renversa le pot de stylos posé sur le bureau qui tomba aux pieds de la proviseure. Lisa, coincée dans un dilemme, pressentait que s'interposer pourrait la destituer de la présidence. Néanmoins, cette crainte lui semblait bien futile face à l'intensité de ses sentiments. Elle bondit vers lui, le suppliant de retrouver son calme et lui murmura que l'avenir comptait plus que cet instant de colère. Bien vite, la jeune fille se rendit compte que l'homme emporté était imperméable à ses paroles.

« J'ai été impliqué dans cette bagarre à cause de vous et de votre incompétence ! Vous avez peur d'vous mouiller et d'vous retrouver face à un échec ! Mais l'échec, il est là, il est dans votre abandon ! Vous vous donnez de grands airs pour nous faire croire que vous maîtrisez la situation, mais tout le monde ricane tout bas quand vous placardez des affiches sur la violence à l'école, alors qu'à trois mètres de ces affiches, Mike est en train de tabasser quelqu'un… »

Voulant couper court, la proviseure se fit écraser par la prestance de son interlocuteur qui prit la parole en otage.

« *Oh, mais attention, il ne faudrait surtout pas faire de vague, cela risquerait d'égratigner l'image de cet établissement, et sans parler du risque de représailles !* Et maintenant, quand nous, les victimes, refusons de nous laisser faire plus longtemps, quand nous refusons les agressions et les rackets, c'est à nous que vous vous en prenez ? »

Il suspendit son discours, et dévisagea chacune des personnes en face de lui. Avec un calme dédaigneux, il conclut qu'ils avaient beau se draper de leur belle morale, de leurs discours convenus et de leur gravité de façade, ça n'empêchait pas la réalité de prendre du terrain, et que lui n'avait rien fait d'autre que son devoir. Quelques mots hésitants et maladroits s'échappèrent de la bouche de la proviseure. Puis, prenant conscience de sa perte d'emprise sur la situation et qu'elle s'était affaissée dans son fauteuil, la femme se racla la gorge et redressa la tête avec un air de supériorité contrefait, comme si elle était sortie victorieuse de l'affrontement verbal. Avec une voix chargée de leçons, elle proclama solennellement que l'irritation n'était que le miroir des limitations de l'esprit. Lisa crut entendre un écho résonner dans la pièce, tant les paroles de la proviseure semblèrent se perdre sans trouver d'auditeurs. Stéphan venait de claquer la porte de la pièce sans demander son reste. Des regards perplexes furent échangés, stupéfaits par l'audace soudaine d'un élève normalement si conforme. Ce genre d'élève était censé accepter docilement les décisions imposées, sans jamais les contester.

Dans le silence déconcerté qui suivit, Lisa rassembla

rapidement ses affaires, et, après avoir présenté ses excuses, s'éclipsa à son tour.

22

Exclusion

12 mars 1991

Un coup de vent vint pousser légèrement la fenêtre et se faufila dans la chambre. Il caressa la couverture d'un livre abandonné sur le bureau, où le marque-page n'avait pas bougé depuis quelque temps. Une couche infime de poussière s'envola sous le mouvement d'air, puis disparut en se fondant dans l'espace. La porte claqua subitement, ce qui arracha Stéphan de son état de somnolence. Ses pensées vagabondaient encore autour du film qu'il venait de regarder ; quatre adolescents se faisant le serment de se retrouver dix ans plus tard. Ce film avait une résonance particulière pour lui, réveillant le souvenir d'une promesse faite jadis, un pacte scellé avec ses deux compagnons de route qui avaient marqué sa jeunesse. Mais que restait-il de cette promesse aujourd'hui ? L'un était décédé, l'autre l'avait trahi. Le vent avait tout balayé.

La mémoire de Stéphan le ramena au dernier Noël partagé, les trois familles ensemble dans l'allégresse et l'ignorance des jours sombres qui attendaient, juste avant que le sort n'emporte Jack. Ce soir-là était empli d'une féerie indescriptible, avec l'arrivée surprise du Père-Noël et son flot de cadeaux, provoquant l'émoi d'Eddy qui s'était blotti contre sa mère pour échapper à l'imposant bonhomme rouge. Stéphan avait été si émerveillé par ce personnage que deviner qui se dissimulait derrière la barbe blanche lui semblait presque impossible. Les trois garçons avaient joué des heures avec un circuit électrique fraîchement déballé. Dans le rôle du stratège, Jack partageait ses astuces pour une course parfaite, tandis que Stéphan exultait de joie chaque fois qu'un bolide franchissait la ligne un peu plus vite. Mais voilà, tout ça n'était maintenant plus que des ombres dans l'esprit de

Stéphan.

Se frottant les yeux de fatigue, il regarda l'horloge murale. Trois heures avaient filé, succombant à l'involontaire appel du sommeil. Cela faisait tellement longtemps qu'il n'avait pas pris le temps d'une sieste improvisée au cœur de l'après-midi. Il s'étira en bâillant bruyamment, puis sentit le contour familier d'un paquet de cigarettes dans sa poche : c'était celui confié par Child afin d'échapper à la vigilance de ses parents.

Ah ! J'ai oublié de le lui rendre ! La prochaine fois… Il m'en voudra pas si j'en prends une…

N'ayant pas de briquet, il sortit de sa chambre et descendit les escaliers.

Il me semblait l'avoir laissé dans ce tiroir, c'était où déjà ? J'le trouve plus… marmonna-t-il en vidant méthodiquement le compartiment. La voix de sa mère s'éleva soudain au-dessus du bruit des objets éparpillés :

« Qu'est-ce que tu fabriques ? »

Avec un soupir teinté de frustration, le jeune homme semblait décidé à ignorer sa mère, ses mains fouillant plus activement encore dans le meuble.

« Stéphan ? » reprit-elle, en diminuant la distance entre eux, un froncement de sourcils trahissant sa préoccupation. Son expression s'effondra en découvrant la cigarette aux lèvres de son fils :

« C'est quoi, ça ? Tu t'es mis à fumer ? »

Feignant l'indifférence, l'interrogé commença à remonter les escaliers.

« Je t'ai posé une question ! » hurla-t-elle, virant au rouge en un instant.

Elle ne savait pas si c'était la cigarette ou sa désinvolture qui la mettait le plus hors d'elle.

« Mais c'est rien, c'est juste une clope… Pourquoi tu t'énerves comme ça ?

– S'il n'y avait que ça, j'aurais passé l'éponge…

– Ça veut dire quoi, ça ?

– Ce que ça veut dire ? répéta-t-elle précipitamment. Le lycée a appelé aujourd'hui, je suppose que tu sais pourquoi…

– Ils t'ont appelée ? Mais pour dire quoi ? J'ai rien fait de mal au lycée !

– Tu vas me dire toute la vérité, maintenant : ta blessure au cou, tu m'avais dit que c'était un accident ! Qu'est-ce qui t'a pris de te battre contre ces gens ? fulmina-t-elle.

– C'est pas d'ma faute ! Ils ont commencé ! 'Fallait bien qu'on s'défende, on pouvait pas rester là sans rien faire !

– Ton professeur principal m'a avertie que tu avais planté un compas dans le dos d'un de tes camarades !

– Alors déjà, c'est pas moi ! C'est Vincent, j'y suis pour rien ! Et s'il a fait ça, c'était pour me protéger, se défendit Stéphan mal à l'aise, en quête d'arguments pour apaiser sa mère. Si t'étais de mon côté, t'irais porter plainte contre ce lycée !

– Tu ne m'avais pas tout raconté ! Bien évidemment que je vais déposer une plainte contre les garçons qui t'ont agressé et prendre rendez-vous avec la proviseure. Mais toi, tu n'étais pas censé en arriver là ! J'ai l'impression que tu ne réalises pas la gravité de la situation ! Ton ami a planté un compas dans le dos de quelqu'un, il aurait pu le paralyser à vie !

– Oui, t'as raison… Je suis désolé, maman… Mais j'vois toujours pas pourquoi le lycée t'a appelée ! T'étais là pendant le conseil disciplinaire, et tu savais qu'on s'est battu dans la classe…

– Oui, mais il m'a aussi fait part de ce qui s'est passé dans la boîte de nuit…

– C'est pas vrai ! Il fait vraiment chier, celui-là ! »

Descendant de quelques marches, Stéphan se retrouva face à sa mère.

« Et il a raconté quoi, alors ? reprit-il avec insistance.

– Que vous vous êtes encore battus ! Jusqu'où ça va aller, tout ça ?

– Ça sera comme ça tant que le lycée cédera l'pouvoir à des parents d'élèves obsédés par la notoriété d'un bac, alors qu'il est donné d'avance, au lieu de se préoccuper des élèves qui foutent la merde ! Parce qu'un établissement de mauvaise réputation, ça serait le cauchemar pour les dossiers scolaires ! Et la seule dans l'administration qui a des convictions, c'est Lisa ! C'est pas le monde à l'envers, ça ? »

Un bref silence trahit l'étonnement de la mère devant l'engagement inattendu de son fils.

« Mais ce n'est pas à toi de t'occuper de ça ! C'est hors de question que tu prennes des risques ! reprit-elle avec fermeté.

— Ces choses arrivent parce que chacun pense que c'est le devoir de quelqu'un d'autre d'agir ! Alors quoi ? On change de lycée ? On quitte cette ville ?

— Il faut parler, témoigner ! Va raconter à la proviseure ce que tu sais !

— Ça les regarde plus ! Pour eux, ce sont juste des potins pour pimenter leur journée ! Si j'ai quelque à dire, ce sera aux flics !

— Justement ! T'étonne pas si les flics frappent à la porte, parce que Mike, lui, a été interpelé hier ! »

La nouvelle stupéfia son fils dans un silence surpris. Puis, il en vint à la conclusion que c'était une bonne chose de faite.

« Et bah qu'ils débarquent, j'leur dirai c'qui s'est vraiment passé ! Mais la prochaine fois, je…

— *La prochaine fois* ? Mais il n'y aura pas de prochaine fois !

— Je voulais juste dire que j'irai voir immédiatement les flics… »

Les yeux se dérobaient, luttant pour véhiculer leurs pensées. La mère se sentait gagnée par la frustration ; son message devrait être limpide, pourtant, un voile d'incompréhension semblait flotter entre elle et son fils.

« Je t'interdis dorénavant de traîner avec ces gens-là ! » lança-t-elle d'un ton catégorique.

Elle venait de sortir ce qu'elle avait sur le cœur comme elle aurait régurgité de la nourriture avariée.

« Quoi !?

— Depuis que tu as de mauvaises fréquentations, les problèmes n'ont fait que s'accumuler…

— Mais tu es à côté de la plaque ! J'ai enfin trouvé de vrais amis sur qui compter, protesta Stéphan avec plus de vigueur.

— Ah oui ? Et lorsqu'il a fallu te ramasser au commissariat, tu n'étais pas avec eux, peut-être ?

— Si, j'étais avec eux, mais c'est le hasard qui nous a joué ce tour ! Ça fait des années que j'vais dans ce gymnase sans que le gardien me voie ! Et là, on a eu la malchance de se faire prendre !

— Ce n'est pas un hasard, ces gens ne t'apportent rien de bon ! Regarde-toi : depuis que tu es avec eux, tu fumes, tu ne lis plus et tu as laissé tomber les arts martiaux.

— Ça n'a rien à voir avec eux. J'ai plein d'autres trucs en tête, c'est tout ! Et pour les arts martiaux, j'ai bien le droit à une pause, nan ? d'être un peu comme tout l'monde ! » rétorqua Stéphan, comme s'il tirait à la carabine.

Une colère sourde montait en lui, une rage qu'il aurait voulu évacuer par des coups. Le garçon grimpa alors une marche comme pour clore la discussion.

« Je n'ai pas fini ! cria sa mère. Redescends ! »

À contrecœur, Stéphan obtempéra, désireux de ne pas envenimer la situation avec elle.

« Qu'est-ce qu'y a ? J'te dis que tout va bien. Mes potes sont cools, déclara-t-il dans l'espoir de la rassurer.

— Ce n'est pas ça…

— C'est quoi, alors ? »

Sa mère le scruta, son visage empreint de perplexité, comme si elle pesait ses mots.

« Mais vas-y, dis-moi… insista son fils.

— J'ai eu Eddy au téléphone…

— Quoi ?! fit brusquement Stéphan. J'lui ai dit mille fois de ne plus appeler ici ! Il me saoule, celui-là ! Et qu'est-ce qu'il t'a dit ?

— L'autre jour, après ton départ pour le lycée, il a appelé… Il voulait me mettre au courant de certaines choses…

— Mais de quoi il s'mêle celui-là ? J'lui ai rien demandé, moi ! s'insurgea Stéphan d'une voix plus fougueuse.

— Il m'a expliqué que, contrairement à ce que tu m'as dit, ce n'était pas Mike qui est venu vous provoquer dans la boîte de nuit, mais que c'était toi et ta bande…

— *On* les a provoqués ? répéta Stéphan, avec incrédulité. C'est trop facile de résumer les faits de cette manière !

— Tu n'avais pas à agir impulsivement ! On ne peut pas se prendre pour un héros sans penser aux conséquences !

— J'ai jamais voulu jouer les héros : on n'a juste plus le choix que de se défendre ! Pourquoi il est allé te raconter tout ça ?

— Il a bien fait de m'informer ! Je t'interdis désormais de fréquenter cette bande, et je veux que tu oublies toutes ces histoires de gangs !

— Ces histoires *de gang* ? Nan, mais tu t'entends ? Tu délires complètement ! C'est seulement la vision d'Eddy, mais ma parole ne compte pas pour toi… Lui, il fait partie de ceux qui détournent le regard ! Le J.K.D. Clan est notre seul moyen de défense ; faire ce que le lycée n'est pas foutu d'faire !

– Quand bien même, ce n'est pas à toi de t'occuper de ça ! Si ce lycée ne te convient plus, il fallait m'en parler et je t'aurais inscrit dans un autre !

– Ça fait vingt fois que j'te le répète : il n'était pas question de se confronter aux Guerriers Fous, on a juste voulu se protéger !

– Dans tous les cas, je veux plus que tu fréquentes ces gens-là ! protesta-t-elle.

– C'est pas toi qui m'en empêcheras, j'vois qui j'veux, j'suis assez grand pour ça ! » riposta Stéphan.

Son poing s'abattit violemment contre le mur. Il était consumé par une colère qui mariait le ras-le-bol de devoir sans cesse s'expliquer et l'irritation de se sentir incompris.

« Depuis que tu traînes avec eux, tu as eu des problèmes avec la police et avec des camarades du lycée, sans parler que tu fumes maintenant et que tu as cessé de t'entraîner, martela-t-elle, prononçant les faits comme des preuves de son opinion. Il faut être aveugle pour ne pas voir le lien !

– Mais ça veut rien dire pour les flics, j'te l'ai déjà dit ! C'est juste un mauvais concours de circonstances ! Et pour la clope, tu fumes pas toi, peut-être ? Moi, ça m'aide à m'calmer…

– Je ne veux pas le savoir, tout ça est dangereux et ça pourrait mal se finir ! Soit tu mets un terme à ces relations, soit tu fais tes valises ! menaça la mère avec autorité.

– OK, si c'est c'que tu veux, y'a pas d'problèmes ! J'me casse, comme ça, tu seras tranquille ! » rétorqua Stéphan, se dirigeant résolument vers la sortie.

Il claqua la porte avec force derrière lui. À peine eut-il franchi le seuil que sa mère la rouvrit :

« Et ne reviens pas à la maison tant que tu traîneras avec ces délinquants ! »

Le temps semblait s'être figé, les mots de sa mère résonnaient en écho dans son esprit. Perdu, Stéphan n'avait aucune idée d'où aller. Il déambula un bon moment à travers les artères urbaines pour apaiser son tumulte intérieur et, sans vraiment comprendre comment, il se retrouva tout à coup devant la résidence de Lisa. Il franchit le portail avec réserve et s'avança sur le chemin de graviers blancs. Son cœur martelait sa poitrine de plus en plus intensément à mesure qu'il progressait. Après avoir gravi les deux marches du perron, Stéphan frappa timidement à la porte.

Lisa éteignit la télévision et se leva de son fauteuil. En ouvrant la porte, elle découvrit avec étonnement son petit copain, l'air dépité.

« Ah, Stéphan ! C'est super sympa de passer, mais on n'avait pas prévu de se voir, si ?

– Nan, je sais… Tu as un petit moment à m'accorder ? souffla-t-il avec espoir.

– Heu… Oui, bien sûr ! Mais qu'est-ce qu'il y a ? Tu n'as pas l'air dans ton assiette, remarqua-t-elle en lui faisant un signe d'entrer.

– Ouais, j'dois t'avouer que ça va pas bien fort…

– Tu veux qu'on monte dans ma chambre ? Tu pourras tout me raconter.

– Je veux bien, ça me ferait plaisir. Mais le problème, c'est que j'ai quelque chose d'important à te demander.

– C'est par rapport à hier, ce qui s'est passé avec la proviseure ?

– Nan, pas directement… En fait, je ne sais même plus où tout ça a commencé… »

Remarquant son air sombre, une onde d'inquiétude la submergea et elle chercha sa main pour lui offrir un contact rassurant :

« Je t'écoute, raconte-moi ce qui te tracasse.

– C'est à propos de ma mère, elle est convaincue que notre groupe n'est qu'un ramassis de voyous…

– Quoi ?! Mais pourquoi ?

– D'un côté, j'la comprends avec tout c'qui s'est passé. Mais quand j'lui explique, elle veut pas m'croire.

– Elle ne veut pas te croire sur quoi ? Explique-toi, je ne te suis pas bien, demanda-t-elle pour clarifier.

– Bah, elle croit qu'on fout la merde, qu'on provoque Mike…

– C'est madame Adrianne qui a insinué ça ? Elle nous a

prévenus qu'elle appellerait ta mère.

— Y'a pas qu'elle ! Eddy aussi a tout balancé, c't'enfoiré… Ma mère a rien voulu entendre et elle veut plus que j'vous voie !

— Mais tu as eu l'occasion de lui expliquer clairement la situation avec Eddy ?

— Bien sûr que j'lui ai tout expliqué, mais elle refuse de m'croire ! À part toi, elle a aucune confiance envers les autres. »

Stéphan baissa le ton de sa voix, espérant que les parents de Lisa n'entendent pas leur conversation.

« Ça a vraiment dérapé avec ta mère pour qu'elle te dise des choses pareilles…

— Ouais, ça a dégénéré en cris… Et du coup, il y a quelque chose que j'aimerais te demander…

— Oui, bien sûr, je t'écoute. »

Il lui détailla alors la fin de leur altercation, décrivant avec précision les paroles tranchantes de sa mère qui l'avaient finalement conduit à lui claquer la porte au visage.

« C'est la raison pour laquelle je suis ici, conclut-il. Ce que je vais te demander est un peu délicat… Est-ce que je pourrais rester chez toi juste quelques jours ? Mais t'inquiète pas, ce sera juste le temps de trouver de quoi me loger.

— Oh, je ne m'attendais pas à ça ! » avoua Lisa, prise au dépourvu.

Un léger sourire se dessina sur ses lèvres ; après tout, ce n'était pas une si mauvaise nouvelle.

« J'aimerais beaucoup que tu viennes chez moi le temps de calmer les choses avec ta mère, reprit-elle. Mais il faut d'abord que je voie ça avec mes parents.

— Ah… Ouais, j'comprends, normal… Mais ne t'inquiète pas, même s'ils disent non, ça ira…

— Mes parents sont à côté, dans le salon. Je vais leur demander tout de suite. Ils sont du genre compréhensif. Ne bouge pas, je reviens.

— OK, merci… »

Suivant des yeux sa petite amie qui se dirigeait vers la salle de séjour, Stéphan laissa tomber son sac, sentant le poids devenir lourd. Il perçut des voix venant du salon et reconnut celle de Lisa. L'échange semblait cordial, sans traces de contestation dans les voix des parents.

Un large sourire aux lèvres, Lisa revint du salon en hochant de la tête.

« Alors, ils ont dit quoi ? demanda Stéphan avec impatience.

– Ils sont d'accord ! confirma-t-elle, toute joyeuse.

– C'est vrai ? Ils sont d'accord ! Moi qui pensais que tes parents allaient me rembarrer.

– Ma mère a dit que t'avais l'air très gentil et mon père comprend parfaitement ce qui t'arrive, ça n'a pas toujours été simple avec ses parents non plus… »

Avec une certaine timidité, Stéphan entra dans le somptueux salon et adressa un salut aux parents de Lisa. Le père se leva pour venir donner une poignée de main chaleureuse au jeune homme. Une conversation amicale s'engagea alors entre eux deux, qui avaient vécu des circonstances similaires. Tout en offrant un verre à Stéphan, l'homme se mit à narrer les tribulations de ses jeunes années. Stéphan se contenta d'acquiescer de la tête et expliqua à son tour les raisons qui l'avaient poussé à quitter le foyer de ses parents. Le père n'oublia pas de le remercier d'avoir protégé sa fille lors de la bagarre dans la boîte de nuit et ajouta qu'il était naturel que sa mère s'inquiète pour lui ; que tout finirait par s'arranger. Bien qu'il fût majeur, les parents de Lisa lui confièrent qu'ils informeraient sa mère de son hébergement pour la nuit afin de la rassurer. Stéphan n'y vit pas d'inconvénient : il se sentait profondément affecté par sa réaction, mais ne lui voulait en aucun cas du mal. Après une dizaine de minutes, Lisa les interrompit :

« Viens, je vais te montrer ta chambre ! » s'exclama-t-elle.

Stéphan ôta ses chaussures avant de grimper à l'étage. Arrivé sur le palier, il découvrit un grand corridor avec quatre portes de chambre. Lisa lui indiqua la sienne ainsi que celle de ses parents.

« Et celle-ci, elle est à qui ? demanda le jeune homme.

– C'est celle de Claire, ma grande sœur, elle est partie étudier aux États-Unis. Allez, viens ! »

Sa copine afficha un sourire amusé et lui prit la main pour le guider vers la porte de droite.

« Wow, quelle piaule ! s'émerveilla le jeune homme en découvrant sa nouvelle chambre.

– C'est la chambre d'amis. Mes parents la tiennent toujours en parfait état.

— 'Faut vraiment que j'les remercie encore, c'est trop sympa de leur part…

— Tu peux utiliser cette armoire pour ranger tes affaires. »

Elle pointa une grande armoire ancienne, en bois sombre, décorée de motifs élaborés.

« OK, ça marche ! »

Se retournant vers sa petite amie, il laissa libre cours à un baiser passionné. Malgré les récents évènements, une tranquillité l'habitait. Si cela ne devait être qu'une passade vers un nouveau départ, alors il l'accepterait.

« Et tu sais quoi ? commença Lisa. Ce que tu as dit à la proviseure hier semble l'avoir touchée ; elle a accepté de débattre de l'idée d'un agent de sécu devant le lycée !

— Ah, cool ! Bon, bah, peut-être que je ne suis pas un si mauvais gars, alors ! »

Les deux adolescents se réjouirent ensemble de cette nouvelle. Stéphan ajouta qu'il avait été difficile de faire entendre leur voix, mais que leur persévérance avait porté ses fruits.

« Tout le monde parle de toi au lycée, ajouta la fille, avec passion. Ça va être la folie quand tu vas revenir ! »

23

Sara

19 mars 1991

Lisa, épuisée, sortit de cours. Les journées lui semblaient interminables, chacune plus longue que la précédente. L'ambiance avait radicalement changé, comme si une tempête avait tout ravagé. Le renvoi de Benjamin et les problèmes de Mike avec la justice avaient apaisé les tensions. La jeune femme entendait parfois des soupirs de soulagement autour d'elle. Ou bien était-ce par ennui ? Elle ne savait plus vraiment. Les évènements s'enchaînaient à une telle vitesse qu'il lui était difficile de garder une vision claire et objective de l'état d'esprit de chacun. Mais en ce qui la concernait, c'étaient plutôt les absences à répétition de

Stéphan depuis une semaine qui rendaient le temps si long. Elle se posa sur une terrasse du second étage qui surplombait la cour du lycée.

« Salut ! » lança Zoé en la rejoignant.

Elle était accompagnée de Margaux et de son éternel sourire.

« Coucou les filles ! Ça va ?

– Ouais, super ! Vous savez quoi ? Mes parents sont pas là ce soir, on fait quelque chose ? proposa sa copine.

– Trop bien ! On s'organise une fête ? »

Enthousiasmées par cette suggestion, les trois filles dressèrent déjà une liste des achats à prévoir et des personnes à inviter. Zoé ajouta qu'elle n'avait pas croisé Child depuis un certain temps et qu'elle serait ravie de le voir à la soirée. En réalité, chacune savait que, quand Child venait, c'était Antoine qui déclinait toute invitation. Il était toujours délicat de choisir entre deux amis dont la sympathie mutuelle était aussi insipide que les viandes servies à la cantine scolaire.

« Bah, on invite les deux et ils se débrouillent, conclut Margaux. C'est pas à nous de s'prendre la tête parce qu'ils veulent pas faire d'effort !

– Ouais, t'as raison… »

Lisa avait perdu le fil de la discussion. Un rictus discret trahissait sa contrariété.

« Bah, qu'est-ce qui ne va pas ? demanda l'une de ses amies.

– Les filles… Je suis vraiment désolé, mais je vais devoir y aller…

– Quoi ? Mais pourquoi ?

– Je viens de me rappeler que Stéphan veut que je le rejoigne après les cours. Il est au terrain de basket avec Child…

– Bah, OK… Mais tu nous rejoins quand même ce soir ? »

Lisa les regarda d'un air confus ; c'était justement là le point sensible.

« Nan… On va rester ensemble…

– Quoi ? Nan, mais t'es sérieuse, là ? rétorqua Zoé, se levant du banc où elle était assise.

– On a pas le droit à un peu d'intimité ?

– Nan, mais là, tu nous oublies carrément ! »

Lisa s'offusqua de ce qu'elle venait d'entendre. Avec tous les évènements récents, elle estimait légitime de passer du temps avec son petit-ami sans avoir à se justifier. Les élèves à proximité tendirent l'oreille vers elles.

« Moi, je vous oublie ? Mais arrêtez les filles, vous délirez !

– Depuis que t'es avec Stéphan, on t'voit plus ! Regarde, on organise une soirée et tu nous plantes !

– Oui, bah vous pourriez être plus reconnaissante envers lui, c'est grâce à lui si on est tranquille maintenant !

– Mais ça a rien à voir avec ça ! Tu mélanges tout ! »

Margaux n'appréciait guère que Lisa se serve d'un autre sujet pour justifier son comportement. Elle le lui fit savoir sans mâcher ses mots et répliqua qu'elle ne parlait pas des histoires avec Mike mais du sentiment d'être mises à l'écart.

« Bon, les filles, vraiment, vous me saoulez, là ! J'ai pas à me justifier ! »

Lisa ramassa son sac d'un geste brusque et abandonna la discussion, ne pouvant plus en supporter davantage.

Silence. Nul n'avait le cœur à parler. Assis sur un banc, le chef fixait le vide, tirant une bouffée de sa cigarette. Il toussa. Malgré toutes les précautions qu'il avait prises pour que la police ne puisse remonter jusqu'à lui, et que son nom ne soit jamais mentionné, il était désormais sous contrôle judiciaire. Tout avait basculé si rapidement ; tout était à cause de ce Stéphan…

Sur sa droite, il perçut des bruits de pas. Il aurait pu reconnaître cette démarche assurée, cette allure envoûtante parmi des milliers de personnes. Le garçon n'adressa qu'une moitié de sourire à Sara.

« Qu'est-ce qu'il y a ? lança-t-elle sans préambule.

– Rien… Laisse tomber…

– Mais quoi *rien ?* Sérieusement, tu t'es vu ? »

Mike ne montra aucune réaction à la provocation de sa petite amie. Il porta la cigarette à ses lèvres, laissant la fumée danser sur son visage.

« Mais vas-y, reste pas planté là ! Bouge-toi l'cul ! insista-t-elle.

– Tu veux que j'fasse quoi, hein ? Ils ont débarqué chez moi à six heures du mat' ! Si je refais une connerie, c'est la taule direct !

– Et alors ? Tu vas t'laisser faire ? »

La jeune fille balança son sac à terre de rage, ne pouvant tolérer la résignation des Guerriers. Elle connaissait le Mike conquérant qui avait toujours un tour d'avance sur ses adversaires, et pas cette loque vautrée sur un banc.

« Bats-toi, bordel ! » s'écria-t-elle en lui secouant l'épaule.

Elle le poussa en avant pour le forcer à se lever ; le garçon demeura inerte.

« Me battre pour quoi ? répliqua-t-il en repoussant sa main. T'as pas compris que ça servait à rien ?

– Si Lisa et les autres parlent aux flics, on est foutus ! ajouta Benjamin.

– Toi, ta gueule ! Je t'ai parlé à toi ? »

Son regard était si sombre qu'elle crut l'entendre murmurer des excuses. Cassandra, en retrait, faisait mine de ne pas écouter la conversation. Elle semblait affectée par la peine de Mike.

« 'Faut réagir ! Merde ! » enragea Sara.

Elle hurla. Mais en vain, la défaite face à Stéphan et l'enquête judiciaire avaient éteint ce qui faisait d'eux les Guerriers Fous : leur impétuosité. Sara saisit Arnold par le col de son pull et lui intima de retourner au lycée pour réaffirmer leur autorité. Elle le gifla avec une telle violence que sa casquette fut projetée avant de chuter à terre. Le garçon la repoussa et, dans la mollesse de son mouvement, chacun comprit que son intention n'était pas de se rebeller mais de mettre un terme à son humiliation. La colère envahissait Sara, lui donnant envie de s'arracher les cheveux.

« Et si j'fais rien, tu vas faire quoi ? Me trahir ? lança Mike ; il était à genoux, certes, mais il restait le chef.

– Arrête… Tu sais très bien que j'te ferai jamais ça !
– Alors prends pas la tête, y'a plus qu'à attendre… »

C'était à peine si elle l'avait entendu, Sara était déjà focalisée sur autre chose : une personne qui marchait seule à une trentaine de mètres d'eux.

Lisa… souffla-t-elle.

Sa démarche, rapide et déterminée, indiquait qu'elle avait un but précis.

« Attendez ici, les gars, ordonna Sara. Je m'occupe de tout… »

« Salut ! » entendit Lisa sur sa droite.

Elle leva la tête et découvrit, à son grand étonnement, la fille aux cheveux rouges qui sortait avec Mike. Ses yeux avaient une nouvelle lueur depuis leur dernière rencontre.

« Qu'est-ce que tu me veux ? »

Lisa la dévisagea de haut en bas. Cette fille était si vulgaire à ses yeux qu'elle se demanda ce que Mike pouvait bien lui trouver. Elle portait perpétuellement du noir et de longues chaînes autour du cou.

« Ça va, calme-toi… J'veux juste te parler…
– *Me parler ?* Tu rigoles ou quoi ?
– T'es bien la Présidente des élèves, nan ? Tu dois être à notre écoute… »

Sara dégagea la mèche qui tombait sur son visage, révélant un maquillage parfaitement maîtrisé autour des yeux ainsi qu'un rouge à lèvres fin. De son côté, Lisa demeurait méfiante, elle savait que quelque chose se tramait derrière tout ça.

« Ouais, et qu'est-ce que tu me veux ?
– Tu comptes aller faire ta déposition chez les flics ?
– S'ils me convoquent, je raconterai tout ce qui s'est passé… »

Sur cette déclaration, elle voulut mettre un terme à la discussion, refusant d'en révéler davantage à un membre du gang qu'elle combattait. Poursuivant son chemin, Lisa se rapprocha de Sara en la frôlant presque de l'épaule. Elle n'avait aucunement peur d'elle et ne manqua pas de le faire savoir. Leur récente victoire lui insufflait une grande confiance ; rien ne pourrait plus l'arrêter désormais.

« Pauvre Stéphan, ce serait dommage pour lui⋯ » lança alors Sara.

Lisa se retourna vivement, et marqua un arrêt pour chercher à déceler dans le regard de Sara ce qu'elle insinuait. Cette dernière exultait, satisfaite d'avoir capté son attention et semé le trouble en elle.

« Pff, en quoi Stéphan est concerné ? »

Sara se rapprocha d'elle. Presque trop près.

« Bah⋯ Il a réussi à défoncer trois mecs, mais maintenant s'ils rappliquent à quinze, ça s'passera comment ? »

Un vent sec s'engouffra entre les deux femmes qui ne se lâchaient pas du regard. L'arrogance manifeste de Sara ne faisait qu'accentuer ses propos. Pourtant, Lisa refusa de se laisser manipuler, elle voulut répliquer quelque chose, mais les mots ne venaient pas. Elle pensa à Stéphan, elle le revit le soir où les choses avaient mal tourné, lorsqu'il s'était retrouvé face aux Guerriers Fous, seul. Rien que de se remémorer ce qu'elle avait ressenti à cet instant-là, un point lui comprima le cœur. Les lèvres de Sara s'étirèrent en un sourire, oscillant entre victoire et satisfaction.

« Bon bah, réfléchis bien à c'que tu vas leur dire⋯ » dit-elle.

Elle se retira, abandonnant Lisa seule avec ses pensées.

« Bonne journée ! » ajouta-t-elle.

Lisa contracta les poings face à son ironie. Elle aurait voulu lui bondir à la gorge, lui arracher ses cheveux de pétasse décolorée et la frapper jusqu'à ce qu'elle perde son air supérieur. Néanmoins, elle n'en fit rien.

24

Trois Points

19 mars 1991 (suite)

D'un mouvement fluide, Child dribbla Stéphan et fit un double pas avant de déposer la balle au panier. Il avait pris une avance confortable de sept points sur son adversaire. Après un tir de loin, il creusa encore l'écart. Le garçon se sentait particulièrement satisfait de sa prestation. C'était l'occasion pour lui de s'affirmer face au chef du J.K.D. Clan et lui montrer de quoi il était capable. Le ciel était clair et le vent suffisamment doux pour ne pas perturber la trajectoire de la balle.

« Mais vas-y ! Tu joues tous les jours, forcément que t'es meilleur ! ragea Stéphan.

– Bah ouais, mais chacun son truc ! » répliqua Child avec un sourire en coin.

Là-dessus, il contra son ami, récupéra la possession, feinta de partir sur la droite, puis fit une rotation sur lui-même, un mouvement plus spectaculaire qu'efficace, avant de marquer son dernier tir. Il remporta le match sur un score de vingt-et-un à dix. De son côté, Stéphan, furieux de sa défaite, frappa de toutes ses forces dans le ballon qui s'envola à l'autre bout du terrain, heurta un mur et roula jusqu'aux pieds de Child.

« Ah, ça va, c'est juste un match de basket.

– Ça m'énerve ! J'vais m'entraîner, et tu vas voir ! »

L'attitude du chef du J.K.D. Clan le fit sourire, sachant qu'il était très mauvais perdant et que ce défaut le poussait à se surpasser. Ils décidèrent alors de faire une pause en s'essayant au bord du terrain et Stéphan en profita pour sortir une bouteille d'eau. La conversation dériva ensuite sur les évènements de la semaine précédente.

« Sérieusement, c'est Eddy qui a tout balancé à ta mère ?

– Mais ouais, il a trop la haine contre moi ! »

Child écarquilla les yeux de surprise.

« Bah pourquoi ?

– Il ne digère toujours pas ma victoire au tournoi et que j'sois meilleur que lui maintenant… La preuve, il m'a même jamais félicité.

– T'as bien fait d'l'envoyer chier !

– Ouais, mais maintenant il s'venge en racontant n'importe quoi à ma mère… »

Stéphan se releva, s'empara du ballon et tira en direction du panier. Le ballon frappa la planche avant de rebondir plus loin.

« J'aurais jamais cru qu'il puisse être une balance comme ça… reprit Child, tout en montrant à son ami comment placer correctement sa main afin d'améliorer son tir.

– Tu peux parler, toi ! Tu traînais toujours avec Mike et ses potes avant, nan ? »

La question était purement rhétorique. Child poussa un profond soupir ; il était fatigué de devoir se justifier indéfiniment.

« Ah, ça a rien à voir ! rétorqua-t-il. J'traînais avec eux, mais c'était des bouche-trous… C'était surtout pour pas qu'ils m'emmerdent… »

En recevant la balle, il en profita pour changer de sujet :

« Au fait, tu m'parles plus de tes entraînements !

– Nan, mais j'y vais plus trop, ils sont trop nazes les gars là-bas…

– Du coup, qui a gagné l'tournoi de ton club de Jet Koune… Heu… Truc, là ?

– Celui qui s'est déroulé récemment ?

– Ouais… »

Ça l'agaçait de l'avouer, mais d'après les échos qu'il avait eus, Eddy avait remporté le dernier tournoi de la ville de Méthée.

« Ah ouais… Fais gaffe, 'faudrait pas que tu perdes ton niveau…

– *Perdre mon niveau ?* Mais t'es ouf, toi ! »

La puissance avec laquelle il envoya le ballon au panier trahissait ses émotions. Il la récupéra avant Child et lui rétorqua qu'il s'entraînait depuis des années, qu'il n'était pas du genre à se relâcher. Stéphan tira de nouveau, et cette fois-ci, en s'appliquant sur le geste, le ballon entra sans même toucher l'arceau.

« 'Toute façon, maintenant que t'as éclaté tous les Guerriers Fous, t'auras plus besoin de t'battre… conclut Child. Mais maintenant, on fait quoi ?

— Comment ça, *on fait quoi ?*

— Bah tu sais, pour ta popularité, pour le J.K.D. Clan, tout ça quoi…

— J'en sais rien, y'a plus rien à faire… Tout l'monde parle de nous ! »

Ce n'était pas vraiment la réponse que son ami espérait, il stoppa le ballon et se dressa devant son chef. Stéphan l'avait rarement vu aussi sérieux, sa voix devint grave.

« Mais nan ! Les gens parlent de toi en ce moment, OK ! Mais c'est juste parce que c'est tout frais, mais dans deux mois, c'est fini, plus personne te connaît, mec !

— Arrête tes conneries ! T'as vu c'qu'on a fait ? Les gens vont parler d'nous pendant des années !

— Ah ouais ! Et tu t'souviens de Guillaume ? »

Child accentua ses propos par de vifs gestes de la main. Il laissa tomber le ballon au sol.

« Heu… Nan… Tu parles de qui, là ?

— Quand on était en seconde, toutes les meufs voulaient sortir avec lui, c'était le lèche-cul des profs !

— Ah ouais ! Si, j'm'en souviens, pourquoi ?

— Eh ben, qu'est-ce qu'il fait aujourd'hui ? »

Stéphan prit un temps de réflexion, se gratta la tête puis demanda si Guillaume n'était pas en terminale. Et c'était exactement le point que Child cherchait à mettre en lumière. Il laissa retomber ses bras pour marquer l'évidence.

« Il est parti y'a près d'un an, personne l'a remarqué…

— Mais… »

Les mots ne venaient pas, Stéphan resta sans voix. Il comprit où Child voulait en venir, se demandant alors comment les choses allaient tourner pour lui. Le garçon se dirigea vers son sac, prit une gorgée d'eau et poursuivit :

« Tu veux dire que les gens oublient vite et passent à autre chose ? »

Child acquiesça d'un signe prononcé de la tête. Ce n'était pas du tout de cette manière que Stéphan avait envisagé les choses. À ses yeux, l'histoire avec les Guerriers Fous était réglée et les lycéens lui seraient éternellement reconnaissants. En réalité, il comprit que, pour devenir une légende, il fallait partir en légende.

Il leur restait quelques mois avant de quitter le lycée et sa popularité pouvait décliner d'ici là.

« Et toi, tu proposes quoi ? demanda-t-il. T'as une idée ?

– J'sais pas, moi… On pourrait racketter les gens, ça serait drôle ! »

Stéphan s'arrêta net, se demandant si son ami le raillait, puis rétorqua qu'il n'avait pas chassé Mike et ses potes pour reproduire ce qu'ils faisaient.

« Ouais… Ouais, j'te comprends, répondit Child, expirant longuement. Mais 'faut trouver quelque chose qui claque, qui ait de l'impact !

– D'accord, mais tu penses à quoi ? »

Child fit quelques pas, prit un moment de réflexion, puis, quand une idée lui traversa l'esprit, il afficha un sourire.

« On pourrait faire un cambriolage !

– Ça, c'est déjà plus excitant ! Mais pas des gens, des entreprises plutôt…

– Attends, j'ai trouvé ! Pourquoi pas cambrioler le lycée !

– *Le lycée ?* Mais t'es un ouf toi, on va s'faire chopper direct et s'faire virer ! »

L'idée totalement délirante le fit éclater de rire. *Comment pouvait-il imaginer qu'il pourrait mettre en œuvre un tel plan ?*

« Mais si, c'est possible, mec ! s'exclama Child. On est au lycée toute la journée, on peut tout planifier sans éveiller les soupçons ! »

Une légère expression traversa le visage du chef, de manière presque imperceptible. Pourtant, Child ne manqua pas de le remarquer et profita de cette ouverture pour avancer ses arguments :

« Franchement, qu'est-ce que tu leur dois, toi ? Hein ? Rien, absolument rien ! Ça fait des années qu'ils veulent s'débarrasser de Mike, toi, tu débarques et en deux mois tu règles l'affaire. Et la seule chose qu'ils font pour te remercier, c'est de te virer trois jours… Tu mérites pas mieux que ça, franchement ? »

Ses paroles avaient touché Stéphan. *Après tout, où étaient tous ces foutus bureaucrates quand il avait senti la mort l'envahir dans les eaux glaciales de l'obscurité ?* Child posa une main sur son épaule et le fixa droit dans les yeux ; il savait qu'ils partageaient les mêmes pensées.

« Mais y'a rien d'intéressant à prendre là-bas… murmura-t-il.
– Ah ouais ? Et dans la salle informatique alors ? »
Le chef esquissa un sourire. Le vent se fit soudain plus doux et laissa la chaleur du Soleil caresser leur peau. Au loin, une silhouette se dessina et s'approcha d'eux. Stéphan la reconnut : il avait donné rendez-vous à Lisa sur le terrain de basket vers seize heures.
« Bon, y'a Lisa qui arrive, annonça-t-il, précipitamment. Écoute-moi bien, y'a trois points à régler avant ça : déjà, tu lui en parles pas, j'veux pas qu'elle soit au courant. Ensuite, j'veux que tu réserves une chambre d'hôtel pour samedi prochain. Et enfin, il faut impérativement que toute la bande y soit pour vingt heures ! OK ?
– OK, pas d'problèmes, mec ! »
La copine du chef du J.K.D. Clan arriva, arborant un sourire presque artificiel, embrassa son petit ami avant de demander de quoi ils parlaient.

25

Les Médias s'emmêlent

24 mars 1991

Il passa rapidement en revue les chaînes de télévision ; décidément, il n'y avait rien d'intéressant.
Seul dans la grande maison des parents de Lisa, Stéphan avait décidé de sécher les quelques cours de la matinée. Depuis son altercation avec la proviseure, quelque chose avait changé en lui : auparavant, le lycée n'était pour lui qu'un lieu d'apprentissage, où seuls les échanges avec les professeurs retenaient son attention, loin des préoccupations de la vie sociale. Mais à présent, que lui restait-il de cela ? Découvrir l'envers du décor lui avait laissé un goût amer dont il ne pouvait se défaire. Même sa professeure de mathématiques, avec qui il avait toujours entretenu de bonnes relations, suscita des doutes en lui. Comment une personne si intègre, si dévouée, pouvait-elle fermer les yeux sur

l'incompétence de la direction, et surtout, ne pas reconnaître qu'il était la véritable victime dans toute cette histoire ?

Il n'avait jamais décidé d'être chef de quoi que ce soit ! Il n'avait jamais décidé d'être impliqué dans des bagarres ici et là ! Il n'avait jamais décidé de l'omerta qui régnait sur le lycée ! Mais voilà, on ne le comprenait pas, et pire encore, on l'avait désigné comme le responsable de tous les problèmes !

Ne pas aller en cours était pour lui une forme de révolte, une manifestation de son mépris envers l'administration et ceux qui la fréquentaient.

« ...la police annonce avoir ouvert une enquête suite à la rixe entre deux bandes rivales au lycée Jean Moulin » rapporta Béatrice Kirszenbalt, la jeune journaliste de MéTV.

En entendant le reportage sur la chaîne régionale, Stéphan serra les mâchoires. Il ne pouvait supporter que son engagement pour contrer les Guerriers Fous soit réduit à un simple règlement de comptes entre bandes.

Il monta le volume :

« Madame Adrianne, la proviseure du lycée, a confirmé que le fauteur de troubles avait été exclu de l'établissement. Ce matin, sur les antennes de la radio locale, nous avons entendu ses déclarations en compagnie du maire de la ville. Elle y vantait les mérites d'une administration ferme face à la délinquance et encourageait ses confrères à suivre cet exemple. Il est actuellement question de déployer un agent de sécurité devant chaque établissement ainsi que des caméras de surveillan... »

Stéphan coupa la télévision ; il en avait trop entendu. Décidément, Child avait raison sur toute la ligne : non seulement, on ne lui avait montré aucune reconnaissance pour son dévouement qui lui avait presque coûté la vie, mais de surcroit, son nom avait été totalement effacé de la version officielle.

On le traitait comme un criminel dont on voulait faire disparaître toute trace de son passage dans les couloirs du lycée. Alors très bien, il allait se comporter comme tel ! Lisa ne devrait rien savoir de tout ça, et s'il fallait sortir la nuit jusqu'à l'aube pour la tenir éloignée du danger, alors il le ferait !

Nan, vraiment, il ne leur devait rien, se dit-il, meurtri à l'idée de ne pas exister pour eux. Et dorénavant, le jeune homme allait frapper encore plus fort. On lui déniait les mérites qui lui revenaient, il allait donc les chercher lui-même.

26

Débat

2 avril 1991

« Comme vous le savez, nous sommes réunis aujourd'hui pour discuter de la présence éventuelle d'un agent de sécurité devant le lycée, déclara la proviseure. Nous allons bien évidemment entendre la conseillère principale d'éducation, les professeurs souhaitant intervenir, ainsi que Lisa, notre Présidente des élèves. »

Dans la salle de conférence, chacun acquiesça d'un signe de la tête. Grâce à la persévérance de Lisa et de ses nombreux soutiens, la direction avait finalement consenti à écouter les différents arguments en sa faveur. Maintenant qu'ils avaient pris une position ferme contre la délinquance, il était temps de donner le coup final. La conseillère principale d'éducation n'hésita pas à s'emparer de la parole dès qu'elle le put :

« Il est évident que la manière dont les choses se sont déroulées n'était pas celle souhaitée. Mais les résultats sont là : Mike est traduit en justice, ses acolytes se tiennent à carreau, et tout cela grâce à notre détermination.

— J'entends bien vos propos, dit un professeur d'histoire, mais en quoi ça justifie la présence d'un agent de sécurité à la sortie du lycée ?

— Sa vocation ne sera pas de sanctionner, mais bien de protéger les élèves. Ils vivent la boule au ventre d'être pris à parti par une bande ; c'est intolérable ! Personne ne doit penser qu'ici, dans cet établissement, on peut faire régner la peur, dicter sa loi et obtenir ce qu'on veut par la force et l'intimidation ! L'agent de sécurité est donc à titre préventif ! »

Ses arguments suscitèrent de vives clameurs dans la salle de conférence. Les professeurs et le personnel administratif avaient atteint un point de saturation depuis bien trop longtemps. Cette opportunité qui s'offrait à eux était une aubaine qu'ils ne comptaient pas laisser passer. Pourtant, parmi eux se leva un homme : le professeur d'histoire.

« Vous ne croyez pas au contraire qu'avoir un flic posté en permanence devant le lycée créera une atmosphère de peur parmi les élèves ? » fit-il remarquer.

Depuis la dernière rangée, il dut élever le ton pour se faire entendre :

« Je ne pense pas que la répression favorisera un retour à la normale. Il faut remonter à la source et se poser des questions sur les facteurs qui ont conduit à cette situation. De plus, nous devons aussi anticiper l'engrenage de la violence. Hier, ils rackettaient les élèves, aujourd'hui, nous engageons un flic pour les contrer, et demain, que feront-ils pour reprendre leur territoire ?

– Ce ne sera pas un flic, comme vous dites, mais bien un agent de sécurité, rectifia la conseillère principale d'éducation.

– J'entends bien, reprit le professeur d'histoire. Mais pour les jeunes issus de quartiers défavorisés, ce sera bien un flic qu'ils verront. Vous croyez vraiment qu'ils resteront sagement dans leur coin sans réagir ? Je pense, et ça n'engage que moi, qu'il faut aller vers ces jeunes, et ne pas les considérer comme des ennemis. Madame Adrianne, vous avez rencontré notre maire il y a quelques jours, qu'avez-vous pensé de sa politique répressive ? »

Un silence régna brièvement. Puis, un autre professeur se leva et se permit de répondre à la place de la proviseure :

« Ce que vous proposez donc, c'est de poursuivre ce que nous faisons déjà depuis dix ans ? À savoir : ne pas faire de vague, et tenter de comprendre et d'excuser les élèves qui cassent, frappent et rackettent, sous le sacro-saint prétexte qu'ils vont mal ? Il est étonnant de penser que proposer les mêmes solutions produira de nouveaux effets… »

Leurs voix portaient l'engagement de leurs discours. En face, leurs collègues n'osèrent répliquer, attendant que d'autres se manifestent également. Et, tandis que la proviseure tentait de relancer le débat, une silhouette au fond de la salle changea discrètement de place pour rejoindre la Présidente des élèves, assise plus à l'écart. Elle préparait et révisait son discours imminent.

« J'peux te parler deux secondes ? » lui fit l'individu.

Elle se retourna et découvrit Stéphan. Il n'arborait ce visage que lorsqu'il se comportait en chef de clan.

« Bien sûr, qu'est ce qu'il y a ?

– C'est à propos de ton discours… »

Il marqua une pause, comme s'il cherchait les bons mots. Puis, avant de poursuivre, il proposa à sa copine de s'isoler. En toute discrétion, elle le suivit au fond de la salle à l'abri des regards.

« Vraiment, ça peut pas attendre ? demanda-t-elle alors.

– Nan… J'voulais te dire… Enfin, j'crois que tu devrais changer d'avis…

– *Que je change d'avis ?* Nan, mais de quoi tu parles, là ? »

Elle ne saisissait pas exactement où il voulait en venir et se contrôla pour ne pas monter le ton.

« J'parle de l'agent de sécu, j'crois que c'est pas une bonne idée, finalement…

– T'es sérieux là !? s'exclama-t-elle, s'attendant à ce qu'il se mette à rire pour plaisanter.

– Mais oui ! Y'a eu deux ou trois bagarres devant le lycée, on va pas tout changer pour ça !

– Nan, y'a pas eu deux ou trois bagarres ! Ça fait depuis le début de l'année que je travaille sur ce projet, je vais pas m'arrêter maintenant, quand même ! »

Elle ne pouvait pas croire que son petit ami puisse lui balancer ça, pas maintenant ! Elle posa sa main sur son front, essayant de se ressaisir.

« Bon, je sais pas ce qui t'arrive là, si c'est la pression ou je ne sais quoi, mais 'faut que tu réfléchisses deux secondes.

– C'est tout réfléchi, j'te dis ! Cette décision, c'est complètement disproportionné !

– Ouais, bah c'est pas parce que tu te désistes au dernier moment qu'on va tout changer. Là, il y aura quelqu'un devant le lycée, le jour et la nuit ! »

À cette annonce, Stéphan redressa brusquement la tête vers elle, la mâchoire serrée.

« La nuit ? Mais ça sert à rien, y'a jamais personne devant le lycée ! répliqua-t-il en feignant un rire.

– Parce qu'il n'y a jamais eu de règlements de comptes la nuit, peut-être ? Tu as reçu plus de coups que tous les gens dans cette salle réunis, tu sais mieux que quiconque ce qui se passe dans les rues de Méthée la nuit… »

Elle remit en ordre ses fiches d'un geste tendu, puis lui adressa une dernière parole pour clore le sujet :

« Je te suis plus, tu m'avais dit que tu me soutiendrais dans mes projets, et là, tu t'opposes sans raison… »

Agacé, Stéphan s'empara de ses fiches et lui lança fermement qu'elle n'avait pas besoin de tout ça, qu'elle devait suivre son avis. Elle le fixa sans un mot, la scène lui paraissait presque irréelle. Derrière, elle entendit appeler son nom, c'était à son tour de donner son opinion. Après une brève réflexion, elle voulut faire un pas vers son petit-ami, réalisant qu'ils s'étaient emportés pour rien ; c'était peut-être la fatigue qui avait pris le dessus. Elle tendit le bras vers lui pour récupérer ses fiches et lui demanda de l'excuser. Le garçon, inflexible, resta de marbre. La proviseure appela une seconde fois la Présidente des élèves, qui ne savait plus où se placer. L'impuissance lui ôta les mots. À cet instant, elle décida de reprendre ce qu'elle réclamait sans discuter plus longtemps. Le geste fut rapide, puissant, sans hésitation ; Stéphan saisit le bras de Lisa et la tira vers lui :

« J'te dis que t'as pas besoin d'ça ! OK ? »

Dans la foulée, Stéphan jeta un regard par-dessus son épaule, il ne voulait pas que l'assemblée les entende. Par chance, un panneau d'affichage laissé de travers les isolait du reste de la salle. De son côté, Lisa, l'esprit dans le vague, ne trouva rien à rétorquer. Elle crut même un instant qu'elle avait elle-même provoqué cette situation en ayant mal agi. Pourtant, avec tous les efforts du monde, l'adolescente ne sut comment elle aurait pu mieux faire.

« Stéphan… Tu… Tu me fais mal… »

Sa voix tremblait, elle dégagea son bras comme elle le put.

Le temps pressait, son nom fut appelé une troisième fois. La jeune femme n'avait plus le temps de réfléchir. Elle fit volte-face et avança d'un pas craintif vers le pupitre. Stéphan lui glissa discrètement qu'il lui faisait confiance pour faire le bon choix.

Après des excuses auprès de la proviseure pour son retard, elle se dressa devant le micro. Tous les regards étaient tournés vers elle avec admiration et respect ; cela faisait bien longtemps que le lycée n'avait pas eu une présidente aussi engagée. Tous lui avaient maintes fois exprimé leur reconnaissance pour son courage à dire et à faire ce qu'elle faisait. En face d'elle se tenait son professeur d'anglais, madame Lanciaux, qui l'avait conseillée et soutenue tout au long de la campagne électorale. Elle lui fit un signe discret pour l'encourager. Pourtant, Lisa préféra l'ignorer ; elle ne voulait pas croiser son regard. Elle s'adressa au conseil avec une certaine distance.

« Je... Je tiens à m'excuser pour mon retard... prononça-t-elle sans grande conviction. Nous avons entendu les propos de chacun, et chacun ici ne veut que le bien du lycée. Il n'y a pas de bon ou de mauvais choix... »

Elle récitait de tête le début de son discours. Les premières lignes, elles, étaient solidement ancrées dans sa mémoire.

« Il y a juste la volonté d'avancer en faisant ce que l'on croit être le mieux. Personne ne peut juger les erreurs des autres, nous avons tous le droit de trébucher pour mieux nous relever ensuite. Oui, notre lycée a traversé des moments difficiles ! Oui, nous aurions pu faire mieux ! Mais ce qui importe réellement, c'est que notre établissement en ressorte victorieux, plus grand ! Aujourd'hui, une proposition pour la prévention de la sécurité est discutée. Cela témoigne de notre volonté, de notre résistance ! »

L'élève s'arrêta alors, son regard naviguant du micro à ses mains. Elle reprit, le ton incertain :

« En ce qui concerne la proposition d'avoir un agent de sécurité devant le lycée... »

La professeure d'anglais souriait d'admiration ; elle la trouvait belle et charismatique. Lisa montra son visage ; elle voulut assumer ce qu'elle était.

« Je suis contre... »

27

Changement

7 avril 1991

En suivant à la lettre les ordres de Stéphan, Child avait réussi à organiser à la hâte une réunion le samedi soir. Le J.K.D. Clan était presque au complet quand, soudain, quelqu'un frappa à la porte de la chambre d'hôtel :

« Ça doit être le Géant, le dernier est enfin arrivé… » annonça Stéphan, tendu.

Il écrasa énergiquement sa cigarette dans le cendrier. L'un des membres se leva pour aller accueillir le retardataire. Alors que le Géant retirait son manteau trempé, ses cheveux gouttant sur le sol, les autres membres du clan échangeaient des regards silencieux. Vincent, un peu nerveux, jouait avec son gobelet en plastique, tandis que Samantha, assise sur le lit, croisait et décroisait les jambes, montrant son impatience. Le Géant salua ses compagnons d'un air faussement dégagé ; Stéphan semblait agacé par son retard.

« Vous êtes déjà tous là ? lança-t-il pour tenter de dissiper l'atmosphère pesante.

– Ça fait dix minutes qu'on t'attend… » répliqua Stéphan d'un ton peu amical.

Il lui pointa du doigt la chaise qui lui était réservée, et le garçon s'assit sans protester. Puis, remarquant l'absence de Lisa, il demanda ce qui la retenait.

« Le sujet qu'on va aborder ne la regarde pas. D'ailleurs, si quelqu'un lui parle de cette réunion, il va avoir affaire à moi… »

Chacun l'écoutait avec attention sans émettre la moindre objection. Il allait de soi que Lisa, en tant que membre de l'administration, devait être tenue à l'écart du clan, tant pour son bien personnel que pour celui du groupe. Child avait insisté auprès du chef pour que Samantha soit également de la partie. Après un court entretien, il l'avait convaincu en lui certifiant que cette fille faisait preuve d'une grande discrétion.

« Bon, j'ai de nouveaux plans pour le J.K.D. Clan ! reprit Stéphan.

– Sérieux ? De nouveaux plans ? s'étonna Vincent.

– Bien sûr ! On va pas s'arrêter en si bon chemin. Tu sais, on en a chié pour arriver là, avec les bastons, les convocations, les flics et tout… J'ai pas envie qu'une autre bande se reforme et refoute la merde ! Du coup, je préfère être dissuasif dès aujourd'hui, plutôt que de devoir me battre encore demain.

– J'te comprends, mais avec tout ça, on a pas vraiment eu

l'occasion de se voir. J'sais même pas comment ça s'est fini avec les Guerriers, et toi, tu veux déjà partir sur d'autres plans...

– C'est vrai ça, moi non plus je sais pas ce qui s'est passé avec Mike... ajouta timidement Samantha comme si elle n'osait pas s'imposer dans le groupe. T'as tout raconté à Child, mais rien à nous...

– Bon, OK ! J'vous dis tout, mais après, on parle des projets envisagés pour la bande. »

En relatant la fameuse nuit où il avait terrassé leurs ennemis, il se leva pour rejouer les scènes de combat. L'adolescent montra comment il avait porté le coup de grâce au chef des Guerriers Fous, le mettant hors d'état de nuire.

Après avoir défait Mike et le Colosse sur la plage, Stéphan s'était ensuite endormi sur le bord d'un trottoir jusqu'à l'aube. Un marchand l'avait alors réveillé sur les coups de sept heures du matin pour lui demander de partir ; celui-ci s'était assoupi sur l'emplacement de son étalage. Sans un sou en poche, il avait pris le risque de traverser la ville en bus. Une fois chez lui, le jeune homme avait escaladé la façade pour pénétrer dans sa chambre sans un bruit.

« Voilà, vous connaissez toute l'histoire, conclut Stéphan.

– J'arrive pas à croire que t'as dormi dehors comme un clochard ! » s'exclama Samantha pour le taquiner.

Elle lui passa une main dans le dos pour atténuer ses propos.

« Tu sais, répondit le chef, après deux jours sans sommeil, une soirée très arrosée et une bagarre contre deux tarés, j'peux t'assurer que t'arrives à dormir n'importe où ! »

En souriant, la fille avoua qu'elle serait tentée de vivre une telle expérience.

« Maintenant qu'on connaît toute l'histoire, j'suis OK pour qu'on passe au coup suivant » déclara le Géant.

Stéphan se leva, prit un gobelet près de l'évier, puis se servit un verre d'eau.

« D'accord, j'vais tout vous expliquer... Pour éviter qu'il y ait d'autres bandes rivales qui apparaissent et qu'elles foutent la merde, 'faut qu'on nous redoute, nous ! Pour ça, on doit renforcer notre réputation et enrôler tous ceux qui voudraient faire partie du clan.

– Ouais, mais comment on fait ? demanda Vincent, intrigué.

– Déjà, 'faut que tout l'monde sache que c'est nous qui avons éclaté les Guerriers Fous ! Et couper court aux rumeurs lancées par Adrianne qui veut faire croire qu'elle y est pour quelque chose ! Si on recrute beaucoup d'monde, on pourra rétablir la vérité et plus personne n'osera s'dresser contre nous.

– Ouais, mais tout ça, c'est pas vraiment un plan, c'est normal…

– C'est là que ça devient intéressant. Child m'a suggéré une super idée : on va cambrioler le lycée ! »

La nouvelle les stupéfia ; c'était tellement inattendu de sa part. Bien que cela en excitait certains, ils étaient curieux d'en savoir davantage.

« Mais… t'avais pas dit que t'étais contre ce genre de chose ?

– On va pas cambrioler des gens, mais un lycée ! répondit Child à la place du chef. Ils arrêtent pas d'le faire chier, on s'venge, c'est tout…

– Ouais d'accord, mais c'est trop risqué ! Y'a une alarme, un gardien… »

Samantha écouta ses complices et ajouta qu'il y aurait même l'agent de sécurité d'ici peu de temps.

« J'vous dis que tout s'passera bien, assura Stéphan. Dans un premier temps, on va tout préparer pour rien laisser de côté. L'objectif est la salle informatique, on ne va rien laisser ! Et concernant l'agent de sécu, vous inquiétez pas, j'm'en suis occupé. Le conseil a décidé de reporter l'débat à la rentrée d'septembre… »

Il résuma alors brièvement comment s'était déroulée la réunion qui avait eu lieu quelques jours plus tôt. Stéphan scrutait les réactions de ses amis, cherchant des signes d'approbation. Il savait que ce plan devait être parfait, sans failles. La mention de l'agent de sécurité repoussé à septembre provoqua un léger soulagement chez certains.

« J'suis à fond avec toi, tu l'sais, mais t'as pas peur qu'on nous balance ? demanda Vincent.

– C'est pour ça qu'il faudra faire très attention, on mettra des gants, une cagoule et on s'habillera en noir. J'ai préparé un plan, si quelqu'un trouve une faille qu'il le dise, ça pourra toujours aider… »

Ses compagnons l'écoutaient en silence, captivés par son discours. Stéphan, le regard sombre, donnait des directives avec une assurance naturelle. Le ton léger de la soirée s'était évaporé. Chaque mot pesait, chaque phrase résonnait comme une évidence. Pour eux, il n'y avait plus de doute : il avait l'étoffe d'un chef. Celui qui avait déjà terrassé les Guerriers Fous prenait maintenant les rênes de leur avenir.

« Il faudra que quelqu'un laisse entrouverte l'une des portes des sorties de secours au rez-de-chaussée, poursuivit le stratège. Mais 'faut faire attention à ce qu'elle ne s'ouvre pas toute seule avec un courant d'air. Si une femme de ménage voit ça, elle refermera la porte et tous nos plans seront foutus !

– Si on la laisse entrouverte, elle finira par s'ouvrir complètement… ajouta Vincent.

– Bah, tu proposes quoi alors ? » demanda Stéphan, d'un ton réprobateur.

Les autres membres écoutaient attentivement les échanges entre Stéphan et Vincent, leurs regards passant de l'un à l'autre.

« On pourrait mettre un petit bout d'bois dans le loquet de la porte, ce qui l'empêchera de s'refermer. Les gens vont croire qu'elle est fermée, mais 'faudra juste la pousser un peu et elle s'ouvrira, suggéra le garçon.

– Pas mal comme idée… Comme tu l'as trouvée, tu t'en occuperas !

– Ça marche !

– Le soir même, on retournera au lycée avec ta voiture, ça t'va ? demanda le chef en s'adressant à Child.

– Ouais, pas d'problèmes, mais on s'gare un peu plus loin pour pas s'faire griller.

– Ouais, mais si quelqu'un du voisinage te trouve suspect à rôder dans les environs et qu'il relève ta plaque d'immatriculation, ajouta Stéphan. Tu risques de voir les flics débarquer chez toi le lendemain…

– 'Faudra qu'ça aille vite, j'pourrai pas m'permettre de traîner trop longtemps, ajouta Child. Pour pas qu'on m'repère, j'vais bidouiller ma plaque avec du ruban noir, ça fera l'affaire.

– C'est une super idée, ça ! Tu nous déposeras, le Géant et

moi. On s'dépêchera de rentrer par la porte laissée entrouverte par Vincent, une fois dedans, on foncera vers la salle d'informatique. »

Child se frotta les mains avec un sourire en coin, sentant qu'ils allaient bien s'amuser.

« OK, mais la salle info est fermée à clé, nan ? ajouta le Géant, essayant de clarifier le plan.

– T'inquiète pas pour ça, j'y ai déjà pensé. En passant devant l'autre jour, j'ai remarqué que la porte n'était pas très solide. Avec un pied-de-biche, on pourra la forcer sans problème.

– Et moi, j'fais rien ? demanda Samantha. J'aurais voulu participer.

– Nan, pas cette fois-ci, mais j'te réserve une place d'honneur pour la prochaine opération !

– Ah ouais ? Vas-y, raconte !

– Tu le sauras au moment voulu. Une dernière indication : on prendra que les écrans et les tours, y'aura pas de temps à perdre à fouiller le reste de la salle. Et toi Child, tu feras un petit tour en voiture pour pas t'faire repérer devant le lycée et surtout, éteins tes phares, on sait jamais… »

Ses acolytes se jaugèrent du regard, comme s'ils cherchaient à sonder les pensées de l'autre. Tant que le plan restait de l'ordre de l'idée, cela paraissait simple et sans risques. Mais s'ils rataient leur coup ? S'il y avait un imprévu ?

« Vous marchez avec moi ? lança le chef, après un instant de réflexion.

– Moi, je suis avec toi ! » affirma Samantha, sans hésiter.

Un silence pesant s'installa, tous hésitant à parler. L'atmosphère devint soudain différente ; quelque chose séparait Samantha des autres indécis. Le temps s'étira, et la honte de ne pas répondre affirmativement commençait à gagner certains.

« Alors, qu'est-ce qu'il y a ? Vous avez peur ou quoi ? Qu'est-ce qu'on lui doit à c'lycée, hein ? Toi, l'Géant, pourquoi tu réponds pas ? »

Il évita le regard de Stéphan, fixant le sol nerveusement.

« Si, j'marche avec toi, j'pensais juste à certains détails, dit-il, la voix basse.

– Moi aussi, j'suis avec vous » ajouta Vincent.

Il hocha la tête, affichant un sourire confiant pour rassurer les autres.

« Très bien, et toi Child, tu nous suis ? C'est quand même toi qui as eu l'idée !

– Heu… Oui… Oui… Bien sûr, j'suis avec vous !

– C'est ce que je voulais entendre. Maintenant, on peut passer aux choses sérieuses… »

28

Fracture

23 avril 1991

Elle n'avait pas l'habitude d'arriver si tôt, les lampadaires caressaient encore la brume matinale de leur douce lumière. Pourtant, malgré le froid pénétrant et le manque de bus à cette heure-ci, Lisa ressentait le besoin de quitter sa maison. Un tourbillon de pensées confuses mêlé à un malaise grandissant la poussait à s'enfuir de chez elle.

Elle ne voulait pas, elle se refusait d'être la petite-copine oppressante qui inspectait chaque fait et geste de son compagnon. Et quand Stéphan lui avait annoncé, quelques semaines plus tôt, qu'il souhaitait passer la soirée avec ses amis, elle n'y avait vu aucune objection, voyant cela comme une opportunité pour lui de profiter d'un moment entre garçons, loin des histoires du lycée et des gangs.

Pourtant, elle ne savait comment se l'expliquer, elle avait toutefois l'intuition que tout n'était pas si simple, qu'une machination se tramait dans l'ombre. Elle était Présidente des élèves, au cœur des attentions et actrice principale de la scène du lycée, néanmoins, quelque chose d'indéfinissable la mettait à part des autres acteurs.

Voilà plusieurs soirs qu'elle attendait des heures et des heures Stéphan ; il était avec *ses potes,* disait-il. Mais dès qu'il rentrait chez elle, le chef du J.K.D. Clan lui accorda un baiser presque impersonnel avant de s'écrouler, mort d'épuisement. De son côté, des larmes coulaient en silence jusqu'à ce que le sommeil vienne finalement la prendre.

Lorsqu'il était venu frapper à sa porte plus d'un mois auparavant, après avoir été mis à la porte par sa mère, Lisa n'avait pas vraiment envisagé cette vie de couple là. La jeune fille s'était laissé imaginer que cette expérience les rapprocherait et consoliderait leur relation.

Mais alors pourquoi tous ces réveils en sursaut, imaginant le pire ? se demanda-t-elle en se dirigeant vers le lycée. Pourquoi ces heures à n'en plus finir cogitant sur ce qui pourrait leur arriver ? Sur ce qui pourrait arriver à Stéphan… ?

Elle n'était pas aussi naïve qu'on voulait lui faire croire. Que croyait Stéphan ? pensa la jeune femme, qu'elle ne se poserait pas de questions quand il rentrait en douce en pleine nuit ? Qu'elle oublierait son agressivité soudaine destinée à lui faire abandonner ses convictions ? Bien que cela la tourmentait, Lisa était incapable de lui en faire part. Déjà parce qu'ils ne partageaient que peu de moments d'intimité, mais aussi parce que… Elle ne savait pas pourquoi…

Des images sans formes, des paroles sans voix se manifestaient par un point de compression dans son abdomen. Elle suffoquait. La nuit qu'elle venait d'endurer avait eu raison de sa patience et de ses forces. Elle ne pouvait plus supporter sa chambre froide et vide, et, quand elle se remplissait de la présence de son petit-ami, sa passion se perdait dans un flot de questions sans réponses.

Elle devait sortir, prendre l'air, respirer. Il n'était que six heures du matin, mais qu'importe ! Le froid matinal était moins glacial que celui qu'elle ressentait en présence de Stéphan.

Quand elle arriva sur le parvis du lycée, elle le trouva différent : vide, muet, abandonné. La fille s'assit sur un banc, enlaçant ses bars autour de son corps pour se protéger du froid.

C'était juste là, à seulement quelques pas, que Sara était venue pour la menacer. La menacer de s'en prendre à Stéphan… Lisa se moquait pas mal de ce qui pourrait lui arriver à elle ; en s'engageant dans la vie politique du lycée, elle savait ce qu'elle faisait et ce qu'elle encourait. Cependant, l'idée que d'autres puissent souffrir par sa faute lui était insupportable, particulièrement si cela concernait Stéphan. Il faisait des erreurs, certes, et parfois il savait se montrer dur, distant, inaccessible et secret, mais son cœur lui était resté fidèle malgré tout. Lisa le savait, le ressentait, en avait l'intime conviction.

Au loin, un homme lui adressa un signe de la main, l'invitant à se rapprocher. Lisa le reconnut immédiatement, il s'agissait du gardien.

« Qu'est-ce qu'il y a ? demanda-t-elle en arrivant à sa hauteur.
– Mais… tu t'es trompée d'heure ? Il est tout juste sept heures ! »

La fille hésita, bégaya, puis lui avoua qu'elle avait besoin de prendre l'air. Le gardien ne sut que lui répondre, il la considéra un moment, puis lui suggéra de s'abriter dans le hall du lycée. Lisa ne savait pas trop s'il s'agissait de sympathie ou d'un simple cas de conscience, toutefois, elle ne refusa pas l'offre.

Une fois à l'intérieur, le tumulte de ses pensées se dissipa légèrement, elle trouva un certain réconfort dans ce lieu qui représentait tant pour elle. Les affiches qu'elle avait accrochées aux murs, les aménagements des couloirs, tout lui rappelait son rôle de Présidente des élèves. Et c'était bien là qu'elle se sentait utile : la politique lui permettait de venir en aide aux plus démunis, aux faibles et aux laissés-pour-compte.

Un silence inhabituel et pourtant si réconfortant régnait autour d'elle. L'adolescente décida de monter directement jusqu'à la salle où elle aurait cours dans un peu plus d'une heure ; elle se poserait par terre et profiterait de ce laps de temps pour réviser le baccalauréat qui approchait à grands pas.

La fille grimpa les marches deux par deux pour accéder à l'étage, puis tourna à droite en direction des salles de technologie.

Le bruit feutré de ses pas résonna dans l'espace désert. D'un coup, elle sentit sous la semelle de ses ballerines quelque chose de rigide. Lisa souleva alors le pied et découvrit un petit morceau de bois ébréché.

Elle s'étonna, se rappelant que les agents d'entretien nettoyaient les couloirs tous les soirs. Bien qu'elle trouvât cela futile et sans intérêt, une étrange intuition la poussa tout de même à examiner le morceau de bois. Elle se pencha, ramassa l'objet, l'inspecta : une face arrachée ; une face bleue. Un bleu qu'elle avait déjà vu quelque part.

La fille contracta la mâchoire, retint sa respiration. Au sol, elle remarqua d'autres éclats de bois. D'un pas prudent et lourd, elle s'avança vers la porte de la salle informatique. Là, la fille sentit son cœur se fracturer quand elle découvrit le spectacle.

Un mot s'échappa d'entre ses lèvres :
Merde…

29

Cambriolage

25 mai 1991

« Salut, mec ! On t'manque déjà ? plaisanta Child en entrant dans la chambre d'hôtel.

– Ouais, c'est ça ! répondit l'hôte. Dépêche-toi d'entrer, j'veux pas qu'on t'voie… »

Il glissa rapidement la tête dans le couloir, regardant nerveusement de chaque côté pour s'assurer qu'ils n'avaient pas été vus. Rien ne semblait suspect. Avec précaution, il referma aussitôt la porte, veillant à ne faire aucun bruit qui attirerait l'attention du voisinage. La bande était réunie au grand complet : Stéphan, Child, le Géant, Samantha et Vincent. Toutefois, chacun fut surpris de la présence de Zoé. Elle leur adressa un regard timide, se doutant qu'ils n'étaient pas là pour organiser l'anniversaire-surprise de Lisa. Le dernier arrivé, remarquant que ses complices occupaient déjà le lit, s'empara d'une chaise pour s'y asseoir à califourchon. Une certaine gaieté flottait dans le groupe, ils souriaient, s'adressaient des signes complices. Stéphan se racla la gorge, désireux d'avoir toute l'attention du groupe.

« Bon, notre premier plan est une réussite totale ! Tout s'est déroulé comme sur des roulettes ; il n'y a aucun moyen qu'ils puissent remonter jusqu'à nous ! »

Tous se félicitèrent, et le Géant narra en deux mots comment il avait eu la frayeur de sa vie lorsque la porte, sous la pression du pied-de-biche, avait émis un bruit assourdissant. Il avait cru réveiller tout le quartier. Le coup avait été tellement simple qu'ils en riaient encore, surpris que personne n'ait eu l'idée de le faire avant eux.

Il n'en fallut pas plus à Zoé pour comprendre de quoi ils parlaient : il s'agissait du sujet qui avait envahi les couloirs du lycée ces derniers jours. Pourtant, elle préféra rester silencieuse, craignant de s'être trompée.

« Mais heu… Pourquoi t'as invité Zoé ? dit Vincent, la voix hésitante, avant de s'adresser directement à elle : C'est pas que je veux t'exclure, mais tout ça devait rester secret…

– Bah ouais, moi aussi j'voudrais bien savoir c'que j'fais ici… »

Stéphan s'approcha d'elle, son mouvement n'avait rien de menaçant, pourtant, son ton était résolument ferme.

« T'as déjà dû comprendre de quoi on parlait, non ?

– Bah heu… Ouais, j'crois… Enfin, c'est quand même pas vous ? »

Leur silence fut comme un aveu.

« Mais c'est… c'est fou ! Pourquoi ?

– Qu'est-ce qu'on leur doit, hein ? La seule justice dans c'lycée, c'est nous ! Qui a dégagé Mike ?

– Heu… D'accord, ça, je comprends ! Mais… pourquoi voler les ordinateurs ?

– Pour notre réputation ! Il faut que les gens sachent qu'on ne tolérera plus de nouveaux gangs.

– Comment ça peut servir notre réputation, si ça doit rester secret ?

– Tu crois qu'au fond, les gens ne savent pas qu'c'est nous ? »

Zoé afficha un sourire pour marquer son étonnement, puis il se transforma en un sourire de convenance. Ses yeux balayaient la pièce de part en part. Elle était confuse et s'abstint de poser plus de questions ; les réponses viendraient sûrement au fil de la discussion.

« Ça y est, j'peux vous dévoiler les détails du projet que je prépare depuis un certain temps, enchaîna Stéphan face au groupe.

– Tu m'en avais parlé, nan ? demanda Samantha. Tu m'avais même dit que t'aurais besoin de moi.

– Et je t'ai pas menti ! Effectivement, j'vais avoir besoin de ton aide, ainsi que de celle de Zoé, confirma le chef.

– Quoi ? Mon aide ? Mais j'sais pas faire ces trucs-là moi…

– T'inquiète pas, c'que je vais te demander est sans risque. Tu m'fais confiance ? »

La fille acquiesça d'un signe de la tête. En réalité, elle brûlait de curiosité quant à la suite des évènements ; le danger avait quelque chose d'excitant. Stéphan lui fit ensuite jurer de ne rien dire à Lisa, ce qu'elle fit sans trop se poser de questions.

« Alors, vas-y, dépêche-toi, pressa Child. C'est quoi, ton truc ?

– Bon, j'vais vous l'dire puisque ça vous intrigue autant. De quoi la bande a besoin, hein ? »

La question s'accompagna d'un sourire satisfait de la part du chef. L'attention de chacun était suspendue à ses lèvres.

« De fric ! s'exclama-t-il. On a besoin de fric : pour cette chambre d'hôtel, pour l'essence, ou même pour s'tirer en vacances ensemble cet été !

– Et donc, tu suggères quoi ? s'aventura le Géant.

– J'envisage de cambrioler un des richards du centre-ville !

– *Un richard ?* répéta Vincent, effaré. Nan, mais ça part complètement en couille, là ! On n'était pas censé juste intimider les petites frappes du quartier ? »

Stéphan le fixa, de son calme menaçant.

« C'est précisément ce que je dis : ce coup va non seulement asseoir notre autorité sur les autres bandes du secteur, mais en plus régler notre problème de fric. Ça fera d'une pierre, deux coups !

– OK, OK, fit le Géant. Moi, je suis à fond avec toi, mais c'est les vacances et y'a des flics partout…

– J'sais ça, pour qui tu m'prends ? Mais j'ai pensé à tout. Au lieu de s'attaquer à une maison vide pendant les vacances, sous l'œil de la police ou bardée de systèmes de sécurité, on va plutôt en cibler une où les gens sont encore là…

– Mais t'as perdu la tête ou quoi ? On va s'faire chopper direct ! » protesta le Géant.

Child exprima son agacement par un long soufflement :

« Bon, tu veux pas la fermer un peu et le laisser finir ! » envoya-t-il au garçon.

Le Géant écarquilla les yeux, visiblement indigné par le ton employé. Les bras croisés, il décida de ne pas rentrer dans son jeu.

« Ça fait déjà un bail que je peaufine ce plan et, normalement, y'a aucune raison qu'il foire, reprit le chef. Pour tout vous dire, j'ai lu la biographie d'un Afro-Américain qui a grandi dans un ghetto à New York. Le mec expliquait comment il s'en sortait avec des combines. Franchement, c'était super malin, et c'est pour ça qu'on va piquer un peu son idée…

– Putain, c'est pas con ça ! Imiter de vrais cambrioleurs !

– Ouais, j'allais pas vous embarquer dans un plan foireux. Il avait monté une p'tite bande, trois mecs et deux nanas. Ils commençaient par repérer une cible. J'en ai déjà une en tête, mais j'vous expliquerai plus tard. Une fois le plan lancé, les filles prenaient le relais. En pleine journée, elles allaient sonner chez la victime en se faisant passer pour des commerciales. Si elles réussissaient à l'intéresser, le proprio les faisait entrer, forcément. Là, elles mataient tout : les pièces, les trucs de sécurité, genre chien ou alarme.

– J'kiffe ton plan ! intervint Child. Et après, si tout est clean, tu comptes y aller la nuit pour les cambrioler ? Les flics s'occupent surtout des baraques vides en période de vacances, donc on devrait être peinards !

– Ouais, c'est exactement ça. Si le type du livre que j'ai lu a pu le faire, pourquoi pas nous ? La cible que j'ai choisie est un vieillard vivant seul dans une des maisons de la grande rue ouest, précisa Stéphan. C'est un richard, c'est pas comme si on s'en prenait à n'importe qui…

– En tout cas, moi, j'te suis ! déclara Samantha, arborant un sourire malicieux. J'suis prête à aller rendre visite à ce vieux pour prétendre lui vendre quelque chose.

– J'en étais sûr ! J'savais que tu accepterais, répondit le chef de la bande avant de s'adresser à la nouvelle venue. Mais il faut aussi que Zoé soit d'accord. Je t'obligerai pas à le faire, c'est ta décision. »

Il plongea le regard dans le sien, chacun dans la pièce s'arrêta sur elle.

« Mais… pourquoi moi ? dit-elle, perplexe.

– C'est simple : il va falloir charmer le vieux, j'ai donc choisi les deux plus belles filles que je connaisse… »

Bien qu'elle percevait cela comme un discours flatteur pour l'amadouer, elle ne resta pas insensible au compliment.

« J'dois avouer que ça m'fait peur d'être mêlée à tout ça, mais ça peut aussi être amusant... Alors, j'crois que j'vais accepter...

– Super ! On va pouvoir mettre notre plan à exécution.

– Mais tu sais... Si Lisa apprend que tu fais des coups dans son dos... Enfin... ajouta Zoé.

– T'inquiète pas pour ça, j'compte tout lui dire et elle comprendra ! »

C'était par un bel après-midi de printemps sous un ciel bleu azur immaculé que les deux filles se présentèrent à l'adresse convenue. Les mains moites, elles poussèrent le petit portail de bois et s'engagèrent alors dans une allée bordée de fleurs violettes. D'un petit coup sec, Samantha frappa à la porte du vieillard. La panique commença à envahir les deux jeunes femmes ; le cœur palpitant, elles attendirent. *Et si ça tournait mal ?* Après quelques instants, l'une d'elles, perdant patience, finit par écraser nerveusement le bouton de la sonnette.

« Mais qu'est-ce qu'il fout ? Pourquoi il répond pas ? demanda Zoé, avec irritation.

– J'en sais rien, moi, calme-toi, y'a pas besoin de s'énerver. J'crois qu'on ferait mieux de partir et de pas traîner ici. Il a pas l'air d'être là...

– T'as sûrement raison... » répondit sa complice, soulagée.

Mais à peine eurent-elles franchi la barrière du jardinet, qu'un grincement de porte se fit entendre, suivi d'une voix âgée et calme.

« Que puis-je pour vous, mes chères demoiselles ? »

Aucune des deux filles ne répondit, espérant chacune que l'autre prenne l'initiative.

« Alors, qu'est-ce qu'il y a ? Je ne vais pas vous manger... continua le vieil homme, du même ton.

– Heu... Nous travaillons pour une entreprise de meubles et de décoration... parvint enfin à articuler Zoé.

– Oui, et nous aimerions vous présenter quelques-uns de nos articles qui pourraient vous intéresser... poursuivit Samantha.

– Il y a longtemps que je n'ai pas reçu de visite, je serai ravi que vous entriez pour me montrer ce que vous avez. »

Les filles, dissimulant leur nervosité derrière un sourire professionnel, se laissèrent guider par l'homme.

« J'avais remarqué au premier coup d'œil que vous étiez vendeuses ou quelque chose du genre. Aujourd'hui, dans ces métiers, les jeunes sont tous habillés de la même manière… » poursuivit-il.

Pour gagner en crédibilité dans leur stratagème, Zoé et Samantha avaient enfilé des tailleurs à la mode. La petite touche finale avait été trouvée par Child : attacher leur carte de lycéenne sur le haut du chemisier. Après quelques petites retouches, les cartes paraissaient être de réels badges d'identité. Chacune d'elles avait choisi des objets faciles à transporter, tels que des petits bibelots et des casseroles, accompagnés d'une brochure publicitaire trouvée dans une boîte aux lettres.

Une fois leurs discours appris par cœur et une séance de maquillage pour paraître plus âgées, les deux petites vendeuses étaient fin prêtes à duper le vieillard dans sa grande villa aux mille merveilles.

« Ça y est, elles viennent d'entrer dans la baraque ! » annonça Stéphan, assis à l'avant de la voiture de Child.

Ces deux-là et le Géant guettèrent leurs amies pour s'assurer que tout se déroulait bien et intervenir en cas de danger. Ils s'étaient garés un peu plus loin pour ne pas attirer l'attention. Stéphan scrutait la scène à travers ses jumelles, commentant ce qu'il voyait.

« J'sais pas pourquoi elles ont mis autant de temps à entrer, mais maintenant, elles y sont. Tout a l'air de bien s'passer, Samantha m'a même fait un signe de la main comme je lui avais demandé.

– C'est à partir de maintenant que tout se joue… annonça discrètement Child, les yeux fixés sur la maison.

– Croisons les doigts qu'elles réussissent sans éveiller les soupçons du vieux… »

« Asseyez-vous, je vous en prie, dit l'homme en les invitant dans son salon. Puis-je vous offrir quelque chose à boire ?

– Non merci, c'est gentil » répondit Zoé d'une voix claire.

Samantha déclina la proposition d'un signe négatif de la tête.

« Eh bien, qu'avez-vous à me montrer ? » demanda le vieil

homme.

Zoé déploya un catalogue et lui exposa divers articles dont l'utilité était parfois discutable. Après un instant, elle s'arrêta sur une gamme de casseroles et entama son argumentation apprise par cœur :

« Fabriquées en acier inoxydable, ces casseroles sont d'une résistante exceptionnelle. De plus, leur poignée rabattable permet un gain de place optimal lors du rangement… »

Visiblement intéressé, l'homme observait attentivement chaque ustensile.

« Pourrais-je visiter le reste de votre maison ? osa demander Samantha après un bon quart d'heure de dialogue. Je pense que certains de nos produits pourraient vous faciliter son entretien.

— Mais bien entendu, n'hésitez pas. Les chambres sont à l'étage » répondit l'homme en souriant chaleureusement.

En se levant, Samantha entama son exploration par la vaste cuisine. Tout semblait briller, les meubles en bois sombre respiraient la solidité et le lustre au plafond faisait danser la lumière.

« Eh bien, vous ne continuez pas votre présentation ? » reprit le vieillard à Zoé qui aurait volontiers cédé sa place à sa complice.

« J'espère que tout s'passe bien pour elles… » souffla Stéphan, l'anxiété marquant ses traits.

Il se frottait nerveusement les mains.

« Ça commence à faire long, pourquoi ça traîne autant ?

— Tu stresses pour rien j'te dis, modéra le Géant. Ça fait à peine une vingtaine de minutes qu'elles y sont, c'est juste le temps qu'il faut pour inspecter la baraque.

— Peut-être qu'il les a grillées et qu'il les retient en attendant les keufs…

— Tu te montes la tête pour rien ! Elles sont pas connes et au moindre problème, elles se tireraient. »

Peu rassuré malgré les propos de son ami, Stéphan fixait la maison de ses jumelles et jetait de nombreux coups d'œil à sa montre.

« Tu comptes vraiment faire le casse ce soir ? demanda Child à son chef. T'as pas peur que le vieux fasse le lien avec Zoé et

Samantha ? Se faire cambrioler juste après leur visite, ça risque de paraître suspect...

— J'ai pas encore pris de décision, j'aviserai le moment voulu... »

« Votre maison est vraiment belle, j'ai fait le tour et je constate que vous avez déjà tout ce qu'on pourrait vous proposer, annonça Samantha au vieillard en réapparaissant dans le salon.

— Oh oui, dès que quelque chose me plait en magasin, je finis toujours par l'acheter. J'aime bien avoir des nouveautés...

— Vous vivez seul ici ? Vous n'avez pas de femme ? demanda la vendeuse avec un brin de curiosité.

— Si, j'ai eu une femme, mais elle est décédée il y a dix ans de cela. Par la suite, j'ai eu un petit chien pour compagnon, mais il a fallu l'euthanasier à cause d'une maladie incurable.

— Ah... Je suis désolée... fit Samantha, confuse. Je... Je ne voulais pas vous embarrasser avec mes questions.

— Ça ne me gêne pas, vous savez, avec le temps, on finit par s'habituer à tout...

— Mais j'imagine que vous voyez encore du monde... ajouta Zoé.

— Oh, mes enfants et petits-enfants viennent souvent. J'ai aussi des amis dans le coin, une infirmière et une femme de ménage. Franchement, je suis bien entouré. Y'en a qui sont bien plus seuls que moi.

— Je dois bien l'admettre. Bon, eh bien, nous allons vous quitter, vous avez déjà tout ce qu'il vous faut, annonça Samantha avec un grand sourire.

— C'est vrai, j'ai déjà tout. Il y a juste une chose que j'ai vue dans le catalogue et qui me plait bien, c'est une lampe, je trouve que je n'en ai pas assez.

— Entendu, nous repasserons dans quelques jours avec le catalogue des luminaires, vous aurez ainsi un large choix.

— Il n'y a aucun problème, j'aime recevoir de la visite !

— Ah ! Juste une dernière chose : dans une si grande maison, il serait sage d'avoir un système d'alarme, vous ne pensez pas ?

— Oh, vous avez raison, et j'en ai un, mais je ne sais jamais comment l'activer...

« – Si cela vous intéresse, nous pourrions vous présenter nos options d'alarmes simples d'emploi lors de notre prochaine visite.
– J'en serais enchanté ! »
Sans le remarquer, Zoé s'était tellement prêtée au jeu qu'elle oublia l'espace d'un instant leur objectif en venant ici. Sa collègue lui rappela l'heure et, ainsi, les deux vendeuses prirent congé du vieil homme après de chaleureuses salutations.

« Bon, maintenant ça fait trop longtemps qu'elles sont là-dedans ! J'y vais, j'suis sûr qu'il leur est arrivé quelque chose, s'emporta Stéphan en ouvrant précipitamment la portière de la voiture.
– Reste là, lui lança Child, j'suis certain qu'tout va bien ! Tu les connais, elles savent très bien s'débrouiller. »
Emporté par ses inquiétudes, Stéphan posa un pied hors du véhicule, ignorant l'avis de son complice.
« Reviens, on va s'faire remarquer !
– J'y vais, restez là vous deux, ordonna le chef de la bande.
– Arrêtez d'vous engueuler pour rien les gars, intervint le Géant depuis la banquette arrière. Regardez, elles viennent de sortir d'la maison ! »
En voyant deux silhouettes se diriger vers eux, Stéphan réalisa qu'il avait perdu patience inutilement et que ses amies avaient accompli leur mission.
« J'te l'avais bien dit de pas t'inquiéter, conclut Child, avec un air satisfait.
– Allez, remonte dans la caisse Stéphan, on les attend et on fout l'camp d'ici ! 'Faut pas traîner dans l'coin.
– J'te rappelle que c'est moi qui donne les ordres ici ! » rétorqua Stéphan en regagnant la voiture.
Les deux filles n'étaient plus qu'à quelques pas. À peine avaient-elles traversé la route pour rejoindre leurs acolytes que, déjà, le Géant ouvrit la porte arrière pour les faire monter.
« Allez, grimpez vite, 'faut s'barrer ! »
Child mit aussitôt le contact et démarra sans attendre. Il fila à toute vitesse, traversant l'avenue avant de disparaître dans la circulation.
« Alors, racontez-nous, comment ça s'est passé ? demanda

Stéphan avec une pointe d'excitation.

– Ça a marché comme sur des roulettes ! Le vieux y a cru à fond, il nous a vraiment prises pour des vendeuses. Il veut même qu'on repasse lui vendre des lampes. C'était nickel ! répondit Samantha, rayonnante de fierté.

– Je le savais, ce plan est infaillible ! s'exclama Stéphan. Et alors, ça vaut le coup d'aller le cambrioler ?

– Grave ! Il habite seul, quelques amis passent le voir de temps en temps, mais la nuit, y'a que lui. Il a pas de chien et aucun système d'alarme, poursuivit Samantha. T'as trouvé la cible parfaite, Stéph'. Quand est-ce que tu veux faire le coup ?

– On attend pas, on fait ça ce soir, il sera tout seul cette nuit. T'as repéré où étaient les objets de valeur ?

– Ouais, j'ai fait tout le tour pendant que Zoé baratinait le vieux. Dans la cuisine, y'a plein d'argenterie. À l'étage, dans les chambres d'amis, j'ai vu des bijoux et un coffre carrément ouvert avec des liasses de billets. Le gars a pas l'air trop parano…

– Quoi ? Le coffre était ouvert, mais pourquoi ? s'étonna Child.

– J'en ai aucune idée. Peut-être qu'il a peur d'oublier le code et qu'il préfère le laisser ouvert.

– T'as sûrement raison, mais c'est chelou quand même…

– Bon, en gros, c'est la cuisine et les chambres qu'il faut viser ? résuma Stéphan.

– Ouais, c'est ça. Mais faites gaffe à la chambre du fond, quand j'suis passée, le lit était pas fait. Ça doit être là qu'il dort, le vieux…

– D'accord, on fera attention, dit Stéphan. À mon avis, on a tout ce qu'il faut pour passer à l'action dès ce soir, qu'est-ce que vous en pensez ? »

Ses deux acolytes, impatients, acquiescèrent d'un signe de tête.

« Écoutez bien comment on va procéder, annonça le chef. Le Géant, tu fonceras direct dans la cuisine et ramasseras toute l'argenterie. Moi et Child, on se chargera des chambres à l'étage. 'Faut absolument trouver le coffre et les bijoux. On pourra en tirer un bon prix. La caisse devra être garée un peu plus loin et on y retournera par les petits chemins autour d'la maison.

– OK !

– On va s'faire un paquet d'pognon ! » ajouta Child.

Une brise douce effleura le visage des trois complices. La pleine Lune éclairait leur route enchevêtrée de branches qui menait vers la grande demeure. D'un coup sec du pied-de-biche, le Géant fit céder la porte usagée du fond du jardin. Malgré ses précautions, un léger craquement de bois se fit entendre.

« Fais moins d'bruit ! Tu veux réveiller l'vieux ? siffla Stéphan en serrant les dents.

— Comment tu veux qu'j'fasse moins de bruit ? répliqua le Géant, agacé. J'peux pas faire autrement !

— Eh, les gars, arrêtez ça… C'est comme ça qu'on va s'faire attraper… » intervint Child.

Rien n'avait été laissé au hasard pour cette nuit d'infraction. Vêtus de noir de la tête aux pieds, de gants et d'un petit sac à dos bien ajusté afin de ne pas gêner les mouvements, ils étaient parfaitement équipés pour leur mission.

Si les choses tournaient mal, un plan de repli avait été élaboré : tous devaient s'échapper par le petit sentier derrière la résidence. Celui-ci se divisait en plusieurs branches, rendant leur traque presque impossible dans l'obscurité. L'un des chemins rejoignait directement la forêt qui bordait Méthée. Une fois là-bas, leurs éventuels poursuivants ne pourraient jamais leur mettre la main dessus. Toutefois, une règle restait impérative : quoi qu'il arrive, le point de ralliement était la chambre d'hôtel réservée par Child.

Les trois malfrats, silencieux comme des ombres, se faufilèrent à l'intérieur de l'immense demeure. L'obscurité totale régnait, et aucune lumière ne perçait les épais rideaux. Ils progressaient à l'aveuglette, un pas hésitant après l'autre.

« 'Faut aller vers l'entrée de la maison, ordonna Stéphan d'une voix presque inaudible. La cuisine est de ce côté.

— On ferait mieux de se tenir la main pour pas s'paumer » suggéra le Géant.

L'un derrière l'autre, ils s'engagèrent dans l'inconnu, guidés par les indications de Samantha. Stéphan, en éclaireur, tâtait les murs de gauche à droite avant d'avancer prudemment.

« À ce rythme-là, on va y passer la nuit…

— Ah, attends ! lança subitement Child, comme si une idée venait de lui revenir. J'crois que j'ai une lampe de poche dans mon sac…

— Tu t'fous d'nous ? Tu pouvais pas l'dire plus tôt ? pesta Stéphan, exaspéré.

— J'avais zappé, j'croyais que…

— Donne-moi cette foutue lampe ! » grogna le chef.

Il la lui arracha des mains et pointa la lumière devant lui.

C'est pas croyable de faire équipe avec un bras cassé pareil, il va finir par tout faire foirer… pensa-t-il.

Le faisceau lumineux dansait sur les murs du long couloir qui devait les mener à leur première étape : la cuisine. Une petite commode se dressait sur leur droite, quelques objets la dominaient, dont un vase d'apparence très ancienne. Le Géant le saisit et le glissa délicatement dans son sac, en espérant qu'il ait de la valeur. De vieilles toiles étaient suspendues aux murs. Dans le doute, Stéphan les éclaira ; l'une d'elles était sûrement connue… En vain. Le couloir semblait interminable. De nombreux tapis jonchaient le sol : usés et poussiéreux. Enfin, une porte se dessina sur leur gauche. Stéphan l'ouvrit, mais la pièce semblait beaucoup trop petite pour être une cuisine. Après une courte observation, ils réalisèrent qu'il ne s'agissait que des toilettes. Leur quête n'était pas encore finie, le couloir s'étirait et les portes se multipliaient. De plus, une seule source de lumière pour trois personnes ne facilitait en rien leur ascension. Après quelques minutes, ils parvinrent enfin à leur première étape. La porte s'ouvrit sur la vaste cuisine. Dans cette pièce, il n'y avait pas besoin d'éclairage ; les vitres sans volets permettaient à la Lune d'éclairer tout l'espace.

« Le Géant, toi, tu t'occupes de cette pièce, comme c'était prévu, ordonna Stéphan. Y'a beaucoup d'argenterie. Si tu tombes sur d'autres trucs de valeur, n'hésite pas…

— D'accord, pas d'problème. Et on se rejoint où, ensuite ?

— On peut se retrouver sur le sentier qui longe l'arrière de la maison.

— C'est pas trop risqué ? Tout à l'heure, j'ai vu pas mal de patrouilles de flics. S'ils me surprennent à traîner près de la maison, ça va paraître suspect et ils vont sûrement m'contrôler. On va s'faire griller…

— T'as raison, reconnut le chef. On s'rejoint à l'hôtel alors ; tu passeras par la forêt.

— Ça marche…

— Viens Child, nous, on monte à l'étage. »

Le Géant se fondit dans l'obscurité, laissant Stéphan et Child poursuivre leur exploration. Ils gravirent un escalier pour accéder à l'étage supérieur, où un dédale de couloirs sinueux s'étalait devant eux.

« Child, j'pense qu'il y a rien d'intéressant dans les chambres du fond. Le vieillard doit occuper que les pièces à côté de la sienne. On va rester par ici et pas trop s'égarer.

— Ouais, d'accord. Mais franchement, cette grande baraque me fout les jetons. C'est sombre, c'est étroit. On dirait que ce couloir mène tout droit en enfer, nan ?

— Possible… J'ai entendu dire que l'antéchrist avait habité ici… répondit Stéphan avec une pointe de sarcasme.

— Te fous pas d'moi, j'ai toujours flippé du noir…

— T'arrêteras jamais de m'étonner… Mais on est pas là pour ça, j'te rappelle qu'on a une mission… »

Ils pénétrèrent alors dans une première chambre, mais celle-ci ne contenait rien d'intéressant : pas de billets, ni d'objets de valeur. Puis, en entrant dans une seconde, leurs yeux tombèrent sur des petites boîtes posées sur un meuble usé.

« J'm'occupe de cette pièce, dit Stéphan. 'Vaut mieux qu'on se sépare pour aller plus vite. 'Faut pas trop rester ici, on sait jamais, peut-être que l'vieux s'lève la nuit pour aller pisser…

— OK, on fait comme ça, j'prends la chambre d'à côté. J'ai pas besoin d'la lampe de poche, mes yeux se sont habitués à l'obscurité…

— On s'rejoint ici, et après on fout l'camp le plus rapidement possible. »

Sur ces mots, Child partit en excursion.

Le Géant doit déjà s'être barré, ça fait pas mal de temps qu'on est ici… Tout s'passe comme prévu, ce plan est infaillible. C'est dommage de devoir tout cacher à Lisa, mais elle comprendrait pas… C'est marrant et ça nous rapporte plein d'fric… En plus, c'est pas si grave que ça, le gars est plein aux as…

En soulevant le couvercle d'une boîte qui avait attiré son attention, ses yeux se remplirent de bonheur en découvrant son contenu : des bijoux, des colliers de perles, des bagues en or serties de diamants et de rubis.

Avec hâte, il remplit son sac à dos de toutes ces pierres précieuses, puis il ouvrit d'autres boîtes ; chacune d'elles valait une larme de bonheur.

Jamais j'aurais imaginé que ce coup puisse marcher aussi bien et nous rapporter autant…

Le sac, prêt à éclater sous la charge, pesait lourd à son épaule, mais cela ne ralentit pas sa foulée. Un éclat d'enthousiasme dans les yeux, il s'empressa de rejoindre son coéquipier, porté par la satisfaction de voir son plan se dérouler sans accrocs.

« Eh, Child ! T'es où ? » chuchota-t-il en fouillant du regard la pénombre.

Après un second appel, une silhouette apparut et se dirigea vers lui.

« Child, c'est toi ?

– Bah oui, c'est moi. Tu crois qu'on est combien à cambrioler cette maison ?

– J'trouve pas ça drôle, j'préfère m'assurer que l'vieillard soit pas réveillé.

– Pas de souci, j'suis tombé sur une chambre où y'avait un mec qui pionçait. J'me suis approché pour voir si c'était lui, le gars a pas bougé d'un millimètre.

– Nickel ! Alors, t'as trouvé quelque chose ?

– Tu t'rappelles du coffre dont Samantha a parlé ? Je l'ai trouvé ; j'ai pas laissé un billet !

– C'est pas vrai ? On va être blindés !

– En calculant à la louche, y'a dans les trente mille francs.

– Et t'as fait aucun bruit, hein ?

– Nan ! Tu m'prends pour qui ? J'suis discret…

– Alors pas de temps à perdre, on fout l'camp d'ici ! »

Sur ces mots, les deux cambrioleurs victorieux rebroussèrent chemin. Les escaliers qui menaient à l'étage inférieur étaient juste devant eux, ils savaient désormais se repérer dans tous ces couloirs.

« Eh, Stéphan ?

– Quoi encore ? » répondit le chef, impatient de rejoindre la sortie.

La seule chose qu'il souhaitait à cet instant, c'était de sortir de cette demeure au plus vite.

« Y'a une pièce juste-là, on y est pas allé…

— Qu'est-ce que tu veux que ça m'fasse ? On est déjà assez chargés comme ça…

— J'veux voir ce qu'il y a dedans, Samantha a parlé d'un magnétoscope et d'une télé, mais j'les ai toujours pas vus.

— Fais comme tu veux, mais magne-toi et rejoins-moi en bas » répondit Stéphan en commençant à descendre les escaliers.

Ça, c'est bien Child, il veut toujours plus… On va déjà s'faire assez d'pognon comme ça avec l'argenterie, les bijoux et les billets. Un d'ces jours, il nous foutra un plan en l'air à vouloir tout prendre… Toute façon, c'est l'dernier…

Soudain, une alarme se mit à hurler dans la villa, assez fort pour tirer tout le quartier de son sommeil.

« Merde ! C'est quoi c'bordel ? cria le chef à son sbire.

— J'sais pas, j'ai juste ouvert la porte de la chambre et l'alarme s'est déclenchée ! » répondit Child, la peur au ventre.

Il cavalait déjà en sens inverse. La panique l'emporta sous le bruit assourdissant qui martelait ses oreilles.

« Mais quel con ! »

Ne cessant de retentir, la sirène avait déjà dû alerter la police qui patrouillait dans le coin.

Reste pas ici… se dit instinctivement Stéphan.

« Child, 'faut s'barrer tout d'suite ! » ordonna-t-il avant de s'élancer vers la sortie.

Il dévala les marches quatre par quatre. Une fois en bas, il scruta dans le noir les chemins qui s'offraient à lui.

On est arrivé par la gauche, j'en suis sûr !

Empruntant la direction par laquelle ils étaient arrivés, il entrevit furtivement des flashs bleus de gyrophares à travers les fenêtres de la cuisine. Cela fit jaillir une bouffée d'adrénaline en lui. Cette satanée baraque était un dédale de couloirs rempli d'objets. Il courut, s'arrêta, scruta les ténèbres, tendit l'oreille.

Où est cette foutue sortie ? Tout droit ? 'Faut que j'longe ce mur, c'est sûr ! Enfin… ?

Il accéléra le pas et percuta de la hanche le coin d'un petit meuble qui traînait en travers du couloir. L'impact le fit trébucher.

Qu'est-ce que ça fout ici ? enragea-t-il tout en se relevant à toute allure.

Ses sens se perdirent dans la panique. Derrière lui, à une dizaine de mètres, il distingua une silhouette se débattant dans tous les sens.

Pas l'temps d'savoir si c'est Child !

Une vague de panique le submergea, il se mit à courir, ses mains glissant le long du mur pour avancer à tâtons. Il renversa une lampe qui se trouvait sur son passage ; le bruit n'avait désormais plus d'importance. Reconnaissant la porte par laquelle il était entré dans cette villa aux mille trésors, un sourire commença à poindre sur son visage. Il savait qu'une fois dehors, il serait comme un chat en pleine nature.

Ça y est !

Le garçon traversa précipitamment l'encadrement de la porte entrebâillée et s'écorcha la jambe sur les éclats de bois laissés par le travail du Géant.

Merde !

Des bruits de pas sur sa droite ; une voix. Maintenant qu'il était à l'extérieur, il n'avait plus le droit de se faire attraper bêtement. Celui-ci savait que, peu importe ce qui se passait, il devait appliquer le plan à la lettre et se diriger vers le petit sentier à quelques mètres de là. La terre était devenue boueuse, une pluie fine tombait. Derrière lui, des faisceaux lumineux perçaient l'obscurité : sûrement les torches des policiers qui se rapprochaient. Cela insuffla de nouvelles forces au jeune homme dans sa course vers la liberté. Il se retrouva à un carrefour du sentier et décida de prendre le chemin de droite : l'itinéraire le plus court pour rejoindre l'hôtel. Il jeta un dernier coup d'œil derrière lui : une silhouette le suivait.

Bordel ! C'est qui ? Child… ? Et le Géant, il est où ? Merde !

Malgré la noirceur, il s'enfonça sans hésitation dans la forêt dense au risque de se faire percuter par une branche. Il se refusait de se laisser attraper. Ce n'était pas dans son caractère.

Rien à foutre… !

Pour lui, le maquis était symbole de liberté. Dedans, il pouvait se fondre dans le décor comme un tigre dans la jungle. Et s'il en était contraint, il pouvait aussi passer à l'offensive. Stéphan connaissait ce territoire comme sa poche, chaque recoin, chaque petit passage n'avaient plus aucun secret pour lui. Ses pas claquèrent sur le sol boueux, il cavala à toute allure à travers les feuillages qui fouettaient son visage. Avant de rejoindre la ville, Stéphan retourna sa veste ; l'intérieur blanc pourrait tromper les policiers qui l'avaient vu filer hors de la maison.

La porte de la chambre d'hôtel s'ouvrit brusquement, et il éclata d'un rire franc. Un long rire moqueur, victorieux.
« Même pas foutus de m'attraper ! se dit-il, riant entre les mots. On est vraiment trop forts… »
Exténué par toutes ces péripéties, il s'écroula sur son lit, son sac rempli de bijoux serré contre lui. Il souffla, passa une main sur son visage.
« Cette fois, c'est pour de vrai, on est riches ! »
Malgré la douleur vive de l'entaille à sa jambe, son rire le dominait, évacuant la tension accumulée. L'adolescent se demanda s'il avait déjà vécu une émotion aussi intense, peut-être seulement lors de sa confrontation avec Mike. Son rire s'estompa progressivement, laissant place à un soupir de satisfaction.
« J'suis sûr que l'Géant s'en est parfaitement tiré ! J'le connais, il est débrouillard… Et Child était juste derrière moi dans la forêt. Cette flipette a dû rentrer directement chez lui… »
La respiration haletante après toutes ces émotions, il se revoyait saisi de terreur au moment où l'alarme avait retenti. Leur magot était colossal ; les mois à venir promettaient d'être particulièrement excitants.
« J'espère quand même que Child s'est pas fait choper, ça serait la poisse pour lui… Enfin bon… C'est quand même d'sa faute si on s'est fait griller… J'lui avais pourtant dit d'me suivre… »
Il jeta un œil à sa montre : trois heures et demie du matin. *Quelle nuit, bordel !* Remarquant que le cadran était fissuré, il la retira et la laissa tomber au sol.
« Elle a dû s'péter pendant que j'traçais dans la forêt. C'est pas grave, j'vais pouvoir m'en acheter une autre, bien meilleure… »
Ouf ! C'est fait, on a réussi ! pensa-t-il, les yeux fermés, laissant échapper un soupir de soulagement.

Stéphan marcha paisiblement, ses pieds s'enfonçant légèrement dans le sable blanc brûlant. Le Soleil, implacable, baignait la plage d'une lumière aveuglante. Une brise légère, presque timide, adoucissait cette chaleur écrasante. Près de lui, Lisa glissa ses doigts dans ses cheveux, un geste doux qui lui arracha un sourire discret.

« Tu avais raison… » lui murmura-t-elle à l'oreille.

L'environnement vibrait de sérénité : le parfum salé de l'océan, le ressac apaisant des vagues, les cocotiers se balançant doucement au gré du vent. Child, étendu sur le sable, brillait sous les reflets de sa peau dorée et huilée. Non loin de là, le Géant et Vincent s'amusaient à draguer les jolies filles se baignant sous l'œil bienveillant de l'astre solaire.

Stéphan attira Lisa contre lui, puis rejoignit Child, qui lui tendit une boisson fraîche.

« On vit le rêve, mec, déclara-t-il avec un sourire détendu.

– Ouais… presque » répondit Stéphan, avant de sortir une fine chaîne en or de sa poche.

Il la tendit à Child, qui la fixa un instant, surpris, avant de la passer autour de son cou avec fierté.

Le Géant et Vincent revinrent entourés de filles et se mirent à danser pieds nus sous les éclats de rire de Lisa. Sa voix cristalline s'éleva dans l'air, légère comme le vent.

Oui… La belle vie, enfin…

Un martèlement sourd, régulier, brisa soudain le silence et l'arracha brutalement de son sommeil

Qu'est-ce que… ?

Après un court moment de flottement, Stéphan réalisa que quelqu'un tambourinait à la porte de sa chambre d'hôtel.

Child… ?

Se levant péniblement, il laissa échapper un bâillement qui faillit lui décrocher la mâchoire. La lumière crue du plafond l'assaillit, le plongeant dans un instant de confusion. À peine avait-il mis un pied à terre que les coups reprirent de plus belle.

« C'est bon, j'arrive ! grogna Stéphan pour faire cesser ce vacarme.

– Qui est là ? » entendit-il, derrière la porte.

Quoi ? Mais qu'est-ce qu'il… ? Il sait qu'c'est moi, qu'est-ce que c'est qu'cette connerie ?

Glissant son œil à travers l'œilleton, il distingua plusieurs silhouettes en uniforme bleu.

Qu'est-ce que… ?

« Nous recherchons un certain Stéphan Sentana, déclara l'une des personnes.

Quoi ? Mais qu'est-ce que ça veut dire ? C'est qui, ces cons ?
…

« Ouvrez la porte, on sait que vous êtes là…

– Mais… Mais qui êtes-vous ? balbutia-t-il, la main tremblante sur la porte.

– C'est la police ! »

La police !? Merde ! Qu'est-ce qu'ils foutent là ?

Instinctivement, Stéphan se rua vers la fenêtre : sa seule échappatoire. Il l'ouvrit. La pluie battante lui fouetta le visage. Se penchant pour atteindre l'échelle de secours, le garçon aperçut alors plusieurs agents de police qui rôdaient juste en dessous. Impossible de fuir, il était pris au piège.

Que faire !? Se battre contre eux !?

L'hésitation paralysa le jeune homme alors que les coups redoublèrent derrière la porte. Un cri de colère lui échappa, submergé par la panique. Se battre ne ferait qu'empirer les choses. Il scruta désespérément chaque recoin de la pièce, cherchant une issue ! Mais en vain.

« Ouvrez ou nous enfonçons la porte !

– J'arrive… souffla-t-il avec résignation, avant de tourner lentement la poignée.

– Vous êtes Stéphan Sentana ? » lui balança-t-on dans le même mouvement.

Le suspect resta silencieux, fixant les policiers qui investissaient déjà les lieux. L'un d'eux découvrit un sac plein de bijoux.

« Alors, vous allez me répondre ?

– Vous savez déjà qui je suis, alors pourquoi vous me posez cette question ? »

30

Débrief

24 juin 1991

19h37

« Quoi ? éclata Lisa. Nan, mais t'es sérieux là ? »

Aussi loin qu'elle se souvienne, jamais elle n'avait ressenti une colère aussi noire. La fille fusillait du regard le garçon qu'elle hébergeait depuis plusieurs semaines maintenant.

« Mais pourquoi t'en fais tout un drame ? Y'a rien d'grave… répliqua celui-ci en enfilant un pantalon de soirée.

– *Rien de grave ?* Tu rigoles, là ? Tu complotes un cambriolage dans mon dos, et tu dis qu'il y a rien de grave ?

– On a besoin d'étendre notre popularité et de s'faire un peu d'fric, j'vais pas squatter chez toi éternellement, quand même ! J'vois pas où y'a un problème… »

Les deux adolescents se préparaient pour la soirée organisée conjointement par le lycée et la mairie pour célébrer la fin des épreuves du baccalauréat. L'évènement avait lieu dans la salle des fêtes à l'autre bout de la ville. Pourtant, malgré l'heure qui filait, Lisa ne semblait pas se préoccuper de sa tenue vestimentaire. Elle enfila à la hâte une robe et des escarpins.

Depuis plusieurs semaines, la jeune femme sentait bien qu'il lui cachait quelque chose, que son comportement avait changé, qu'il était plus tendu. Tout s'éclaira le matin même, lorsque la mère de Stéphan avait appelé pour l'informer de sa convocation au poste de police.

« Le problème, c'est que je change mon discours pour toi, parce que *tu* l'as décidé ! répliqua-t-elle. Je passe pour une conne auprès de tout le monde, et pour quoi ? Pour que tu puisses aller cambrioler le lycée ! »

Stéphan s'immobilisa un instant et lui jeta un œil de côté ; elle n'était pas censée être au courant de ce premier larcin.

« Me fixe pas comme ça ! enchaîna-t-elle. Je sais que c'est toi et les autres. Tu crois que je ne me pose pas de questions quand tu disparais pendant des heures le soir ?

– C'est exactement pour ça que je t'ai rien dit, j'savais que tu comprendrais pas ! Et si t'avais été mêlée à ça, tu t'serais fait virer sur-le-champ…

– J'ai plutôt le sentiment que tu voulais te protéger en me gardant à l'écart de tout ça ! répliqua la jeune fille.

– Tu vois, t'es contre moi ! Dans un couple 'faut bien s'aider, nan ?

– Ah, parce que toi, tu m'aides quand tu me fais perdre toute crédibilité, et en en ayant rien à foutre ? J'étais celle qui avait initié le projet pour l'agent de sécu, et pour tes propres intérêts personnels, tu m'as forcée à m'y opposer ! »

Elle suspendit ses mots un instant, le regard voilé par une tristesse qu'elle s'efforça d'étouffer au plus profond d'elle-même.

« Le Stéphan souriant et bienveillant du début me manque… »

Un silence s'installa, aussitôt brisé par le soupir exaspéré de Stéphan. Celui-ci, sans répondre, se tourna vers le miroir, réajusta sa mèche, puis vérifia que les boutons de sa chemise étaient bien fermés. Face à son indifférence, Lisa le tira par le bras pour l'obliger à écouter.

« Tu voudrais pas juste t'excuser ? Reconnaître que tu as mal agi ? »

Le garçon détourna le regard, lassé par cette discussion qui, à ses yeux, n'avait aucune raison d'être. Il avait remporté le tournoi de Paris, il avait chassé Mike et ses potes, il était celui qui avait réuni les foules, de quoi pourrait-il bien s'excuser ?

« Et tu veux que je te dise ? poursuivit-elle en se tournant vers sa boîte à bijoux. Ton pote là, Child, il m'inspire pas vraiment confiance…

– Heu… Par contre, tu serais gentille de mêler personne à cette conversation, OK ? T'en prends pas aux autres…

– Je m'en prends pas aux autres, mais…

– Si ! coupa net Stéphan. Tu ne sais plus quoi répondre, alors tu mets ça sur le dos de Child ! Tu veux que j'te rappelle c'que j'serais si les autres m'avaient pas soutenu ?

– Tu vois, c'est exactement ça ! Ils te soutiennent, mais toi, tu les entraînes où ? Garde en tête qu'ils te prennent pour leur chef, s'écria la fille. Chacune de tes actions, chacune de tes décisions, a des conséquences pour les autres. Ils t'admirent tous, ils t'acclament tous ! Je ressens chaque fois une grande fierté quand j'entends des gens parler du J.KD. Clan. Ils disent que vous avez écrasé les Guerriers Fous, que vous protégez les plus faibles ! Mais ça, c'était avant ! Maintenant, ils ne font que suivre tes désirs ! Suivre ta rancune envers le lycée et son manque de reconnaissance ! Mais qu'est-ce que Vincent, le Géant ou les autres veulent au fond ?

– C'est bien eux qui ont voulu monter cette bande et m'nommer chef, nan ?

– Si, mais tout ça, c'est disproportionné maintenant ! Le lycée, le cambriolage, les flics !

– Les flics qui foutent rien ; le lycée qui semble ne pas voir ce qui se passe juste sous ses yeux ; les gens qui parlent dans notre dos et Mike qui profite de ce merdier ! C'est la faute à qui tout ça, hein, tu peux me le dire ? »

La fille s'empara d'une paire de boucles d'oreille et les enfila nerveusement. Quand la pointe de la boucle s'enfonça par mégarde dans la chair, elle arracha à Lisa à rictus de douleur. Pourtant, cette douleur paraissait bien insignifiante à cet instant-là. À chaque propos qu'elle avançait pour faire réagir Stéphan, Lisa se heurtait à une indifférence qui l'affectait profondément. Son esprit était si confus qu'elle ne parvenait même plus à mettre de l'ordre dans ses idées. L'adolescente avait envie de saisir le premier objet qui lui tombait sous la main pour le balancer contre le mur, elle avait besoin de frapper, d'exprimer ce qui lui était inexprimable.

« Nan, mais je sacrifie beaucoup de choses pour toi, lança-t-elle comme un coup de fusil dans le vide avant que son arme s'enraye. Je me ridiculise devant le conseil disciplinaire pour te protéger, et je n'ai rien en retour ! J'encaisse les menaces des Guerriers Fous, je t'héberge, tout ça par amour pour toi !

– De quelles menaces des Guerriers tu parles ? s'étonna Stéphan, piqué par l'information.

– Je crois pas que ce soit important là ! Je te parle de tout ce que je fais pour que tu sois heureux, et j'ai pas l'impression d'avoir de la reconnaissance en retour… J'ai pas l'impression de recevoir le respect que je mérite…

– Ah, ça y est ! Tu m'sors l'argument du respect… »

Stéphan laissa retomber ses bras, un mélange de colère et de rancœur lui nouant la gorge. Il n'en pouvait plus, écœuré de devoir se justifier encore et toujours, comme si la moindre erreur le condamnait à subir ces sermons insupportables. Chaque mot qu'elle venait de prononcer résonnait en lui avec une amertume tenace. Dehors, le Soleil mourant jetait ses derniers éclats sur l'horizon, s'effaçant doucement dans la lumière du crépuscule.

« Tu veux que j'te dise ? lança-t-il. T'es jalouse ! »

Lisa le dévisagea, stupéfaite ; elle en avait entendu des choses depuis la création du J.K.D. Clan, mais là, c'était hors des limites du réel.

« T'es jalouse de moi ! Avant, t'étais celle dont tout le monde parlait, la Présidente des élèves, la fille la plus populaire, c'était génial ! Mais maintenant, c'est mon tour, et j'ai quand même le droit d'en profiter… »

La fin de la phrase s'acheva dans un souffle à peine audible :

« Et j'dois dire que tu m'aides plus vraiment pour ma popularité…

– QUOI !? Tu veux dire que je n'étais qu'un moyen pour toi de devenir populaire ? »

Sa colère avait atteint un tel sommet qu'elle ne réalisa même pas avoir giflé Stéphan. Malgré la force du geste, cela n'évacua pas la tension qui bouillait en elle. Elle s'était juré durant ses nuits d'insomnie de ne plus craquer, de ne plus verser une seule larme. Se détournant pour ne plus lui faire face, Lisa s'efforça de maîtriser ses émotions qui menaçaient de déborder. Malgré la douleur, elle avait voulu croire que cette discussion permettrait de mettre tout à plat, de repartir sur de bonnes bases. Pourtant, à cet instant précis, elle réalisa qu'elle avait fait fausse route depuis le début, qu'ils n'avaient jamais vraiment emprunté le même sentier. Une main vint se poser sur son épaule. Le geste se voulait être rassurant. Un silence. Puis, une voix :

« Excuse-moi… J'voulais pas vraiment dire ça… »

La fille ne réagit pas, elle entendait les paroles, toutefois, elle n'en comprenait pas le sens.

« C'est toutes ces embrouilles, les bastons, les flics… Ça m'a fait dire n'importe quoi… »

Une chaleur humaine se rapprocha d'elle, cherchant à combler le vide.

« Crois-moi, j't'aime… »

Le garçon l'enlaça, en silence. Il n'avait jamais imaginé en arriver là avec cette fille, celle qu'il avait tant désirée, celle avec qui tout était si naturel au début. Elle l'avait toujours soutenu, peu importe ce qu'il faisait. Alors pourquoi tout semblait s'effondrer maintenant ?

« Tu viens, dit-il d'une voix douce en lui tendant une main, 'faut qu'on finisse de s'préparer… Les autres vont nous attendre. »

Sans un mot, la fille enfila une veste de soirée, prit son sac à main puis quitta la pièce. De son côté, Stéphan ne se fit pas plus de souci que ça, il savait que ce n'était qu'une dispute passagère et que la fille finirait par revenir à la raison.

Partie 4 : 1991

Cher est le bonheur car [périlleuse] est la piste

Akhenaton

31

Crépuscule

24 juin 1991 (suite)

20h16

La musique résonnait jusqu'au bout de l'avenue. L'air de disco battait son plein pour enflammer les pistes de danse. Le lycée et la mairie de Méthée avaient mis les moyens pour offrir aux adolescents une soirée qui marquerait la fin du cycle secondaire et leur entrée dans les études supérieures.

Le crépuscule enveloppait doucement la ville, et déjà, les lycéens se pressaient devant les portes pour être les premiers à entrer. Depuis l'annonce de l'évènement, chacun s'était pris au jeu de trouver la personne qui l'accompagnerait. Chaque année, la fête rassemblait plusieurs centaines d'adolescents ; les adultes se contentant d'assurer la sécurité, l'organisation et le service.

Child arriva le premier dans sa petite citadine noire accompagné de Samantha. La fille avait profité de la journée pour arpenter une dizaine de boutiques. Après avoir traîné Child pendant des heures dans toutes les galeries marchandes, elle avait craqué pour une paire de chaussures à hauts talons et une robe rouge au décolleté qui ne laissait pas le garçon indifférent. La mode, c'était tout son univers, et elle rêvait d'intégrer un jour Candel Creation : l'étoile montante de la haute couture.

« Tu crois qu'ils sont déjà arrivés ? demanda-t-elle en ajustant une dernière fois sa coiffure dans un petit miroir de poche.

– Heu… J'pense pas, on s'est dit qu'on s'attendait devant. »

À peine eut-il le temps de terminer sa phrase qu'il aperçut, de l'autre côté de la rue, un individu dont il connaissait bien la démarche. Stéphan, rayonnant et élégamment vêtu, discutait avec Zoé. À quelques pas derrière, Lisa et Margaux les suivaient, visiblement peu concernées.

Lorsque les deux groupes se rejoignirent, Child glissa à l'oreille du chef qu'il avait besoin de lui parler. Celui-ci, sans perdre son calme, lui indiqua qu'il valait mieux attendre d'être à l'écart.

« Salut Samantha ! lança-t-il. T'es vraiment magnifique !
– Merci ! » répondit la fille, les yeux pétillants de plaisir.

L'adolescent se fit la remarque que, bien qu'elle soit inondée de compliments chaque jour, Samantha semblait toujours aussi émue et surprise par ces petites attentions.

En voyant la foule de lycéens s'agglutiner comme des sangsues devant l'entrée de la salle de fête, Stéphan proposa de patienter encore un moment. Sa manière de s'adresser à ses amis ressemblait davantage à un ordre qu'à une simple suggestion, et tous acquiescèrent sans discuter.

« Le Géant vient avec Vincent, c'est ça ? ajouta-t-il.
– Ouais, ils ont pas trouvé d'cavalières… »

Child se mit à pouffer en entendant ça. Il savait déjà le Géant désireux de ses conquêtes en temps normal, mais quand il verrait la tenue de Samantha, il serait à coup sûr fou de jalousie. C'était d'ailleurs un point qu'il n'arrivait pas lui-même à comprendre : il n'était pas spécialement fort, ni courageux, et malgré tout, il avait toujours eu un charme indéniable aux yeux des filles.

Après un quart d'heure, les deux retardataires débarquèrent à moto, visiblement détendus. Ils avaient sorti le grand jeu : Vincent en fanfaron sur la moto de son père, et le Géant drapé dans un smoking qui sculptait sa carrure avec élégance. Toutefois, Stéphan remarqua dans sa manière de gesticuler qu'il n'était pas à son aise avec ce type d'accoutrement.

« Bah alors, c'est tes fringues qui t'ont mis en retard ? plaisanta-t-il en lui adressant une poignée de main.
– Arrête, c'est pas d'ma faute ! C'est Vincent qui était plus motivé pour venir ! »

Ce dernier, sur la défensive, répliqua que le Géant n'avait rien compris, qu'il ne voulait simplement pas se retrouver face aux profs et à la proviseure. Après le fiasco du cambriolage, il était évident que tout le monde en parlait.

« Mais nan, tu t'fais des films, mec ! Et de toute façon, les profs sont pas là, ils vont pas s'ramener à une fête de lycéens.
– Ouais, je sais…
– Et ça plait aux meufs, ça, ajouta le Géant. On passe pour des bad boys, tu verras elles vont toutes te sauter au cou ! »

Vincent n'eut pas vraiment de réaction, il se contenta

d'afficher un sourire amical.

« Bon, les gars, on va pas rester là ! conclut Stéphan. Y'a une fête qui nous attend ! »

À l'intérieur, les rampes de lumières faisaient virevolter les faisceaux colorés au rythme de la musique. Quelques jeunes commençaient à envahir la piste de danse tandis que d'autres allaient déjà se rassasier au bar.

Quand Stéphan sortit des vestiaires où il avait déposé sa veste, un groupe de lycéens se rua sur lui pour le féliciter de tout ce qu'il avait fait. Ils étaient en extase en évoquant les derniers évènements : son renvoi de trois jours, ses bagarres, et son rôle de leader au sein du clan. Une fille agrippa son bras et lui proposa d'aller danser. Charmé, Stéphan déclina poliment en promettant de la retrouver plus tard.

« Toi et Child, vous avez vraiment cambriolé une maison ? » s'exclama-t-elle, incrédule.

Le sourire de Stéphan s'élargit, il se mordilla les lèvres, hésitant à répondre. Ses amis arrivèrent, un verre de soda à la main.

« Ouais, c'est vrai… Mais vous savez pas tout… lâcha finalement Stéphan à la fille.

– Ils savent pas quoi ? enchaîna Child en se tournant vers lui.

– Pour le cambriolage… »

Le garçon dévisagea son chef, toute cette histoire devait rester totalement confidentielle ; les rumeurs pouvaient vite remonter jusqu'aux oreilles des flics.

« Allez, fais pas cette tête, Child, reprit le Géant. Qu'est-ce qu'on en a à foutre ? On s'est déjà fait choper !

– Ouais, j'sais, mais 'faudrait qu'on en parle avant… »

Child remarqua alors que la fille n'avait pas lâché le bras de Stéphan depuis son arrivée. En balayant la salle du regard, il réalisa qu'il n'avait pas vu Lisa depuis leur entrée dans la salle de fête.

« Bon, OK, on a foiré ce coup-là, avoua le Géant à la foule d'admirateurs, mais avant ça, on avait réussi à cambrioler le lycée ! »

Des éclats de surprise s'élevèrent autour d'eux. La rumeur du cambriolage avait rapidement parcouru les couloirs de l'établissement, la proviseure avait même fait le tour de toutes les classes pour demander à ceux qui avaient des informations de venir dans son bureau. Pourtant, malgré ses investigations, aucun coupable n'avait été identifié.

« Mais pourquoi avoir fait ça ? s'étonna l'un du groupe.
– Parce que c'était drôle !
– Mais vous auriez pu vous faire attraper !
– Mais nan, tout était super bien calculé… »

Stéphan s'excusa alors auprès du groupe d'admirateurs en leur précisant qu'il devait dire un petit mot à ses amis. Les quatre garçons s'éclipsèrent dans les toilettes et, pour ne pas être dérangés, le Géant bloqua la porte avec son pied.

« Eh les gars, fit le chef, j'm'en fous qu'on raconte c'qui s'est passé, mais 'faut qu'on dise rien aux flics !
– Et tu crois pas qu'ils vont s'dépêcher de tout balancer à tout l'monde ? » répliqua Vincent en pointant la salle du doigt.

Il avait parlé tellement fort que Stéphan lui fit signe de baisser d'un ton.

« Et qu'est-ce que ça peut faire ? rétorqua-t-il. On a laissé aucune preuve, ils peuvent raconter c'qu'ils veulent !
– T'es vraiment con quand tu t'y mets ! lança Vincent au Géant, rouge de colère. Je t'ai dit que j'voulais pas qu'on parle de ça, c'est pour ça que j'étais pas chaud pour venir !
– Calme-toi, y'a pas mort d'homme ! J'ai juste envie de profiter de notre popularité…
– Ouais, bah j'veux pas finir en taule juste parce que tu veux te taper une meuf ce soir ! »

Stéphan s'avança d'un pas, posa une main sur son épaule et lui promit que tout irait bien. Les flics n'avaient absolument aucune preuve pour le lycée, puis il lui rappela sa participation plus que mineur dans le cambriolage de la maison.

« Eh, y'a vraiment pas de souci à s'faire !
– Ouais… Ouais, t'as raison… Désolé… »

Vincent tapa dans la main du Géant pour s'excuser de ce qu'il lui avait balancé ; ce dernier ne semblait pas lui en tenir rigueur.

Quelqu'un tambourina soudain contre la porte des toilettes, visiblement surpris qu'elle soit verrouillée. Le groupe entendit la voix d'un garçon qui demandait ce qui se passait et précisa qu'il avait une pressante envie. Le Géant entrouvrit la porte juste assez pour lui répondre qu'ils en avaient encore pour une petite minute et qu'il allait devoir patienter.

« 'Font chier, ils peuvent pas attendre… grogna Stéphan.

– Au fait, commença Child, j'voulais vous parler de quelque chose… »

Chacun lui prêta son attention, étonné que ce dernier cesse ses plaisanteries pour adopter un ton plus grave. Il leur demanda s'ils n'avaient rien entendu les concernant ces derniers jours.

« Bah nan… Enfin, rien d'autre que les ragots habituels…

– Tu veux dire quoi par là ?

– J'ai entendu des bâtards qui parlaient sur nous ! expliqua Child.

– Pourquoi ? répliqua Stéphan. Pour le cambriolage ?

– Bah ouais, ils s'foutent de nous parce qu'on s'est foiré… »

L'annonce enragea le chef qui frappa contre l'une des portes des toilettes ; il avait horreur que les médisants viennent picorer à table à la première occasion.

« Qu'est-ce qu'on en a à foutre de c'qu'ils disent ? lâcha le Géant. Ceux qui viennent nous lécher le cul quand on défonce la bande de Mike, et ceux qui bavent dans notre dos, ce sont les mêmes ! Qu'est-ce qu'on va s'prendre la tête avec eux ?

– J'sais ça ! Mais ça m'fout les nerfs ! »

Vincent lui donna une tape amicale dans le dos pour le calmer ; ce n'était pas la peine de s'emporter pour si peu.

« Ouais, bah en parlant de la bande de Mike, poursuivit Child, ils disent que, si tu devais t'battre contre lui, il te défoncerait…

– Mais t'es sérieux, là ? J'lui ai déjà réglé son compte !

– Je sais ça, c'est c'que j'leur ai dit, mais les gens déforment vite la réalité…

– Tu sais quoi ? répliqua Stéphan d'un ton résolu. Tu vas me montrer qui dit ça, OK ? Je réglerai ça une bonne fois pour toutes…

– Ouais, pas d'souci… »

Le Géant comprit que l'entretien était terminé, il ouvrit la porte et laissa passer ses acolytes. À l'extérieur, quelques garçons se plaignaient de ne pas pouvoir accéder aux toilettes, pourtant, dès qu'ils aperçurent le J.K.D. Clan, leurs protestations s'envolèrent aussi rapidement que leur envie pressante.

Dans la salle, l'ambiance battait son plein. Les convives envahissaient la piste de danse et Stéphan ne s'était pas fait prier pour suivre ses amis au rythme de la musique. Cette fête, il l'avait rêvée depuis toujours. Dans les regards des autres, il percevait à la fois du respect et une certaine appréhension. Les musiques se succédaient sans relâche, se mêlant aux rires joyeux des adolescents. Vincent, de son côté, avait finalement trouvé une cavalière : une terminale scientifique rencontrée quelques jours auparavant. Le Géant, lui, persévérait dans ses tentatives de séduction, bien que chacune de ses proies finissaient toujours par lui tourner le dos. Ses déboires amusaient ses compagnons qui n'hésitaient pas à appuyer chacun de ses échecs par une plaisanterie.

« Je crois que t'es passé par toutes les filles, là, il te reste plus que les mecs… lança Child.

– Arrête, on va avoir le droit à sa danse de dragueur ! » taquina Stéphan, tout en guidant Samantha sur la piste de danse.

Il n'avait encore jamais remarqué que cette fille puisse être aussi séduisante. Ce soir-là, elle avait une lueur particulière qu'il ne pouvait décrire. Ses lèvres étaient particulièrement attirantes, sa danse rapprochée l'envoûtait. Le chef avait perdu de vue sa petite amie depuis le début de la fête et n'avait aucune envie de se gâcher la soirée pour une petite dispute déjà réglée par ses excuses. Si elle revenait vers lui, il l'accepterait, sinon, tant pis, il n'allait pas se priver de savourer l'instant présent.

Samantha se mouvait en cadence avec la musique, le regardait intensément, lui offrit un sourire, l'enlaça, fit mine de se rapprocher, puis se mit à rire de son propre jeu. De son côté, Child n'éprouva pas vraiment de jalousie à voir ces deux-là danser et s'amuser ensemble ; il avait trouvé en Zoé une compagnie plus agréable, partageant avec elle une complicité dans l'humour et la pensée.

Après une demi-heure, le Géant proposa à Stéphan d'aller se prendre un verre au bar. Celui-ci s'excusa auprès de Samantha, lui promettant qu'il serait de retour dans une petite dizaine de minutes, avant de suivre son ami.

La fête étant organisée par le lycée, il était impossible d'y trouver de boissons alcoolisées. Toutefois, Stéphan savait qu'il devait en circuler à l'extérieur, et se contenta alors d'un jus de fruits.

« Ça va, tu t'amuses bien ? lui demanda le Géant.
– Ouais, super ! Et toi ? »

Le garçon répondit d'un hochement de la tête, s'appuya nonchalamment contre le bar, et balaya la salle du regard. Child dansait encore avec Zoé qui s'esclaffait à chacune de ses plaisanteries.

« C'est un sacré veinard, quand même ! lâcha-t-il.
– J'sais pas comment il fait ! Il arrive toujours à séduire les filles…
– Il pourrait au moins en laisser…
– On peut pas lui en vouloir, il a raison ! » répondit Stéphan en lui tendant un verre.

Les deux garçons trinquèrent à leur amitié. Bien que le chef ait toujours eu une relation privilégiée avec Child, il avait toujours considéré le Géant comme quelqu'un d'intègre en qui il pouvait faire confiance.

« Et toi, t'as pas peur pour Lisa ?
– Peur de ?
– Bah si elle te voit avec Samantha… Tu vois quoi…
– Y'a rien avec Samantha, on fait que s'amuser ! » se défendit Stéphan.

Il savait que son ami n'était pas dupe ; un rictus complice s'afficha sur son visage.

« Fais juste attention, d'accord ?
– Bah elle s'casse sans prévenir, elle m'prend la tête pour les cambriolages, ça m'saoule ! J'ai pas quitté ma mère pour en retrouver une autre…
– Ouais, mais 'faut la comprendre aussi ! On a pas toujours été super réglo avec elle. »

Les paroles de son bras droit l'apaisèrent légèrement. Après un moment de réflexion, il décida de ravaler son agacement et de la retrouver plus tard. La musique ralentit et un slow s'installa, ajoutant une touche d'intimité aux relations qui s'était doucement créées sur la piste. Child prit Zoé par la taille, puis l'invita à danser.

« Il va jamais s'arrêter ! lança le Géant après une gorgée.

– Lisa m'avait dit qu'il plaisait à Zoé, ça devait bien finir comme ça…

– Ouais, bah s'il était aussi courageux que séduisant, ça nous éviterait des ennuis… »

Stéphan lui jeta un regard interrogateur, sans trop comprendre où ce dernier voulait en venir. Un groupe de jeunes, discutant avec le serveur, s'était posé juste à côté d'eux. D'un geste, le Géant invita son chef à s'éloigner pour discuter discrètement.

« Qu'est-ce que tu veux dire ? demanda Stéphan une fois à l'écart.

– Bah tu vois, pour l'histoire des cambriolages, il s'est fait vite attraper…

– Ouais, mais c'est pas vraiment d'sa faute ! On avait tout prévu : pas d'chien, pas d'alarme ! Et pas d'chance, le vieux a dit aux flics qu'il avait réactivé son alarme parce que deux femmes lui avaient parlé de sécurité dans l'après-midi… »

Son ami resta pensif.

« Toi, tu t'es pourtant pas fait chopper… dit-il.

– Moi, j'étais déjà dehors ! Il a pas eu d'chance, j'te dis !

– Et il va avoir quoi, du coup ?

– J'sais pas trop, pas d'la taule… Ils ont parlé de travail d'intérêt général.

– Bon, ça pourrait être pire… »

Les yeux du Géant se perdirent dans son verre, son attitude trahissait un non-dit. Comprenant cela, son chef insista pour savoir ce qui lui trottait dans la tête.

« Ça t'intrigue pas, tout ça… ? »

Il se tut, soudain silencieux.

« Qu'est-ce que tu veux dire par là ? demanda Stéphan.

– Heu… J'sais pas trop comment tourner ça, mais t'as pas peur que ce soit Child qui t'ait balancé aux flics ? »

La suggestion déconcerta le chef. À vrai dire, cette idée lui avait déjà traversé l'esprit quand il avait tenté de comprendre comment la police avait pu remonter jusqu'à lui et le retrouver dans la chambre d'hôtel. Il s'était cependant résolu à croire que tout n'était qu'un mauvais concours de circonstances qui jouait en la défaveur de Child.

« Pourquoi il aurait fait un truc pareil ? souffla-t-il, aussi discrètement que possible.

— J'sais pas, c'est juste que ça m'paraît bizarre... »

Stéphan écourta la conversation en précisant qu'il n'avait pas envie de réfléchir à tout ça ce soir, qu'il verrait avec Child le moment venu. Les deux garçons se décidèrent alors à rejoindre leur groupe d'amis et, sur le court trajet, ils tombèrent sur quelqu'un qu'ils connaissaient bien : Eddy Jammy. À leur grande surprise, ce dernier passa à côté d'eux sans leur accorder le moindre regard, au point que Stéphan se demanda s'il avait fait exprès de les ignorer. Autour de lui, une foule de lycéens gravitaient, captivés par le magnétisme qu'il n'avait jamais perdu. Les gens lui adressaient encore leur respect pour avoir été Président des élèves et champion d'arts martiaux. Son attitude agaçait particulièrement à Stéphan qui décryptait désormais chacun de ses gestes comme une façade hypocrite. Cependant, ce n'était pas vraiment la présence de son ex-compagnon d'entraînement qui le tracassait, mais plutôt celle de la personne qui l'accompagnait.

« Tu savais qu'Antoine était devenu pote avec Eddy ? lui glissa le Géant.

— Nan... Mais ça m'étonne pas...

— Vas-y, t'prends pas la tête pour ça ! »

Le chef du J.K.D. Clan aurait souhaité croiser le regard d'Antoine, histoire de lui faire passer le message : On ne changeait pas de groupe à sa guise. En vain, il ne parvint pas à capter son attention. Conscient qu'il réglerait cette affaire à un autre moment, Stéphan tourna alors les talons et s'éloigna.

Une main dans la poche lui rappela qu'il devait souhaiter l'anniversaire au Géant. Il sortit une montre et la lui tendit avec un sourire :

« Joyeux anniversaire, mec ! Dix-huit piges, c'est la classe ! Maintenant, tu pourras voter, ou même aller en taule ! lança-t-il, ironiquement.

— Ouais, c'est ça ! J'préfère aller en boîte ou passer mon permis d'conduire ! » rétorqua le jeune majeur.

Il le remercia chaleureusement pour le cadeau, qu'il enfila aussitôt, et ajouta qu'il était fou de dépenser une somme pareille pour ses potes.

« C'est rien, mon gars ! Tu crois pas qu'j'ai rien gardé des cambriolages quand même ! »

Stéphan adressa un clin d'œil complice à son ami qui répondit par un sourire amusé.

Les heures défilaient, mais personne ne semblait s'en rendre compte, enivré par la musique et les rires incessants qui régnaient parmi les convives. Le D.J. les encouragea à lever les bras en l'air avant de lancer un morceau de hip-hop à la mode, provoquant des cris d'enthousiasme chez les lycéens. Margaux vint à la rencontre de Stéphan, visiblement inquiète. Elle lui demanda s'il n'avait pas vu Lisa, celle-ci avait disparu depuis déjà pas mal de temps.

« J'pense qu'elle a dû rentrer chez elle… dit-il en levant la voix pour couvrir le son de la musique.
– Ah bon ? Pourquoi ?
– J'sais pas… Elle m'a rien dit… »

Margaux le remercia d'un signe de tête avant de s'éclipser de la piste de danse. Quelque chose clochait, elle connaissait trop bien son amie pour savoir qu'elle ne partirait jamais sans rien dire. Lisa était née pour danser, faire la fête et aller vers les gens ; il était inimaginable qu'elle manque cette soirée sans une excellente excuse ! La fille se rendit aux toilettes : personne ! Ne voulant rien laisser au hasard, elle ouvrit toutes les cabines, puis frappa à la dernière qui était verrouillée. Là, une fille ouvrit la porte et sortit gênée sous les excuses de Margaux. Déterminée à retrouver Lisa, elle fouilla alors les vestiaires, fit un tour au bar et interrogea quelques groupes de lycéens, mais sans aucun résultat : Lisa s'était évanouie dans la nature. Ce n'était vraiment pas son genre de jouer un tour comme ça ; la jeune fille décida alors de demander aux agents de l'accueil s'ils avaient vu passer la Présidente des élèves. Le professeur de sport chargé de surveiller les entrées lui affirma qu'il n'avait pas vu l'adolescente en question de toute la soirée. Il était formel : Lisa n'avait pas mis un pied dans la salle de fête !

Pas un pied ! Margaux n'en revenait pas, comment était-ce possible que personne du groupe n'ait remarqué son absence ? Elle était arrivée avec eux, en compagnie de Zoé et de Stéphan, serait-elle repartie après ? À cette pensée, Margaux se résolut à chercher à l'extérieur, elle retournerait jusque chez Lisa, s'il le fallait ! Dehors, la fille remarqua que la fête n'était pas en reste, les jeunes dansaient, fumaient, buvaient de l'alcool. Elle comprit même comment, en changeant le contenu des bouteilles de soda par de l'alcool, ils arrivaient à en faire entrer à l'intérieur. Dans l'immédiat, ce n'était pas vraiment ce qui la préoccupait, elle contourna la salle pour se rendre dans un espace vert qui bordait le bâtiment. Là, assise seule sur un banc, elle aperçut enfin la jeune femme. D'un pas rapide et décidé, Margaux se dirigea vers elle.

« Bah alors, qu'est-ce que tu fais ? lança-t-elle. Tu viens pas avec nous ? »

À son arrivée, Lisa leva les yeux vers elle, mais son regard restait absent. Inquiète, Margaux vint s'asseoir à ses côtés et lui reposa la question.

« Heu… J'prends juste un peu l'air… dit-elle en haussant les épaules.
– Ça va pas ?
– Si… Si, ça va…
– Bah allez, dis-moi tout, j'suis ta meilleure amie, tu sais que tu peux tout m'dire ! »

Margaux se rapprocha doucement, prit sa main et la regarda avec une compassion sincère. Lisa se pinça les lèvres, hésitant sur les mots à prononcer :

« Je te dis que ça va… J'ai juste… un petit coup de barre…
– T'es sûre ?
– Mais oui, il s'est passé tellement de choses ces derniers temps… Je suis juste fatiguée… »

Elle posa un sourire sur son visage.

« Tu me dirais si ça n'allait pas, hein ?
– Oui, oui… »

Margaux garda le silence un instant, trouvant Lisa étrangement inaccessible. La dernière fois qu'elle l'avait vue dans cet état, c'était le jour où elle avait appris le décès de sa grand-mère.

« Tu viens ? dit-elle. On retourne à la fête ? »

Sans grande conviction, Lisa se leva du banc pour enchâsser le pas de son amie.

« Eh, regarde ! Y'a Margaux qui revient avec Lisa, lança le Géant à Stéphan tout en dansant.

– Ouais, j'ai vu... J'espère qu'elle est passée à autre chose maintenant... »

Ses espoirs s'évanouirent un peu plus quand il la vit s'installer près du bar au lieu de les rejoindre. Le garçon ne l'avait jamais vue dans cet état. Une part de lui, lassée, se demanda pourquoi elle insistait autant aujourd'hui, tandis qu'une autre ne put s'empêcher de ressentir un léger remords. Margaux les rejoignit, elle adressa un regard vers le chef qui voulait dire : *J'ai fait ce que j'ai pu...* De leur côté, Child, Zoé, Vincent et Samantha ne semblaient ni avoir remarqué la tension dans leur couple, ni s'en préoccuper.

Discrètement, le Géant apporta un verre venu *de l'extérieur*. Ils trinquèrent à leur santé, et le Géant improvisa alors une danse dont il ne se serait jamais cru capable. Pour la première fois, il avait l'impression d'avoir l'air de quelque chose sur une piste de danse. Ce n'était pas vraiment coordonné, mais la démonstration attira les regards et amusa les gens. Et après tout, c'était ce qu'il savait faire de mieux.

Passé minuit, l'alcool coulait à flots dans les canettes de soda et désinhibait même les plus timides.

D'un coup, une fille qui passa près du groupe lança que Mike et sa bande venaient d'arriver, qu'ils étaient juste devant la salle.

« T'es sérieuse, là ? lui demanda Stéphan en l'interceptant.

– Mais oui, j'fumais ma clope dehors et j'les ai vus arriver... »

Au même moment, l'agitation naissante à l'entrée attira l'attention de la foule. Un professeur s'était interposé entre un groupe de garçons et la salle pour les empêcher d'entrer. Stéphan savait exactement ce qu'il en était : même à la soirée de fin d'année, les Guerriers Fous ne pouvaient pas s'empêcher de jouer les fauteurs de troubles. Il accourut pour prêter main-forte ; s'il devait se battre pour rétablir l'ordre, alors il le ferait. Sur place, il découvrit le professeur de sport engagé dans une conversation avec Mike.

« Qu'est-ce qui s'passe ici ? lança Stéphan. Y'a un problème ?

– Non, je rappelais juste à Mike le règlement une fois à l'intérieur. Il m'a promis de bien se tenir. »

Le chef des Guerriers tirait nonchalamment sur sa cigarette, écoutant distraitement leur courte discussion.

« Ouais, c'est ça… reprit Stéphan dans sa direction. J'suis sûr que t'es venu foutre ta merde, comme d'habitude !

– J'vous dis qu'on est juste là pour passer une bonne soirée…

– Allez, on peut lui faire confiance » conclut le professeur en s'écartant pour les laisser entrer.

Il ordonna à la foule de se disperser, affirmant qu'il n'y avait plus rien à voir. De son côté, Stéphan dévisagea les Guerriers Fous lorsqu'ils défilèrent devant lui, bien décidé à ne tolérer aucune bavure. Mike avança sans même lui prêter attention, tandis que Benjamin et Arnold riaient bruyamment. Derrière eux, Sara, les bras croisés, lui fit un sourire. Son pas ralentit sur son passage, presque pour lui adresser la parole. Puis, elle disparut dans le flot des élèves.

L'ambiance de la fête reprit vite le dessus : les danses, la musique, l'alcool, la drague, les rires permettaient d'adoucir les tensions. Envoûtée par le rythme, Samantha attrapa la main de Stéphan et lui montra un pas de danse à faire en duo. Leurs corps entrèrent en parfaite harmonie, chaque mouvement se complétant avec fluidité. Un parfum fruité se dégageait de la fille, caressant ses narines d'une agréable douceur. Soudain, une tape sur son épaule le ramena à la réalité.

« Eh, comment ça va ? » lança un garçon sur sa droite.

C'était Antoine, visiblement ravi de retrouver un ami de longue date.

« Heu… Ouais… Et toi ?

– Bah super ! Alors, depuis tout c'temps ? Et Lisa, elle est pas avec toi ?

– Si… Elle est… »

Stéphan jeta un œil vers le bar et montra du doigt une fille qui discutait avec le serveur.

« Tu crois qu'elle va nous faire un discours de fin d'année ?

– J'sais pas… cria Stéphan pour couvrir le son que crachaient les enceintes. J'crois qu'elle a rien préparé !

– Ça serait cool de l'entendre, elle était super en Présidente des élèves ! »

Le chef du J.K.D. Clan resta silencieux, observant du coin de l'œil Samantha de peur qu'elle ne s'impatiente et aille danser plus loin.

« Et du coup, ça en est où tes projets avec ton… heu… ta bande ?

– Bah, très bien, t'as dû entendre parler de nous…

– Tu m'étonnes ! C'que t'as fait, c'est vraiment cool !

– Merci… »

Le garçon répondait sans grande conviction, sentant de plus en plus l'insistance de Samantha pour qu'il revienne.

« Mais maintenant, c'est fini ? Tu peux revenir ? poursuivit Antoine.

– Comment ça, *revenir* ?

– Bah, tu sais… Eddy, et tout…

– C'est pas moi qui suis parti… »

Machinalement, la discussion les avait guidés loin de la piste de danse pour échapper au bruit assourdissant.

« Bah, si ! C'est toi qui parles plus à Eddy et qui as décidé de t'en prendre à Mike…

– Bon, Antoine, on en a déjà parlé, j't'ai dit c'que j'pensais de lui. Maintenant, j't'empêche pas de faire ami-ami avec lui. Et puis, j'vois pas pourquoi tu parles de Mike, ça a rien à voir… »

Voyant qu'il ne pourrait pas faire entendre raison à Stéphan, son ami s'interrogea un instant sur qui avait raison et s'il était vraiment nécessaire que Stéphan renoue avec Eddy. La conversation bifurqua alors sur leur choix d'étude pour l'année suivante et, une fois les banalités échangées, chacun retourna vers son groupe respectif.

« C'est un peu naze, cette soirée… lança Mike, appuyé contre un mur.

– T'as vu la tête des meufs ? renchérit Arnold.

– Tu dis ça parce qu'elles te calculent pas, c'est tout ! »

Benjamin préférait s'amuser de la situation et taquiner son ami. Il ajouta que tout n'était pas si naze : de l'alcool, de la musique, des potes ; c'est tout ce dont ils avaient besoin ! Chacun regretta l'absence du Colosse ; n'étant scolarisé dans aucun lycée de la ville, il n'était pas autorisé à entrer.

« Alors, Mike, ça en est où avec les keufs ? demanda

un des garçons.

— Le jugement est dans six mois⋯ On verra⋯

— Tu penses que ça va être la taule ? »

Arnold coupa court en précisant que le chef n'était probablement pas d'humeur à parler de tout ça.

« Eh, les gars, lança soudain Mike, elle est où Sara ?

— J'sais pas⋯ Elle est pas allée boire un coup ? suggéra Arnold.

— OK, attendez-moi ici⋯ »

Il se rendit au bar, dévisagea chaque invité, cependant, hormis Lisa, il ne reconnut personne. Mike traversa alors la salle, de l'accueil jusqu'aux platines du D.J., scruta chaque recoin, mais en vain, Sara restait introuvable. La fille n'était pas du genre à faire profil bas et à ne pas se faire remarquer, s'il ne la voyait pas, c'est qu'elle devait tramer un coup. Conscient de sa paranoïa croissante ces derniers jours, il s'efforça de calmer ses inquiétudes. Le garçon se rendit alors au dernier endroit interdit pour lui : les toilettes des filles. Dès qu'il entra, une voix lâcha : *Nan, mais 'faut pas s'gêner !* Ce dernier préféra ne pas relever ; après tous les ennuis qu'il avait eus récemment, il avait décidé que cette soirée marquerait une trêve dans ses activités. Près des lavabos, une fille, la tête à deux centimètres d'un miroir, se retouchait le maquillage. En l'apercevant, elle esquissa un sourire ; il n'y avait que Mike pour oser s'aventurer ici.

« Tu cherches quelque chose ? » demanda-t-elle avec un air amusé.

Ignorant la question, l'adolescent s'avança pour inspecter chacun des cabinets. Et, hormis le dernier, ils étaient tous vides. Une ombre se lisait sous l'espace de la porte fermée. D'une main hésitante, Mike toucha la porte, intrigué par les bruits qui en provenaient.

« Tu devrais les laisser tranquilles, j'crois qu'ça flirte dedans⋯ » ajouta la fille.

Elle s'était appuyée contre le lavabo pour observer ce

que faisait le garçon. Celui-ci sembla approuver son conseil et tourna les talons. Il fit un pas, s'arrêta, jeta un regard absent dans sa direction, et d'un coup, quelque chose le poussa à ouvrir la porte.

Le spectacle le figea sur place, comme une violente gifle qu'il avait ignorée jusqu'à ce qu'elle le frappe de plein fouet. Sara dans les bras de Child, ou bien l'inverse, il ne savait dire. Leur baiser était si passionné qu'aucun d'eux n'avait remarqué la présence du spectateur.

« Putain, tu t'fous d'ma gueule ? » rugit le chef des Guerriers Fous, enragé.

À ces mots, Child et Sara se détachèrent aussitôt, surpris par sa présence. Embarrassé, le garçon profita de la confusion pour s'esquiver, tandis que Mike agrippa Sara par l'épaule pour lui réclamer des comptes. Sur son passage, Child glissa qu'il n'avait rien à voir dans leur histoire. Le chef hurla, poing levé vers elle. Pourtant, Sara ne semblait pas spécialement ébranlée, et, malgré la brutalité de Mike qui la plaqua contre le mur, elle répondit amusée que tout ça n'était qu'un jeu.

« Tu vas voir ! menaça-t-il. J'en ai pas fini avec toi ! Il est parti où l'autre enculé ? »

Mike n'attendit aucune réponse, il la lâcha sur le champ pour s'envoler vers la salle principale. Derrière lui, un rire résonna. L'insouciance de la fille face à la situation décupla sa fureur.

« Eh, t'étais où ? On t'cherche depuis tout à l'heure ! » lança Stéphan en voyant arriver Child.

Le garçon semblait essoufflé, comme s'il venait de courir.

« Heu… J'étais aux chiottes…
– T'es sûr que ça va ?
– Bah ouais, t'inquiète, je… »

D'un coup, quelqu'un jaillit de nulle part pour lui bondir dessus. Il le frappa sans hésiter au visage en lui crachant des insultes. Dans sa chute, Child renversa des danseurs autour de lui avant de s'effondrer au sol.

« Pour qui tu t'prends pour te taper ma meuf ? » hurla Mike.

Les invités, terrifiés, s'écartèrent, redoutant le sang que les guerres de gang laissaient derrière elles. Alors qu'il tentait de se relever, une ombre masqua la vue de Child : Stéphan. Sans hésiter, le garçon s'interposa pour le protéger, repoussant Mike avec force en criant qu'il n'aurait jamais dû lui faire confiance. Pourtant, il ne vit pas arriver le premier coup de poing qui vint percuter sa mâchoire. Le coup fut violent ; Stéphan n'aurait jamais imaginé que Mike puisse avoir une telle force. Il tenta de reprendre immédiatement le contrôle de la situation, toutefois, le deuxième coup, d'une rapidité fulgurante, le fit vaciller. À terre, un dernier coup dans l'abdomen lui coupa le souffle. La violence des douleurs l'étranglait, l'empêchant de respirer. Autour de lui, des voix, de l'agitation, des exclamations se mêlaient dans un ballet confus.

« Sale baltringue ! cracha Mike, au-dessus de lui. J'en ai ras-le-cul que tu t'ramènes dans toutes mes affaires ! »

Au sol, Stéphan aperçut des regards de déception braqués sur lui. Les gens murmuraient, s'observaient en silence : il était à terre, c'était la fin pour lui. Refusant de se soumettre, le chef du J.K.D. Clan frappa le sol du poing et se redressa tant bien que mal sur ses jambes.

Mike le dévisagea avec un air de défi, comme s'il en redemandait. À présent, il n'y avait plus à discuter, à négocier. Après Stéphan, ce serait le tour de cet enfoiré de Child, et enfin, celui de Sara. Il allait leur faire comprendre ce que ça impliquait de vouloir jouer les caïds. Il n'avait peut-être pas la Présidente des élèves dans la poche, ni même les profs ou les flics, mais s'il en était arrivé là, c'était grâce à sa seule volonté, son audace et, surtout, son sens de l'honneur.

Il envoya son poing droit dans le visage de Stéphan, qui esquiva en se baissant, avant de riposter avec un uppercut au menton. Le coup fit chanceler Mike, cependant, il en avait déjà vu d'autres. Et, quand son adversaire surgit vers lui, il n'hésita pas à le stopper en lui balançant le contenu d'un verre qui traînait à portée de main. Stéphan leva instinctivement son bras pour se protéger et, malgré les coups qui s'abattirent sur lui, le garçon ne fléchit pas. Il n'avait jamais imaginé que Mike puisse se montrer si coriace et comprit alors pourquoi personne d'autre ne pouvait endosser le rôle de chef des Guerriers Fous. Jouant de son jeu de jambes, Stéphan feinta habilement avant de frapper avec précision. Il toucha d'abord le nez, puis les côtes, et enfin les genoux. Sous les cris de la foule, le Guerrier s'écroula, laissant place au triomphe du vainqueur. Transporté par l'euphorie de la foule, Stéphan lança un ultime coup au visage de son ennemi gisant au sol. En lui se mêlaient la fureur d'avoir été rabaissé et l'ivresse de se sentir au sommet de la popularité dans cet instant décisif. Le garçon agrippa fermement Mike par le col de sa chemise, puis le traîna au sol jusqu'à la sortie de la salle de fête. Le perdant défila devant une foule déchaînée, certains en profitèrent même pour lui asséner quelques coups sur son passage. Un crachat jaillit de nulle part et vint s'abattre sur lui. Ni le personnel d'accueil ni les agents de sécurité ne réagirent ; ces *incidents* les dépassaient et ils n'étaient pas habilités à intervenir sur la violence entre gangs.

Stéphan demanda à ce qu'on lui ouvre la porte, ce qui fut fait aussitôt. Enfin, il souleva Mike pour le pousser de son pied hors de la salle. Le garçon s'échoua dans l'herbe, la tête la première. Instinctivement, il tendit les mains pour se protéger de la chute. Derrière, il entendit Stéphan cracher et tempêter qu'il ne pouvait s'en prendre qu'à lui, qu'il avait été averti.

Quand il revint dans la salle, le garçon avait imaginé être accueilli avec un peu plus d'entrain. Il se massa la joue ; le coup qu'il avait reçu n'avait rien à envier à ceux de Jason Wuang. Du sang coulait de sa gencive, il devait se rincer la bouche pour se nettoyer. Pourtant, le jeune homme ne prit pas le chemin des toilettes, il avait quelque chose de plus important à régler avant.

« Qu'est-ce que tu foutais avec cette meuf, *Sara* ? » lança-t-il vivement à Child en arrivant dans le groupe.

Chacun l'observa avec une certaine appréhension ; la sauvagerie avec laquelle il avait terrassé le Guerrier Fou avait laissé des traces. Stéphan le perçut immédiatement dans le regard de Samantha : un parfait mariage d'admiration et de crainte.

« Bah rien... C'est une fête, on s'amuse ! » répondit Child, d'un ton détaché.

Il but d'un trait son verre, évitant ainsi le regard insistant du chef.

« *S'amuser ?* Mais bordel, elle fait partie de nos ennemis !

– C'est une fille, elle a rien à voir là-dedans ! 'Faut s'détendre un peu !

– J'veux pas savoir, t'as pas à sympathiser avec elle ! Des meufs, y'en a plein d'autres ! »

D'un geste de la main, il désigna l'ensemble de la salle, remarquant alors que l'ambiance semblait soudainement s'être éteinte. Le Géant s'avança doucement pour le raisonner, il n'était pas nécessaire de perdre son sang-froid pour les caprices de Child ; tout le monde connaissait son côté imprévisible.

« Prends pas la tête pour ça, répliqua Child. C'était juste un moment comme ça ! Si tu veux que l'clan soit respecté, tu ferais mieux de retourner à l'entraînement au lieu de chipoter pour rien… »

La remarque jeta un froid autour d'eux. Stéphan s'arrêta, comme pour s'assurer d'avoir bien saisi la réplique, avant de réagir :

« De quoi tu parles, là ? Comment ça *retourner à l'entraînement* ?

– Bah ouais ! Il t'a mis au sol, nan ? Avant, ça se serait pas passé comme ça… balança Child, cherchant juste à ne pas perdre la face.

– QUOI ? Tu t'fous d'moi, là ?

– On pense tous que si ça continue, tu vas perdre ton niveau…

– Qui ça, *on* ? »

Le mot résonna, lourd et tranchant, tel un grondement profond. Le silence s'abattit brutalement. Stéphan avança d'un pas. En face, Child et les autres reculèrent instinctivement, comme face à un danger latent, prêt à éclater.

À l'intérieur, pourtant, le combat faisait rage. La fissure qu'il avait cru colmater depuis des années s'élargissait, déchirant sa carapace d'acier. Une image traversa son esprit : ce gosse vulnérable, abandonné, impuissant face à tout ce qu'il ne pouvait protéger. Tout son corps tremblait sous la rage et l'humiliation. Il n'était plus cet adolescent adulé, ce chef invincible que le clan voyait en lui. Non, à cet instant, il se sentit être ce garçon faible, celui qu'il s'était juré d'anéantir à force d'entraînement, de douleur, de discipline. La douleur, sourde et insidieuse, pulsait dans son esprit comme un rappel incessant. Il voulait crier, frapper, leur prouver qu'ils avaient tort, qu'il n'était pas fini, pas comme avant. Mais une bête en lui ne faisait qu'accentuer l'abîme entre ce qu'il était vraiment et ce qu'il montrait au monde.

Autour, le clan observait, hésitant entre peur et incompréhension. L'admiration avait laissé place à une forme de méfiance, de déception muette. Il n'était plus seulement un leader pour eux. Il devenait un tyran, aveuglé par ses propres blessures, incapable de discerner l'aide de l'offense.

« Qui ça, *on* ? » répéta-t-il, plus bas, presque dans un murmure rauque.

Mais cette fois, ce n'était plus une menace : c'était une prière, un appel à ce qu'il ne voulait pas admettre.

« Nan, mais personne en particulier, s'empressa de répondre Child, les mains levées pour calmer le jeu. Tu sais, c'est juste… »

Child réalisa soudain qu'il avait peut-être poussé la provocation trop loin. Seulement, c'était trop tard, Stéphan ne voulut en entendre davantage.

« Mais bordel, c'est moi qui décide ici, OK ? Et j'en veux pas de tes réponses foireuses ! » hurla le maître de Jeet Kune Do en le bousculant pour le faire taire.

Un silence lourd s'abattit parmi la foule autour de lui ; sa colère semblait prête à exploser. Chacun comprit qu'il ne s'adressait pas uniquement à Child. L'alcool lui permit alors de se libérer des dernières chaînes qui le retenaient.

« Qu'est-ce que vous avez à m'regarder comme ça ? lança-t-il dans leur direction, la voix tremblante de rage. Vous avez un problème ? Tous ceux qui ont dit dans mon dos que j'me ferais écraser par Mike, ils se sentent bien cons maintenant ! C'est moi le numéro un, et ça l'a toujours été ! »

Certains, sidérés par son discours, décidèrent de détourner le regard et de s'éloigner. Une main chaleureuse vint se poser avec hésitation sur son épaule.

« Stéphan, fit la voix douce de Lisa. Calme-toi, je t'en prie, c'est…

– Oh, lâche-moi, toi ! » rétorqua-t-il en dégageant brusquement son épaule.

Dans son mouvement, il bouscula la jeune fille qui trébucha en arrière. Des garçons la rattrapèrent avant qu'elle ne touche le sol, pourtant, elle eut l'impression de tomber dans un trou sans fin. Son esprit vaguait dans le flou, martelé par des paroles :

« Allez, bande de chiens, poursuivit l'enragé en dévisageant les invités, cassez-vous d'ici ! J'vous ai jamais demandé d'me suivre ! C'est moi l'chef ici, vous seriez rien sans moi ! Vous voulez qu'j'vous rappelle comment vous étiez à pleurnicher comme des gosses avant que j'débarque ? C'est moi qui ai écrasé les Guerriers Fous ! Moi, tout seul ! »

En marquant un arrêt, il pointa le sol du doigt, comme pour tracer une frontière invisible. Le Géant, fasciné, suivait chaque mouvement avec une ferveur presque religieuse.

De son côté, Samantha assistait à contrecœur à la scène, le regard flou, perdu dans les lumières artificielles de la salle. Un nœud lui serrait la gorge, lourd et étouffant. Chaque mot de Stéphan, chaque geste, chaque éclat de voix amplifiait une question lancinante : *Qu'est-ce qu'ils avaient fait ? Pourquoi en étaient-ils arrivés là ?* Elle sentit une brûlure familière monter derrière ses paupières, mais elle se força à ravaler ses émotions, verrouillant son visage dans une expression indéchiffrable.

Autour d'eux, les spectateurs restaient immobiles, figés dans un mélange de crainte et d'admiration. Aucun ne trouvait la force de s'opposer. Ce n'était plus une confrontation. C'était devenu un message, une proclamation silencieuse du Roi à sa cour.

« Et maintenant, vous allez me faire chier parce que Mike m'a pris en traître ? Parce que les flics nous ont chopés ? Nan, mais vous vous foutez d'moi ? J'vais vous apprendre à fermer vos gueules ! »

Il hurlait chacun de ses mots. Son auditoire lui paraissait n'être qu'un amas d'élèves perdus, suivant aveuglément le chemin qu'on leur avait tracé. Tous affichaient le même visage figé, portant une émotion stérile. À mesure qu'il criait, il réalisait que chacun avait son rôle : lui, le sauveur, et eux, des suiveurs sans voix. D'un geste vif, Stéphan désigna du doigt un garçon au hasard, qui, paniqué, jeta un regard désespéré vers ses amis. Un appel sans retour. Il lui demanda froidement ce qu'il avait à lui reprocher. Bafouillant, le garçon assura qu'il n'avait rien contre lui et exprima même sa gratitude pour avoir vaincu Mike. Stéphan n'en resta pas là et interrogea d'autres personnes, qui, toutes, donnèrent la même réponse.

« C'est moi le meilleur et ça l'a toujours été, c'est comme ça ! » acheva-t-il avec assurance.

Son regard passa de visage en visage, cherchant à mettre un nom sur le coupable de tout ça. Puis, soudain, au détour d'un mouvement dans la foule, un visage s'imposa à lui comme un coup de tonnerre. Il s'arrêta net, pétrifié.

Jack... Là, devant lui. Mais, comment... ?

L'incrédulité le saisit, rendant chaque seconde irréelle. Quelques personnes, intriguées par son arrêt brutal, tournèrent la tête dans la même direction. Mais déjà, le garçon avait disparu, avalé par la masse. Stéphan secoua la tête, tentant de retrouver ses esprits. Ce devait être l'alcool, rien d'autre. *Un simple mirage...*

« Si t'es l'meilleur, prouve-le-nous... » lança une voix claire, presque irréelle dans le silence pétrifié, celle de Sara.

Ils se mesurèrent du regard. Stéphan laissa échapper un ricanement ; comment osait-elle revenir après la raclée qu'il avait mise à son chef ?

« J'ai besoin de le prouver encore, sérieusement ? répliqua-t-il.
— Et Eddy, alors ? »

La fille, inébranlable, lui tenait tête avec son calme glacial, habituel.

« Quoi, *Eddy* ?
— Tout l'monde sait que t'as gagné le tournoi parce qu'il était blessé, t'es le vainqueur par substitution... »

Le chef du J.K.D. Clan serra les poings et glissa une insulte entre ses dents. Il voulait faire taire cette teigne une bonne fois pour toutes.

« OK, si c'est comme ça ! lâcha-t-il. Il est où Eddy ? »

Personne n'osa répondre. Il se souvint alors l'avoir aperçu pour la dernière fois près du bar. À cet instant, le comptoir était vide ; toute la salle s'était regroupée autour de lui pour observer la scène.

« Y'en a pas un qui l'a vu, bordel ? aboya-t-il.
— Il est parti y'a cinq minutes au lycée, annonça Antoine en s'avançant. Il paraît qu'y a une autre fête devant.

– OK… Il s'est barré au bon moment ! »

Après un instant de réflexion, une évidence lui apparut soudain : sans un règlement de comptes clair avec Eddy, le doute planerait toujours sur qui avait le contrôle sur le lycée Jean Moulin.

« Eh, Vincent, t'as tes clés d'moto sur toi ?

– Ouais, tu les veux ? »

Stéphan s'empara des clés, se dirigea vivement vers la sortie, puis lança un regard de défi à Sara :

« Tous ceux qui ont dit que j'ferai pas l'poids face à Eddy, ils vont être bien surpris ! »

32

Un Plat qui se mange bouillant

25 juin 1991 (suite)

00h34

Il n'avait aucune idée de la vitesse à laquelle il roulait, le paysage défilait à toute allure devant lui. Plutôt que de s'aventurer dans le dédale des rues de Méthée, il emprunta la nationale pour gagner du temps. Le compteur affichait cent quarante, cent cinquante, et l'aiguille grimpait encore. À cet instant, il remercia Vincent d'avoir insisté pour lui apprendre à conduire.

Malgré la température glaciale de la nuit, Stéphan ne portait sur le dos qu'une simple chemise et une veste de soirée. Pourtant, le froid ne pouvait l'atteindre tant il bouillonnait à l'intérieur.

Tous ces enfoirés…

Après tout ce qu'il avait accompli pour ces ingrats, comment osaient-ils douter de sa suprématie et remettre en cause son statut de leader ?

Il bifurqua alors pour prendre la sortie et rejoindre le nord-ouest de Méthée. Il n'était plus très loin du lycée, à tout juste cinq minutes. Malgré son empressement, celui-ci réduisit considérablement sa vitesse pour passer en dessous des trente kilomètres par heure. Entre la soirée de fin d'année et la fête improvisée devant le lycée, la police ferait sûrement plus de rondes dans le secteur.

Lorsqu'il s'engagea dans une ruelle, il aperçut alors trois garçons qui erraient dans sa direction. Leurs silhouettes se découpaient lentement sous la lumière vacillante des réverbères. Les mains dans les poches, l'air renfrogné, ils avançaient d'un pas mesuré, presque mécanique.

Une étrange sensation s'empara de Stéphan, comme un frisson le long de l'échine. Malgré la distance qui les séparait, il les reconnut instantanément, c'était comme un flash qui avait percuté sa rétine.

Nan… Impossible !

Son cœur accéléra. C'était inimaginable ! Complètement insensé !

Pourquoi ce soir ? Pourquoi maintenant ?

Il s'arrêta net ; ce cadeau du destin méritait bien un léger détour avant le lycée. Stéphan posa un pied à terre, l'esprit en ébullition, et fit glisser son casque lentement, presque solennellement, pour mieux observer. Il allait les attendre, après tout ce temps, le jeune homme pouvait bien savourer ce léger répit en plus.

Sans Stéphan, la soirée avait changé de ton et peinait à retrouver son élan. Les invités échangeaient entre eux des fragments du discours que le chef du J.K.D. Clan avait laissé derrière lui. Les avis étaient partagés entre une admiration presque fanatique et une profonde aversion envers son arrogance.

« Mais pour qui il se prend, ce connard ?

– Il a pris la grosse tête ! »

Samantha demanda au Géant s'il avait bien fait de le laisser partir, et celui-ci affirma qu'il faisait entièrement confiance en Stéphan. Peu rassurée, elle insista auprès de lui pour trouver un moyen de se rendre devant le lycée. L'ensemble des élèves de la fête avait pris la même décision, comprenant bien qu'ils ne pouvaient pas rater ce qui se profilait. Child, lui, assis sur un banc devant la salle, sortit calmement un paquet de cigarettes de sa poche. Il en posa une sur ses lèvres, contempla le ciel, et craqua une allumette. Préférant éviter toute explication avec la bande, il s'était éloigné pour s'isoler à l'extérieur. Cela ne le dérangea pas plus que ça, le D.J. avait laissé place à une musique en fond sonore et la plupart des filles ne dansaient déjà plus. Il tira une longue bouffée ; la fumée dansait devant lui sous la lueur tamisée d'un lampadaire. Soudain, Sara apparut dans son champ de vision. À vrai dire, il avait pressenti qu'elle reviendrait, que les choses ne s'arrêteraient pas là.

« Alors, qu'est-ce que tu fous ? lança-t-elle.

– Bah rien… J'fume… »

Il lui tendit le paquet de cigarettes, celle-ci n'en fit rien. Ses yeux étincelaient, une mèche de cheveux dissimulait la moitié de son visage, pourtant, il ne fallait pas en voir plus pour comprendre ses intentions.

« Tu trouves pas qu'on s'fait chier à cette soirée… ? lâcha-t-elle.

– Ouais, grave…

– T'habites à côté du lycée, toi ?

– Ouais, pourquoi ? »

La fille esquissa un sourire, redressa la tête et laissa transparaître une lueur malicieuse dans son regard.

« Tu viens avec moi ? J'ai une idée pour foutre un peu l'ambiance… »

Leur démarche, leur allure, chaque détail confirmait ce que Stéphan pressentait. C'était eux, sans l'ombre d'un doute. Bien qu'étant encore à quelques mètres, il discerna parfaitement leurs traits : leurs sourcils dessinés en arcs menaçants, les bouches fermées et dures. Des ombres semblaient creuser leurs joues, accentuant leurs traits et donnant à leur peau une apparence rugueuse, marquée par les nuits passées à jouer les durs. L'un d'eux portait sur la joue la trace d'une vieille blessure.

Pendant la fraction de seconde où les deux parties se croisèrent, Stéphan ne lâcha pas du regard celui du milieu, celui qui semblait être le plus menaçant. Pourtant, et malgré son insistance, les trois garçons n'eurent aucune réaction. Le champion de Jeet Kune Do dut même se retourner pour tenter d'obtenir enfin une réaction de leur part, mais en vain. Il les avait maintenant dépassés ; ce n'était pas croyable ! Selon lui, trois gars de ce genre ne pouvaient rester indifférents à une provocation aussi directe sans réagir. Ses poings se crispèrent sous l'effet de la colère. Ce soir, chaque détail conspirait à le faire exploser, toutefois, il savait qu'il n'en resterait pas là. Le jeune homme avait toujours su qu'un jour justice serait faite, et si ça devait être le même soir où on avait douté de sa détermination et de sa force, alors très bien, ce serait encore mieux comme ça ! C'était l'occasion parfaite pour prouver à tous les ingrats à qui ils devaient allégeance.

« Eh ! » cria le chef du J.K.D. Clan pour les obliger à se retourner.

La petite bande pivota sans attendre ; à leur attitude, il était évident que, dans la rue, rien ne pouvait les intimider.

« C'est nous qu't'appelles ? Qu'est-ce tu veux ? rétorqua le plus trapu des trois.

– Ouais, c'est à vous que j'parle…

– Tu veux quoi, mec ? Tu cherches du shit ? »

Un rictus d'impatience se dessina sur le visage de Stéphan, conscient que ses provocations semblaient leur échapper.

« Visiblement, vous m'avez oublié, mais moi, vos tronches, elles sont gravées… lança Stéphan avec un air assuré.

– Sérieux, j'vois pas du tout qui t'es.

– Ça aurait été plus drôle, mais c'est pas grave, j'vais faire avec…

– Hein ? Bon, j'ai pas l'temps pour tes conneries. Y'a un mec qui m'attend, salut ! lança le trapu d'un ton sec en reprenant son chemin.

– J'ai toujours su qu'un jour j'me vengerais de vous… » déclara Stéphan d'une voix claire.

Bien qu'une rage sourde bouillonnât en lui, il restait étrangement serein. À ces mots, son adversaire s'immobilisa, puis se retourna lentement.

« Qu'est-ce tu viens de dire ? demanda-t-il, son visage

soudainement plus sombre.

— Ah, on dirait que tu piges enfin... Le moment est venu de régler nos comptes...

— Ça y est, j'me rappelle de toi, c'était y'a longtemps...

— Peut-être, mais moi, j'ai jamais oublié... »

Soudain, le vent se fit plus fort, jetant un silence pesant sur la rencontre attendue par Stéphan. Les deux adversaires se jaugèrent en silence, guettant la moindre réaction.

« Eh, c'est qui c'mec ? » lança l'un de ses acolytes.

Son chef ignora la question, il se contenta de sourire face à l'arrogance de ce gars seul face à eux trois.

« Putain, mais réponds, c'est qui c'type ?! insista le balafré d'un ton agressif.

— J'ai déjà pas une bonne mémoire, mais vous... répondit calmement le chef.

— Quoi ? De quoi tu parles ?

— Rappelle-toi, y'a quelques années. Un soir, on traînait par ici et on avait croisé un gars, on lui a piqué tout son fric à c'bouffon...

— Ouais... Ça date, j'm'en souviens plus trop...

— On fout jamais les pieds ici, c'est toujours mort. Ça te dit rien, un petit gars ?

— Si j'comprends bien, c'mec, c'est l'gars qu'on a racketté ?

— Ouais, c'est ça... »

Ça doit être pour ça que j'les ai plus jamais revus, ils doivent habiter dans les quartiers Nord... Mais ça n'a plus d'importance... se dit Stéphan, ressentant une joie qu'il avait rarement éprouvée.

« Maintenant, 'va falloir payer, les mecs ! »

Face à son insolence, la petite bande éclata de rire.

« Sérieux, tu crois faire quoi contre nous trois ? On va t'éclater la gueule, tu ferais mieux de rentrer chez toi ! railla le balafré.

— Venez ! J'vous attends...

— Restez là, j'm'en occupe, les gars, ça va aller vite... » termina avec assurance le chef des voyous.

Il s'avança vers Stéphan en faisant craquer les os de ses mains tandis que ses deux acolytes prenaient place sur le trottoir, impatients de voir leur chef en action. Les deux ennemis, face à face, n'eurent pas l'intention d'attendre avant d'entamer l'affrontement. À la différence de son adversaire, Stéphan n'adopta aucune posture défensive, les bras relâchés le long du corps. Ses cheveux battaient au vent ; ses émotions bataillaient contre ses pensées. Malgré cela, un sourire de mépris et de plaisir apparut sur son visage.

« Qu'est-ce que tu fous ? T'as peur ? lâcha le voyou.

– J't'attends, j'ai pas besoin d'me préparer pour te défoncer…

– Sale bâtard ! » répliqua son adversaire tout en se jetant sur lui.

Malgré une rafale de coups de poing, il ne frappa que le vide ; son adversaire se mouvait avec une agilité qui le dépassait. Alors qu'il s'acharnait à vouloir le toucher, il ne vit pas venir le coup de pied brutal qui lui heurta violemment le visage. En un rien de temps, des douleurs intenses se propagèrent dans tout son corps. Tout s'accélérait autour de lui, sans avoir pu ne serait-ce qu'effleurer son adversaire. Submergé par la souffrance, il vacilla avant de s'écrouler lourdement. Tremblant, il porta une main sur son visage. Un cri jaillit de sa gorge lorsqu'il sentit la chaleur poisseuse du sang.

« C'est moins facile quand on est pas trois contre un pauvre gamin… » murmura une voix au-dessus de lui.

Le ton était étrangement serein, chargé d'une menace silencieuse. Dans l'affolement, le garçon s'accrocha maladroitement à quelque chose pour se relever. La froideur métallique de l'objet le ramena à la réalité. Malgré le sang qui brouillait sa vue, il reconnut la silhouette d'une moto. Ses esprits étaient encore confus, pourtant, il savait qu'il n'avait pas d'hallucination : un casque reposait sur la selle. Sans hésiter, le garçon s'en empara par la sangle et se retourna pour faire face à son adversaire. Ses dents grincèrent de colère. La bave coulait de ses lèvres enragées. Toutefois, Stéphan savait au fond de lui que son calme allait faire bien plus de bruit que l'agressivité de son opposant. Encouragé par ses acolytes, ce dernier bondit vers lui en brandissant le casque qu'il mania avec une rage incontrôlable. Le choc des coups résonnait en lui et intensifiait le flot d'adrénaline qui coulait dans ses veines. Brusquement, le casque s'arrêta net, comme retenu par une force invisible. Alors qu'il tirait désespérément pour en reprendre possession, celui-ci revint brusquement vers lui avant de pivoter violemment. Sa main était restée coincée à l'intérieur. Son cri de douleur fut si intense qu'il couvrit le craquement sec de son poignet. Puis, une ombre s'abattit sur lui, le projetant à terre, avant qu'un poing vienne s'écraser sur son visage.

« C'est ça ta piaule ? Pas mal ! lâcha Sara en entrant chez Child.
– Bon alors, qu'est-ce que tu voulais faire chez moi ? »
Le garçon se rapprocha doucement, un sourire charmeur aux lèvres, avant de claquer la porte derrière lui. Ses yeux glissèrent lentement sur elle, s'arrêtant brièvement sur son visage avant de descendre plus bas.
« T'as un briquet et d'l'essence ? demanda-t-elle sur un ton désinvolte.
– Quoi ? Qu'est-ce tu veux foutre avec ça ?
– Fais-moi confiance, j't'ai dit que j'avais une idée pour mettre l'ambiance··· »
Child haussa les sourcils, visiblement intrigué par cette proposition inhabituelle. Après une seconde d'hésitation, ses doigts tâtonnèrent sa poche avant de trouver une boîte d'allumettes qu'il tendit à la fille. Avec un regard malicieux, elle effleura ses mains avant de prendre les allumettes.
« Et pour l'essence ? T'as pas un truc inflammable qui traîne ?
– Heu, ouais··· Enfin, 'faut chercher dans le garage, il doit y avoir quelque chose··· »
Il lui indiqua le chemin jusqu'au garage. L'intérieur débordait de tout et de rien : outils, bidons d'huile et stocks de nourriture dignes d'un bunker. Elle fouilla chaque recoin, renversant tout sur son passage sans aucune considération. Des cartons volaient au sol à mesure que son agacement grandissait, accompagné d'un torrent d'insultes de plus en plus soutenu. D'un coup, un sourire éclaira les traits tendus de son visage. Triomphante, elle se retourna vers Child, brandissant un

bidon.

Horrifiés par la scène, les deux acolytes lâchèrent un cri d'effroi.

« Putain, l'enfoiré ! Il lui a pété l'bras !

– On va t'crever ! » hurla le balafré, les yeux injectés de colère.

D'un geste vif, il dégaina un cran d'arrêt et fonça droit sur lui. Le second n'hésita pas à se lancer à son tour. Avec seulement ses poings comme arme, il se mit en garde, prêt à en découdre. Le premier fendit l'air avec sa lame, mais échoua à toucher son ennemi. Dans un accès de colère, il lança le cran d'arrêt ; la trajectoire presque parfaite n'effleura qu'un cheveu de Stéphan. Furieux, il gronda en serrant les dents.

« 'Faut l'prendre à deux ! » ordonna-t-il à son complice.

Bondissant sur le maître de Jeet Kune Do, il frappa à l'aveugle dans l'espoir de le toucher, mais son ennemi se contenta d'esquiver sans même contre-attaquer. Pour Stéphan, c'était presque jouissif de constater à quel point leurs mouvements manquaient de technique.

Voyant un poing arriver, il le bloqua d'un geste vif de la main droite et riposta d'une frappe rapide vers son adversaire. La pointe de ses doigts atteignit violemment l'œil du balafré. Du sang gicla de la cavité orbitale. La douleur lui arracha un cri qui traversa les rues désertes de cette nuit glaciale. L'écho ébranla le silence. À son tour, le dernier voyou ne put s'empêcher de trembler comme une feuille morte face à une tempête déchaînée à laquelle rien ne résistait. Paniqué et épouvanté par ce que le sort lui réservait, il sentit un frisson d'angoisse lui comprimer la poitrine. Ses yeux vacillaient de gauche à droite, à la recherche d'une échappatoire. Une lueur d'effroi et de regret dansait dans son regard embué. Dans un geste désordonné, il leva les mains comme un appel désespéré à la clémence. Soudain, il fuit l'arène dans un éclat de panique, laissant derrière lui sa fierté et sa bravade. N'importe quel lieu lui paraissait désormais un havre, tant que cela le sortait de cet enfer.

Il pense vraiment que j'vais le laisser partir ? souffla Stéphan, en serrant les dents. *Lui et ses potes m'ont pas laissé la moindre chance de m'en sortir...*

Non loin de là, un groupe de jeunes s'était rassemblé, leurs regards braqués sur Stéphan. Quelques murmures s'élevèrent, l'un d'eux le pointa discrètement du doigt.

« QU'EST-CE QUE VOUS REGARDEZ ? VOUS VOULEZ QUE J'VOUS ÉCLATE, C'EST CA ? » rugit-il en les fixant.

Ses menaces proférées, il fonça à grandes enjambées pour rattraper son ennemi juré. Ce dernier n'avait pas eu le temps de s'échapper bien loin, une petite trentaine de mètres d'avance. Stéphan le vit renverser une poubelle, cherchant maladroitement à bloquer son chemin.

Il croit pouvoir m'semer comme ça, c'bouffon ? Il est encore plus naze que j'le pensais…

Accélérant le pas, il réduisit peu à peu l'écart avec celui qui, à présent, jouait le rôle de la proie. La panique de ce dernier transpirait dans l'air, accompagnée de son souffle court et désordonné. Une brûlure aiguë au flanc gauche le força à ralentir, et, à cet instant, il regretta avec amertume être un sécheur chronique des cours de sport. Pour tenter de semer son traqueur, il escalada un petit mur et effectua un brusque changement de direction pour le désorienter. Mais Stéphan en avait vu d'autres et ne se laissa pas tromper par un stratagème aussi ridicule. Dévalant une pente escarpée pour couper la route du fuyard, il heurta une souche de la hanche, et, malgré la douleur, repartit sur-le-champ sans se soucier de la blessure. Le champion d'arts martiaux arriva au niveau de sa victime ; leurs regards se croisèrent. Malgré l'éclat de peur qui traversait les yeux de l'autre, Stéphan resta insensible, son courroux demeurait intact. D'un coup foudroyant, le chef du J.K.D. Clan frappa violemment son ennemi d'un tranchant de la main à la gorge. La puissance de l'attaque le foudroya, le laissant inerte sur le sol. À cet instant, les conséquences de ses actes n'avaient plus vraiment d'importance pour lui. Conscient de ce qu'il avait fait, il posa un regard froid sur le corps étendu à ses pieds ; l'heure n'était pas aux regrets.

« C'EST MOI L'MEILLEUR ! » hurla-t-il, le torse bombé de fierté.

Le meilleur… c'est moi, personne d'autre…

« Ah ah, j'ai enfin réparé l'histoire ! »

Un fin rideau de pluie s'abattit sur la ville l'espace d'un instant. *J'ai gagné, personne me résiste ! Nan, personne ! C'est moi l'meilleur…*
…
« Personne ? »
…
« C'est moi… le meilleur ? »
…
« Eddy… Sara a dit que c'était lui le numéro un… »
…
« J'vais leur montrer, moi, qui est vraiment au sommet… Ils pensent pouvoir salir mon nom et que j'vais fermer ma gueule ? »

Il avait vaincu Jason en finale du tournoi, humilié Mike sous les yeux des lycéens, écrasé ses trois agresseurs sans la moindre difficulté ; il ne manquait plus qu'Eddy à la liste pour en finir une bonne fois pour toutes avec les médisants.

33

À qui le tour ?

25 juin 1991 (suite)

00h58

Les enceintes branchées à une chaîne hi-fi crachaient de la musique dans la rue. Les jeunes de la fête organisée par la mairie s'étaient peu à peu rejoints sur le parvis du lycée pour une seconde partie de soirée improvisée. Quelqu'un tendit un gobelet à Eddy ; il hocha la tête en guise de remerciement.

« Eh, qui a ramené tout ça ? lança-t-il curieux.
— Un peu tout l'monde, chacun a ramené des boissons, ou d'la bouffe… »

Les adolescents arrivaient par vague accompagnés de rire et de gaieté.

« T'as pas peur que les flics débarquent ?
— Si, c'est sûr ! Les voisins vont les appeler… Mais bon, on s'en fout, c'est la fin du lycée, 'faut fêter ça ! »

Soudain, une file de voitures déboula à vive allure avant de se garer de travers sur la route qui bordait le lycée. Les portières s'ouvrirent à la hâte, Eddy s'étonna de voir Antoine y sortir ; il lui avait affirmé une heure plus tôt qu'il préférait rester à la première fête. Dans la voiture voisine, il reconnut plusieurs membres du groupe de Stéphan dont, pour certains, il ne connaissait pas le nom. Son estomac se contracta brutalement, laissant place à une inquiétude inexplicable, comme s'il pressentait qu'un drame allait survenir. Antoine remarqua enfin sa présence et, sans hésiter, se rua vers lui, accompagné de près par le Géant, Vincent et Samantha.

« Eh, Eddy ! Tout va bien ? lança son ami, visiblement inquiet. T'as pas vu Stéphan ?

– Stéphan ? Bah nan, pourquoi ? »

Avec le volume des enceintes, leurs voix se perdaient. D'un geste, Eddy signala qu'il fallait le baisser.

« Il a pété un câble ! Il a défoncé Mike, et après, il s'en est pris à tout l'monde ! s'exclama Antoine.

– Merde ! Mais pourquoi il a fait ça ?

– J'sais pas, mais 'faut que tu te barres maintenant, il… »

Antoine cessa de parler, le chef du J.K.D. Clan venait de faire son apparition sur le parvis du lycée. Ce dernier était incapable de détourner le regard de sa cible, tout autour n'était plus que des ombres. L'homme s'avançait vers Eddy d'un pas ferme et décidé. Cette fois-ci, Stéphan savait qu'il n'y aurait aucune excuse pour se défiler, aucun motif de refus. C'était lui contre Eddy, ici et maintenant.

« Eddy ! » rugit-il, avec une force qui fit vibrer l'atmosphère.

Prudent, Eddy s'ancra au sol, une jambe en avant pour ne pas être pris au dépourvu.

« Qu'est-ce que tu m'veux ? »

La fureur dans les yeux de Stéphan lui était étrangère, et ignorait de quoi il était capable. Ses pas semblaient faire trembler le sol.

« J'en ai ras-l'cul d'entendre parler de toi, on va régler nos comptes !

– Hein ? C'est quoi ton délire ? Quels comptes ?

– Alors comme ça, t'es l'meilleur ? Le numéro un, hein ? »

Il se planta face à lui, et imposa un silence que personne n'osa rompre. Entre eux, un mur invisible les isolait du reste du monde. Stéphan dégageait une telle assurance, une telle force, qu'il écrasait la place par sa présence. La musique s'était tue d'elle-même.

« Vas-y ! Lâche-moi avec ça, j'ai pas l'temps pour tes conneries ! répliqua Eddy.

– Bah alors, il est où le grand champion ? T'as peur ?

– C'est quoi cette histoire de champion, qui te raconte ça ?

– Je sais pas, moi, tu t'la racontes pas depuis que t'as gagné l'championnat de Méthée, peut-être ? Tout l'monde m'en parle ! »

Stéphan pointa du doigt l'attroupement de lycéens qui s'amassaient doucement autour d'eux. Des voitures s'arrêtèrent au milieu de la route, des adolescents grimpaient sur le toit des véhicules pour ne pas rater une miette de l'altercation. Margaux et Zoé s'étaient frayé un chemin jusqu'au premier rang, évitant les coups de coude et les bousculades, tentant de calmer les esprits qui s'échauffaient.

« J'les laisse dire c'qu'ils veulent, j'm'en fous de tout ça, moi ! C'est vraiment pour ça qu'tu débarques après tout c'temps ? Tu m'as plus adressé la parole depuis des mois, et là, tu viens m'prendre la tête pour ce genre de chose ? Sérieux, j'ai pas qu'ça à faire…

– Arrête de faire genre ! Tu ferais pas des arts martiaux et toutes ces compéts' si ça t'intéressait pas tout ça !

– Qu'est-ce que tu veux que ça m'foute ? » rétorqua Eddy dont le ton commençait à s'emballer.

Voyant cela comme une insulte, Stéphan ne put se contenir et le repoussa avec force. Dans la foulée, Antoine et le Géant s'interposèrent pour les empêcher d'en venir aux mains. Par-dessus l'épaule du Géant, Stéphan hurla qu'il allait lui exploser la tête et lui faire ravaler son arrogance à se prendre pour le champion. À cela, Eddy répondit par un regard si méprisant qu'il fit basculer Stéphan dans une rage incontrôlable. Les yeux injectés de colère, il renversa le Géant d'un geste vif et chirurgical. Le corps de son ami s'écroula aussitôt sans la moindre résistance et Stéphan bondit alors sur sa cible avec une détermination écrasante. Quand Antoine vit débouler la charge, il s'écarta machinalement du chemin, conscient qu'il se ferait balayer dans la seconde.

Stéphan envoya son poing en direction du visage d'Eddy, qui fit un pas en arrière pour l'esquiver. Puis, il para le second, mais la force de l'assaut suivant le propulsa à terre.

Une friction. L'allumette s'embrasa. Sara contempla dans une satisfaction froide la lumière qu'elle dégageait. Un sourire discret effleura ses lèvres. Cette flamme, si fragile, incarnait l'essence-même de ses rêves et de son être. D'un geste désinvolte, elle balança l'allumette au sol. Du feu jaillit alors d'une traînée d'essence et cavala droit vers l'infrastructure.

Une main posée à terre, Eddy répliqua violemment à Stéphan qu'il avait perdu la tête. Il n'avait aucune intention de se battre et ne réglerait pas le problème de cette manière. Sourd à ses protestations, Stéphan bondit sur lui avec une férocité démesurée. Il le frappa à l'abdomen ; les gens autour restèrent figés, captivés par l'intensité de la lutte. Chacun connaissait le palmarès des deux adversaires, et il était hors de question de se jeter dans la gueule du loup pour les séparer.

« Sérieux, stop ! ordonna Eddy, tentant de reprendre le contrôle.

– C'est tout c'que t'as ? Le grand champion serait fatigué ? C'est moi qui ai dégagé Mike, parce que toi, t'as été trop lâche pour l'faire quand tu étais Président des élèves ! Maintenant, j'vais venger tout l'monde en défonçant celui qui les a foutus dans cette galère !

– Qu'est-ce que ça peut t'foutre de c'que fait le Président des élèves, hein ? Et Lisa, elle est où pendant que tu joues les moralisateurs ? »

Furieux, Stéphan balança son pied en direction d'Eddy qui s'écrasa contre le panneau d'affichage du lycée. Le poteau se plia sous la charge. Mais l'adolescent ne comptait pas en rester là pour autant. Tant qu'Eddy se contentait d'esquiver, il savait qu'il ne pourrait pas le terrasser. Après quelques feintes, le garçon parvint à lui administrer un puissant coup au visage. Sous l'impact, Eddy trébucha une nouvelle fois.

« Soit j'te défonce devant tout l'monde, soit tu te défends ! »

Le Géant tenta de calmer le jeu en lançant qu'il avait déjà prouvé sa supériorité et pouvait en rester là. Pourtant, Stéphan l'ignora complètement ; il n'allait pas se contenter de ça et attendait un affrontement digne de ce nom. S'il fallait aller jusqu'à assommer Eddy pour le contraindre à se battre, il le ferait. Stéphan, galvanisé, poussa un cri rauque tout en brandissant son poing au-dessus de la foule silencieuse. Comme pour saluer son triomphe, des éclats de lumières vives illuminèrent soudain le ciel derrière le lycée.

Toutefois, pour lui, cette correction n'était pas suffisante. Le chef se rua de nouveau vers Eddy, asséna un coup de pied que ce dernier encaissa afin de riposter à son tour. Une lutte acharnée s'engagea alors, chaque assaut lancé étant plus intense que le précédent. D'un coup bien placé, Stéphan fit couler le sang du nez d'Eddy, mais son orgueil le rendit aveugle au pied qui s'écrasa sur son visage. Le choc fut si brutal qu'il vacilla, perdu dans un brouillard de confusion. Il tituba sur quelques mètres, agrippant ce qu'il trouvait à portée pour ne pas s'effondrer. Puis, l'adolescent se prit les pieds dans un muret qui longeait le parvis avant de s'échouer à terre. La vision trouble, il ne percevait plus que la rage qui consumait sa douleur. Il percevait des bruits ambiants, des paroles flottant autour de lui. Pourtant, tout s'effaçait devant le martèlement des pas d'Eddy qui envahissait son esprit.

Quand il parvint à se relever, son adversaire lui faisait déjà face.

« Alors, t'as eu ton compte ? » lui lança-t-il.

Piqué au vif par ces mots, Stéphan réagit instinctivement en balançant son poing vers lui. Les choses allèrent vite, si vite qu'il ne comprit comment Eddy avait pu esquiver et lui saisir le bras. Sous le poids de son adversaire, Stéphan fut contraint de poser un genou à terre. Ce n'est qu'à cet instant-là qu'il réalisa la douleur fulgurante irradiant son poignet. L'exécution de la clé par Eddy fut si maîtrisée qu'elle semblait naturelle, comme un réflexe instinctif.

« Lâche-moi ! Sale enfoiré ! »

Dans une ultime tentative pour se dégager, il pivota sur lui-même, mais la souffrance explosa dans son bras, lui arrachant un cri. Dominé par son adversaire, il sentit les regards perçants de la foule peser sur son humiliation.

« Lâche-moi, j'te dis ! hurla-t-il, la voix brisée par la rage.

– Arrête de bouger, tu vas… »

La stratégie d'Eddy était d'apaiser la folie du chef du J.K.D. Clan avant de le libérer ; après tout, Stéphan pouvait rentrer dans la course au plus fort s'il le souhaitait, mais qu'il ne l'inclut pas dedans ! Celui-ci rugit avec une intensité bestiale, laissant éclater toute la fureur qu'il contenait. Un duel de force s'engagea alors entre les deux opposants. Stéphan serra les dents et poussa son bras à ses limites, déterminé à ne pas lâcher prise, coûte que coûte.

« Tu vas t'péter l'bras, si tu continues ! répliqua Eddy, d'un ton presque désespéré. Arrête ça !

– Ta gueule ! T'es personne pour me dire quoi faire ! »

Les spectateurs restèrent figés, conscients que toute intervention serait repoussée avec violence. La lutte acharnée les entraîna dans une rotation désordonnée, exacerbant la torture. À bout de force, Stéphan projeta son poing par-dessus son épaule, espérant toucher Eddy. D'un coup, le bruit d'un craquement sec retentit ; il chuta impuissamment au sol. La colère s'éteignit subitement, ne laissant derrière elle que l'écho douloureux d'un bras meurtri. Pourtant, cela ne fut rien face à la force qui broya son cœur à cet instant-là. Un brouillard de confusion envahit son esprit. *Qu'est-ce qui l'avait emmené là ?* Il voulut crier sa peine, mais seul un vide sans fin s'ouvrit à lui. Des souvenirs remontèrent à la surface, s'empilèrent, et comprimèrent sa poitrine jusqu'à l'étouffer. Une lueur humide illumina ses yeux.

Étrange et familière, une main tendue se présenta à lui. Il la fixa un instant, puis la refusa en la dégageant. *Qu'avait-il à accepter d'Eddy ?* Incapable de se relever, il se traîna alors au sol, au milieu des murmures et des regards avides. Ça parlait, ça commentait, ça jugeait.

Au loin, les éclats lumineux provenant du lycée gagnaient en intensité, déchirant le voile de la nuit. Un souffle ardent s'empara du froid nocturne.

Un râle rauque échappa à Stéphan alors qu'il recracha un filet de sang.

« Ça y est, t'es content ? lâcha-t-il amèrement. *Monsieur* est redevenu le numéro un ?

– Mais de quoi tu parles ? Moi, j'en ai rien à foutre d'être le numéro un ! rétorqua le vainqueur au-dessus de lui. C'est toi qui pars dans tes délires, tout seul !

– Ah ouais ? Alors pourquoi tous ces entraînements ? Ces tournois ? Pourquoi on s'imposait ça ? »

Malgré son bras invalide, Stéphan parvint à se hisser sur le muret et à s'y asseoir.

« Moi, tout ce que je voulais, c'était qu'on avance ensemble, qu'on oublie le passé !

– En m'tapant dessus ?

– En t'initiant aux arts martiaux ! » corrigea vivement Eddy.

Il en avait marre de devoir se justifier à ce sujet-là.

« Et toi, tu remportes le tournoi de Paris, alors tu laisses tomber les entraînements pour mener une guérilla contre les bandes de la ville, c'est ça ?

– T'as jamais rien fait pour aider les autres, alors mêle-toi de c'qui t'regarde !

– OK, on sera jamais d'accord ! Fais ce que tu veux, j'me casse ! » lâcha le vainqueur en faisant mine de rejoindre son groupe.

Serrant son bras blessé, Stéphan éclata d'un rire dément, amplifié par une nervosité palpable.

« J'peux savoir c'qu'il y a de si drôle ? demanda Eddy, un brin agacé.

– J'imagine juste la tête des gens quand ils vont découvrir l'état des trois gars qui m'avaient agressé…

– Hein ? De quoi tu parles ? »

Eddy redouta alors le pire et espéra que personne ne l'avait entendu. Il balaya nerveusement l'assemblée du regard tandis qu'une boule se formait dans son ventre.

« Tu t'en souviens pas ? Les autres avaient raison, tu t'en foutais d'moi… soupira Stéphan, assis, les yeux rivés sur le sol.

– Arrête avec ces conneries ! Bien sûr que j'm'en souviens : tu rentrais de ton cours particulier et tu t'es fait racketter par trois mecs. Maintenant, dis-moi c'que tu leur as fait !

– En venant ici, j'suis tombé sur eux ! Ah ah, tu t'rends

compte, le hasard de ouf ?

– Et t'as fait quoi ? Tu t'es vengé, c'est ça ? Tu t'sens mieux ? »

D'un geste de la main, Eddy indiqua aux autres de ne pas s'approcher, de rester à distance. Pourtant, ceux-là ne semblaient pas se soucier d'eux ; leurs yeux fixaient ailleurs, terrifiés par une autre scène.

« Et quelle vengeance… souffla Stéphan d'une voix teintée de satisfaction.

– Tu m'fais flipper, là… Qu'est-ce que tu leur as fait ?

– Je les ai massacrés, un par un…

– Quoi !? Mais t'as complètement pété un câble !

– ET ALORS ? cria Stéphan, la voix brouillée par l'émotion. J'aurais dû faire quoi, hein ? Les regarder partir tranquille ?

– J'ai jamais dit ça ! Mais tu comptes régler tous tes problèmes avec tes poings ?

– Apparemment, il n'y a que la violence qui marche ici ! Et… »

Le garçon n'ajouta rien, les mots s'étaient envolés.

« Moi, j'sais où tout ça a réellement dérapé… poursuivit Eddy, comme pour briser le silence.

– Ferme-la ! T'as pas à m'dire tout ça…

– Au lieu d'essayer d'avancer et de t'faire une raison, toi, t'as préféré t'renfermer sur toi-même…

– J't'ai dit de la fermer ! ordonna-t-il, tandis que des larmes noircies ruisselaient sur son visage.

– Pourquoi tu veux que je la boucle, hein ? T'as toujours cru que je me foutais de toi, que je t'utilisais ! »

Stéphan, malgré sa fierté, essuya ses joues humides d'un geste rapide avant de murmurer d'une voix presque éteinte :

« Jack est mort et c'est en partie d'ma faute…

– Quoi ? Nan, arrête ! C'est pas d'ta faute !

– Si, ça l'est, et tu l'sais ! Tu voulais dire que tout a dérapé après sa mort… J'aurais dû l'arrêter, ce jour-là…

– Jack est mort, c'est la vie, on y peut rien !

– Non, j'suis sûr qu'il est pas vraiment mort, j'sais qu'il est là, tout près de nous… Et… Et j'dois lui prouver… lui prouver que j'suis pas qu'un bon à rien…

– Mais… Tu vois, c'est ça ton problème : tu refuses de voir la réalité en face !

– J'te jure que je l'ai vu, à la fête ! Il était là ! Je suis sûr que ce n'était pas que dans ma tête !

– Ce récit que tu te racontes, c'est juste une autre manière de fuir les problèmes…

– T'as rien compris ! Je vis avec ça chaque jour, bordel, ça me ronge de l'intérieur !

– Stéphan, Jack est mort ! Accepte-le !

– Nan, tu mens ! réfuta le vaincu.

– Il est mort, j'te dis ! Souviens-toi, il a chuté dans ce foutu de trou. On était tous les deux là, et il a pas survécu, tu l'sais… enchaîna Eddy, le cœur serré par le poids des vérités qu'il devait asséner. C'est injuste, ça fait mal, mais il est mort, putain…

– Alors… Il est… vraiment parti… » murmura Stéphan, incapable de le regarder en face.

Il avait conscience de cela depuis bien longtemps, mais les mots lui semblaient soudain plus douloureux.

« Oui, j'suis désolé. Il repose en paix, pour toujours…

– Mais alors… Pourquoi tu m'as laissé sombrer ? Au fond du gouffre, j'espérais juste qu'une main vienne me relever…

– Retourne pas la faute sur moi, d'accord ? On ne peut pas aider quelqu'un qui ne veut pas s'aider ! J'étais là pour toi, j'ai essayé de t'orienter vers les arts martiaux pour t'en sortir, t'ouvrir, mais regarde ce que t'es devenu…

– Tu mens ! T'étais jamais là, ni au collège, ni après les cours ! T'étais mon modèle, j'avais besoin de toi, bordel, mais tout ce que t'avais vu en moi, c'était un punching-ball pour tes entraînements… T'avais honte d'être vu avec moi, pas vrai ? »

Eddy n'eut pas le courage de répondre, il baissa la tête.

« J'l'ai toujours su…

– C'est pas ça… C'est juste que… »

Le garçon marqua un temps d'arrêt, hésitant. Le poids des non-dits était trop lourd, il se lança alors sans plus réfléchir :

« T'étais différent des autres… Pas très sociable…

– Désolé de ne pas avoir ton aisance, ton magnétisme pour attirer la sympathie des autres…

– Mais… tu croyais qu'éclater Mike, ça allait arranger les choses ? Et après, c'était mon tour, c'est ça ? Et ensuite, qui aurait pris pour calmer la rage que t'as en toi ?

– Et alors ? Qu'est-ce que tu voulais qu'je fasse d'autre, hein ? Rappelle-toi, tout partait en vrille : ton père qui picolait, mon agression, Jack ! énonça Stéphan en montant le ton.

– J'étais pas un spectateur, Stéphan, j'ai souffert aussi, d'accord ? Mais moi, j'ai fait ce que j'ai pu pour survivre, pour tourner la page et m'adapter à la vie ! »

La respiration haletante, il sentit l'air chaud s'infiltrer dans ses poumons. Autour, un crépitement sourd avait remplacé le brouhaha des adolescents.

« Ah ouais ? Et t'as pensé à ce que j'ai ressenti quand je t'ai vu t'éloigner ? répondit Stéphan avec amertume. T'étais où pendant tout c'temps ? T'étais où quand j'ai perdu pied ? J'ai fait c'que j'pensais bon de faire ! Pour la première fois d'ma vie, j'existais ! Et toi, t'as regardé sans rien dire…

– Quoi ? Parce que ça aussi, ça va être d'ma faute, maintenant ? » riposta Eddy en se désignant du doigt.

Il perça son rival du regard pour l'interroger. Un silence tacheté de pas fuyants s'installa. À présent que les mots avaient été échangés, Stéphan comprit que tout était dit, chacun avait son interprétation des faits et sa raison d'y croire.

« Alors c'est la faute à qui tout ça, hein ? » conclut-il, d'une voix calme.

Un vent chaud s'éleva et se faufila entre eux. Leurs yeux se croisèrent une dernière fois, sans qu'aucun mot ne suive. Leurs regards brillaient d'un respect mutuel, brut et sincère. Pourtant, dans leurs expressions figées, une chose dominait : l'incompréhension irréconciliable de leurs divergences.

Hein, c'est la faute à qui ? songea l'ex-chef du J.K.D. Clan.

À ces gens autour de lui qui s'éparpillaient dans tous les sens ? Ils ne lui prêtèrent désormais plus aucune attention. Ces mêmes qui avaient flatté son égo pour l'attirer dans leur jeu et qui se détournaient à présent de lui : ils paraissaient maintenant tous si loin, si différents. Stéphan souffla de dépit ; ses échecs seraient leur distraction.

À quelques pas de lui, son… Eddy appelait les secours. *Qu'avait-il à se reprocher, lui ?* Stéphan percevait mal ce qu'il disait tant la panique déformait sa voix. À ce même moment, l'adolescent se rendit enfin compte des flammes qui ravageaient le lycée. La lueur était si vive qu'il en fut ébloui. Dans un premier temps, il voulut fuir, mais pour aller où ? Finalement, il resta paisiblement sur son muret, sans se soucier de ce qui avait provoqué cet incendie. *Était-ce une ambulance ou les pompiers qu'Eddy appelait ?* Il n'en savait trop rien ; ça n'avait plus vraiment d'importance. Son ancien ami était là quand tout allait bien, mais se tirait quand tout tournait mal…

Alors Stéphan comprit tout : l'affolement de la foule et la solitude de celui qui quitte le troupeau. Néanmoins, de l'autre côté du parvis, il aperçut une autre bête égarée. Il le reconnut immédiatement, il était comme lui. L'étrange sensation de se regarder dans un miroir lui donna des vertiges. Il vit Mike qui lui jeta un regard en retour. Étonnement, il n'y avait aucune haine ou rancune dedans. Stéphan jura même y percevoir de la compassion sincère, presque fraternelle. Il ne saisit pas immédiatement, c'était comme une douleur qui lui tambourinait le crâne. Lorsqu'il finit par saisir le sens de tout cela, une idée étrange s'imposa à lui : les proches consolent, mais les ennemis, eux, révèlent des vérités qu'on ne soupçonne pas. Le chef déchu des Guerriers Fous, dorénavant simple guerrier, fuma une cigarette assis sur le bord du trottoir. Sous le halo d'un lampadaire, son visage ensanglanté racontait la violence de la soirée. Malgré son état, il avait traversé la ville pour ne pas manquer le combat final de Stéphan. Son regard se perdit dans les flammes qui dévoraient le lycée, illuminant la nuit d'éclats rouge orangé. Alors, le garçon se releva calmement, adressa un dernier regard à Stéphan avant de disparaître dans la nuit.

Stéphan esquissa un sourire.

Le parvis devenait désert, laissant résonner au loin des cris d'adolescents. Soudainement, il tourna la tête de gauche à droite à la recherche de celle qui lui avait tenu la main jusque-là : il l'avait oubliée, elle ne l'avait plus suivi. Dans l'ombre de ses ambitions écrasantes, il avait toujours eu le soutien inconditionnel de sa petite amie. Ses yeux fouillèrent l'horizon, priant pour qu'elle surgisse comme par magie. Mais les rues muettes ne renvoyèrent qu'un silence pesant. Une douleur sourde s'empara de son cœur en pensant à celle qui avait tout sacrifié par amour, et qui était partie quand il avait trop joué avec elle. Il voulait pleurer, et rire à la fois. Rire de lui.

La chaleur devenait insoutenable, l'air brûlait ses poumons. Son instinct de survie criait de quitter cet enfer immédiatement. Doucement, les flammes rampèrent jusqu'au parvis sous un crépitement incessant. Des vitres explosèrent sous la pression. Entre splendeur et horreur, la scène semblait irréelle.

Au milieu de ce chaos, des rires et des bruits de pas retentirent soudain. Les rires s'intensifiaient, s'extasiaient. Au loin, venant de l'aile droite du lycée, Stéphan découvrit des ombres mouvantes qui avançaient vers lui. Elles semblaient joyeuses, se dandinaient. Son cœur s'accéléra quand il les reconnut. *Comment… ?* Sara marchait fièrement, bravant la fumée dense qui s'élevait du brasier dévorant ce lieu où était née la fracture entre les différents mondes. Celui des adolescents était porté par un mélange chaotique d'aspiration débridée, d'ambitions effrénées et d'insouciance presque poétique.

Sara paraissait grande, conquérante. À ses côtés, d'autres silhouettes apparurent : Arnold, Benjamin, le Colosse. Et Child. Ce dernier entoura son bras autour de ses hanches, il paraissait satisfait, soulagé. Ils s'échangèrent un regard dans l'hilarité la plus complète. D'un coup, la jeune femme repoussa une personne qui avait tenté de s'intégrer à leur cercle. C'était une fille ; elle s'écrasa à terre sous les moqueries du groupe. Stéphan reconnut son visage, c'était une lycéenne : Cassandra. Dans la plus grande indifférence, la bande de Sara passa alors devant le jeune homme vaincu. Personne ne fit attention à lui, il était une ombre effacée par les flammes. À cette distance, Stéphan put percevoir leur voix :

« Tu vas pas m'trahir comme tu as fait à Mike ? disait Sara en scrutant Child.

– J'te ferai jamais ça, t'inquiète ! » affirma l'adolescent.

La fille le dévisagea l'espace d'un instant, avant de poursuivre son chemin.

Une pensée, une impression traversa Stéphan : il savait qu'à travers tout ça, d'autres poursuivraient la quête de la popularité, dans laquelle il avait été pris et qui était toujours vouée à l'échec. Elle poussait les gens à commettre des choses de plus en plus dingues pour être au-devant de la scène ; les opportunistes étaient toujours leurs alliés.

Au loin, une sirène se fit entendre. Elle se rapprochait inéluctablement, rejointe par un chœur d'autres sirènes. Les pompiers, les flics, *qu'importe !* Des reflets de lumière bleu et rouge vinrent danser sur les façades des résidences encadrant l'arène du combat perdu par le champion en titre de Jeet Kune Do.

Alors, à qui la faute tout ça, hein ? se demanda-t-il enfin. Il n'en savait rien. Pourtant, il savait une chose : il était responsable de ce qu'il était.

Note de l'auteur

Merci d'avoir pris le temps de plonger dans cet univers. Ce roman est l'une des nombreuses aventures qui prennent vie à Méthée, où se croisent plusieurs histoires et personnages. Vous trouverez sur la frise chronologique les liens entre les trois œuvres principales :

- **Dangereuses Amitiés**
- **Au Jour le jour** *(adaptation en film de Dangereuses Amitiés, disponible sur YouTube)*
- **Chroniques de Méthée**
- **Némésis** *(roman, et adaptation en film disponible sur YouTube)*

Pour me soutenir, rien de plus précieux que le bouche-à-oreille ! Vous pouvez laisser un commentaire ou un avis grâce au QR code ci-dessous. Ce serait vraiment génial !

Retrouvez également l'ensemble de mes romans et projets sur :

- xavierseignot.fr
- Chaîne YouTube : Xavier Seignot

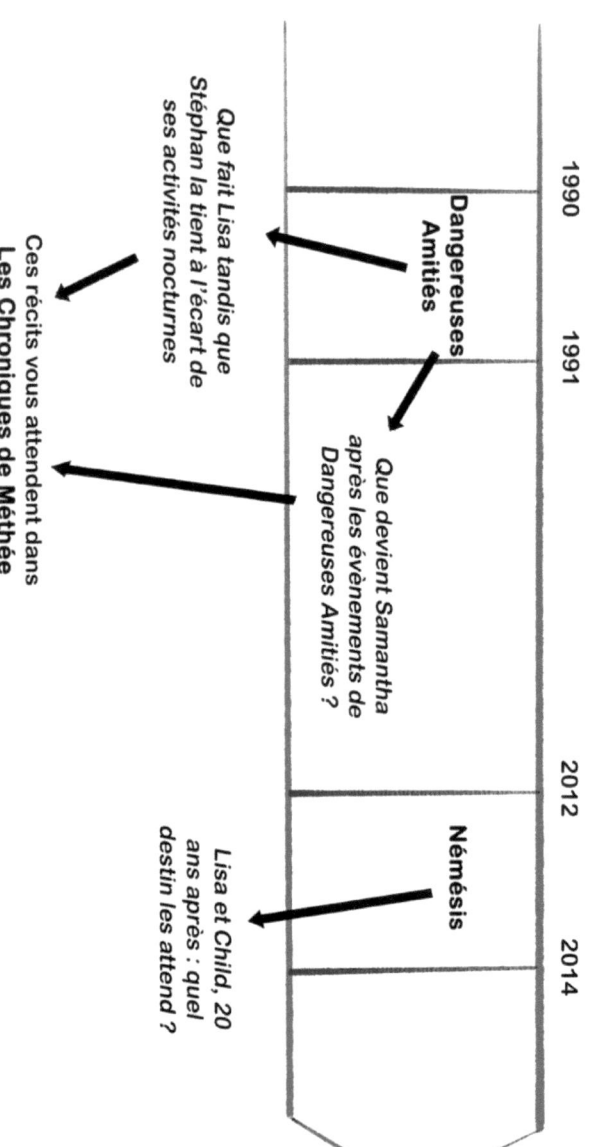

Sommaire

lettre

Partie 1 Vivre libre, c'est souvent vivre seul

    Chapitre 1 : Stéphan
    Chapitre I : Clan
    Chapitre 2 : Dilemme
    Chapitre II : Rencard
    Chapitre 3 : Souvenirs
    Chapitre III : Une Page qui se tourne

Partie 2 L'Efficacité réelle passe par l'abandon de la résistance interne et du conflit inutile

    Chapitre 4 : Rupture
    Chapitre 5 : Nouvelle Aube
    Chapitre 6 : Élection
    Chapitre IV : Bizutage
    Chapitre 7 : Ascension
    Chapitre 8 : Popularité
    Chapitre 9 : Derniers Mots
    Chapitre 10 : Instants volés
    Chapitre 11 : Un Ami… ?
    Chapitre V : Opposition
    Chapitre 12 : Entre Deux Saisons
    Chapitre 13 : Dernier Round
    Chapitre 14 : Insomnie
    Chapitre VI : Trafics
    Chapitre 15 : Vertige

Partie 3 L'Enfer, c'est les autres

    Chapitre 16 : Retour
    Chapitre VII : Défi
    Chapitre 17 : Collision
    Chapitre 18 : Lumières braquées
    Chapitre 19 : Chef de clan
    Chapitre 20 : Ciel étoilé
    Chapitre 21 : Une Longue Soirée
    Chapitre VIII : Justice
    Chapitre 22 : Exclusion
    Chapitre 23 : Sara
    Chapitre 24 : Trois Points
    Chapitre 25 : Les Médias s'emmêlent
    Chapitre 26 : Débat
    Chapitre 27 : Changement
    Chapitre 28 : Fracture
    Chapitre 29 : Cambriolage
    Chapitre 30 : Débrief

Partie 4 Cher est le bonheur car [périlleuse] est la piste

    Chapitre 31 : Crépuscule
    Chapitre 32 : Un Plat qui se mange bouillant
    Chapitre 33 : À qui le tour ?